残唐五代尽英雄

◎ 马逍遥

陕西新华出版传媒集团
太白文艺出版社·西安

图书在版编目（CIP）数据

残唐五代尽英雄 / 马逍遥著. -- 西安：太白文艺出版社，2018.1（2022.10重印）
ISBN 978-7-5513-1347-6

Ⅰ.①残… Ⅱ.①马… Ⅲ.①长篇历史小说－中国－当代 Ⅳ.①I247.5

中国版本图书馆CIP数据核字(2017)第289037号

残唐五代尽英雄
CANTANGWUDAI JIN YINGXIONG

作　　者	马逍遥
责任编辑	刘　涛　林　兰
封面设计	张洪海
版式设计	新纪元文化传播
出版发行	陕西新华出版传媒集团 太白文艺出版社
经　　销	新华书店
印　　刷	西安市建明工贸有限责任公司
开　　本	880mm×1230mm　1/32
字　　数	450千字
印　　张	12.75
版　　次	2018年1月第1版
印　　次	2022年10月第6次印刷
书　　号	ISBN 978-7-5513-1347-6
定　　价	38.00元

版权所有　翻印必究
如有印装质量问题，可寄出版社印制部调换
联系电话：029-81206800
出版社地址：西安市曲江新区登高路1388号（邮编：710061）
营销中心电话：029-87277748　029-87217872

目录

第一章 朱三的奋斗 ………………………………… 001

他是穷山沟里走出的开国之君,他的草根逆袭事迹比大明朱元璋早了五百年。巧的是,他也姓朱,籍贯也是安徽,出生也足够吸引眼球。作为朱元璋的前辈,他的成长故事更加波澜壮阔、跌宕起伏。这个安徽砀山午沟里的小混混、流氓、赌徒、黄巢帐下的造反先锋、反水投靠朝廷的宣武军节度使,便是五代一号男主角,后梁政权的开创者——朱温。

第二章 骄傲的沙陀人 ………………………………… 022

没有任何民族自诞生之日起就能立于巅峰,俯视世间万物。换言之,每个民族都要经历由弱小到兴盛、由谦卑到骄傲的过程。这个过程,沙陀人足足奋斗了几百年。他们信奉"强者生存"的真理,他们等来了自己的英雄、部族的强者。一个弱小的部族几乎经历整个大唐王朝而屹立不倒,沙陀人留下的,是用铁与血锻铸的民族精神和残唐五代初期无敌的沙陀铁骑。

第三章 如此君臣 ………………………………… 041

乱世两大枭雄朱温和李克用。充电五分钟、折腾两小时的贪玩皇帝李儇。奸猾心黑、贪婪可恶的"死太监"田令孜。凶残暴虐、比黄巢还黄巢的一代暴徒秦宗权。"挟天子以令诸侯"未遂、玩火自焚的朱玫。还有一场精彩的"狗咬狗"大战。这一桩桩、一件件,过程足够精彩,情节足够紧凑,但若用一句话总结,只能是:君不君,臣不臣。

第四章　霸业的开始 …………………………………… 071

　　霸业是谁的？霸业是朱温的、李克用的，也是昭宗李晔的。当然，谁能抢占先机，夺得获取霸业的主动权，就只能看个人实力了。在争夺霸业的初始阶段，朱温低调，李克用高调，李晔积极进取，三方博弈的结果，却是李晔与朱温联手，准备彻底消灭李克用。实力创造传奇，王者绝非偶然。李晔梦想着成为太宗、宪宗那样的一代明君，他的目标能实现吗？

第五章　战神李存孝 …………………………………… 090

　　他是战神，他所向无敌，他是现代影视和文学作品津乐道的李克用十三太保中的最强战力。他以一己之力力挽狂澜，弹指间横扫所有挡路者，名震诸侯，无愧战神称号。但那辉煌的军事生涯，实在太过短暂，短暂得就像流星一闪而过，他的结局是个彻头彻尾的悲剧。这极富传奇色彩的战神，便是十三太保、飞虎将军李存孝。

第六章　朱温扫六合 …………………………………… 111

　　直到这时，朱温才真正挺起腰杆，抖擞精神，以忘恩负义的形象和无耻的姿态开始扩充地盘。他是乱世枭雄，千万别用仁义道德那一套衡量他的行为，他有仇必报，没仇创造点仇也要报，毕竟抢到地盘才是关键。于是，在各镇扫荡一圈后，朱温已身兼宣武、宣义、天平、护国四镇节度使，拿下徐州、兖郓、河中等多处藩镇，举国上下再无敌手。

第七章　这个皇帝有点惨 ……………………………… 133

　　作为一代有志青年，李晔很有想法，也很有抱负，他坚信只要敢于尝试，处理得当，"中兴大唐"的梦想就一定能够实现。可惜，藩镇割据的局面可不是那么容易应付的，凤翔节度使李茂贞，邠阳节度使王行瑜，华州刺史韩建，这些小怪兽们就给李晔好好上了一课。对明知不可为而为之的李晔来说，梦想这种东西，一阵风来就吹没了。

第八章　帝国落日 ························· 156

李晔败了，顺便也刷新了一下大唐国君出逃长安的历史纪录。李茂贞败了，他没能留住李晔，反而硬生生地被朱温夺走。北司败了，百年产业被南衙兼并。崔胤败了，他反对朱温篡唐自立，妄想以一己之力与朱温抗衡，结果直接摧毁了刚刚振作起来的整个南衙。所有事件的导向都印证着一个结论：立国近三百年的大唐王朝，也该走向灭亡了。

第九章　改朝换代 ························· 180

改朝换代需要什么？流程说起来很简单，但操作中却需要做许多富有挑战性的事，还得按古制一步步把禅让搞得像模像样。这对向来不按套路出牌的朱温而言，实在过于烦琐，他想跳步进行，却被书呆子下属次次阻止，弄得朱温很不开心。但一切都没有意外，只是多了些曲折。朱温终于不出意料地篡夺了大唐三百年基业，历史随之正式进入五代时期。

第十章　奔跑吧，李存勖 ··················· 205

朱温不禁感叹："生子当如李亚子，克用为不亡矣！至如吾儿，豚犬耳！"李克用死了，朱温却丝毫高兴不起来。从某种程度上讲，李存勖比他老爹李克用更难对付。他初登大位，分分钟粉碎了老叔李克宁的反叛，顺便让朱温吞下梁晋交锋史上第一场惨败。他厉行改革，根治了影响河东发展的顽疾，逐渐扭转了梁晋两家的实力对比。奔跑吧，李存勖，未来属于你！

第十一章　瞧这一家子 ····················· 227

瞧！这一家子，当家的疑心太重，搞得心腹大将反水，忠心小弟退帮。瞧！这一家子，老爹又老又色，热衷"扒灰"；儿子儿媳无耻无畏，完全迎合老爹的爱好。瞧！这一家子，儿子干掉了老子自己上位，而且这个儿子，乃是妓女之子。妓女之子坐上龙椅,五千年中华历史,只此一家,别无分号。这奇葩的一家子,正是朱温一家子。

第十二章　幽州那些事儿 ·· 255

儿子杀老子,弟弟杀哥哥,一年来老朱家窝里斗得不亦乐乎,但李存勖却没有选择趁火打劫,这并非他品德高尚,不愿乘人之危,而是他把重点放在了北方重镇幽州。幽州老刘家这些年,热闹程度可不比老朱家低多少,儿子抓住了老子,干掉了哥哥,还强行称帝。可惜这货实力太次,被李存勖轻松拿下,"五代坑爹第一人",非他莫属。

第十三章　官二代的较量 ·· 281

你是官二代,我也是官二代,甚至是皇二代,可你我之间的差距怎么这么大呢?朱友贞不明白,他也想不通,但事实却无情地证明,和李存勖相比,朱友贞差得不是一点半点。决策失误,用人不当,导致魏博六镇全失,河北大地在沙陀铁骑下颤抖,这个世界上已没有任何人能阻止李存勖进攻的脚步。当年朱温费尽心力才打下了江山,短短几年就被后代丢失殆尽。

第十四章　北方苍狼 ·· 301

北方苍狼,镔铁民族,乃是契丹。遥远的东北大地,在土河与潢水交汇处,几百年间悄然孕育着契丹民族的诞生、发展、壮大。契丹的发展历程,比沙陀强不到哪里去。与强盛的沙陀相比,契丹处于暂时落后的一方。沙陀人比契丹人捷足先登,更早进入中原,这并不意味着契丹人甘于落后。成功,从不在于走得多快,而在于走得多稳,不跌跟头,稳步前进,才能真正笑到最后。

第十五章　殊死一搏 ·· 329

朱友贞乃至整个后梁政权已经被逼上绝路,他并不是没有努力,可局势却总朝着不利于自己的方向发展,一连串的失利后,接着又是一连串更惨重的失利:河中丢了,兖郓之地岌岌可危,晋军兵过黄河南岸,严重威胁着后梁首都汴梁安全。扭转战局,击败李存勖,夺回失去的领土,这样的话甚至连朱友贞自己也不再相信。

第十六章　皇帝轮流做,今年到我家 ·················· 350

　　李存勖并不满足于战场上的胜利,他很想更进一步,开创一个属于沙陀人自己的政权,目前看来他绝对有资格、也有实力更进一步,二十四岁继位称王,十六年军事生涯,南征北战,所向披靡,终于在三十九岁登基称帝,建立五代第二大政权后唐。李存勖凭借着不懈的努力和敢打敢拼的意志,超越了同时期的所有官二代,甚至超越了老爹李克用和老爹的死敌朱温。

第十七章　梁灭唐兴 ································· 374

　　盼望着,盼望着,李存勖终于圆满完成老爹临死前留下的三大遗愿。在灭亡后梁的过程中,后梁阵中涌现出最后的名将,奉献出梁晋交战史上最后一场酣畅淋漓的大战。可惜的是,后梁的灭亡无法阻止,这既是朱友贞的责任,也是梁军实力不济的真实体现,更是李存勖敢赌敢拼、冒着极大风险奇袭汴梁的结果。总之一句话,后梁就此作古,现在属于李存勖和他的后唐政权!

第一章
朱三的奋斗

童　年

时间：唐宣宗大中六年，即公元852年
地点：宋州砀山县

　　这年十月二十一日，对于午沟里这个小地方的居民来说，和以往的每天并没有什么不同。结束了一天辛苦的劳作，已是夕阳西下，众人拖着疲惫的身躯，各回各家，吃饭睡觉。生活对于他们，仅仅是日复一日简单地重复着同样的动作。
　　习惯了隐忍和顺从的他们，不会去畅想未来的美好，只希望明天不会变得比今天更糟。从某种意义上讲，生活纵然乏味单调，却没人愿意改变。
　　然而，在那个缺乏娱乐新闻的年代里，历史却从不会显得无聊。平凡之中隐藏着不平凡，寻常之下酝酿着不寻常。不寻常的事总会在不经意间发生，让人觉得既新鲜，又有趣。

这天夜里，乡里的教书先生朱诚家屋顶突然红光上腾，瞬间把天空照得通红。邻居们以为朱先生家失火了，纷纷从各自家中奔出，提桶打水准备救火。

一帮人着急忙慌赶到朱家门口，别说烈焰滚滚、火势肆虐了，连烟都没一缕，只是屋顶红光闪烁，远远望去的确很像火灾现场，而且从门外隐隐约约可以听到，朱家屋内确实有些动静。

众人觉得情况有点异常，便敲开了朱诚的门，这才得知朱家新生了个男孩。母子平安，可喜可贺。

生男孩就生呗，这奇异的红光是几个意思？

读过史书的人都知道，大凡真命天子出世，都会伴有一些怪异现象。午沟里人可能书读得不多，但前朝的那些传说不可能没有听过。有梦见石龙就怀孕的，有怀孕时梦见太阳入怀的，还有分娩时电闪雷鸣的……

有了前朝的案例参考，邻居们开始议论纷纷。消息一传十，十传百，"朱诚生子天降异象"迅速抢占头条，成为午沟里一大热议新闻。估计还有不少人表示羡慕，自己孩子出生时怎么没有任何动静呢？

总而言之，这孩子肯定不是寻常人物。最后大家一致得出结论——生而有火，此子必火！

然而新闻当事人朱诚却表现得很淡定，自己已经有了两个儿子，多这一个也是养，生活不会变得更好，说不定只会更差。

组建家庭生儿育女的父母都明白，有一种孩子叫别人家的孩子，有一种负担叫自己家的负担。

这个生而有火的孩子，就是本书第一男主角、五代后梁开国之君——朱温。

在开始讲述朱温波澜壮阔的人生之前，我们先来做一个有趣的比较。自公元前221年嬴政建立大秦帝国，到1912年最后一个皇帝溥仪宣布退位，封建王朝皇帝近五百人，这些人中有两人的出身十分相似。

第一，他们都姓朱。一个是后梁朱温，一个是大明朱元璋。

第二，他们籍贯相同。朱温是安徽砀山人，朱元璋是安徽凤阳人。

第三，他们家庭出身相似。我们都知道朱元璋是贫农，朱温家庭相对较好一点，但也属于农民阶层。

第四，他们出生时天象相同，甚至连整个套路都一样。先是屋顶出现异常红光，邻居们以为失火，主动前来扮演消防队员，继而得知是孩子出生，接着消息不胫而走，一不小心就在邻里周围火了一把。

考虑到前辈朱温毕竟比朱元璋早了近五百年，我们有理由怀疑是朱元璋同志抄袭了。这也可以理解，毕竟古人想象力有限，忽悠的套路就那么些，都被前辈们用过了，再想创新也很难。

当然，朱元璋在历史地位、文治武功、个人品德等方面超出朱温不止一个档次。不过相较而言，有一点朱温肯定是引以为傲的，可以拿出来拼一拼。

朱温有一个好名字，因为他有一个好爹。

朱诚，字五经（一听就是文化人），职业为教书先生，也就是乡村民办教师。不得不说，饱读诗书的知识分子起名确实有水准。不仅是朱温，就连他的两个哥哥，大哥叫朱全昱，二哥叫朱存，无论如何也比贫农出身、大字不识的朱五四给朱元璋起名重八（就是朱八八）高出好几截。

对于农民朱五四来说，名字就是一个代号，和阿猫阿狗没什么区别。

朱重八，有特点！好记！呵呵！

朱温，这个温文尔雅的名字，是作为学名的存在。按照家里排行，一般情况下都是喊他朱三。

朱温家境一般，不算贫穷。教书先生的收入和地位肯定比一般农民高一些，朱诚对三个儿子的要求和期望也会更高一点。可就是一个妈生的，一个爹教的，三兄弟的性格爱好还是相差甚远。

俗话说，物以类聚，人以群分。朱家老大全昱生性忠厚善良，孝顺父母，邻里和睦，总之就是朝着三好学生的方向发展。反观两个弟弟则完全不让人省心，整日里胡作非为，贪玩淘气，因此朱全昱就和两个弟弟玩不来。

随着年龄的增长，小朱温完全没有显现出任何惊人的天赋。像古时候那些天才儿童一目十行、过目不忘的能力，朱温统统没有。不过好勇斗狠、招惹是非的本领，他倒没少进步。不是今天把别人的孩子打了，就是明天把别人的东西偷了。邻居们纷纷表示失望，朱三这个小坏蛋，既对不起自己的名字，更对不起出生时的那片红光！

要是一直这么平淡地过着，指不定也就没有后梁开国皇帝了。对于成大事者，苦难总是会如期而至。就像当今选秀节目比惨一样，朱三可以忧伤又惆怅地告诉我们：其实不瞒你说，我也有一个悲惨的童年！

在苦难面前，有人选择奋起抗争，毅然向前；有人从此一蹶不振，倒地不起。朱温选择：让我先躺一会儿吧。

看着三个孩子渐渐长大，朱诚心里很是欣慰，可毕竟要解决一家五口的吃饭问题，这全压在家里唯一的劳动力朱诚肩上。

孩子年纪小，吃的不多，还可以勉强支撑得住。随着孩子们一个个长高，食量也变得很大。特别是喜欢舞枪弄棒、惹是生非的老二和老三，运动之后老嚷嚷着饿。

饿，就得吃饭，就得挣钱买粮食。

朱诚没有办法，为了让全家人吃饱饭，教书之余，又做起了兼职（估计是辛苦的体力活），整日累得疲惫不堪。

虽然每天过度消耗着身体，儿子们还是经常饿肚子，这让朱诚内心极度自责，但又无可奈何。最终，生活的压力压垮了这位厚道纯朴的教书先生，苦苦支撑整个家庭的朱诚忧劳成疾，不久郁郁而逝。

突然间失去了稳定的收入来源，妻子王氏整天以泪洗面，她不仅供养不起三个儿子，而且一时半会儿连丧葬费也拿不出来。所幸乡邻们及时伸出援手，凑了些钱，这才草草安葬了朱诚，勉强入土为安。

眼看着留在家里实在活不下去，王氏迫不得已，带着儿子们投奔到萧县富人刘崇家里做佣工，希望能够解决吃饭和生存问题。

怀着沉痛不舍的心情，母子四人背井离乡，开始了清苦的打工生涯。

经历了一连串的生活变故，我们无从得知小朱温的内心感受。不过从日后表现来看，想让他踏踏实实做童工，吃苦受累为老板卖力，还是趁早歇着吧！

打工生涯

曾经混得再不济，也算得上书香门第出身，如今进城做了农民工，动不动要看老板脸色行事，搁在谁身上都不是一件值得高兴的事。

不高兴归不高兴，王氏对这一切却很知足。有个地方落脚，包吃包住，不至于让三个儿子饿死，已经算是一位非常称职的母亲了。

大哥朱全昱勤劳肯干，能够帮助母亲分担一些，可惜爱干活、又懂事的朱大天生身体瘦弱，实在是心有余而力不足。反观朱存和朱温，力气大，天生有副好体格，却整日游手好闲，不求上进。这么看来，朱二、朱三却实在算不上称职的儿子。

小朱温平时的工作，无非就是跟着哥哥们上山放放牛、下地种种田、去猪圈喂喂猪。说着容易，每天的工作量肯定不会少。像这种单调乏味又出力的活，朱温心里肯定是不乐意干的，因此时常偷懒是必然的。现在跟朱温谈人生谈理想，无异于对牛弹琴。

西方某哲人说过，态度决定一切。这话用在朱温同志身上再合适不过。干活偷懒，这种行为往坏了说就叫鄙视劳动，好逸恶劳。不过也可以强行换个角度解读：刘邦出卖过劳动力吗？日日闷头干农活，还能算大丈夫吗？

朱温告诉你，我这叫志不在此，志在远方。如此一说，似乎形象瞬间高大了许多。

像朱温这种疯玩起来连自己都怕的主，搁在哪里都会被别人讨厌。搬到萧县以后，朱温还是本性难移，时常惹祸，加上他仗着自己高大健壮、肌肉发达，经常手痒欺负别人，搞得街坊四邻怨声载道。

管杀不管埋，管闯祸可不管收场。朱温负责"潇洒"地闯祸，赔礼道歉的工作，自然落到了母亲王氏和大哥朱全昱身上。

为了教育孩子，现代人都极其推崇"孟母三迁"的做法。不过这也是分人的，像朱温这种品性，搬到火星估计都没用。

朱三不仅工作上偷懒，手脚也不干净，有一回赌钱赔了老本，竟把刘崇家做饭的大铁锅给偷了出去，估计是准备当成破铜烂铁卖了换钱。

盗窃行径很快事发，铁锅还没出手就被东家追回。刘崇暴怒，你小子把我吃饭的家伙给偷了，还不得让你吃不了兜着走啊！幸亏母亲王氏苦苦阻拦，又赔了很多好话，才免了朱三这顿皮肉之苦。

因为偷懒和盗窃经常挨老板刘崇的板子，朱温死性不改也就罢了，还嘲讽人家是守财奴、目光短浅。为此刘崇经常羞辱朱温："你小子整天满嘴跑火车，牛皮吹破天，实际也就是个窝囊废。在我家啥事不干，还表现得那么理直气壮！"

朱温慵懒地坐在磨盘上，四十五度望了望天，看了看刘崇，不屑地说道："大丈夫志在四方，哪里是你们这些俗人能明白的。"

刘崇实在看不惯朱温吊儿郎当的样，不由得抓起棍子就是一顿暴打。朱温凭借多年的实战经验，早就练得身手矫健，抗击打能力也很强，就算挨着几下，忍忍也就过去了，抓紧时间多休息休息才是正事。

脸皮厚、性格狡猾、好勇斗狠成了朱温的代名词。朱温同志表示无所谓，在未来，他还会有更多的代名词。

周围人都很讨厌他。奇怪的是，刘崇的母亲却十分关照他，时常嘘寒问暖，还亲自动手，给他梳头，鼓励他好好做人，争取进步，并且嘱咐家人要善待朱温。她告诫刘崇："你不要小看朱三，他将来必能大富大贵！"

刘崇非常疑惑，这小子好吃懒做，根本没有显现出任何特殊的天赋，再说长得又不帅，傍到富家小姐做上门女婿的可能性基本为零。照这样下去，能不能娶个媳妇成家都是问题，完全不符合大富大贵的标准呀？

刘崇的看法完全没毛病，现在的朱温就是一个典型的无赖坯子、不良青年，将来不变成危害社会的犯罪分子，就已经谢天谢地了。

刘母也觉得自己的话没有说服力，就把儿子拉到一边，悄悄给他讲了个故事。

"有一回，我半夜听到朱三房里有响声，觉得有些蹊跷，就前去查看情况。刚走到他床前，竟然发现有一条大红蟒蛇，光芒刺目，仿佛保护主人一般卧在他身边。因此，我断定朱三必不是寻常人，说不定将来你还得仰仗他。"

刘崇虽然没有接受过伟大的马列主义思想的熏陶，但却是个坚定的无神论者。听完母亲恐怖小说般的描述后，刘崇一点也不相信。只不过他生性孝顺，母亲不允许以后过分惩罚朱温，他也不再争执，对待朱温的态度有了一些改观，朱温偷懒时也不过分为难。

就这样，朱温靠着刘母的关照，再也没有受到太多非难。对于自幼就缺少关爱的朱温来说，肯定感受到了温暖，朱温打心眼里感激刘母。他发达以后，也没有忘记报恩。他将刘崇 家接到自己身边，对刘母如亲生母亲般侍奉，并且"大度"地封当年苦主刘崇做了商州刺史，位至列卿。

所以说，朱温浑是浑了点，还是懂得知恩图报的道理。

不过，这也是有选择性的。对于日后的宿敌们，现实会告诉你，朱三，还是那"蒸不烂、煮不熟、捶不匾、炒不爆、响珰珰"——一个流氓！

日子如流水一般。转眼间，朱温都二十岁了。刘母没有看错，刘崇也没有说错，朱三这小子，确实不是寻常人！他既实现了大富大贵，也成了危害社会的犯罪分子，甚至后来彻底埋葬了一个王朝。

土财主刘崇根本不会想到，在乱世混生活，脸皮厚一点，打架厉害一点，也是一种优势。平日里好吃懒做、干活不起劲的打工仔朱温，却果断选择了一条迅速发家致富的捷径——造反！

这时，一场大的战争风暴正在悄无声息地酝酿着，继而在全国范围内迅速蔓延。唐末这场农民起义，既摧毁了大唐王朝的统治根基，也彻底改变了朱温的人生轨迹。

天下大乱，沧海横流，英雄辈出的时代又一次出现！

来吧！朱温，你的机会到了！

造　反

假如懿宗李漼能像其父宣宗李忱那样英明睿智，富有谋略；假如宣宗李忱能少吞点丹药，争取多活二十年；假如宦官专权、南衙北司之争能缓和一些，使帝国不至于陷入无止境的内耗；假如藩镇诸侯们能稍微多出点力，配合中央军行动，而不是选择保存实力……

假如以上猜想有一项能够成立，大概这场轰轰烈烈的唐末农民大起义也不会形成。退一步说，即使不能将其扼杀在摇篮里，也不会因此加速大唐帝国的灭亡。

唐末农民起义，民间一般也称黄巢起义，其实不够准确。准确地说应该是从公元859年的浙东裘甫起义开始，到公元884年黄巢起义失败结束，前后历时二十五年。黄巢自唐僖宗乾符二年（875年）加入起义队伍，迅速成为起义军重要头目。乾符五年（878年），起义军带头大哥王仙芝牺牲，众人推举黄巢为主，从而开创了属于黄巢的时代。

因此这场起义可以分为两个阶段：第一个阶段从859年至878年，属于起义的起始阶段；第二个阶段从878年至884年，属于起义的高潮和结束阶段，这个阶段才能称为"黄巢起义"。

如果农民起义被迅速扑灭，朱温肯定是不乐意的。照他现在的发展趋势，日后定能当个地痞，整几个兄弟收收保护费。往更大点说，实在过不下去了就扯面大旗，纠结一帮亡命之徒啸聚山林，劫掠来往客商，这种可能性是相当大的。

当然，历史发展规律告诉我们，即使黄巢起义没能坚持很久就被镇压，日后自然有马巢、刘巢们接过枪杆。即使朱温没赶上造反的时机，被湮没在历史的尘埃中，日后舞台上也会有王温、张温们闪亮登场。

这是历史的必然，换句话说，腐朽黑暗的大唐王朝也该走到头了。时势造英雄，历史选择了黄巢，将本已日薄西山的王朝逼向绝境，又选择朱温来结束立国近三百年的大唐帝国。

历史证明，封建王朝更替的趋势是无法逆转的。

乾符四年（877年），黄巢率领起义军占领曹州，纵兵劫掠山东一带。战火已经快要烧到朱温的家乡安徽宿县。与一般人听到战乱忧心忡忡的反应不同，在田间地头呼呼大睡的朱温听到这个消息，却显得格外兴奋。

流氓和赌徒性格兼具的朱温，迅速决定了自己的出路。

毕竟，人生能有几回搏。搏一搏，单车变摩托！

朱温不是傻子，不会像阿Q那般"单蠢"（单纯＋愚蠢）。说干就干的魄力下隐藏着朱温极其缜密的心思。虽然他并没有解救万千黎民于水火的高尚情操，仅仅是为了追求自身利益，可造反毕竟是件掉脑袋的事，只有三分钟热度不行，没有很高的技术含量也不行，一个人势单力薄更不行。

于是，朱温想到了自己的二哥，朱家老二，朱存。

朱存这个人性格鲁莽，在很多方面和弟弟朱温十分相似，也是个好勇斗狠的主，平日里和朱温一起欺负欺负弱小，偷懒自然也少不了他。很难说朱温的性格没有受到过二哥的影响。这两兄弟臭味相投，从小到大感情极好。

一方面，朱温考虑到二哥毕竟比自己阅历更丰富一些，在投奔起义军的路上能相互照应。另一方面，打仗亲兄弟，富贵应该同享，日后战场上出生入死，免不了相扶相持，有二哥陪着一起干，心里自然更踏实些。

主意已定，朱温立即回家，把自己的想法一五一十地告诉朱存。原本以为二哥听到这个消息会和自己一样兴奋，没想到平日里豪爽直率、大大咧咧的二哥，一听老三怂恿自己造反，一时半会儿还真接受不了。

朱存性格贪婪，平日里也没少参与民间赌博活动，可他不想拿身家性命去赌，毕竟小赌怡情，大赌伤身，强赌灰飞烟灭！造反的成本实在太高，万一赌输了，就再也没有机会翻本了。

看着二哥那副拿不定主意的样儿，朱温气不打一处来。平日里觉得二哥做事蛮有魄力的，真到了节骨眼儿上还是厌啊。为了拉二哥入伙，朱温还是耐心给朱存分析了造反的好处：

"如今天下大乱，朝廷已是岌岌可危，大丈夫志在四方，窝在小县城里如何做大事！不如投奔黄巢，干一番事业，抢些金银美女，一生享用不尽，岂不快活。"

朱温与朱存乃至日后劲敌们的不同之处在于，朱温总能在纷乱复杂的局势中迅速寻找发展的契机，不贪小利，每走一步都会经过深思熟虑，始终使自己立于不败之地。

他的成功，的确不是偶然的。

对于朱存来说，事情就变得简单多了。做不做大丈夫无所谓，事业大不大也无所谓，能赚到足够的利益就成！这种人会顾忌性命，但只要自己拿定主意，做起事来就绝不会回头。

朱温这番话，顿时把朱存的情绪调动了起来。一旦决定的事，朱存就不会想太多。说干就干，脑袋掉了不过碗大个疤，干脆反他娘的。事情不成，二十年后老子又是一条好汉！两人密谋一番，定好了计划，便去向母亲辞别。

世界这么大，我们想去看看。

兄弟俩自然不会傻傻地对外宣称要去造反，只谎称外出做生意，顺便可以见见世面。刘崇早就想把朱温兄弟俩清退了，这次两人主动要走，刘崇非常乐意。寄人篱下的王氏心有不舍，也不好开口说什么。

于是，两兄弟留下大哥朱全昱照顾母亲，从家乡出发前往曹州投奔黄巢。

古时农民起义有个特点，饥民多的地方就容易拉起一支队伍。领袖的作战指挥才能倒不是非得多高，关键在于宣传工作要到位。只要能满怀深情站在台上，面对台下无数双露出饥饿的眼睛动情演讲一番，最好是能配上"王侯将相宁有种乎"这样的经典台词，然后振臂一呼，数以万计的受灾难民很可能就会主动追随你，以有限的生命投入到无限的造反事业之中。所以说根本不愁招不到兵。

朱温兄弟不需要鼓动，他们已经掌握了自我激励法，操作起来很简单，只需要在心中默念：银子会有的，美女会有的，地位会有的，一切都会有的。世界很美好，多得需多劳。

大私盐贩子黄巢很有领导水平，能够慧眼识才。朱温兄弟刚入伙不长时间，就因造反热情高涨、作战勇猛，进入了黄巢的视线。不久二人被提拔为亲兵队长，来到了起义军领袖身边。

大队长朱存比较生猛，想法又很直接，造反嘛，本来就是为了钱和女人，别跟我整那些没有用的。反观二队长朱温，想得就比较多了。他的心思除了放在作战上，一心一意跟着老大砍人攻城之外，也会根据时局的变化，挖掘战机，并找机会在领袖面前提出一些作战意见，而且这些意见往往能够切中要点。黄巢感到十分惊奇，认为朱温是个难得的人才，不由得对他刮目相看。

面对眼前的一切，朱温保持着清醒的认识。他很清楚自己要的是独当一面，有兵有权。到手的富贵美女都是浮云，想立于不败之地，必须手里有兵。握紧枪杆子，才能进可攻、退可守。

造反从来只是手段，不是目的。

成功？开什么玩笑！我才刚刚热了个身呢！

长安，我们来了

大唐广明元年（880年）八月，黄巢军渡过淮河；十月连下申州、颍州、宋州；十一月，攻下东都洛阳；十二月，破潼关，直抵霸上，以闪电般速度攻陷国都长安。这一套组合拳打得僖宗李儇狼狈地带着百余亲信仓皇出逃，奔向四川成都。

这已是大唐皇帝第四次被迫逃离长安，当然，这也不会是最后一次。前三次分别为：

唐玄宗李隆基天宝十五年（756年）出逃至成都。

唐代宗李豫广德元年（763年）出逃至陕州。

唐德宗李适建中四年（783年）出逃至奉天。

短短一百多年，"天可汗"的后代们已经要第四次面临国破家亡的险境。盛世大唐的繁华景象也随之一去不复返了。

把历史指针向前拨一拨，我们需要给悲惨的僖宗李儇出逃次数乘2，给更悲惨的后继之君昭宗李晔出逃次数乘3。这真是长江后浪推前浪，一代更比一代"强"！

不经意间，李唐子孙们创造了一项放在世界历史上都能名列前茅的纪录，一个封建王朝君主逃出国都的次数。据不权威统计，大唐皇帝出逃长安的次数一共是——八次！

这项纪录，实在显得不大光彩。

像僖宗和昭宗，每次出逃不是被宦官胁迫，就是被藩镇节度使胁迫，有时还得打一枪换一个地方，受尽颠沛流离之苦。皇帝当成这样，也是没谁了。

长安城破的当天下午，黄巢乘金装肩舆，在大部队的簇拥下，浩浩荡荡开进长安。长安百姓纷纷夹道围观，黄巢命大将尚让在前开路，告诉他们不必惊慌，黄王起兵，本为百姓，如今赶走了无道昏君，大家只管安居乐业。

话说得很满，可惜阶级仇恨却非几句口头保证就能消除的。

起义军大多贫苦出身，仇富仇官情结特别严重。刚开进长安没多久，将领们便各自带着士兵杀富济贫。一旦杀红了眼，也就不分贫富，见人就杀，死者满街都是，还纵火焚烧商铺，劫掠钱物。

对于没有跑掉的唐朝官员，更是见一个杀一个，见两个杀一双，绝不含糊。作为领袖的黄巢无法禁止，或者说本就有意纵容，长安城被搅得鸡犬不宁，怨声四起，百姓们很快便对这支军队失望透顶。

不管怎么说，黄巢已经站在了人生的巅峰！起义军山呼海啸，等待着梦中的荣华富贵。

造反工龄已近三年的朱温，此时也随黄巢进入长安，可惜他的身边再也没有二哥朱存的身影。

乾符五年（878年），起义军大头领王仙芝兵败被杀，余部投奔黄巢。考虑到目前士气低落，黄巢率部转战黄淮流域，进而又进军长江下游，且战且南，在南方地区打起了游击，并于乾符六年（879年）顺利攻克广州。

朱温没有随军南下，而是留守山东境内牵制朝廷军队。二哥朱存跟随黄巢转战各地，在一次攻城战中不幸战死，再也没能回到北方，甚至连尸骨都无处寻找。

黄巢占领广州以后，向朝廷索要广州节度使职位，却被无情拒绝。黄巢部下都是北方人，实在忍受不了南方潮湿闷热的天气，又无比想念家乡的大饼卷大葱，因此纷纷请求打回老家去。

惨遭朝廷蔑视的黄巢，毅然决然要和朝廷死磕到底。不久，起义军撤出广州，一路向北，一年左右的时间便攻下长安。

此刻，朱温登上长安城楼，举目远眺，却再也不见二哥踪影。没想到这一别，竟是阴阳相隔。三年之前，兄弟两人还在家乡的茅草屋中立誓：做大事，取富贵，共进退。三年之后，二哥却战死异乡。

二十多年的手足之情怎能忘却。二哥确实没有自己心眼多，但为人豪爽仗义，小时候自己惹了祸他总会主动出来背黑锅。这三年间，每次随大部队攻城作战，二哥也会冲在前面，尽力保护着自己。没有二哥的扶持和帮助，可能自己也不会走到这里。

二哥为自己扛出了一片天，当年的情景还历历在目。每每想到这里，朱温都是泪流满面，痛哭不已。

二哥，长安城真的很大，也很繁华，可惜你看不到了。不过你放心吧，我会做得更好，面对未来，决不退缩！

广明元年（880年）冬，在彻底消灭掉长安城中李唐宗室的残余势力后，黄巢称帝，国号大齐，改元金统，完成了草根逆袭的神话。

登基坐上龙椅，黄巢心里反而十分忐忑。曾经作为有志青年，他无数次梦想并尝试着进入体制内，却一次又一次被无情拒绝。科举落第，不得已踏入走私行业，又被官府无情打击，再次不得已走上反叛之路。之后希望与朝廷和解，筹码是一镇节度使，哪怕是在鸟不拉屎、瘟疫横行的广州都能接受，结果依然被朝廷忽视。

一次次尝试，一次次啪啪被打脸，黄巢出离愤怒了。既然居于高堂之上的你们看不起我，那我就用另一种姿态进入长安，这是你们逼我的。削尖脑袋挤破头也进不了体制，那我就自创一套新体制！

黄巢做到了！他实现了梦想，也超越了梦想。

在黄巢内心深处，一直认为是朝廷辜负了自己，因此心中满怀怨恨。如今虽然狠狠地出了口恶气，但看着曾经跟随自己纵横南北、转战大半个中国的兄弟们，黄巢却感觉越来越陌生。

这群人沉浸在胜利和享乐的海洋中，腐化的速度未免有些太快了！那股造反时的狠劲和锐气已荡然无存，取而代之的是对酒色财气的无比迷恋。

人一旦沉迷于此，就会变得患得患失，拿得起放不下。

黄巢很清楚，登基称帝并非初衷，胜利果实也不保险。近十年的军事生涯，黄巢积累了足够多的经验。这支部队常年流动作战，在与朝廷军队交战中，一直处于战略进攻状态。而今进入长安，就要被迫全面收缩，转为防守阵型。而固守城池的能力，恰恰是部队所欠缺的。

倒霉的僖宗早已躲得远远的，可各路藩镇诸侯们收到僖宗的告急文书，纷纷摩拳擦掌准备前来救援。当初起义军转战南北时，他们龟缩在城中不肯出力，现在却都想跳出来大捞一笔国难财。

中国古代给君王有难、臣下起兵救援君王的行为，起了个好听又霸气的名字——勤王。

如今面对如潮水般逼近长安的勤王部队，黄巢，你在长安还能待多久呢？

反 水

政权建立之后，自然要论功行赏。作为重要将领的朱温，此时被提升为东南面行营先锋。上任伊始，朱温连战连捷，顺利攻下南阳，缓解了来自东南方面的压力。黄巢闻讯大喜，亲自前往霸上劳军，随后又命朱温在兴平驻扎，迎战邠、岐、夏等诸路勤王官兵。

不久，黄巢晋升朱温为同州防御使，给他便宜行事之权，意思就是有情况你看着办，不必向我请示！黄巢对朱温寄予厚望，希望他再接再厉，帮助自己打赢这场艰苦的攻防战。作为政权中一颗冉冉升起的将星，朱温终究获得了独当一面的机会。

大哥掏心掏肺，委以重任，做小弟的自然也得竭尽全力。起码目前看来，朱温的表现令人满意。

然而，事情的发展却远超黄巢预料。备受器重的小弟朱温，竟也忽然之间反戈一击，成了朝廷的平乱先锋，挥刀向曾经一同征战的兄弟们头上砍去。

黄巢还是没能看透朱温，作为典型的功利主义者，朱温从来就没打算在这一棵树上吊死，他自有如意算盘。当然，也有苦衷。

背叛大哥通常需要什么理由？

杀父之仇，夺妻之恨，或是分赃不均？

朱温并不属于上述情况。黄巢没有囚他父母、夺他妻子，还对他着力培养。可他还是选择背叛了，这是为什么呢？

笼统地讲，每个人行事都会出于自身利益的考虑，对朱温而言，那就更别提了。个别地讲，朱温反水也不是没有任何理由。

理由只有一个：大哥，千万别怪我无情，真的打不过啊！

朱温迎来了人生的第二个苦主（刘崇算第一个），河中节度使王重荣。

王重荣，太原祁人，原本是河中节度使李都帐下马步军都虞候。据史书记载，王重荣勇冠三军，端的是一条刚烈的汉子，但这厮为人诡计多端，部下们都很惧怕他。黄巢攻入长安后，随即分兵攻打李都大本营蒲州，李都无力抵挡，顺势降了黄巢。

虽然已经投降，但黄巢并不把李都当自己人看，没完没了地向他征调粮草财货不说，而且索求一天比一天急迫，摆明了要将李都多年的积蓄掏空掏净，再就地消灭。

时间一长，李都扛不住了。降也不是，不降也不是，干脆不干了！

他匆匆将兵符印信交给王重荣，然后一路狂奔，前往成都投奔僖宗李儇。这下可便宜了王重荣，白白捡了个大便宜。作为强硬派的代表，王重荣当仁不让，自任为河中留后（也就是代理节度使），将黄巢派来的使者尽数诛杀，顺便把朝廷派来接任节度使的官员一并轰走。

节度使是我的，地盘是我的，谁也别想动！

不久，朝廷为了鼓动王重荣讨伐黄巢，将其正式任命为河中节度使。王重荣以实际行动向世界表明，人有多大胆，就有多大产。黑吃黑，就是这么简单！

这一来二去，王重荣尽显豪强本色。朱温输给他，并不丢人。

反观大齐政权内部已经有了明显分化，将领之间争权夺利，互相猜忌。随着勤王大军的步步进逼，仗还没怎么打，有些将领就带着手下投降了朝廷。剩下的一些瞻前顾后，生怕到手的富贵轻易丢失，心思早就不在作战上了。

历史老师说，这叫作农民阶级的局限性。

大齐政权岌岌可危，黄巢心神不宁，寝食难安。目前看来，只有嫡系部下尚让、葛从周、朱温等人还能靠得住。胜败在此一搏，哥几个，给我顶住！只要大家齐心协力，鹿死谁手还不知道呢！

黄巢好不容易才鼓足干劲，准备力争上游。这时候，忽有探马来报，东南面行营都虞候、领同州防御使朱温，反水了！

黄巢，崩溃了！

事情是这样的。王重荣自封为河中留后以来，积极联合四方镇帅，决心复兴唐室（真的假的?），四处追杀起义军。黄巢派遣朱温、黄邺出兵河中，抵挡王重荣部攻击。

朱温原本不愿领命，自己在同州连月作战，人困马乏，装备不全，这仗怎么打？无奈同州地界与河中接壤，你不去谁去？所谓军令如山，大哥这回又下了死命令，朱温只能自认倒霉，硬着头皮进军河中。

朱温以前没有见识过王重荣的厉害，所以心里也不怵。这一仗下来，朱温彻底被打怕了，甚至打服了。同样是精兵，差距怎么这么大呢？

其实道理很简单，藩镇部队本来作战实力就很强，如今王重荣又高举保家卫国的大旗，士气正旺。起义军欺负一下软弱的朝廷军队还行，真正实打实地跟藩镇部队死磕，不败才奇怪呢！

此次交兵，只能用惨败形容。王重荣三万精兵把朱温杀得找不着北，匆匆丢下四十余艘粮船，狼狈撤回渭北。自起兵以来，朱温几乎从未有过战败经历，而这次几乎全军覆没，差点赔了老本，实在是个不小的打击。

年轻人哪，人生就是这样，不努力一下怎么知道什么叫绝望呢？

输一次两次不要紧，可要是一直输下去，估计谁也淡定不下来。朱温退回渭北死守，急忙派人前往长安求救，前后就有十次之多。大哥啊，兄弟撑不住了，赶紧派兵拉兄弟一把！

以前他们都是在放水吗？我们纵横南北，连战连捷，难道这一切都是假的吗？谁是纸老虎？朱温开始怀疑人生。

不过，朱温相信长安会派兵赶来救援的。然而现实情况却是，救兵没等到，他还被吐了一身口水。

困守长安的黄巢自顾不暇。加上亲信孟楷素与朱温不和，早想把他置于死地，同州发来的求救信基本石沉大海，到不了黄巢的手中。不明真相的黄巢偏听偏信，认为朱温拥兵自重，故意不战，为的是保存实力。

接二连三的惨败和部将反水，黄巢彻底失去了耐心。他下诏指责朱温两端观望，言辞十分激烈。

经验告诉我们，作为一把手的领导，一旦开始宠幸奸佞，刚愎自用，听不进良言，那离失败也就不远了。

眼看局势难以为继，黄巢又不愿增兵，部队随时有被全歼的风险。辛辛苦苦七八年，朱温可不想一夜回到革命前。向来精明的他不可能意识不到黄巢气数将尽，也许他早有投降之意，只是尚不清楚部下怎么想的。万一他们誓死不降，自己说不定还有生命危险。

搞不清状况，朱温自然不会轻易亮出底牌。

其实朱温多虑了，他的部下早就不想跟着黄巢混了。整日里打打杀杀，没完没了，战友们一个个惨死沙场，很多人都厌倦了。他们变得有些畏惧打仗，特别是跟王重荣对垒，基本上十死无生。投降的话，说不定日后还能捞个官当当，这可比跟着黄巢一条道走到黑实惠多了。

部下胡真、谢瞳主动劝说朱温尽早投降，以免夜长梦多。

"黄王实力孤危，身边又有小人掣肘，下属都离心离德，不久就将一败涂地，将军不可不为日后考虑。况且此番长安不来救援，咎不在我，我军已尽力而为，将军对黄王也算有个交代。"

得知部下们多有降意，朱温顺水推舟，下定决心反水。黄巢派来的监军严实可就成了冤大头，被斩首祭旗。朱温对外宣称，即日起归顺大唐。

人不为己天诛地灭！大哥，你不仁，也别怪我无义！

改头换面

借用陈佩斯老师的一句经典台词：没好处谁投降啊！

目前的形势虽然正朝着有利于朝廷的方向发展，但起义军兵力尚强，又占据地利，还没有出现溃败的迹象。换句话说，各路勤王部队还没有强悍到一鼓作气、直捣长安的那个层次，直到一支堪称"黄巢收割机"的部队加入，战局才出现了一边倒的趋势。

所以，即使在战场上被王重荣虐成狗，朱温对于降唐还是很有底气。一来自己毕竟还保留着一镇（同州）完整的建制，虽不久前经过几次惨败，部队伤筋动骨，可建制保留得不错，这可是老朱的强项。二来作为黄巢的心腹大将，朱温对起义军内部情况知根知底，在无形中降低了投降的风险。

综上，猴精猴精的朱温断定，朝廷想要迅速平叛，必定会重用自己。朝廷给的好处不会比黄巢给的少，正好借此机会，将自己彻底洗白。毕竟，再造社稷的功臣可比造反的叛逆更能光宗耀祖。

在自己还不是强者之前，肯定是要跟着强者混。权衡好其中的利弊关系，做事也就敞亮了许多。高官厚禄、荣华富贵依旧会源源不断地到来。还有什么可犹豫的？

然而，现实情况却让老朱惊出一身冷汗。这边他刚举一镇之地投降王重荣，而且自居晚辈，拜王重荣为干舅舅，表示出了足够的诚意，可僖宗派来的行营都监、大宦官杨复光还是看朱温不顺眼，想把他当街砍了，以儆效尤。

多亏王重荣从中周旋，不但保住了朱温的性命，还向诸道行营都统的王铎保奏，任命他为同华节度使。不然，善于豪赌的朱温可就赔大发了，富贵没有得到，小命差点不保。

可能从现在开始，朱温就对朝中那些个死太监不感冒了。

黄巢集团内部核心成员反水，既然不杀，那就要好好利用，顺便在他身上做一做文章，争取吸收更多"良心还未泯灭"的有志青年投入组织的怀抱。王重荣火速上表远在成都的僖宗李儇，狠狠推荐了一把朱温。

这个舅舅认得值！

僖宗即便昏庸，差点丢了祖宗基业，但他并不白痴，其中的利害关系肯定看得出来。这是个契机呀！空手套白狼肯定不行，想要让朱温死心塌地地参与平叛，杀向自己的老大哥，朝廷必须拿出足够的诚意。

僖宗立即下诏，任命朱温为左金吾大将军、河中行营招讨副使。这还不算，为了显示自己的爱才之心，僖宗开动脑筋，开始构思如何进一步表达自己的关切之情。

思来想去，僖宗还是用了历来皇帝们惯用的老套路——赐名！

朱温，朱温，这名不好，听着没有感觉，以后改了。呃，就叫全忠吧。

全忠，意为完全忠心、百分百忠心。听听，多有忠臣气派！

从此以后，朱温有了人生的第二个名字，当然这并不是最后一个。数十年后，朱温另起炉灶，又给自己换了一个名字，并且，更有皇家气派！

对于朱温的投诚，僖宗喜出望外，据说他经常对左右亲信感叹："这真是上苍赐给朕的一员勇将啊！"僖宗没有说错，朱温的确是一员勇将，不过若是日后九泉之下的僖宗得知朱温是怎么残害他的后世子孙、篡夺大唐基业的，估计悔得能活过来。

当然，人毕竟没有未卜先知的能力，谁也不能想到朱温会成为大唐帝国的掘墓人，否则，僖宗肯定会立即把朱温砍成十八段，再拖出去喂狗。

不是每个人都能像朱温这么走运。平日里和朱温关系不错的李详，看到投降后的朱温那么受重视，也想学习先进人物，向王重荣投诚，你认干舅舅，大不了我认干爹呗。

可惜李详还没起事，就被监军告发，结果惨遭无情杀害。这个故事告诉我们，投降，也是个技术活啊！

不管别人如何，反正朱温成功实现了改头换面，并迅速适应了新的角色。自此，那个曾经在社会上混了十几年的不良少年，又跟着大哥黄巢混了五年黑社会的反动分子，最终混成了大唐帝国的朱全忠。

这一年，他拍了拍身上的泥土，算是彻底和往日告别。这一年，他老老实实带着部队上前线，配合王重荣的河中军一起行动，所向披靡，连战连胜。

这一年，他三十岁。

一年之后，朝廷正式封他为宣武军节度使、汴州刺史。治所设在汴州,辖区包括汴州、宋州、亳州、颍州四地。尔后,他以此为根据地,争霸天下,称雄六合,并最终灭亡大唐帝国,建立后梁政权。

他的故事,才刚刚开始。

这边,老大哥黄巢的日子堪比王小二过年,是一天不如一天。各藩镇军队在王铎的调度下步步逼近,曾经一起打天下的弟兄有的也反戈一击(朱温别看别人了,说的就是你)。可问题在于,黄巢手中仍有二十余万人马聚集在长安附近,想要一举击溃也有不小的难度。

局势已经渐趋明朗,只是没有必胜的把握,王重荣、杨复光等人不敢轻举妄动。毕竟实力有限,只能维持这种僵持的局面,将包围圈一步步收缩,慢慢消耗农民军的战斗力,积小胜为大胜,才能赢得全面胜利。

他们耗得起,也等得起,可问题在于,他们终究做不了主。因为,远在成都的僖宗李儇坐不住了,皇帝陛下日夜想念长安城的奢华生活,一天也不想待在成都和大熊猫做邻居。

对于这种需要耗时长久的包围战,僖宗一点也不认同:害得朕在成都受苦受累,要你们是干什么吃的!

随着来自朝廷方面的压力逐渐增大,王重荣等不得不改变战略规划。很明显,他们中缺少一位能够一锤定音的统帅,也缺少一支能够长距离奔袭、战斗力极强的灵活作战部队。在此关键时刻,又是行营督监杨复光保举一人前来平叛,并最终得到上下一致认同。

这个人,带着一支无敌部队,横扫一切挡路者,亲手将大齐政权送上绝路,堪称黄巢克星。也正是此人的出现,让群雄逐鹿的舞台变得更加绚丽多彩,彻底改变了历史发展的脉络。

沙陀人李克用来了!

第二章
骄傲的沙陀人

沙陀部族

沙陀,又名处月,以朱邪为姓氏。原是唐朝时西突厥的一部,属于多民族的混合体。7世纪中叶,唐太宗灭薛延陀,抽调同罗、仆骨(突厥别部)部族中部分人员组建了沙陀都督府,继而逐渐形成一个独立的部族。

沙陀人游牧于今新疆准噶尔盆地西南一带,因其地有大沙丘,故而得名。估计当地要是有大石头,那就该叫石陀人了吧!

沙陀是个值得骄傲的部族,他们实在有骄傲的资本。翻开历史书看一看,整个五代前中期,沙陀士兵基本处在无敌的状态,直到北方镔铁民族契丹的崛起。

除此之外,纵观整个五代,从后梁建国(907年)到北宋建立(960年),短短五十四年间,后梁、后唐、后晋、后汉、后周相继建立政权,而其中沙陀人先后创建了三个大的政权,分别是李存勖创建的后唐、石敬瑭创建的后晋、刘知远创建的后汉。

而且，在五代后期的 951 年，沙陀人刘崇在太原建立北汉政权（十国之一）。凭借着契丹的扶持，一直和北宋死磕到太宗赵光义时期，最终在 979 年才告灭亡。算上北汉，沙陀人一共建立了四个政权。

当然，没有任何民族自诞生之日起就能立于巅峰，俯视世间万物。由弱小到兴盛，由谦卑到骄傲，沙陀人足足奋斗了两百年。

这个过程足够漫长，也足够艰辛。

在安史之乱前，沙陀人一直处于打酱油状态，跟着天朝军队四处平乱，顺便混点军功和赏赐，刷刷存在感。自唐高宗永徽二年（651 年），朱邪孤注率部响应西突厥叶护（突厥官名）阿史那贺鲁反叛被迅速平定，沙陀部族唯大唐帝国马首是瞻，再不敢妄生异端。

龙朔二年（662 年），沙陀首领朱邪金山跟随左武卫将军薛仁贵，也就是小说和影视作品中的那个"白袍小将"，平叛漠北有功，还捞了个墨离军讨击使的官职。

那个时期，大唐国力强盛，抚育万邦，能跟随唐帝国征战各方，对许多少数民族来说都是大大的光荣。那些上阵立功而受到帝国赏赐的将士们，也可以无比骄傲地向族人好好吹嘘一番：

"看见没有，老子可是跟着天朝打过仗的！"

随后安史之乱爆发，沙陀首领骨咄支因参与平叛有功，唐肃宗李亨授予他特进、骁卫上将军。他死后，子朱邪尽忠继位，尽忠升任金吾卫大将军，封酒泉县公。后来吐蕃崛起，率军占据河西走廊，大唐无力争夺，沙陀与唐朝的联系受阻而中断了一个时期。

安史之乱作为帝国的一个分水岭，体现在民族关系上也很明显。漫长的八年平叛，消耗了帝国太多的精力，而且留下了一大堆无解的难题，令后世之君头痛不已。那些受到大唐庇护的少数民族部落，有的选择发动叛乱，有的选择另随强者，"天可汗"这个曾经响彻万邦的称号，几乎很少再有人提起。

大唐贞元年间，迫于吐蕃的武力威慑，沙陀率部宣布归顺。这倒无可厚非。只是吐蕃首领可不像大唐国君那样有怀柔万邦的胸怀，本着

"非我族类，其心必殊"的原则，吐蕃强占了沙陀原居住地，将这个刚刚归顺的小兄弟，举族迁徙到甘州。

吐蕃的死对头回鹘攻取凉州，而武威距离甘州很近，吐蕃首领怀疑沙陀人暗中串通回鹘，准备强迫沙陀迁至黄河以北地区严加控制起来。

沙陀部落在投降吐蕃的这个阶段，不是充当炮灰，就是被远远孤立在偏远地区，生存条件极其艰苦。

穷则思变，吐蕃可以迫使沙陀屈服，但不能剥夺其生存的权利。跟着吐蕃混不下去，沙陀首领朱邪尽忠与其子朱邪执宜暗中商议，决定重回大唐怀抱。

归来吧，归来吧，浪迹天涯的游子！大唐才是你们永远的避风港湾！

唐宪宗元和三年（808年），沙陀部落三万人启程东迁，途中遭到吐蕃部队的阻击，部众死伤两万余，朱邪尽忠也在混战中被杀。继任者朱邪执宜率余下不足万人逃到灵州，得到大唐率军接应，才没有全族覆没。

大唐将沙陀人安置在盐州，并设立阴山都督府，封朱邪执宜为阴山府兵马使，执宜随后陆续收编流散民众，才最终安定下来。

经历过辛酸沉痛的迁移（甚至称得上千里大逃亡）的沙陀，日子依然不好过。大唐同样怀疑沙陀人反复无常，今天投靠我，指不定明天又聚众叛逃了。

朝廷为此想了个办法，操作起来很简单：内迁+分化。

灵盐节度使范希朝调任河东节度使之际，朝廷下令让沙陀举族跟随迁往河东。范希朝选其骁勇一千二百骑，号称"沙陀军"，统归自己掌管。其余族人安置在定襄川，执宜部则居神武川的黄花堆，更名"阴山北沙陀"（我才是正统好不好）。

不管过程多么艰辛，沙陀族最终完成了内迁。经过多年的休养生息，实力恢复了不少。反观大唐，多年来不但没有重塑盛唐气象，国力、军力、声望都在逐渐下滑。

中央无力独当一面，此后宪宗、武宗对藩镇以及吐蕃、党项、回鹘用兵，都曾借助过沙陀之力。

帮着帮着，沙陀部族就成了大唐王朝最忠实的马仔、跟班，几乎每次搞事，朝廷都会拉上沙陀。与其说是重视，不如说是利用更恰当些。

冲锋在前，撤退在后，沙陀人为了生存，无怨无悔。

整个一部沙陀史，就是一部饱含血泪的迁徙史、炮灰史。甚至到唐末懿宗（僖宗他爹）时期，沙陀还是和周边诸多小部落一样默默无闻。细数整个发展历程，沙陀也不像唐代强势民族吐蕃和回鹘那样，可以如阿Q先生那般毫无压力地吹嘘自家祖上曾经阔过。

几百年间，他们只有手中紧握的武器和胸中奔腾的热血，为保卫整个部族奋勇向前。在他们的字典中没有失败，也没有退缩。一个弱小的部族几乎跨越整个唐朝而屹立不倒，乃至发展壮大，这本身就很值得钦佩。

沙陀人，用铁与血锻铸的民族精神，永远不可能被困难击败！

他们信奉"强者生存"的真理。他们一直在等待，等待着自己的英雄，部族的强者。

救火两父子

边镇守将如何迅速博取名望，甚至控制中央政权？

条件有二：一是天下大乱的客观环境，二是奉诏带兵勤王的好时机。

汉末董卓乱政就是非常典型的例子。屠户出身的大将军何进要铲除宦官，执意调镇守陇西的董卓进京相助，不料事泄，何进被阉宦所杀。等董老贼风尘仆仆赶到洛阳的时候，十常侍之乱已被袁绍等人平息。

按理说事情已经解决，董卓应该迅速返回陇西。可老贼仗着手里的三千精兵，强行控制了中央政权，好好地祸乱了一把朝政。

董卓这种乱臣贼子，为后世树立了极其恶劣的典型，为人所不齿。但不可否认，董老贼把握住了机会，让自己从一个默默无闻、事迹仅存在于历史缝隙中的边关将领，生生镀成汉末第一逆贼。

大丈夫不能流芳百世，亦当遗臭万年。不好说董卓算不算大丈夫，遗臭万年倒是没跑。

当然，历史上真正的救火英雄也不少。以唐为例，往远了说，有平定安史之乱的郭子仪、李光弼，往近了说，有沙陀人苦苦等待的部族英雄、堪称唐末救火两父子的李国昌、李克用。

在这里不得不提一提僖宗李儇的老爹——唐懿宗李漼。要论谁更懂享受生活，娱乐人生，这父子俩还真有一拼，只不过僖宗没有老爹那么幸运。懿宗在位时内外局势还很稳定，老爹舒舒服服玩了一辈子，龙驭宾天以后，留给李儇的除了一个烂摊子外，还附赠了一场"黄巢起义"（僖宗即位第二年黄巢加入起义军），搞得李儇一辈子都不得安宁。

如此说来，懿宗真是坑儿子！

沙陀人是怎么和这一切扯上关系的？这源自一场不大不小的起义。

唐懿宗咸通九年（868年），桂州戍兵发动起义。起因是朝廷言而无信，三年戍期已满，却不允许北返故乡。三年之后又三年，戍兵们在桂州足足守了六年，眼见还乡无望，众人推举粮料判官庞勋为首领，反叛朝廷，史称庞勋起义。

这场起义历时一年零五个月，耗费了大量人力物力。虽然时间不长，但影响深远，史书称："唐亡于黄巢，而祸基于桂林。"（《新唐书·南诏传赞》）由于朝廷军无力独自承担平叛任务，他们又习惯性地想起了大唐忠诚的马仔——沙陀人。

沙陀首领朱邪赤心，也就是朱邪执宜之子，听闻朝廷呼唤，率领沙陀骑兵助唐镇压庞勋起义，因功被授予大同军节度使，赐姓李，名国昌。

赐国姓，这种荣耀说大也大，说小也小。对于沙陀人来说，多年来为朝廷出力平叛，功勋卓著，"救火大队长"的称号，李国昌也是当之无愧。

朱邪这个姓氏，以后不能再叫了。李国昌给自己生于唐宣宗大中十年（856年）的长子改名为李克用。

李克用，本书二号男主角。

当然，不想当男一号的演员不是好演员，想当男一号的演员不愿承认自己是男二号。李克用日后多次尝试踢开朱温自己上位，可惜均告失败。

这对宿敌无数次在舞台上同场飙戏，过程中都各自有着精彩的发挥。李克用初登舞台，就让人眼前一亮，但若拼综合实力，他还是斗不过老戏骨朱温。

可以这么说，当李克用拿到金鸡奖时，朱温已经进军国际舞台了；李克用不服，也进军国际舞台时，朱温已经晋升奥斯卡影帝了。

李克用，你小子虽然潜力大，能力强，但终究还是要被我压着。在黄巢起义后的大部分时间里，朱温都拥有明显的进攻优势，李克用多数情况下只能被动地落入防守。现实如此，不服不行。

他们两人差得远吗？并不远，只差一段距离，这段距离叫性格。

虽说结局大相径庭，李克用和朱温还是像极了历史上最为人津津乐道的一对宿敌——项羽和刘邦。

什么叫性格决定命运？

朱李两人再次向世人证明：智商不如情商，贵族干不过流氓！

两人日后会有无数次精彩的交锋和博弈。现在我们先把舞台交给李克用，看看驰援朝廷、扫灭黄巢前他在干什么。

李克用自幼酷爱骑马射箭，十五岁便随父出征，讨伐庞旭叛乱。他冲锋陷阵，无人敢撄其锋芒，军中号为"飞虎子"，着实霸气。又因他出生时有一只眼睛失明，后来在参与平叛时被同行们"亲切"地称为"独眼龙"。

李克用倒不怎么计较，也不因先天残疾而心理自卑。即便独眼，毕竟还是"龙"嘛，估计当时要起个"独眼虫""独眼狗"之类的外号，李克用会马上拿刀砍死你丫的!

随着实力迅速增长，沙陀也开始打唐朝的主意。唐乾符三年（876年），李克用率军袭取云州，扼住了大唐的北方咽喉。

小弟如今也敢欺负大哥了，这没法忍！

僖宗果断下令讨伐沙陀。此时黄巢刚刚结束在南方的扫荡,渡过黄河正一路向北进攻,朝廷迫于形势,只得集中兵力优先围剿起义军,暂时承认了李克用对云州的统治。

由于云州的战略地位太过重要,此后僖宗三番两次派军围剿,终于在乾符六年(879年)大败沙陀,将李克用赶出云州。没办法,李克用率领残余兵马投靠了北方的鞑靼部。

寄人篱下,是龙就得盘着,是虎就得卧着。否则,屠龙刀、虎头铡伺候!

李克用性格高傲,看不上鞑靼部落。鞑靼首领也认为李克用不会久居人下,保不齐哪天就会取己代之。思来想去,鞑靼首领准备找个机会干掉李克用,顺便把这群讨厌的沙陀人一锅端了,还能白赚大批牛马辎重,真是一笔不错的买卖。

屠龙刀、虎头铡就位,李克用却幸运地躲过一劫。不是他愿意放下身段,甘心听命于鞑靼,而是黄巢大军兵锋直指长安,局势变得更加扑朔迷离。

有需求,就有供应。李克用敏锐地觉察到朝廷若想平叛,必会再次向沙陀求助。鞑靼首领既然不能相容,那正好以救援长安为名趁机脱身。只是朝廷增援的诏书一天不到,整个部族时刻都处在被吞并的危险之中。如何暂时稳住鞑靼首领,李克用想到了一个办法。

没有任何矛盾是一顿酒肉解决不了的!如果有,那就两顿!

李克用让族人杀牛宰羊,款待鞑靼首领。席间李克用大发感慨:

"予父子为贼臣谗间,报国无由。今闻黄巢北犯江、淮,必为中原之患。一旦天子赦宥,有诏征兵,仆与公等向南而定天下,是予心也。人生在世,光景几何?曷能终老沙堆中哉?"(《旧五代史·武皇纪上》)

话中之意很明显,亲爱的鞑靼首领,你放心吧,我们马上就要走了,不会威胁你的。而且我可能会带着你们这群小伙伴一起建功立业,怎么样,不错吧!

设想一下,万一鞑靼首领听力较差,或是前面的话根本没认真听,只听见最后一句"人生在世,光景几何?曷能终老沙堆中哉"呢?

什么?你小子在我的地盘上感慨不想终老沙堆,这不是摆明了想造我的反嘛!早就看你不顺眼了,左右,赶紧把这小子推出去剁了!

结局,可能不堪设想。

表白确实需要搞好铺垫。想当年刘皇叔一拍大腿、两行热泪,感慨自己最近吃胖了(参见腿上赘肉),功业却一事无成,就被蔡瑁等污蔑说有造反倾向,差点在深夜被人乱刀砍死。

所以,这个故事告诉我们,表白有风险,感慨需铺垫!

在这里插个小故事。据说有一回,鞑靼人要和李克用比试箭法,这时天空恰有两只雕飞过。鞑靼人有意让李克用难堪,就取笑他说:"你自诩为神箭手,能一箭射下双雕吗?"没承想话音未落,李克用弯弓发箭,一箭连中双雕(正好穿着烧烤),在场人无不惊叹(郭大侠表示不服)。

参考李克用曾一箭射中两只野鸭,估计他对自己的箭术要求很高,射什么东西都要成双成对的。

要是神雕大侠杨过的好友雕兄路过,动动翅膀也能把李克用扇飞,看你小子还敢射我同类!

不久之后,李克用率众安然离开鞑靼部落(带没带鞑靼人不清楚)。他手里紧握的,是朝廷命他驰援长安、讨伐黄巢逆贼的诏书。

诏书终于盼来了!沙陀终于安全了!

从他策马奔出鞑靼营寨那刻起,就已经决定接过老爹的旗帜,继续扮演救火队长的角色。也许他内心早就忘掉曾经与朝廷的种种不快,也许只是希望从鞑靼部落迅速抽身。有一点可以确定,此时他已决心参与平叛,带着自己所向无敌的沙陀铁骑。

于是,黄巢的末日来了!

横空一击

问：农民起义军怕什么兵种？

答：骑兵。

问：农民起义军比较怕什么军队？

答：少数民族军队。

问：农民起义军比较怕什么战术？

答：行动迅速的闪电战。

问：那是不是能归纳为农民起义军最怕少数民族骑兵发动闪电战呢？

答：在很多情况下可以这么说。

问：那原因何在？

答：你是不是傻，双脚走的能干得过骑在马上的？踩单车的能追得上开奥迪的？

问：那就没有任何有效措施了吗？

答：凭坚城，用大炮，指哪打哪最有效！（袁崇焕推荐）

问：可袁崇焕手下是正规朝廷军呀？

答：呃，那倒也是……

中国历史上爆发过多次大规模的农民起义，较为出名的诸如陈胜吴广起义、汉末黄巾起义、唐末黄巢起义、明末李自成起义、太平天国起义，除去太平天国内部领袖自己作死以外，其余四次在很大程度上都是败给了骑兵部队，而黄巢和李自成分别败在了沙陀军和八旗军手下。

农民军自身存在装备落后、各自为战、作战指挥能力弱等诸多不利因素。反观骑兵部队，却具有机动灵活、指挥统一、行动迅速等无可比拟的优越性。优劣自见，强弱分明，这仗基本没得打。

火云邪神告诉我们：天下武功，无坚不破，唯快不破。所以说，闪电战绝对是优秀的进攻战略,从古至今都备受推崇。

举个例子,汉武帝之所以能击败强大的匈奴骑兵,靠的并不是战场上正面硬拼,而是一次性派出多路军队,各支部队都有明确的战略任务,在广袤的大草原上寻找战机。恰恰卫青与霍去病都是闪电战的行家,两人以歼灭匈奴有生力量为作战重点,多次发动长距离闪电攻势,打得匈奴措手不及,因而每次都能出其不意,大获全胜。

你快我比你更快,外科手术刀般的精准打击,就问你怕不怕!

骑兵部队的作战思路很明确,一射二冲三收割。这一整套套餐下来,朝廷正规军队都不一定吃得消,更别提本就行动迟缓、各自为战的农民军队了。

在这里可以参照影视剧场景:少数民族骑兵发动攻击时,首先会远距离放一轮弓箭,然后倚仗战马速度冲开敌人阵营,趁着对手阵脚大乱,就可以顺利完成砍人任务。虽然略有渲染和夸张成分,但实际效果可能并不会差很多。

开国皇帝都是在马背上夺得天下的,马背上的民族,战斗力绝对不容小觑。

沙陀是马背上的少数民族,经过近二百年的艰难发展,他们锻造出强悍的民族精神。对于他们来说,生活本身就是与外界进行艰苦的斗争,每天都是在为生存而战。

他们的骑兵行动迅速、战力惊人,他们的首领机智果敢、英勇善战。在弱肉强食的年代里,这是一个少数民族得以存在乃至繁荣的必要条件。

历史已经多次证明,此后也会继续证明,王朝并非汉人们的专利,优秀的少数民族依靠顽强的意志和强大的战斗力,也能铸就属于自己的神话。

就目前的形势看,黄巢起义军已被牢牢围困在长安附近,朝廷正缺少一支战斗力强悍、能够迅速瓦解农民军战斗力和凝聚力的部队。

起用李克用的骑兵,无疑是最好的选择。

考虑到沙陀人有过偷袭云州的黑历史,朝廷上对于是否派沙陀驰援存在很大的争议。许多大臣都认为狡猾的沙陀人不可靠，万一他们借机袭扰中原，岂不是驱走豺狼又来猛虎。

僖宗刚开始也不赞同，只是随着重返长安的愿望逐渐强烈，朝廷军能力有限，实在不足以迅速平定叛乱，最终，无可奈何的僖宗还是选择了妥协。

中和二年（882年）十一月，僖宗批准杨复光的请奏，同意李克用重返中原，带兵勤王。

小李，这事就交给你了，千万不要让朕失望！

十二月，三万沙陀骑兵挥师南下，以最快的速度直捣长安。

事实摆在眼前，农民军欺负欺负腐败惰化、战斗力低下的朝廷军还行，遇到兵强马壮、骁勇善战的沙陀军队，简直就像耗子遇见猫，小怪兽遇见奥特曼，只剩下被动挨打的份。

沙陀军指挥统一、行动迅速，又全着黑衣黑袍，胯下黑色战马，远远望去，犹如一股黑色巨浪迎面袭来。反观农民军这边，由于缺乏统一指挥，根本发挥不出人数众多的优势。再加上沙陀骑兵进攻气势山崩地裂，节目效果实在爆表，许多部队根本不敢与之交锋，而是直接后队改前队，全体向后转，预备，跑！

整个十二月，沙陀人锋芒毕露，所向披靡。

中和三年（883年）正月，李克用部将李存贞击败黄巢之弟黄揆，李克用因功晋升为东北面行营都统。

二月，李克用与河中、易定、忠武诸军会合，在良田陂大败黄巢军中第一战将尚让。此战斩俘数万人，浮尸三十里。十五万人的起义军被杀得丢盔弃甲，溃不成军。更糟糕的是，尚让的失利彻底击垮了起义军的信心和战斗力。军队丢了士气，就像人被抽去了魂魄，剩下的仅是一副空壳。

三月，李克用与王重荣合兵一处，顺利拿下零口。东北方仅剩下重镇华州尚未被攻破。

可以说沙陀军的横空一击，迅速提升了朝廷军的作战士气，也让朝廷意识到，收复长安已经指日可待。黄巢辛苦构筑的北方防线被冲得七零八落，加之从其他方向围剿长安的勤王部队迅速跟进，起义军顿时陷入粮草匮乏和军心离散的处境。

从出兵至今，不足四个月的时间，李克用已兵临长安城下，但他并不着急攻城，而是每夜派出部将薛志勤、康君立潜入长安干一票，专烧起义军粮草辎重，顺便杀掉一些守城士兵，然后趁着夜色飘然而去。

夜夜如此，给长安城守军造成了极大的心理压力，这样下去，保不齐哪天自己的小命也玩完了。但若连死都不知道谁干的，那是有多悲哀啊！李克用这手，实在是不太地道。

不战而屈人之兵，善之善者也。如此看来，李克用也是玩心理战的好手。

重压之下，黄巢撑不住了！他决定放弃长安，重新开展游击战争。

从攻入长安之日开始算起，已经过去了将近三年，现在重新搞起老本行，熟练度如何且不说，对手还给不给机会，自己还有几成胜算，黄巢心里其实也没底……

挥手自兹去

中和三年，四月初八。

马踏浮尘，万象俱杀。

长安城外，悲风骤然而生。

一彪人马突然从长安城内匆匆奔出。他们身后喊杀声震天动地，熊熊燃烧的狼烟直冲云霄，兵刃交鸣，仿佛奏一曲别离的悲歌，血腥的味道充斥着长安城内每一条街道，战争的阴影将整个长安城完全笼罩。

很明显，逃离长安的是黄巢及其亲信部队。虽然早在中和元年（881年），黄巢就因判断失误撤离长安，但他很快又将官军击溃，重新将都城夺了回来。然而这一次,实在是不走不行了。

狡兔三窟,人总得给自己留条后路,以免走投无路。

黄巢早已做好撤离准备,在沙陀人兵临城下之前,他已发精兵三万扼守蓝田要道,一旦长安失守便可由此迅速转入河南境内,以图东山再起。其实黄巢从没打算要和长安城玉石俱焚,何况这里的一切本来也不属于自己。

可他还是不愿过早将这座繁华的都城拱手让与沙陀。

人哪,越是迷恋自己辛勤付出收获的成果,越是拿得起放不下,明知不可为而为之,即使有一丝希望也要咬牙坚持到希望破灭的最后一刻。勇气固然可嘉,但却白白失掉了东山再起的有利时机,实在算不上明智。

直到听闻华州失守、各路大军在李克用的带领下风卷残云地攻破广泰门杀入内城的那一刻,黄巢才匆匆烧毁宫殿,带着亲信人马狼狈逃出长安。

黄巢走得还算及时,虽然他很有可能会因提前撤离而获得更大的发展机遇,但我们也不能对古人要求太高。战局总是瞬息万变,事后分析往往比事中决定来得容易。

奇怪的是,黄巢撤出长安许久,一直没有多少官兵前去追捕。这显然很不科学。

你没有看错,我也没有说错。斩草要除根,擒贼先擒王的道理他们不可能不懂,要是能抓住贼首黄巢,那可是无上的功勋。

无上的功勋却没人热衷,事实就是如此。请问为什么?

原因只有一个,功勋、荣誉称号很虚,平叛军都很务实。攻入长安之后,他们一直做着历史上多支部队攻陷城池后都可能会做的事。

杀人放火,奸淫掳掠,强抢民财⋯⋯

这样的表现简直丧心病狂,很难想象朝廷正规部队也像那些流寇一样凶残。受苦受难的灾民仇富仇官,发泄过头了也能让人稍微有一丝理解。平叛部队入城后不去捉拿贼首,却掉转枪头对准城中无辜百姓。

他们,实在不配做一名职业军人。

始作俑者，正是李克用和他手下的沙陀人！

这也实在怪不得他们。历朝历代每次请求少数民族支援作战，功成之日哪能不放点血？人家千里之外马不停蹄赶来，本来就是有偿援助，不在临走之前大捞一笔，你以为我是人道主义救援呢！

最可恶的是跟随沙陀军进城的各镇官兵，也趁着兵荒马乱尽情搜刮。由于缺乏严明军纪的约束，加上官兵素质普遍偏低，刚一进城，他们就开始大肆劫掠。

打仗时龟缩在后方，仗打完了疯狂争夺胜利果实，无耻！

长安居民在大齐政权的恐怖统治下，三年来屡遭杀戮，本以为能够重见天日，没想到随之而来的是一场更大的浩劫。

不消数日，繁华的都城长安已然一片废墟。

正是沙陀人"高抬贵手"，才给了黄巢喘息之机。几日之内，黄巢率余众狂奔好几百里，顺利从蓝田退入商山。一路上，黄巢将随身携带的大量金银珍宝边走边扔，专门留给前来追击的沿途官军，因而得以畅行无阻。

官兵们充分发扬了"抢的不如捡的，多捡一点赚一点"的优良作风，聚精会神谋福利，踏踏实实求暴富。

"追击黄巢叛贼？你说什么，我听不清，再大点声！"

长安城内各路藩镇不来就算了，长安附近各城驻军也玩命低头捡宝。这下真没法追了，官兵们简直是在目送黄巢踏着夕阳远去。走了财神爷，富了一大群，大家各取所需，互惠互利。

黄巢此计，可给满分！

逃亡路上的黄巢，大概早已没了当年的豪情壮志。他并未因长安失守而意志颓废，思路也很清晰。他还在畅想，长安城内诸藩镇会因吞赃不均而分崩离析，没准自己还有机会重新杀回长安，砍了这帮鸟人。

纵然大齐政权建立尚不足三年，纵然含元殿上的龙椅还没坐热就被赶了下来，心里肯定不爽，但目前并非无路可走，大不了重走一回革命路线，大不了退回广州重新来过。

黄巢设想了无数种可能，无数种让自己立于不败之地的可能。可运气,似乎并不在黄巢这边。

心若在,梦就在,只不过是从头再来。长安,我走了,也许我还会回来的。

也许这一切终究只是一场梦吧,现在梦醒了,我又回到了梦开始的地方,该好好做事了!

伴随着黄巢悲伤地离去,朝廷上下已是一片欢欣鼓舞。远在成都的僖宗听说官军顺利收复长安,狂喜之余,立即着手论功行赏。

他加封朱玫、李克用、东方逵同平章事,王重盈为陕州节度使,李孝恭为保大节度使,朱温为宣武节度使,即刻赴任,其余有功将士尽皆封赏。又严令各镇守军务必速速追击贼首,沿途各州守将配合朝廷军队阻击黄巢败军。想必僖宗对之前这帮兔崽子的所作所为也有耳闻,便宜你们占够了,现在也该出出力了。

可黄巢,并非一无所有。据保守估计,其嫡系部队加上沿路收编再加上顺走的长安百姓,他手中至少还有十五万众。即便士气低落,战斗力偏弱,但绝对足以一战,足以支撑他完成战略转移,甚至东山再起的目标。

一派青山景色幽,前人田地后人收。

后人收得休欢喜,还有收人在后头。

从目前看来,黄巢是这么想的。

黄巢末日

飒飒西风满院栽,蕊寒香冷蝶难来。
他年我若为青帝,报与桃花一处开。

——黄巢《题菊花》

黄巢爱菊,爱得深沉,爱得热烈。至于原因,大概我们能从元稹"不是花中偏爱菊,此花开尽更无花"得窥一二。黄巢以菊自比,对菊花怀有真切的同情。他痛恨桃花、杏花乃至人间百花,它们剥夺了菊花成名的机会，发展的空间。花无言，人有意。他毕竟与菊花不同，他是人，对待生活的不公，他要去反抗、去奋争，为菊花，更是为自己正名：菊花可以立于百花之首，自己也可以成为人中之龙。

从文采上评价，这两首诗实在不算上乘之作。如果黄巢仅有这等水平，应付"科目繁多、录取率低"的唐朝科举，名落孙山也是理所应当。仅从这个方面看，朝廷并未对黄巢本人有任何不公平对待。

最终，黄巢还是反了。他曾经多么希望可以打入统治阶级内部，然后跟着体制内其他成员一起腐化堕落。上天没有给他这个机会，却在无意之中让他站在万人之上。如今，又想把他从天堂拉入地狱。这个拉他下马的人，正是李克用。

黄巢依然在行着，身后的队伍依然一眼望不见尾。他还是有实力在舞台上折腾一阵子：李克用，打不过，我还躲不过？况且你不可能永远留在中原。

黄巢猜对了一半。

收复长安，沙陀人的任务已经完成。李克用很快便奉诏从长安北返雁门，不久晋升河东节度使，治所设在晋阳，算是暂时（注意只是暂时）不再插手平叛之事。

李克用撤出战场，黄巢心里踏实了许多，他天真地认为沙陀人的离开，就是自己时来运转的开始。

沙陀已去，其余藩镇皆不足畏也！

理想很丰满，现实却很骨感。这群看上去不足为惧的藩镇兵马，也能搞得黄巢生不如死。

黄巢心里是这么想的：打不过你李克用，我十几万大军难道还攻不下几座城池？

结果，还真没攻下几座，这让黄巢大为光火。

起义军所到之处，只有忠武节度使秦宗权力战不支投降，其余各镇纷纷坚壁清野，固守城池，根本不与黄巢交战。面对墙高沟深的城池，起义军无计可施。

更不幸的消息随之而来：亲信大将孟楷，也就是当初给朱温穿小鞋的那位仁兄，在围攻陈州时中计被擒杀，继而全军覆没。

废物！都是废物！

黄巢已经出离愤怒了。孟楷是自己的心腹，黄巢决心不惜一切代价攻破陈州，把刺史赵犨碎尸万段，替孟楷报仇。

陈州刺史赵犨，绝对是个狠角色。

此人在黄巢败退长安时就曾断言，陈州是其流窜路线上的必经之地。所以赵犨老早就修筑好防御工事，广积粮草，训练士兵，将城外百姓尽数迁回内城，摆出一副老子在这儿、不服来战的姿态。

黄巢集结重兵把陈州围了个水泄不通，又在城外挖了五层堑壕，这是告诉陈州城内守军，你们出不去了，想要活命，赶紧投降。

面对这等恫吓阵势，赵犨丝毫不买账：有能耐就围下去，老子一点不怕你！

赵犨很硬气，可仅代表个人意愿，陈州守军私下里却颇有怨言：

"您老人家和黄巢有仇，投降也免不了一死，别拉我们垫背呀！我们可是上有老下有小，这年头混口饭吃容易吗？"

赵犨敏锐地察觉到这一点，他及时召集部下，说了一段很提士气的话。

"忠武素著义勇，陈州号为劲兵，况吾家久食陈禄，誓与此州存亡。男子当求生于死中，且殉国而死，不愈于臣贼而生乎！有异议者斩！"（《资治通鉴·唐纪七十一》）

赵犨这番话铿锵有力，掷地有声，显示出语言鼓舞人心的强大力量。此外，他又多次带兵出城迎战黄巢，取得了不错的战绩。这下部下们没什么好说的了，主将都这么拼，还是老老实实玩命守城吧。

没想到这一守，足足守了一年。

起义军一年来费尽心力，连陈州城墙砖都没啃下几块。久围不下，黄巢只能分兵劫掠邻近州县，抢夺粮草，以供围城之需。

陈州拿不下，以后的日子也不过了！

由于在陈州城外耽误了太多时间，黄巢完全忘记了游击战的最强奥义（敌进我退、敌退我追，要的就是一个灵活），甚至也忘了自己本来是在逃命。如若不然，目前至少也该退回南方，重整旗鼓了吧。

胜利能冲昏头脑，失败一样可以。黄巢浪费了扭转败局、重振雄风的最后机会。

中和四年（884年）春，黄巢一干人马还在陈州城下啃着砖头，而远在晋阳的李克用，应周岌、时溥、朱温等人相请，再次南下平叛。

这一次，李克用带来了五万精兵。

"独眼龙又来啦！鸦军（沙陀骑兵外号）又来啦！"黄巢再一次体会到了奔跑的感觉。

"随风奔跑自由是方向，追逐雷和闪电的力量，把浩瀚的海洋装进我胸膛，即使再小的帆也能远航。"跑是一直在跑，自由的感觉却丝毫体会不到。

于是，西华一败、中牟二败、封丘、冤句、二败、四败、五败……

南下之路已被切断，黄巢只能一路向东，奔向自己的山东老家。

一路跑，一路追，可恶的沙陀人一点活路也不给。东山再起是不可能了，黄巢只想找到一个安身之处。可在李克用看来，是时候给黄巢找个葬身之地了。

令人意外的是，送黄巢最后一程的并非李克用。不是不想，而是不能。

为什么不能？沿途各镇均不愿向沙陀军供粮，李克用粮草不济，人困马乏，再无力向前追赶。

道理很好明白，好处大家共享，功劳休想独吞！你已经够出风头了，如今到了收尾阶段，也该让我们这些人分一杯羹了吧！

六月十五日，退无可退的黄巢来到泰山狼虎谷的襄王村。在这里黄巢的结局有了三个版本，有主动求死说、背后遭捅说、落发出家说。

我们首先就可以排除出家这种可能，实在不靠谱，你当朝廷平叛大军都瞎呀！至于究竟是主动求死，还是被其外甥林言所杀，在这里也不过于考证，反正黄巢是与这个让他欢喜让他忧的世界说拜拜了。

待到秋来九月八，我花开后百花杀。

冲天香气透长安，满城尽带黄金甲。

随着宝剑在半空中画出一条美妙的弧线，黄巢人头落地。那一刻，黄巢仿佛看到长安城的菊花迎风狂舞，悲泣，落一地绚烂。

这是黄巢起义最后的结局，算不上悲惨。历史选择了黄巢，又在他完成使命之后无情地抛弃了他。努力过，抗争过，也许他可以做得更好，可最终还是没能更进一步。无论后人如何评价，黄巢都是中国古代农民阶级反抗专制暴政的领袖，也是他，加速了唐王朝走向灭亡的步伐。

他仅仅是破坏者，不是掘墓人。

让我们记住这个日子，唐僖宗中和四年六月十五日，黄巢兵败牺牲，终年六十四岁。轰轰烈烈的唐末农民起义就此基本画上句号。

七百年后，一本脍炙人口的章回小说开始风靡，黄巢这个名字，也被录在其中，为人所知。话说那日浔阳楼上，"及时雨"宋公明为抒胸臆，愤然在酒楼墙壁上题写"他时若遂凌云志，敢笑黄巢不丈夫!"这等豪言壮语。

宋押司的诗文采上并不比黄巢水平高多少，但作为一个敢于在志向上藐视黄巢的在押罪囚，抓他杀头也不过分。

可能有人会问，我们的男一号朱温同志哪儿去了？

确实，这段时期，老朱处在一种打酱油的状态，除了差点被黄巢端了老窝汴梁外，基本上不太露脸。可不露脸，不代表不折腾，此时的朱温，正在集中精力谋发展，不断扩充自己的实力，因为还有更大的困难等待着他。

那些朱温人生道路上的劲敌们，也将一个个粉墨登场，走到历史的前台……

第三章
如此君臣

这小子，膨胀了

我们先从一场没有预谋的暗杀说起。

当年黄巢在陈州城下惨遭李克用狂虐，不得已继续向东溃逃，沿途正好路经老部下朱温的辖区汴梁。仇人见面，自然分外眼红。

是叛徒就得全部消灭！对于朱温这个无耻的死叛徒，黄巢二话不说，立刻派尚让率五千人马前去攻城。

沦落到这步田地，黄巢残军面对"非沙陀铁骑"依旧不虚。

想想汴梁的城墙可没陈州城坚固，老朱吓得浑身冒冷汗。万一老窝被端，可能就得去要饭了。朱温一面派大将朱珍、庞师古出城迎战，全力抵挡尚让进攻，另一面赶紧修书向李克用求救。

"李大哥，仇家要置我于死地，还望您不辞辛劳，赶紧前来帮小弟一把。"

若是预料到朱温日后那么难搞，李克用就算自断双臂，也不会选择出手相助。如果黄巢这次能顺带把朱温灭了，五代的历史必将彻底改写。

可李克用不是神人，而是军人，况且还是一条耿直的汉子。

既然大家同朝为官，如今也算战友，再说自己本来就在追剿叛军，顺便帮一帮战友也不过分。李克用根本没有多想，直接带兵前往汴梁助战。

固定的场景再次上演，黄巢惨败，溃不成军。不仅如此，心腹尚让率部投降了时溥，大将霍存、葛从周、张归霸就地归降朱温。此战以后，黄巢基本上失去了一切。

汴梁之围被解，李克用顺带又将黄巢赶出河南境内。前面我们说过，由于邻近藩镇从中作梗，导致李克用粮草不济，只能被迫放弃追击黄巢，退回汴梁城外驻扎休整。

找朋友帮忙，事成之后要不要有所表示？

那是必须的！

李克用这么仗义，朱温肯定得尽一尽地主之谊。他再三邀请李克用进城一叙，一来可以跟李克用套套近乎，搞搞关系，说不定日后还能仰仗着他。二来，李克用是什么人？那可是"再造社稷、大唐救世主"般的存在，有机会的话，谁不想多领略领略全民偶像的风采！

后世有人猜测朱温盛情邀请李克用，是想趁机做掉他，为自己称霸江湖扫除障碍。这种猜测是没有道理的，朱温虽然狡猾，但并不脑残。人家好心前来相救，答谢一番也是应该的。再说李克用贵为当红炸子鸡，朝廷的大救星，朱温不可能不掂量掂量就直接下手。

其实，朱温真正对李克用动了杀机，就是在当晚那场宴会上。

平心而论，这很大程度上是李克用自己惹的祸。用现在比较流行的话说，这小子，膨胀了。

膨胀的人都有什么表现？目中无人，趾高气扬，刚愎自用，横行霸道，说话不过大脑……

李克用一样不少全占尽了，他从来都不是谦虚的人。

不过李克用也真有膨胀的资本，他为朝廷立下不朽战功，称得上平叛第一功臣。这等再造社稷的功勋，足够吹上一辈子的。

史书称：克用时年二十八，于诸将最少，而破黄巢，复长安，功第一，兵势最强，诸将皆畏之。(《资治通鉴·唐纪七十一》)

这句话透露出三个重要信息，一是李克用年龄最小（年轻就是资本），二是李克用功劳最大，三是李克用兵势最强，很令人畏惧。

二十八岁的李克用，名字前面不知不觉已经有了一大串官职，检校司空、同中书门下平章事、河东节度使，上至中央正部级干部，下到地方军区司令员，一概通吃。

谁还不服，站出来，保证不打死你！

对朱温这种底子黑的草根，靠背叛旧主爬上高位，李克用打心眼里看不上。他本来不打算给朱温面子，请我赴宴，你小子还不够格！但他还是没架住朱温再三相请，当日便带着数百名亲兵入城，先在上源驿馆舍歇息。

当晚朱温精心准备了一场豪华的盛宴，酒肉、音乐、舞蹈（应该还有美女）布置妥当，然后请李克用前来狂欢。人家都是性情中人，席间免不了胡吃海喝，然后一起吹吹牛皮。

中国的许多问题都出现在酒桌上，喝高了点就开始胡言乱语，结果被隐藏的仇家抓住把柄，搞得身败名裂。

李克用胡人一个，不懂汉人那套规矩，加上年轻气盛，难免居功自傲。酒过三巡，菜过五味。不知道是他酒量不行，还是今晚玩得太嗨，感觉头脑发热，有点忘乎所以。几杯酒下肚，就管不住自己的嘴了。

于是，祸从口出了。

他醉眼蒙眬，斜眼望着朱温，用充满嘲讽和鄙夷的语气说道："朱温啊朱温，你一砀山农民，出身卑微，又是个黄巢的叛将，卖主求荣，怎么有脸做这一镇之主！"

朱温瞬间蒙在原位！他万万没料到李克用会当面说出这样的话，一时竟无言以对。

踢桌子翻脸？可又顾忌李克用武艺高强，自己不一定能占到便宜。万一失手被人当场暴打，日后在同行面前还怎么混！老朱一脸委屈，只好把满肚子怒火暂时压了下去。

李克用可不考虑老朱的感受，反而觉得心情格外舒畅，干了一杯又一杯，喝得是酩酊大醉（席间可能也有调戏侍女的嫌疑）。临走时李克用连招呼也不打，就在贴身侍卫搀扶下，回到上源驿馆舍歇息。

当面极尽讽刺挖苦之能事，无情揭露他人伤疤。如此看来，李克用这货，酒品实在不咋样。

李克用心里应该是这么想的：朱温，你小子别不服气，有种来打我呀！

他实在没想到，朱温真的来了，不是打你，是要把你送去见阎王！

宴席结束以后，朱温越想越不是滋味，太伤自尊了！感觉自己很受伤，很受伤，准备独自一个人流泪到天亮。

朱温的眼泪还没挤出几滴，部将杨彦洪突然不请自来，还顺带献上一条毒计："李克用是当代豪杰，天下无敌，如今又贵为扫灭黄巢的第一功臣，主上想进取天下，李克用日后必成劲敌。眼下即是扫清障碍的绝佳机会，机不可失啊！"

朱温一听这话相当在理，又想到今日宴席之辱，实在咽不下这口气。

"好小子，在我的地盘竟敢这般撒野，丝毫不把我放在眼里。大家都是在道上混的，老子我还混过黑社会，什么手段没用过，敢当众揭我老底，你这是自寻死路！"

火烧上源驿

暗杀李克用，派刺客肯定不行。别看李克用身边护卫亲兵不多，却个个如狼似虎，武艺高强，单挑群殴能力都不在话下。刺客非但近不了身，反而会打草惊蛇。

想要保证刺杀成功，只能趁乱下手。

如何制造混乱？很容易，放火！

放火暗算这种勾当,技术含量不高,风险系数低,可操作性很强(排除天气因素干扰)。能黑人于无形,灭口还不用背锅。完事后只需对外宣称,被黑者由于防火消防知识不足,自救能力欠缺,以至于酿成惨祸。今后一定大力宣传普及消防安全知识,提升自救互救技能,避免此类惨剧再度发生。

事不宜迟,朱温连夜派遣精兵,放火围攻上源驿。

今夜月黑风高,今夜多云转晴。李克用,你的死期到了!

大火一起,馆舍内顿时乱成一片。危急关头,李克用向我们展示了什么叫泰山崩于前,面不改色心不跳。他丝毫紧张不起来,因为他根本就没醒(喝高了)。情急之下,侍卫们硬把他从床上拖了下来,一盆凉水浇头,李克用终于醒了。

他瞬间意识到问题的严重性,要不是自己嘴欠,人家也不至于这么黑,要是只因几句酒话就被人给黑了,岂不是一世英名尽毁,死了也丢人哪!

李克用心里很慌,但却没有坐着等死。他组织手下弯弓射箭,暂时抵挡住梁兵趁乱偷袭的势头。

梁兵显得并不着急,您老人家有本事扑灭这熊熊燃烧的大火吗?想折腾就折腾吧,反正早晚也是个死!

可惜,在没有天气预报的年代里,对于命不该绝的人,老天爷总是会及时送上帮助。

诸葛亮烧不死司马懿,朱温也烧不死李克用。

在火势即将蔓延到李克用卧室之际,天空忽然雷电交加,瞬间下起瓢泼大雨,分分钟把火势控制住。

真是见着鬼了!

这突如其来的大雨,惊得梁兵一个个掉了下巴。

电闪雷鸣之际,亲兵薛志勤、爱将史敬思等人护卫着李克用越墙而出。史敬思负责断后,因寡不敌众,力战不支被梁军杀害。

靠着手下一干人等拼死相保,李克用奇迹般地逃出汴梁。然而随行包括监军陈景思、爱将史敬思在内的三百余人,尽被梁军所杀。

在这场惊心动魄的暗杀过程中,梁军之中发生了一起乌龙事件,相当搞笑。当时杨彦洪和朱温密谋,他曾提醒朱温:

"胡人急于逃命,必然骑马狂奔,老大但凡见到骑马的,直接放箭,不怕射不死李克用。"

后来,老朱在追赶李克用时,果真看见前方有人纵马狂奔,老朱牢记着杨彦洪的嘱咐,于是命令手下狠狠地射,顿时将前面那人射成了刺猬。

"哈哈哈,一代豪杰也不过如此,还不是葬送在俺老朱手里。"朱温料定被射死的是李克用,急忙上前查看,走近一瞧,顿时傻眼了。

这人怎么是杨彦洪啊!

原来杨彦洪贪功心切,擅自拍马跑到朱温前面,想尽快追上李克用邀功,却忘了之前给过朱温建议。夜色之下难辨敌我,杨彦洪不被射死才怪呢!

这真印证了那句名言:No zuo, no die, why you try!(不作不死,你为何试!)

李克用有惊无险逃过一劫,损失却相当惨重。特别是监军陈景思、爱将史敬思不幸阵亡,让李克用痛心不已。他感到内心受到极大的伤害,回营后立马就要率部与朱温火并。

正室夫人刘氏急忙相劝:"夫君为朝廷讨贼,好心前来援救朱温,如今他反行谋害之事,我们应当上奏朝廷,让朝廷出面定罪。如果擅自出兵讨伐,不但天下人都不知道此事究竟谁的责任,还会给朱温落下口实。"

刘夫人明敏机智,熟习兵法,自李克用起兵以来常伴左右,很得宠爱。这番话确实有见地,李克用认为有理,便率部从汴梁撤出,准备退回晋阳。

临走之前,李克用特意写了封信送给朱温,指责朱温不守信用,忘恩负义。朱温看信之后,果断也给李克用回了一封,把责任一股脑儿全推到了杨彦洪身上。

"大哥您受惊了,昨天晚上我也喝高了,回去后就直接洗洗睡了,放火谋杀我一点也不知道,可没小弟我什么事啊!您还不知道呢吧,我帮您打听过了,朝廷怕您日后功高震主,伙同杨彦洪合谋害您,所幸杨彦洪自己作死,已被我诛杀,您再也没后顾之忧了。"

朱温在信中脸不红气不喘地为自己辩解,反正死无对证,你奈我何?可怜杨彦洪人都死了,还被朱温利用了一把。

这种解释只能骗鬼,李克用压根不信。不信又如何,哑巴亏该吃还是吃了!

曾经有一份真挚的恳请摆在我面前,我珍惜了,等到完事后才后悔莫及,人世间最痛苦的事莫过于此。如果上天再给我一次重来的机会,我会对那个败类说三个字:你去死!如果非要给这份怨念加段期限的话,我想是,一万年!

——李克用心灵寄语

高手过招拼的是实力,枭雄过招拼的就是智商,甚至是阴险狡诈了。李克用虽然骁勇,可论阴险,比朱温差了不止一个档次。老朱在江湖上混的日子久了,黑吃黑的功力实在无人能及。李克用这次被朱温狠狠算计了一回,差点命丧黄泉。

他真的想不通,人与人之间最起码的信任和尊重哪去了?我不就态度嚣张了点,有必要下死手吗?

上源驿事件之后,两大枭雄彻底撕破脸皮,男一号之争就此拉开序幕。两位实力派演员将会在未来的舞台上合演一出相斗相杀(这里没有爱)、互相伤害的好戏。

从此,朱温在江湖上又多了一些代名词:心机 Boy、忘恩负义、胆大心黑……同时,他也受到"国际舆论"的一致谴责,你这么整,肯定没朋友,看以后谁还和你一起愉快地玩耍!

面对强大的舆论压力,朱温却相当淡定。摸爬滚打这么多年,他已积累了足够多的社会经验。这个世界，无论何时何地，没有永久的敌人，也没有永久的朋友，只有永久的利益。利益面前，朋友会变成敌人，敌人也会成为朋友。我们，仅仅是在相互利用罢了。

李克用，你还太年轻！

长安，长安

光启元年（885年），在成都苦等四年的僖宗，终于回到了让自己魂牵梦绕的都城长安。

这一年，李儇二十四岁。这一年，他登基已十二年。这一年，距离自己的大限已不足四年。

在唐朝，懂生活、会享受、喜欢吃喝玩乐、纵情声色犬马的皇帝往往活不长。唐穆宗李恒三十岁暴卒、唐敬宗李湛十八岁被宦官暗杀、唐懿宗（僖宗老爹）李漼活得较长，但也只有四十岁。而整个唐朝即位年龄最小（十二虚岁）的唐僖宗李儇也仅仅活了二十七岁。

反观那些在历史上颇有建树、勤于政事的皇帝寿命相对较长。开辟"贞观之治"的唐太宗李世民在位二十三年，享年五十二岁；搞出"元和中兴"的唐宪宗李纯在位十五年，享年四十三岁；至于大半生英明小半生昏聩的唐玄宗李隆基，更是足足活了七十八岁，在唐朝名列榜首，放在整个中国历史中也能排进 Top10。

数据显示，勤政，进取，做实事，做好事，没准还真能延年益寿。

当然，懂享受、爱娱乐的皇帝一般都很聪明，只是这股聪明劲没用到治理国家上罢了。像懿宗、僖宗这种喜欢折腾的主，享乐的花样层出不穷，他们不仅酷爱艺术，还热衷于竞技体育。

唐朝许多皇帝都是运动健将，马上功夫过硬，这可能与基因有关。大唐开国之君李渊就是汉化的鲜卑人，他的后代体内可能多多少少都残留了些鲜卑血统。

如何体现男人的威猛刚健？答案就是——打马球。

唐朝皇帝极其酷爱马球运动，而且球技上的花样时时翻新，令人眼花缭乱。僖宗李儇的球技，肯定算得上名列前茅。

据说他击球时，"每持鞠杖乘势奔跃，运鞠于空中，连击数百而马驰不止，迅若雷电，两年老手咸服其能。"（《唐语林》）用现在话说，这真真酷炫得不行！要是奥林匹克运动会有马球这个项目，估计李儇率队拿枚金牌是不成问题的。

马球象征着男人们的尊严，有输赢就可能有赌注。后来僖宗玩出了"击球赌三川"的花样，把西川节度使的职位赐给了赛事获胜者陈敬瑄。

有一回，李儇相当骄傲地对身边的优伶石野猪说："朕若参加击球进士科考试，一定能中个状元。"石野猪虽是奴才，却真有见识，他平静地告诉李儇："要是遇到尧舜这种贤明之君当主考的话，恐怕陛下不但要落选，还会受到责难吧。"

李儇被堵得无言以对，以后再也不向外人吹嘘自己的球技了。

生命不已，马球不息；生命不已，享乐不够。别看李儇年纪小，他绝对属于那种充电五分钟、折腾两小时的主。

不过，李儇实在是运气不太好，在自己的时代碰上了黄巢这等猛人，分分钟把自己从繁华国都赶到偏远山区。他的皇帝生涯也被生生隔成两段，公元880年以前，极尽奢华享受，880年以后，饱经苦难流离。

所幸各藩镇还是在自己蒙难时出手相救，这倒不是他们有多忠君爱国，而仅仅是为了攫取个人利益。

大家各取所需，心照不宣，无可厚非。

逗留成都近五年后，李儇得以重见长安。光复国都意义重大，这等于承认，在藩镇眼中，大唐王朝还是中国唯一合法政府，李氏子孙也能继续维持宗庙社稷。

光复长安，皆大欢喜，李儇心情不错，毕竟长安的天才是蓝蓝的天。对于这来之不易的安定局面，欢喜之余，李儇内心又泛起一丝不安。他大概会默默祈祷，希望有生之年再也不要离开长安。想想自己才二十四岁,还有大把的青春可以浪费,还有充足的时光纵情享受。

悲惨的是,李儇的美梦都在不久之后一一反转,又一次不得已逃出长安,生命,也即将走到尽头。

立于长安城上,迎着初春那尚凛冽的寒风,李儇的眼中已尽显疲态,面容也逐渐憔悴。他的时间,不多了。

我们以执政能力为参照系,以领导水平为坐标,以个人品德为基准,可以把古代君主分为四种类型:明君、庸君、暴君、昏君。

明君自不必说,衡量尺度比较规范,明君绝对和昏庸沾不上边。有些贤明的君主倒是比较残暴(秦始皇、朱元璋),因此这四种类型互相糅合,却可变化成明暴、昏庸、庸暴、昏暴四种模型。

我们不妨做一个假设,如果当朝之君做不到贤明、仁德、敏慧,手下人更愿意他向哪种类型看齐?

估计绝大多数情况下都会选择"庸"而不选择"昏、暴"。道理很简单,平庸一点可以接受,平庸意味着不瞎折腾,更能参纳下属的意见。如果他又能常怀仁慈之心,平易待人,即使他做不出突出的成绩,后世评价也不会很低。

我们再来做一道选择题,假如明君这个物种已经绝迹,你作为臣子,"明暴、昏庸、庸暴、昏暴"勉强只能选一个,你会做何选择?

A 昏庸之君

B 明暴之君

C 庸暴之君

D 昏暴之君

假如你选 A,证明你这人很有心机。但不得不说你做出了相当合适的选择,相较于"暴",可能"昏"显得更平和一些,至少在君主身边很少有性命之忧,说不定还很有油水可挖。

假如你选 B,证明你很有想法,也很有魄力。在贤明又暴虐的君主身边,你可能会更大程度施展才华,不过可能也会因此丢了性命。

假如你选 C,证明你这人思维相当独特。大概你很有生存之道,又趁着君主平庸，你不一定做不出成绩。

假如你选D……不用证明了！那个谁，赶紧出去，你根本不适合当臣子。昏庸且残暴的君主简直挑不出任何优点可供选择！

这样看来，李儇同志属于典型的昏庸之君，爱折腾、爱享受，但性格宽和，不好杀伐，对于臣子过于严厉的批评，也能够一笑了之。

他的套路很简单：爱卿你来啦，你说你的，你随便说，你说完了吧，你回去吧。至于我嘛，根本没听见，嘻嘻！

昏庸的君主统治下很可能衍生出权力的变种——宦官专权。太监嘛，年纪轻轻就被切了一刀，变成事实上的残疾，内心肯定因此受到了严重的创伤，加之要从最底层的苦差事一路熬上来，中间还要经受无数同事们的排挤迫害。能够熬出来的，心理素质过硬不说，很大一部分都有些心理变态。表现在行动上就是爱整人、疯狂享受敛财的乐趣（女色也享受不了啊）、不听话的一律搞臭搞死。唐朝的宦官又手握兵权，做起事来更是嚣张，心更黑、手段更毒。

李儇身边，也有一个死太监，阿父——田令孜。

又是一个死太监

田令孜，本姓陈，字仲则，蜀地人氏，懿宗时随养父入内侍省。

在唐朝，宦官可是个有梦想的职业，竞争压力相当大。那些能提拔上去的宦官，不仅后半辈子尽享荣华富贵，要是能受皇帝宠信，还可以窃取中央大权，好好祸乱一把朝政。

如大宦官李辅国，没事还能在唐代宗面前嚣张嚣张，说什么陛下只管在后宫安坐，外面的事交给老奴处置，恨得代宗在龙椅上咬牙切齿，真想生撕了这个阉货。

更有甚者，在唐朝中后期，皇城之内经常会有大宦官们聚在一起密谋。密谋的内容有二：

一是立谁为君。老皇帝临终遗命一般不算数，谁来继位是宦官们说了算。

二就更生猛了，什么时候动手做掉主上，换个人登基。

没错，用专业术语讲，这叫弑君。

安史之乱后，大唐十四位皇帝中，有一半以上是由宦官拥立，而由宦官直接或间接弑杀的有四人（肃宗、宪宗、敬宗、文宗）。东汉末年和大明末年宦官专权的情况也很严重，但若以废立和弑君作为衡量标准，汉明两朝与唐相比，真是小巫见大巫了。

宦官为什么如此嚣张，做起事来有恃无恐？因为他们自唐德宗后期开始，就牢牢掌握住了大唐帝国最重要的武装力量——禁军的兵权，而且一直世代相袭，不曾旁落。

自打"灵活无敌死胖子"安禄山搞了一出"渔阳鼙鼓动地来"，差点掀翻整个大唐帝国，后世皇帝们变得越来越不信任大臣，更不信任武将，他们宁愿把禁军的统治权交给宦官。毕竟宦官只是依附在皇权下的奴才，破坏力有限，专权了点，腐败了点，乌烟瘴气了点，却总不至于亡国。

久而久之，宦官在禁军中大肆培养个人势力，将禁军变成私人产业。而且宦官内部论资排辈，大宦官们纷纷设帐收徒，等自己退休后便提拔心腹爱徒接任，外人谁也动摇不得，即便这个人是当今皇上。

有时当权宦官也会被皇帝搞掉，但搞掉之后，皇帝陛下还是不得不选用自己的心腹太监继续执掌禁军。

新人逐渐变成老人，老人之后又是新人，如此循环，生生不息。

当然，掌权宦官不是谁都能当得上的，更不是谁都能干得好的。领导只会不断提拔能言善辩、办事麻利、身体健壮的宦官，剩下的那些本事小的、说话不利索的、病恹恹的，只能一辈子在宫内打扫打扫卫生，运气好的能服侍娘娘，运气不好的就只能看看宫门，顺便晚上喝风了。

掌权宦官只有区区几人，但这其中为什么不能有我？

人没有梦想，和咸鱼有什么区别！

田令孜是这么想的。他的运气也足够好,因为他服侍的主子,日后成了皇帝——唐僖宗李儇。

长得好不如嫁得好,本领高不如领导高。用在田令孜身上,很能说明问题。

田令孜刚进宫时,面对着无数成功前辈们的事迹,心中怀有无限的憧憬。怎么才能打开门路呢?初来乍到,宫里没人,地位又卑贱,只能先从小马坊使(负责管理州县官进献给皇帝的良马)做起。

资历不够,运气来凑。田令孜的运气非常好,他迅速傍上了当时还是普王的李儇。

老田是看着李儇长大的,经过朝夕相处,二人培养出了深厚的感情。李儇即位之后,自然不会亏待他。老田读过书,有计谋,办事麻利,专业水平过硬,对宦官这一职业的理解十分到位。因此李儇特别信任他,提升其为左神策军中尉、左监门卫大将军,老田得以迅速掌握禁军的实际统领权。

在这里,还要顺便提一下唐朝禁军系统。唐朝的禁军分为南衙十六卫和北衙禁军两大部分,南衙十六卫(左右卫、左右骁卫、左右武卫、左右威卫、左右领军卫、左右金吾卫、左右监门卫和左右千牛卫)负责居中御外,卫戍京师;北衙禁军(左右羽林、左右龙武、左右神武、左右神策)负责宫廷宿卫,保护皇帝。各支禁军的一把手称大将军,有的也称中尉。南北衙禁军兵将可以相互对调,禁军一把手也可以身兼数职。所以田令孜在南衙担任左监门卫大将军,同时又在北衙担任左神策军中尉。

李儇对处理政务不感冒,可这些事总得有人去做。瞅瞅手下这些人,也就田令孜看着最靠谱。得啦,阿父(李儇敬称),朝中那些政事就交给你了,没事别来烦我。

李儇他老人家(其实才十来岁)撂挑子,田令孜可高兴坏了。他信心满满,高力士、鱼朝恩、李辅国、俱文珍、仇士良、王守澄……前辈们哪,偶像们哪,你们终将被我超越!我的未来将比你们所有人都要辉煌!

人这一生，最怕年轻时选错了标杆，标杆选错了，就容易被引入歧途。像田令孜这种后进宦官们的标杆中，除高力士外，统统是一群祸乱朝纲、贪婪无度的败类。超越他们，只会变得比他们更坏。

从田令孜日后的表现看，他真是光荣地做到了"青出于蓝而胜于蓝，冰水为之而寒于水"。

老田顺利爬上人生巅峰，大权在握，一时间有点找不着北，忘乎所以。皇帝不管事，任用官员的权力也让他给顺走了。

"哎哎哎，想做官吗？来来来，贿赂我才是你的不二选择。什么？你想靠真本事，请便。那个谁，你说你没带够钱，没钱还敢上我这儿来，给我滚回去养猪吧！"

李儇贪图享受，又一身的艺术细菌。他酷爱听戏，赏赐身边乐工、歌伎常常动辄万计，国库积蓄迅速被挥霍一空。李儇整天愁着手里没钱花，这时慈祥的阿父微笑着告诉李儇："长安两市客商个个身怀巨款，何不狠狠敲他们一笔？"

李儇一听，顿时大喜，还是阿父高明！这个挖油水的活自然又落在了老田手上。李儇想法很简单，给我从他们身上弄点钱就行，别的我不管。他如果知道老田手段有多凶残，想必也会惊出一身冷汗。

田令孜下令：各地客商们，也包括边疆、海外诸国来长安经商的国际友人们，你们可听仔细了。即日起你们的生意都别做了，把你们手中的钱财全部交出，上缴国库，谁敢不服或是抗命不交，棍棒伺候，打死勿论！

死太监，你说交就交，还有没有王法？

咱家就是王法！

还真有不怕死的国际客商跑到长安官府告状。老田说到做到，丝毫不怕引起国际纠纷。他一声令下，数十名客商立即被乱棍打死，财产一律充公。连外国人都不放过，老田确实心狠手辣。

如果田令孜仅仅满足于贪赃枉法、卖官鬻爵也就算了，他之后的表现，更是间接将大唐王朝推向深渊。

我们把时间倒回公元878年,起义军南下攻取广州。黄巢本不想跟朝廷撕破脸,所以就有了之前说的主动与朝廷谈判一事。

只要封我为广州节度使,我就立刻归顺。黄巢的条件并不算苛刻。

若是就此达成妥协,说不定唐朝历史真能改写。"所幸"田令孜没有让历史改写,黄巢转战途中不止一次向朝廷请降,可都被田令孜无情拒绝。换句话说,是田令孜逼着黄巢最终攻陷了长安。

老田并不是爱国情怀高涨,觉得叛贼必须剿除。他串通当朝宰相卢携,有意想让荆南节度使高骈平定叛乱,立下这等不世之功。每当李儇问起叛乱情况,田令孜就刻意欺瞒,说高骈快要彻底剿灭黄巢。一来二去,李儇也就放心了。

当时昭义、感化、义武等镇官军前往淮南围剿起义军,高骈唯恐别人抢了自己的功劳,上书朝廷说叛军很快就能剿灭,田令孜又把这些援军全部遣回。

老田是对高骈寄予厚望,可真到了战场上,面对黄巢百万大军,高骈立刻认怂,龟缩在城中称病,不敢出战。这下麻烦了,从南到北无人迎战,黄巢大军漫山遍野,不久便兵临长安城下。

欺瞒君主、虚报战情,这样的大罪换作别人,足够他死一百回的。可李儇生性懦弱,大难当头不知所措。况且田令孜专权又不是一天两天了,如今他依然大权在握,不倚仗他又能倚仗谁呢?

现在能做的,就是赶紧跑!

田令孜带着李儇,李儇带着四个年纪较长的皇子和妃嫔数人,狼狈逃亡成都,由于走得匆忙,身边仅有五百神策军护卫,大臣们一点也不知道。

来到成都这几年,老田也一点没闲着,他继续发扬"走到哪里整到哪里"的传统,把成都搞得乌烟瘴气,又趁着平叛大功臣左骁卫上将军杨复光病逝、其手下八都将鹿晏弘、韩建等主动退出河中反目成仇之机,果断将韩建、王建、张造、晋晖、李师泰收归帐下,养为假子(干儿子),对外号称随驾五都。

老田虽是人渣,但不会取代李儇自立为君;李儇虽然昏庸,也明白兵权万不能交与武将。宦官专权，只是潜在之疾，短期内看不出多大危害；武将专权，却是癌症晚期，随时可能要了自己，甚至整个李唐皇室的命。

其中的利害关系，李儇乃至历史上诸多皇帝都很清楚。

不管怎样，田令孜还是安全地护送李儇返回长安，李儇也并不因老田祸国殃民而对他有所惩处。君臣之间，依旧非常默契，这份默契看起来还能继续保持下去。

只是没想到，苦日子刚熬出头，更苦的日子就来了。

在李儇返京前后一年左右的时间里，外界传来两个极坏的消息。

消息一：有人称帝了！嗯，这个还可以接受吧，毕竟又不是第一次了。况且这混蛋和其他藩镇关系处得都不好，人品又差，如今敢冒天下之大不韪，必定会成为众矢之的，到时自有人对付他。

消息二：沙陀人造反了！陛下，您赶紧收拾收拾再次跟着老奴出城避难去！这就比较难以接受了。

两个事件的发生，特别是沙陀人兵临城下，与老田有着莫大的关系。

李儇，内心是崩溃的……

黄巢第二

在讲述这两个事件的来龙去脉之前，我们先来看一段史料，这是僖宗返回长安之时，天下各藩镇割据的局势。据《旧唐书·僖宗纪》所载：

时李昌符据凤翔，王重荣据蒲、陕，诸葛爽据河阳、洛阳，孟方立据邢、洺，李克用据太原、上党，朱全忠据汴、滑，秦宗权据许、蔡，时溥据徐、泗，朱瑄据郓、齐、曹、濮，王敬武据淄、青，高骈据淮南八州，秦彦据宣、歙，刘汉宏据浙东，皆自擅兵赋，迭相吞噬，朝廷不能制。江淮转运路绝，两河、江淮赋不上供，但岁时献奉而已。国命所能制者，河西、山南、剑南、岭南四道数十州。大约郡将自擅，常赋殆绝，藩侯废置，不自朝廷，王业于是荡然。

怎么来形容这种割据局势呢？

只有一个词——严重。再加一个形容词——极其严重。

翻一翻中国地图，就可以清晰地看到，各藩镇势力范围几乎占据了当时接近四分之三的领土。朝廷控制剩下的四分之一，主要集中在今陕西、甘肃、四川、广州四省范围之内。

这段史料除了反映出诸侯割据的大致情况外，还有两点值得注意。一是朝廷已无力制止诸侯纷争，天下正式进入强者生存、弱肉强食的时代。二是藩镇不再向朝廷供赋，中央财政濒临崩溃。这两点跟以上两事件的发生，有着千丝万缕的联系。

首先来看称帝事件。称帝之人，此前也露过脸，他就是黄巢撤退途中投降起义军的奉国军节度使——秦宗权。

秦宗权这厮，原本为忠武军中一员牙将。因许昌兵变，秦宗权以平叛为由，挑唆蔡州守军赶走刺史，自封为蔡州知事，后以讨伐黄巢有功被授予奉国军节度使之职（王重荣的路子）。

尴尬的是，黄巢兵败，狼狈从长安逃往河南。蔡州"有幸"成为河南境内唯一被起义军攻破的藩镇。秦宗权为了保命，只得宣布投降。

没想到这一降，不但没受任何损失，反而给秦宗权带来诸多好处。黄巢很快在陈州、汴梁接连惨败，不得已逃回山东。

带头大哥带着亲信临阵开溜，起义军大部分残余势力顺势被秦宗权纳入麾下。反正老秦被拉下水了，归降于他总比投降朝廷风险更低。

手中有兵，腰杆变硬。老子就投降了，你们能把我怎么样！不服来咬我啊！

朝廷自顾不暇，还真不能把秦宗权怎么样。

黄巢起义刚刚平定，秦宗权又成了心腹大患。他在蔡州经营多年，根基深厚，又全然不顾江湖道义，纵兵肆虐，强占地盘。部下陈彦、秦贤侵入江淮；孙儒攻陷洛阳、孟州、陕州；秦诰攻陷襄州、唐州、邓州；张晊攻陷汝州、郑州；卢塘进攻汴州、宋州。

反正普天之下，莫非王土，一切王土，非我莫属。

不知道秦宗权是本性凶残，还是跟着黄巢混了几天黑社会深受感染，反正他攻城略地的残暴程度，放在历史中也仅有明末"八大王"张献忠可与匹敌。把他称为"黄巢第二"，实在是有点委屈了老秦。

与黄巢不同，秦宗权是"三光主义（烧光、杀光、抢光）"的忠实拥护者。凡破一城，必先劫掠一空，然后将城中百姓赶尽杀绝，临走之时再放火焚城。老秦一边欣赏着火光，一边扑向下一座城池。

蔡州兵马所到之处，东西南北，极目千里，尽是一片废墟。

如果"三光主义"尚不足以体现老秦的生猛，那他还有个更响亮的绰号——吃人魔王！

兵马未动，粮草先行。部队若是长途行军，粮草很容易供应不上。蔡州军有时也会极度缺粮，但从不缺肉。

这和伙食水平没有任何关系。蔡州军不缺肉，是因为这些肉——全是人肉！

为解决吃饭问题，老秦其实早就有所准备。每次攻破城池，城中那些被杀的百姓，扔在那里也怪可惜，怪孤单的，干脆带上几车，用盐腌一腌，粮食不够吃的时候拿出来，用锅煮一煮，以解燃眉之急。

军中举办人肉大宴，老秦总是身先士卒，和部下们一同享用。老大都豁出去了，做小弟的谁还敢不吃！

联想一下，深夜里，一群人围坐在火堆旁边，一边吃着人肉、嚼着人骨，一边还有说有笑，这画面太过凶残，我不敢看。

吃人的魔王带着一群吃人的小鬼到处烧杀抢掠，这样的部队战斗力绝对惊人！

正是由于秦宗权这一阵子极其生猛，搞得李儇十分紧张。蔡州临近长安，李儇怕老秦沿途偷袭，不敢在长安光复后即刻摆驾回京，而是足足拖了一年有余，才敢动身启程。

其实李儇想多了。大魔王秦宗权根本不屑截留圣驾，挟天子以令诸侯，哼哼，程序太麻烦，形式太烦琐。大丈夫做事简单粗暴快，哪有那么费事！

李儇的车驾刚到凤翔，就传来秦宗权在蔡州公然称帝的消息。僖宗虽无力扭转大唐颓势，只能容忍节度使们嚣张跋扈、不把自己放在眼里，可作为皇帝最起码的尊严，李儇还是有的。他立即诏令武宁节度使时溥前往蔡州征讨。

当然，时溥去不去另说，李儇并不抱太大希望。

秦宗权，你小子等着，自会有人来收拾你！

此时秦宗权正春风得意，时溥这等小角色根本不值得放在眼里。目前他已经连下二十余州，河南地区只剩下两个对手没有解决，一个是陈州刺史赵犨，一个就是宣武军节度使朱温。

陈州这地方我们前面提到过，黄巢就是在陈州城下被活活拖垮。坚固的城墙工事配上一个防御型守将，简直天衣无缝。秦宗权纵然兵强马壮，一时之间也啃不下这块硬骨头。

啃不下就先放着，秦宗权决定集中力量对付朱温。两人地盘相邻，朱温这老小子又不老实，干脆提前送他上路。

对付朱温，秦宗权信心很足。他没理由搞不定一个农民出身的小混混。

结果呢，两人足足斗了五年之久，失败的竟然是秦宗权。这足以印证了一个道理：好人自有好人佑，恶人自有恶人磨。对付秦宗权这等恶徒，只有找到比他更恶之人。

朱温，算是一个。

他们的故事，我们以后还会提到。相较而言，还是李儇的处境更值得我们关心。

二出宫

下面来讲李儇二出宫事件。

这件事发生的根源在于藩镇混战，各据州郡，导致交通不畅，两河、江淮赋税难以正常运送，中央陷入了严重的经济危机。

资金匮乏，入不敷出。政府非但没有下令精简机构，裁汰冗员，反而新添了五万四千张吃饭的嘴。不用猜，肯定又是田令孜所为。

其实，田令孜也很有苦衷。

手里无兵，自然要受藩镇欺负。为了巩固中央军力，田令孜在四川招募新军五十四都，每都千人，一共五万四千人。与之对应，朝廷官员人数也一直居高不下。官员和士兵都要吃饭，都要拿工资，你说你给不给？

后来，这一大帮子人马基本上都跟着老田回到了长安。

光复国都这等喜事，自然得拿点好处出来，让下面的人都高兴高兴。可国库早已油尽灯枯，根本拿不出银子犒军。这帮兵大爷心里不爽，怨气很重。作为军政一把手，老田对此倍感压力。

不给银子，可别怪我们翻脸！兵大爷们翻脸的后果，可真不是闹着玩的。

为防士兵哗变，田令孜在征得李儇同意后，决定向外开辟新的税源地。他把目光落在安邑、解县两池盐上。

朝廷自安史之乱后，开始实行盐铁专营政策。河中地区的安邑、解县有着丰富的池盐资源，每年都会给朝廷缴纳一笔巨额的税收。可自从王重荣上任河中节度使以来，每年只向朝廷输送三千车盐，都不够人吃的，哪还谈得上致富。

老田决定收回这块大肥肉。王重荣，这几年来你捞得也够多了，是时候让你出出血了。

田令孜奉旨兼任两池榷盐使，强迫王重荣交出两池盐的管辖权。王重荣可不是白痴，白花花的食盐就是白花花的银子，你让交就交啊！

无论田令孜派谁来做思想工作，王重荣就一个字："不。"

田令孜没有办法，你小子不愿意交，咱家就让你挪挪窝。他上奏李儇，将王重荣调任泰宁节度使，改派武宁节度使王处存担任河中节度使。没想到王处存断然拒绝了朝廷的好意，他有自己的小九九：

"老子在定州混了这么久，树大根深的，要是换到河中，人生地不熟的，怎么开展工作？你们自己玩吧，我才不跟着瞎折腾呢！"

王处存给李儇上奏，替王重荣说好话："老大啊，多一事不如少一事，您还是省省心，争取多活几年吧。"与此同时，王重荣听说朝廷要强迫自己挪窝，心里憋了一肚子火，也给李儇上书，痛斥田令孜结党营私、擅权无道。

老田担心王重荣起兵讨伐自己，便暗地里勾结邠阳节度使朱玫、凤翔节度使李昌符对抗王重荣。

王重荣可不是善茬，什么场面没见过。你个死太监，你以为就你自己能找到帮手吗？考虑到朱温同志还在和秦宗权死磕，估计没时间参与，王重荣决定向李克用求援。

李克用自从上源驿差点被黑之后，就开始对外界特别是朝廷充满了恶意。他认为朝廷有意偏袒朱温，不然为何自己连续八次上书请求讨伐，朝廷都不为所动？

李克用一直想找朱温报仇，这次王重荣发书求救，他自然会参与进来。但兵锋所指，却在汴梁，他给王重荣回信说："待我先灭朱温，再来助你扫平余下的这些鼠辈。"

王重荣这边可等不了，他赶紧又回信相劝："老兄啊，等你打败了朱温，估计我早就顶不住了，不如先清君侧，剪除异己，然后再灭朱温。"朱玫、李昌符在私下里与朱温相互勾结，李克用觉得先击败他们，等于先断朱温两臂，也没什么坏处。

李克用决定帮助王重荣对抗朝廷。

狗咬狗大战一触即发。

双方的排兵布阵如下：

朝廷方面：队长——大太监田令孜

　　　　　队员——邠阳节度使朱玫、凤翔节度使李昌符

　　　　　啦啦队——唐僖宗李儇

河中方面：队长——河中节度使王重荣

　　　　　队员——河东节度使李克用

观众方面：宣武军节度使朱温、奉国军节度使秦宗权（同时负责打酱油）

一开始，田令孜并不相信李克用会站在王重荣那边。朱玫为了混淆视听，专门派了一批间谍潜入长安，放火杀人，对外宣称是李克用所为，搞得长安城内人心惶惶。

这一招，李克用在围攻黄巢时曾经用过，有了不良记录，这下也不由得田令孜不信了。

田令孜决定先下手。他调令朱玫、李昌符各率三万人马，加上朝廷驻扎各地的神策军共十余万人，立即围攻王重荣，企图在李克用救援部队赶来之前先拿下几处据点，最好是能歼灭王重荣部，再以逸待劳，迎击李克用。

战略意图很清晰，战略眼光也很准确，田令孜却还是败了。他深知沙陀铁骑处在一种"见谁灭谁，专治各种不服"的状态，但李克用远在晋阳，田令孜不认为沙陀人能在很短的时间内赶到战场。

事实证明，李克用实在太快了！快得让人难以置信。

十月双方开撕，十一月李克用出兵，十二月便与王重荣会合。田令孜没能在李克用赶到之前消灭王重荣，导致这场战争提前失去了悬念。与沙陀铁骑作战，心理压力实在太大。十余万朝廷军一触即溃，朱玫、李昌符见形势不妙，立刻带着残余部队开溜，退回本镇龟缩不出。

李克用所部当日即进逼长安，无论理由多么冠冕堂皇，也无法掩饰行动的本质。这一次，他是以叛逆的身份出现的。

面对这种情景，李儇没得选择，只能跟着田令孜再次出逃。算算回京的时间，竟然尚不足一年。

这次出逃，李儇的内心已经有了明显的变化。如果第一次他还有心为自己平日的行为辩解的话，那么这一次他变得心灰意冷。其实一年来发生的一切都与他关系不大，但这又有什么用呢？还不是得自己承担世人的嘲讽和史书的鄙夷。

天下之大，何处是家？李儇望着远方，不住地叹息。

李儇，第一次感到活着很累。

他不再对人生抱有太大希望，他只想尽快找个落脚的地方。田令孜将李儇一行人带到凤翔，暂时安顿了下来。

李儇这一逃，又一次坑了长安百姓。沙陀人在长安城里烧杀掳掠的场面还历历在目，这回恶狼又来了！

长安再次惨遭蹂躏，府寺民居等诸多建筑，刚刚修葺一两成，此番再受重创，算是彻底毁坏了。

玩火自焚

人需要相互比较才能辨出忠奸善恶。

总体而言，李克用绝非大奸大恶之辈。出兵和中央对抗，又间接迫使李儇出逃，他自知做得有些过分，便拉上王重荣给李儇上书，请求李儇大驾还京。

"老大啊，千万可别怪我们有意冒犯，我们也是被田令孜这个死太监逼的，国贼不除，朝廷便永无宁日！"

此时，李儇对田令孜的态度有了微妙的变化，他不动声色地重新升杨复恭为枢密使。

杨复恭是何人？杨复光之兄，田令孜的死敌，括弧，也是个宦官。

杨复光死后，杨复恭没了倚仗，被老田夺走枢密使的职务，几年来一直被压得抬不起头。蛋糕就这么大，谁都想独吞。杨复恭也绝非善茬，日后他的所作所为并不比田令孜好到哪儿去。只是现在，李儇想借助他的力量制衡田令孜。

李儇这点小把戏，怎么能瞒得过田令孜。把杨复恭推出来抢班夺权，这明显表示出皇帝准备拿自己开刀了。

宦官这个物种，整天生活在刀尖舔血的状态下，稍不留神就会被同类干掉。宦官政治仅仅是皇权内部的衍生附属品，没有稳定的权力基础，生死存亡全看皇帝脸色。唐朝末期宦官油水大、权力大，甚至可以决定皇帝的命运。即便如此，他们也只是皇帝的奴才、皇权的附庸，一旦失去皇帝的恩宠，随时都有可能被替换。

失宠的宦官，绝对一文不值。

何况权力大意味着风险高、油水大意味着竞争多。今天你还风光无限，没准明天就被晚辈们生生拉下马来。宦官整人的手段，往往又阴险又毒辣，修理同行的本事，更阴险更毒辣，一旦失势，曾经备受你打压和迫害的继承者们，足以让你生不如死。

职位越高，权力越大，警惕性就要越高，行动就要越小心。

田令孜摸清了皇帝的心思，他目前能做的就是把李儇牢牢控制住，掌握主动权。还没在凤翔睡上几个安稳觉，田令孜奏请李儇前往兴元。以前一直被用来当枪使的李儇，如今凡是和老田有关的决议，都先问个为什么，意思很明白，要去你去，我才不愿去呢。

这是李儇第一次明确表示拒绝。

"敬酒不吃吃罚酒，兵权都在我手上，你去哪儿，咱家说了算！"

田令孜根本不和李儇废话，强行把李儇一干人等打包上车，直奔宝鸡（兴元路途较远）而去，同行的只有黄门侍卫数百人。

李儇又一次人间蒸发，好不容易从长安投奔来的大臣们又一次被放了鸽子。只有翰林学士杜让能夜里当值，听说后急忙步行去追，出城十余里（老杜脚力惊人），发现了一匹别人遗弃的马。为了减轻负重，杜让能把马鞍什么的一股脑全卸了下来，让马全速飞驰，这才赶上了李儇。

到了第二天，朝中大臣才得知这一消息。有这么折腾人的吗？没办法，还能怎么样，追吧！他们赶紧收拾妥当，往宝鸡而去。

不幸的是，百官在路上遇到强贼，银两细软被抢还不算，带着唐朝历代祖宗神位的宗正官可能太过显眼，致使神位也全部被劫。

强盗要这几块牌子，肯定不是拿回去供的，这些神位的命运，应该和平时烧火的木柴没什么区别。

丢了长安，丢了江山，现在连祖宗也丢了，这一切对李儇足以造成致命的打击（求心理阴影面积）。

更糟糕的情况接连而至，朱玫、李昌符也痛恨田令孜专权，转而跟王重荣勾搭在一起。

宝鸡估计也待不长久,田令孜派遣心腹将领向前开路,准备再次奔往成都。时任西川节度使陈敬瑄,正是老田的哥哥(田令孜本姓陈)。

大散岭上,李儇率一行人在阁道上走,李昌符也率一行人在阁道下放火。眼看阁道将要断裂,危急之中神策军使王建(十国中前蜀开创者)扶着李儇一跃而过,算是安全穿越了火线。

夜间,李儇等人露宿野外,由于害怕敌人趁夜偷袭,李儇不敢放松,只是枕着王建的膝盖勉强对付了一宿。

车驾刚入散关,朱玫就追来了。可惜朱玫并未得手,只擒获因病留在遵涂驿的襄王李煴。

光启二年(886年)二月,王重荣、朱玫、李昌符联名上表请诛田令孜。李儇下诏封赏,王重荣等丝毫不领情,表示非得置田令孜于死地才肯罢休。

稀泥和不成,李儇只能夹在中间左右为难。

双方就这么僵持着,日子一长,朱玫等不及了。他本想捉住李儇,过一把"挟天子以令诸侯"的瘾,李儇却实在不给机会。

可朱玫不是那种"离了张屠夫,就得吃带毛猪"的人,手里没有天子,那我就另立一个天子。他的手里,不是还有被俘的襄王李煴嘛!

朱玫和谋士萧遘商量:"主上始终困在田令孜手中,这样下去也不是办法。况且皇室子孙尚多,我打算另立一人,这样社稷才能安稳。"萧遘表示坚决反对,他告诫朱玫:"主上即位十余年来,并无大恶,过错尽在田令孜,况且又不是主上愿意出逃,将军你如果忠于王室,现在就引兵还镇,不要再妄提废立之事。"

单向思维,二杆子精神,有困难要上,没有困难创造困难也要上,有时候最容易做出脑残的决定。朱玫兄,就真的脑残了一回。

虽然萧遘反对,可朱玫已经王八吃秤砣——铁了心了。他逼迫流落凤翔的朝廷官员奉襄王李煴暂掌国政,加封自己为宰相,独揽朝政。

俗话说,过把瘾就死。朱玫瘾过得差不多了,所以他也快死了。

伟大的革命导师马克思告诉我们，具体问题要具体分析。朱玫这厮，也不撒泡尿照照，你有啥资本另立新君！凡事都得量力而为，朱玫实力算不上顶尖，藩镇之中也不是自家独大，擅行废立之举，主动将自己推到风口浪尖，真是有点厕所里点灯——找屎（死）的味道。

朱玫私自另立的消息一经传出，便连遭社会舆论谴责。各藩镇掌门大风大浪里摸爬滚打，一个个都是属狐狸的，什么道道看不出来？朱玫那点花花肠子，早就被人摸得清清楚楚。

藩镇中反对声音最强烈的，却是朱玫曾经的盟友们：李昌符、李克用、王重荣。

他们很清楚，一来此前确实做得有点过了，正好借口讨伐朱玫，重获朝廷信任。二来，这三家离朱玫地盘最近，到时群起攻之，既能趁机瓜分朱玫地盘，又能在道义上立于不败之地，好处大大的有。

王重荣、李克用也就算了，毕竟不是很熟，朱玫没想到死党李昌符也会背叛自己。这也怨不得别人，本来两人一同谋立襄王，到头来好处全让你朱玫一人占了，李昌符心里肯定是不爽的，因此反你也是没商量的。

"朱玫，哦，曾经认识，不是很熟。什么，他敢妄行废立？请主上放心，这等乱臣贼子，我必杀之而后快！"这大概应是李昌符内心的想法。

在乱世混生活，友情这种稀罕物是靠不住的，在利益面前，再要好的死党，变脸的速度也会比火箭还快。

朱玫就是这样被死党卖了。

卖就卖吧！朱玫决定一条路走到黑，他不仅拒不认罪，反而即刻宣布让李熅登基称帝。既然没什么商量的余地，那就来互相伤害吧！

枢密使杨复恭传檄关中：得朱玫首级者，赐靖难节度使。

面对李克用等三路讨逆联军，朱玫一镇之力根本无法抵挡。心腹大将王行瑜因屡战屡败，怕朱玫怪罪，便同手下人商议："如今战败回城，不免一死。干脆一不做二不休，取朱玫首级当见面礼，迎回主上大驾。邠宁这块地盘，必然还是我们的。"

众人谋划妥当,王行瑜便带着人马私自回城,三下五除二把朱玫干掉。可怜襄王李煴也在随后被擒杀,距离他被迫称帝,还不到两个月的时间。

玩火者朱玫,得到了应有的惩罚。各藩镇名义上纷纷表示服从中央,局势暂时安定了下来。

可能有人会问,田令孜哪儿去了?代表朝廷发号施令者怎么变成了杨复恭?

原来老田自知已难为天下人所容,主动把禁军统辖权让给了杨复恭,自领西川监军使,丢下李儇一干人等,前往成都投奔哥哥陈敬瑄。

没想到前脚一走,杨复恭就开始清算田令孜余党。他将王建、晋晖、张造、李师泰等人尽数踢出朝廷,贬至偏远地区任刺史,随后准备把田令孜流放端州,只是老田仗着有陈敬瑄撑腰,抗旨不行。

老田在成都苟延残喘数年之后,被利州刺史王建(老田义子)缢杀。据说临刑之时,田令孜对行刑者说:"咱家曾身兼十方军容使,杀我要注意礼节。知道用绳索杀人有多少种手法吗?哪种最舒服,哪种最痛苦?蒙了吧,过来我教你。"

他亲自传授缢人之法,行刑之时,面色始终不变。

一代巨宦就此殒命。

田令孜祸国殃民,死不足惜,可他毕竟挣扎到昭宗初年才归西。而饱经磨难、颠沛流离的僖宗李儇,阳寿却将终了。

是否我真的一无所有

文德元年(888年)二月,由于连年流亡,饱经风霜,加上长期处在藩镇威胁的巨大精神压力下,李儇一病不起。虽然刚满二十七岁,但他自知时日不多,便快马加鞭返驾还京。自平定朱玫之乱至今,近两年的时间里,李儇一直逗留在凤翔。皇帝不能死在长安之外,不然太影响后世之名(真是想多了)。

活了一辈子，李儇应该清楚后世会如何评价他。

可他不服，可能他会认为：这一切都不是我的错，是这个世界针对我！

因为，他的老爹，懿宗李漼，一辈子玩得比自己更嗨，做得比自己更过。老爹舒舒服服走了，为什么这一切就要儿子来承担！

十二岁即位，十九岁出逃，二十四岁再出逃。皇帝做了十五年，却有将近一半的时间是在外地避难。而大吉之年（888年）驾崩，也许本身就是一种悲哀。

李儇很是沮丧。大唐帝国的症结十分明显，地方上藩镇割据，朝中宦官专权。自安史之乱后，历代祖先们尝试过各种途径和方法，但终究只是修修补补，不可能从源头上彻底根除。这些情况李儇心知肚明，既然祖先们都没办法，自己又能搞出什么新花样！

既然大家都无能为力，我也不应该承担责任。我不承担责任，为什么所有倒霉事都发生在我的时代？这一切难道是我的错？若是我的错，那错误在哪里？我的老爹比我做得更过，他为什么就能快快乐乐享受一辈子？抑或是应该痛恨我那坑人的老爹呢？

李儇陷入了死循环。

他在回京的龙辇上，不断地拷问自己，他想不明白的很多，有些则是永远也想不明白的。因为就像许多昏庸之君一样，他们往往不会从自身方面找原因，而是完全把责任推给别人。

但有一点李儇很清楚，自己真的支撑不住了。

一月之后，李儇顺利回到长安。由于两个儿子年龄太小，无法继位，李儇只能把皇位让与自己的弟弟们。保王李吉，年龄较长，又比较贤明，因此李儇和百官都比较属意于他。可惜的是，决定权并不在他们手中，以前是田令孜，现在是杨复恭，总之，还是宦官。

这些死太监们偏偏不让你省心，对于立帝，他们很有心得，也很有原则。一来，皇帝和大臣们中意的不选。选了你们中意的，那我们岂不是一点拥立之功都捞不到！二来，年长的、聪明的、胸怀大志的统统靠边站，那些看上去有些弱智的、年少的才是首选，方便日后控制嘛。

因此，杨复恭果断排除李吉，而拥立了寿王李杰，也就是日后的昭宗李晔。这一次，杨复恭是看走眼了。

立谁为帝，都和李儇没有关系了。弥留之际，大概有些问题李儇终于想明白了，自己若是能勤政一些，多关心关心政务，是不是结果就不会这样了？也许是吧！

可惜一切都晚了！

三月六日晚，李儇驾崩，享年二十七岁，死后葬于靖陵，谥号惠圣恭定孝皇帝，庙号僖宗。

有过曰僖、小心畏忌曰僖、质渊受谏曰僖、有罚而还曰僖、刚克曰僖……昭宗在谥号和庙号上都给老哥留足了面子，也算是告慰了李儇在天之灵。

而这又能如何呢？半世纵情半世殇的李儇，也许，真的一无所有……

> 天上飞过是谁的心
> 海上漂流的是谁的遭遇
> 受伤的心不想言语
> 过去未来都像一场梦境
> 痛苦和美丽留给孤独的自己
> 未知的旋律又响起
> 是否我，真的一无所有
> 黑暗之中沉默地探索你的手
> 是否我，真的一无所有
> 明天的我又要到哪里停泊
> 多少冷漠我都尝尽
> 多少回忆藏在我的眼底
> 遥远的你是否愿意

> 为我轻轻点起一丝暖意
> 痛苦和美丽留给孤独的自己
> 未知的旋律又响起
> 是否我,真的一无所有
> 心中的火再没有一点光和热
> 是否我,真的一无所有
> 昨夜的梦会永远留在心中
>
> ——王杰《是否我真的一无所有》

谨以此歌,送给龙驭宾天的僖宗李儇,祝你一路走好!

第四章
霸业的开始

两个倒霉蛋

什么叫倒霉？喝凉水硬把自己给噎了，这叫倒霉；刚出门被楼上的花瓶砸了，这叫倒霉；考试期间偏偏遇上拉肚子，这也叫倒霉。倒霉的情况数不胜数，倒霉的原因五花八门。

今天给大家介绍两个倒霉蛋。他俩被骗子利用了，还和骗子一起畅想美好的未来。本以为自己是骗子的救命恩人，结果好处没捞着，却被骗子从背后给捅了无情的一刀。

他俩眼睁睁看着骗子坐大，骑在了自己头上，最终才幡然醒悟。原来，这人是个骗子啊！

这样的人，想想也是蛮倒霉的。

想知道这两个倒霉蛋是谁，我们得先从朱温和秦宗权五年大战开始说起。

两人是如何结下梁子的？原因很好解释，朱温挡住了秦宗权前进的脚步，秦宗权想把朱温一脚踢开。反观朱温，秦宗权要剥夺自己生存的权利，自己也不可能让步。

谈不拢，就开干。两人围绕着汴州，你来我往，从中和四年（884年）一直干到文德元年（888年）。

然而，五年中大多数时候，实力处在劣势的朱温却常常能占到便宜。秦宗权兵强马壮，又是处于进攻方，但却无法从根本上削弱朱温的有生力量。由于河南方面的兵力一直牵扯在汴州，使秦宗权无法全力向南发展。

光启三年（887年），秦宗权孤注一掷，亲自在郑州集合重兵，全力扑向朱温的大本营汴梁，企图集中优势兵力，毕其功于一役。

秦宗权下了老本，朱温自然不敢怠慢。考虑到现有兵力很难抵挡秦宗权的进攻，老朱决定再次向兄弟藩镇求救。

老朱在江湖上混了很久，信誉度却一点没见提高。想想李克用是指望不上了（伤得太深），别的藩镇要么距离太远、要么关系不铁、要么就是不相信自己的人品。思来想去，朱温还是决定请镇守郓州、兖州的朱瑄、朱瑾两兄弟前来增援。

为什么要加个"还是"？因为早在中和四年，朱瑄就曾出兵帮助实力尚弱的朱温击退过秦宗权的围剿。朱温为报救命之恩，主动拜朱瑄为兄，两人成了结义兄弟。

说起朱瑄、朱瑾，也是江湖上出了名的狠角色。朱瑄自幼跟随其父劫掠盐贩为业，后接受朝廷招安，一步步晋升为天平军节度使。他的堂弟朱瑾更是凶残。光启年间，朱瑾与泰宁军节度使齐克让结为亲家，却在马车上暗藏兵器，直接在迎亲之夜俘虏齐克让，兵不血刃占据兖州，自领泰宁军节度使，不愧是黑吃黑的行家。

什么鸟入什么林，这两兄弟虽说人品不咋地，却能和朱温玩到一块儿去。既然之前拜了把子，这回朱温老弟有难，做大哥的还是要帮一把。

于是，朱瑄叫上朱瑾，火速引军前来相助。恰好义成军节度使安师儒也率军赶来，连同朱温自领的宣武军，四镇联军在边孝村大败秦宗权，斩首两万余。此战以后，秦宗权势力转衰，无力对朱温构成威胁。

朱氏兄弟真够义气，朱温高兴之余，又拜朱瑾为兄，算是自降一级，做了小三。

当然，老朱，是不当真的。

俗话说，人生如戏，戏如人生。在演艺圈混的，演戏的功夫可是看家本领。这几年老朱一直处于装孙子的状态，演技却没少进步。当朱氏兄弟帮自己击败秦宗权，将要入城之际，老朱发挥出奥斯卡影帝级的表演水准，一把鼻涕一把泪地诉说自己几年来的悲惨遭遇。

朱氏兄弟也是直肠子，听了这些诉苦，立马拍着胸脯宽慰朱温："兄弟莫怕，有什么事都包在哥身上，以后有谁敢欺负你，就跟哥说，保证来一次我削他一次。"

有了朱氏兄弟的协助，朱温顺利接收陕州、洛阳、怀州、许州、汝州等地，召集流亡百姓，恢复农业生产，加强军队训练。加上陈州刺史赵犨先前已与自己结亲，至此，河南大部地区基本被朱温掌握，河南境内已无敌手。这时，朱温便开始打朱氏兄弟兖州、郓州的主意。

而朱瑾眼见朱小三日益强盛，心态就变得不大平衡了。想想为帮小三，搞得自己师劳力竭，一点便宜也没捞到。反观朱温，过得越来越滋润，之前与秦宗权作战时，这小子率缩在后面，不肯出力，如今看看他的军队，可不像想象中那么软弱。

这叫什么事啊，我们不会是让朱温当枪使了吧？

还没等朱瑾想明白，朱温就率先动手了。借口朱氏兄弟花重金笼络宣武将士，鼓动他们跳槽，甚至还策反他们做间谍（这事也有可能是真的），朱温给朱瑾写信，严厉痛斥这种行为极其恶劣，没有人道。

是可忍孰不可忍，叔可忍我不可忍！

意思就是，我翻脸了！

朱瑾见信大怒，好你个朱三，果然是忘恩负义之徒，枉我曾经尽心相助。朱瑾气不过，也给朱温回了一封，在信中大骂朱温背信弃义，不守江湖规矩。

估计老朱根本不屑一看，说我无信的人多了，你算老几！

既然脸已撕破，那就没什么好顾忌的了。朱温立即派遣大将朱珍、葛从周袭取曹州，杀刺史丘弘礼，接着进兵濮州，与朱氏兄弟战于刘桥，杀数万人，朱瑄、朱瑾仅以身免，仓皇撤回郓州。

虽说此后朱瑄用计击败朱珍，重新夺回曹州，但朱温势力已然坐大，再想制约就比较难了。

朱瑄、朱瑾两个倒霉蛋，本以为与朱温同宗，又是同乡（宋州人），可以结成坚实的战略同盟，三兄弟一起攻取天下，没想到刚一转身，就被朱温从背后捅了一刀，离死也不远了。

于是，朱温同志在江湖上又多了几个代名词：骗子、人面兽心、不知羞耻、狼心狗肺……

顺便交代一下，老对头秦宗权自从上次惨败，实力严重受损，被迫从战略进攻转为收缩防守。丢了许多地盘，大本营蔡州却依然在手，秦宗权认为凭此足以与朱温周旋。

周旋倒真做到了，不过老朱有事没事就来骚扰一下，在蔡州周边搞搞拆迁、搬搬资源，忙得不亦乐乎。一次两次还行，这次数多了，秦宗权捉襟见肘，疲于奔命。

老朱本就没想一次把蔡州吃掉，他在等，等秦宗权内部自行瓦解。事实上，老朱并没有等太久。文德元年（888年）年末，蔡将申丛宣布起义，囚禁秦宗权并向朱温投降。第二年春，蔡将郭璠杀申丛，直接把秦宗权押送汴梁，交给朱温当见面礼。老朱大喜之余，表郭璠为淮西留后。

龙纪元年（889年）二月，朱温押解秦宗权进京，斩于独柳。临刑之前，秦宗权望见明晃晃的斩首大刀，突然有些眼晕，脚有些发软。他觉得活着是多么美好，死了是多么可惜。人应该珍惜生命，远离犯罪。可惜一切都晚了。

大部分监斩人员都以为，老秦临死前会仰天长啸，说出那句好汉们经常挂在嘴边的经典台词："二十年后，老子又是一条好汉！"可现实情况却是，老秦在囚车里拼命向外伸着脖子，对监斩官孙揆说："大人您看我秦宗权岂是造反之人!我只是一直无法向主上效忠罢了。"

听了这话,大家顿时乐成一片。原来吃人不吐骨头的大魔王,也有认怂的时候啊!你也不想想,这都什么点了,说这种屁话又能起什么作用呢?

秦宗权,最终难逃一死。

老秦此举,既没有满足节目效果,也没有体现出乱世枭雄的本色,差评!

平定秦宗权叛乱,朱温当记头功。朝廷下令,加封朱温为东平郡王,兼中书令。这都是些虚衔,不当真的。真正让老朱兴奋的是,五年鏖战,终于消灭了死对头,荡平了河南境内的"反动势力"。

自此,河南之地,老朱一家独大。酱油打了那么久,老朱开始爆发了!

非但如此,不知不觉间老朱也当上了大哥,身后有了几个像样的马仔,比如奉国节度使赵德諲、忠武节度使赵犨、河南尹张全义……

这么多年,老朱第一次有了痛快的感觉。就这个 Feel,倍儿爽!

另一边,是朱瑄、朱瑾两兄弟落寞的身影和惆怅的目光……

谋国者

谋士,永远是中国历史绕不开的一个话题。俗话说,良禽择木而栖,贤臣择主而事。英勇善战的将领固然重要,可想想当年刘皇叔未得诸葛亮之前那悲惨的职业生涯,我们就能明白一个出色的谋士是多么珍贵和难得。

其实不光刘皇叔,历史上几乎所有成功人士身后都有智囊出谋划策,像张良之于刘邦、房玄龄之于李世民、刘基之于朱元璋、范文程之于皇太极等。古今中外,放之四海而皆准。

用现在比较时髦的说法,把智囊们集中起来,专门组成一个咨询研究机构，称作"智库"（Think Tank）。

有的领导比较全能，谋士们可能就显得有些默默无闻。如果领导在智谋方面有欠缺，谋士发挥的空间就会相应增大。无论怎样，没有任何一个谋士不希望自己的意见被领导采纳。

是非善恶，纵横捭阖，全凭一张嘴。谋士们靠头脑吃饭，靠计谋生存。既然有竞争，就会有优劣，IQ自然也有高有低。

有的谋士仅从自身利益出发，凡事以利字当先，我们可以称之为"谋身者"。有些谋士在追求自身利益的同时，还有更高的理想和目标，那就是帮助领导一统江湖，谋取天下，结束纷争，我们称之为"谋国者"。

红花都有绿叶配，逗哏还需捧哏捧。成功人士身边都有出色的谋士辅佐，作为五代第一男主角的朱温，肯定也不会例外，他的"诸葛亮"，叫作敬翔。

敬翔，同州冯翊人。史书称："翔好读书,尤长刀笔,应用敏捷。"（《旧五代史·敬翔传》）

不过好读书，不一定读得好，擅书法，不一定能写出好文章，敬翔就是如此。

估计敬翔年轻时书本知识啃得不够深，以致后来参加科举也没被录取。仕途无望，摆在敬翔面前的只有两条路，一是回家种地，二是投亲靠友。对于回乡务农这条路，胸怀大志的敬翔实在接受不了（太丢人），所以，他选择去汴梁投奔老乡王发混口饭吃。

汴梁是什么地方？那可是朱温的大本营。从老朱目前的表现看，那绝对属于优质的潜力股。敬翔觉得跟着朱温的手下混，也算是个不错的选择。

不过，结果却很让敬翔失望。王发时任观察支使，作为节度使、观察使的属官，观察支使官位不算小。但王发这个人却没什么能耐，在同僚中人缘很差，或者说是他太爱面子，不愿求人办事。尽管他对敬翔这个小老乡很好，吃喝玩乐全包，却迟迟不肯为敬翔谋份差事。

敬翔不想一直寄人篱下白吃白喝，眼看大腿是抱不上了，他只好自谋生路。我们都知道，特长绝对是个好东西，用现在话说，叫核心竞争力。唱歌挣钱、跳舞挣钱、写文章挣钱、绘画挣钱……

总之，只要能达到"人无我有，人有我优"的境界，那肯定不愁出路。

敬翔也有特长，他会写书信，括弧，通俗易懂的那种。

也许有人会问，这也算特长？写书信写得通俗易懂，只能说明这小子读书读得太烂，好词佳句不会引用！

对于这个问题，我们确实可以怀疑敬翔文采不足，写不出锦绣文章。但他的文笔，绝对实用，实用才是硬道理！

因为他的工作，是帮士兵们代写书信。懂了吧？士兵，有几个是懂文采的，能认识几个字就很不错了。

所以说，有特长还不行，必须要有发挥特长的平台和机会。由于敬翔书信写得浅显易懂，其中还夹杂着民间俚语和家常话，读起来朗朗上口，因此深受顾客好评，很快便吸引了大量的客户，订单量猛增。

就这么写着写着，消息很快传到了大老板朱温耳中。老朱听说军中有个叫敬翔的，最近很出名，于是他从下属那里搞了几篇敬翔的作品。这一看不要紧，老朱立即决定让王发引见敬翔。

为什么？敬翔的文章究竟有多大的魔性？其实并没有什么魔性，仅仅是他的文辞实在是太通俗易懂了！通俗到连朱温都能通篇阅读零障碍，这可太难得了。

因为，大老板朱温，其实不大认字。

原来，朱温同志自幼不爱读书，整天净想着怎么玩得痛快。当年父母也没少操心。跟着黄巢造反还好，大家水平都差不多，谁也别笑话谁。可自从当上了节度使，问题就出现了。大字不识几个，请来的幕僚又满口之乎者也，文书又写的都是些古代圣人之言，晦涩难懂。别说能看明白，朱温连上面的字都不见得认识几个。每次看见这些密密麻麻的文书，朱温气就不打一处来，欺负我不识字吗？

"看见没有，你们看见没有，这才叫文章嘛。你们这些人写的，真是狗屁不通。"老朱晃着手中敬翔的作品，鄙夷地看着身边的幕僚。

没有一点点防备，也没有一丝顾虑，敬翔就这样入了朱温的法眼。王发很快带敬翔面见朱温，两人进行了一次亲切友好的交谈。

"听说先生读过《春秋》，《春秋》是记载什么的书呢？"

看着一脸好学的朱温，敬翔开始了国学普及教育工作："回老板，《春秋》是记载诸侯之间相互争霸的故事。"

"那春秋时期的用兵之法能 copy（拷贝）一下吗？"

敬翔听到这个问题，说出了他人生中最著名的一番言论："兵法精要在于出奇制胜，《春秋》记载的古代兵法，并不适用于当下，而要根据实际情况随机应变。"

朱温一听，有想法，对路子，是我的菜。于是他把敬翔留在身边，做了自己的幕僚。

日后，朱温逐渐发现，敬翔这个人，不光写文章有一套，他的规划能与自己不谋而合，他的谋略能让自己拍案叫绝，他的情商能让自己自愧不如。这简直太合胃口了！朱温觉得自己赚大发了。本来把敬翔留在身边，只是为了处理一下文书工作，没想到敬翔智谋过人，绝对可堪大用。

而现实证明了朱温的判断，性格深沉、擅出奇招又深谙厚黑之道的敬翔，在朱温与秦宗权五年抗战过程中，时时给朱温出谋划策，而且每次都能一针见血，切中要害。朱温感到非常高兴，更对敬翔信任无比，恩遇有加。

评价君臣之间关系，主要看两人默契程度，也就是能否达到如鱼得水、相得益彰的效果。历史上堪称经典组合的除了刘备诸葛亮、李世民房玄龄等黄金搭档之外，朱温和敬翔的组合绝对也算得上经典。

老朱性格粗暴、喜怒无常，群臣之中只有敬翔能够劝解。每次决策有什么不妥之处，敬翔不会当面指出，只需要含蓄启发一下，朱温就能迅速明白过来，立刻着手调整。后来朱温争霸天下，自然少不了敬翔给他出谋划策，老朱也经常会情不自禁夸上几句："阿翔，还是你懂我。"

贤臣得遇良主，敬翔自然要鞠躬尽瘁，以报朱温知遇之恩。然而他的理想，绝对不局限在谋求个人利益，追求个人幸福上。在辅佐朱温战胜秦宗权后，作为第一谋士的敬翔，人生也有了更为清晰的目标。那就是，协助朱温扫清寰宇，统一全国，建立新的时代。

他的目标，实现了一半。

他的历史地位，不及张良、诸葛亮、房玄龄、王安石、刘伯温、张居正等千分之一。也许并非是他自身原因，而是这段尘封的历史很少被人研究。五千年历史，尚有诸多优秀人物和精彩故事，等待着人们去发现。

小人谋身，君子谋国。天下之大，能谋国者几人欤？敬翔，算得上一个。

敬翔，实用主义的代表人物。他的故事告诉我们一个道理：没有最好的，只有最适合的。没有最理想的，只有最实用的。

奇女子

国学大师钱穆曾评价说，五代是中国历史上最乱、最无耻的朝代。乱很好理解，这个无耻应该怎么解释？

可以认为，是无耻的人塑造了无耻的时代。我们的男一号朱温，肯定难逃无耻的恶名。

参考老朱这么多年的表现，言而无信、恩将仇报、狼子野心、胆大心黑……这样的人算无耻之人吗？

拥有以上代名词的人，可能更习惯被称为"乱世枭雄"。老朱在江湖上以奸诈、贪婪、残忍、暴虐、无信著称，但真正让后世对朱温嗤之以鼻，痛斥其无耻禽兽的，是他有个非常不堪的爱好——乱伦。

乱伦的对象，竟然是自己的儿媳们！

让人不解的是，老朱坐拥天下，哪里搞不到几个美女，可他却偏偏只对儿媳下手，孜孜不倦地给儿子们戴绿帽，这只能理解为老朱确实有特殊的癖好。

儿子多，儿媳自然也多，况且这些儿媳个个如花似玉。当然，这不能成为老朱乱伦的借口。趁着儿子们在外帮他打江山，老朱就在宫里和儿媳们乱搞，这在后来也间接要了朱温的老命。

设想一下，这么个老色鬼，突然对你感叹说："我这个人，以前也是颗有情有义、用情专一的痴情种子啊！"你信不信？

不管你信不信，反正我信了。

只有深爱的人，才会让你用情专一。其实，老朱以前并不算好色，不是那种见到美女就走不动道的色狼，或者说，为了不让深爱的人伤心，他懂得克制自己。

这个人，就是老朱的结发之妻——一代奇女子张氏。

为什么说她奇，主要有两点：一是经历奇，二是见识奇。

先说经历。张氏出身官宦世家，名叫张惠，其父宋州刺史张蕤。张蕤也是砀山人氏。既然是老朱的同乡，那就很有可能发生故事了。不然，一个在东北，一个在海南，在没有e-mail、QQ、微信、微博的年代里，想联系在一起都难。

和现在所有电视剧情一样，两人的情缘，源自一场美丽的邂逅。

相传朱温没有发迹时，整天跟二哥朱存一起在外面浪。有一回，哥俩来到宋州郊外玩耍，朱三机缘巧合就遇到了日后的另一半，也就是刺史大人张蕤的千金——张大小姐。

当时的情景，肯定是一驾马车从朱温身边经过，小风一吹，把马车的窗帘轻轻吹起，朱温无意间就看到了张大小姐秀美的脸庞。一瞬间，朱温感觉自己无可救药地爱上了她，这就是传说中的一见钟情。

在得知此女是宋州刺史张蕤的掌上明珠后，朱温连连感慨地对二哥说："听说当年汉光武帝发迹时，曾发出过这样的感慨，说做官就做执金吾，娶妻当娶阴丽华。今天我见到张蕤的女儿，料想阴丽华也不过如此吧。你看我能做光武帝吗？"

朱存一看三弟哈喇子都快流出来了，就赶紧把他从梦想中拉回现实："你就癞蛤蟆想吃天鹅肉吧，我们寄人篱下，能达到温饱水平就不错了，你小子还想做光武帝，太不靠谱了吧。"

看着朱存那没有梦想的样，朱温也不再跟二哥啰唆，他在心里默默告诉自己：日后若能发迹，必定会来娶你！

其后朱温跟着黄巢造反，逐渐成了独当一面的大将。在这个过程中，老朱猎色不断，但始终不尽如人意，他依然念念不忘张大小姐。自打天下大乱，宋州也早已残破不全，张氏一家音信全无，这让朱温好生伤感。

估计是老朱的一片真情感动了上天。在他驻守同州期间，一天，手下劫掠来一个美女，不敢自己享用，就前来献给朱温。例行公事，老朱都习惯了，看也没看，就把此女送到帐中，准备晚上开荤。

到了晚上，蜡烛一照，朱温不禁大吃一惊：张大小姐，怎么是你呀？

原来宋州被起义军攻陷，张氏便一直跟着父亲张蕤四处流落。张蕤病死后，张氏没有办法，就随逃难人群来到同州避难。没想到刚一进城，就被朱温手下小兵擒获，这才来到朱温面前。

"天意呀天意呀！是我的果然没得跑。"

老朱赶紧双手合十，感谢上天的垂青。接着他又充分发挥自己忽悠的本领，跟张氏套近乎："张小姐，你还不知道吧。我们可是同乡，你父张蕤也算是我的长辈，我们还曾见过几次面呢（假的）。今日你我在此相见，真是缘分！如果不嫌弃的话，以后就让我来照顾你吧。"

张氏当然能听出朱温是什么意思。考虑到自己毕竟是个弱女子，现在也无处可去，虽说朱温长得不帅，也不高，富不富更不好说，可毕竟算同乡，在乱世相遇是种缘分，有缘就该珍惜。

于是，两人当夜便结为夫妻，有情人终成眷属。

目前看来，张氏的经历绝对称得上"奇"。

再说见识奇。据史料记载，张氏贤明谨慎，无论内外之事，都能提出相当合理的建议，这让朱温倍加惊喜。无论大事小事，老朱都会向张氏请教,听听她的意见。有时率军出征,途中一接到张氏书信,说此时行军不宜,朱温就会立即拨马回军,毫不迟疑。事实证明,张氏的预测从无差错。

老朱自从娶了张氏,顿时从好色之徒变为模范丈夫,猎色行为少了很多。

现在,你知道朱温真有用情专一的时候了吧。

可惜的是,朱温实力越来越强,而张氏身体状况却每况愈下,最终两人没能白头偕老,在朱温篡唐之前,张氏便已溘然长逝。

也正是因为没了张氏的约束,老朱开始放纵自己,也慢慢就和儿媳们搞在了一起。其实,这也不全是老朱的问题,他的那些儿子和儿媳,也都不是什么好东西。

当然,这都是后话。就目前来说,老朱外有猛将良谋,内有贤明爱妻,又占尽天时地利人和,争霸天下的天平,已渐渐向老朱这边倾斜。

进击的李晔

为什么说朱温占天时之利,因为当今的皇帝依靠着他。有了皇帝的支持,做起事来就可以打着朝廷的旗号,出了事也不用自己埋单。

当今之主,乃昭宗李晔。李晔其人,身材挺拔、举止庄重、酷爱读书,举手投足之间很有明君风范。皇兄李儇驾崩之后,大唐帝国奄奄一息,国势更加岌岌可危。

李晔并不灰心,也不怨天尤人,大麻烦不能根除,那就先从小部分开始做起,他相信自己能像先祖宪宗李纯那样,实现王朝的中兴。

人有梦想,是件好事,但梦想永远无法实现,感觉还不如没有的好。

就像后世大明朱由检一样,虽然也是呕心沥血,无奈国运已尽,人力难以扭转。但明知不可为而为之,这是一种相当英勇的气魄。

李晔在即位之初,采取了一系列措施稳定政局,包括禁止奢靡、厉行节俭、重视人才选拔、强化儒学教育等，效果十分明显。已近黄昏的王朝突然间又有了一丝耀眼的光芒，让朝中大臣欣喜不已。

李晔的策略十分得当，人也十分聪明。他熟读历史，很清楚藩镇割据无非就是狗咬狗，关键是你能不能像宪宗那样做狗的主人，牵着狗的鼻子走，最好是挑唆他们斗得两败俱伤，好从中谋利。至于宦官专权，那就想办法铲除这批万恶的太监，换上自己的亲信，逐渐把禁军统治权收回自己手中。

不得不说，李晔的策略相当具有针对性。但问题只有一个，执行起来难度和风险实在太大。因为他要面对的对手，是比田令孜还要难缠百倍的杨复恭。

杨复恭自打一脚踢开田令孜成功上位，特别是拥立李晔为帝以后，仗着有李克用的支持，把军权牢牢控制在自己手中。他身兼枢密使、右军中尉、观军容使等要职，算是军政大权两手抓，两手硬。

杨复恭这厮，专横跋扈，祸乱朝政，对外自称"定策国老"，把李晔看成"天子门生"，意思是李晔的皇位是咱家给的，当然算我的门生。

杨复恭更过分的地方在于，他上朝总是坐轿子，而且一直坐到太极殿门下，这就不能忍了！你让皇帝和诸大臣的老脸往哪儿放，满朝文武大臣，难道还不如一个死太监？

大臣之中，宰相孔纬、张濬最是不满，他俩多次暗中劝说李晔采取行动，干掉杨复恭及其党羽。

有一次，李晔和孔纬等大臣闲聊，扯到了四方反贼这个话题，正好杨复恭也在旁边，孔纬趁机指桑骂槐："陛下左右就有将要谋反之人，还扯外面那些人干甚。"

李晔脸上忽然换了个表情，满脸疑惑地看着孔纬。孔纬心领神会，指着杨复恭说道："杨大人仅是陛下的一个家奴，竟敢坐轿上殿，又收了许多干儿子掌管禁军，不是想谋反那是为了什么？"

杨复恭一听此言，不禁大怒，好你个孔纬，你这是故意刁难咱家！只是当着李晔的面，杨复恭不好发作。他恨恨地回答道："咱家收那些干儿子,可全是出于保卫社稷的一片忠心哪,怎么可能是想谋反呢?开玩笑!"

孔玮沉默了,杨复恭以为自己赢了这场辩论赛。没想到身为裁判员的李晔也参与了进来,反问道:"杨爱卿,你说你想保家卫国,那么你为什么不让那些人姓李,而是让他们随你的姓呢?"

一针见血,刀刀见肉,李晔问得非常好,杨复恭无言以对,这次辩论算是栽了。杨复恭并不在意,丢了一回面子,算不上什么大事,反正军权在我手上,你们还能翻了天不成。

李晔翻不了天,但他想到了一个办法。既然从内部无法剪除宦官,那就先从外部拔掉他们的靠山——李克用。朝廷虽无力,但藩镇中与李克用有仇的不在少数,我难道找不出几个来?

李晔眼光狠毒,很快就确定了目标,其实不用猜,肯定是李克用的死对头——朱温。

"你个死太监有外援,难道我就没有吗?你找李克用,那我就找朱全忠。你以为李克用可以保你,那我就先把李克用废了,看你还有没有靠山!"

李晔的选择没有错,至少到现在为止,朱温名义上还是大唐的忠臣,怎么看也比曾在长安烧杀抢掠的沙陀人靠得住。以朱温制约李克用,等于两虎相争,必有一伤。这是李晔最愿意看到的,他迫切地想要导演好这场大戏。

可作为主演的男一号朱温和男二号李克用能把这场戏演得精彩吗?或者说,他们能达到李大导演想要的效果吗?

自上源驿事件至今,已经整整过去了六年。这六年间,朱温击败秦宗权,占据河南大部地区。李克用也没闲着,他以太原为根本,连续出兵幽州、云中,所向无敌,占据了山西及河北大部,而潞州、邢州、磁州等地也即将到手。

这对死敌,终于要在战场上一决高下了。

抉 择

大顺元年（890年）五月，天气还不算太热，但朝中的大臣们却总感觉酷热难当。这种热不是源于温度的升高，而是朝廷上的政治氛围。他们都看得出来，李晔与宦党的争斗，已渐趋白热化，他们也更加明白，当今圣上，绝不是个容易屈服的主。

此刻，距李晔登基尚不足两年。虽然杨复恭有拥立之功，但李晔似乎并不买账，反而觉得宦官就应该老实本分地做奴才，根本不配搞政治。他不像老哥李儇那样逆来顺受，任凭田令孜作威作福。

他带给朝臣的，是满满的正能量。

既然选择了我，我就要有所作为，彻底扭转宦党专政的局面，最好是重新将这帮阉货打回内宫，永远不能干预朝政。

为此，李晔迫切想搞个大动作，大得足以动摇宦党的根基，从而提升自己的知名度，重振朝廷声威。

有梦想、有斗志、有勇气，作风好、人品好、智谋好、学识好、长相好，作为一名"三有五好"青年，李晔绝不允许自己在其位不谋其政，而强烈的权力控制欲又促使他随时准备出手，抢夺胜利的先机。

越过杨复恭，直接打击其背后的靠山。只要靠山一倒，朝中宦党根本不值一提。从目前形势来看，打倒靠山似乎更容易。

靠山，就是河东节度使李克用。李晔对他似乎并没有多少好感。

于是，李晔出手了，就在这个五月。

他传诏天下，削夺李克用官爵、属籍，令张濬为河东行营都招讨制置宣慰使，孙揆为副手，以镇国节度使韩建为都虞候兼供军粮料使，以朱温为南面招讨使，李匡威为北面招讨使，赫连铎为副手。

部署完毕，李晔信心满满，朝廷军联合四路藩镇诸侯，以五敌一，胜算很大。

李晔并不是容易冲动，神经大条的人，相反，他做的任何决定都经过了深思熟虑。下诏削夺李克用一切爵职，并出兵讨伐，相当于公开和曾经堪称"帝国救星"的沙陀人为敌，同时也在很大程度上刺激着杨复恭敏感的神经。

李晔不可能不清楚，杨复恭与李克用本就是一根绳上的蚂蚱，一荣俱荣，一损俱损，如今征剿河东，杨复恭必定不会无动于衷，也不会坐视不管。

可李晔还是那么毅然决然。即便以杜让能、刘崇望为代表的文官集团中，十分之六七的大臣认为不可贸然行动，李晔还是下定决心，独断乾坤。

这仗我打定了，反对无效！虽无必胜把握，但绝对值得一争。

李晔坚信，真理往往掌握在少数人手中。朱温、李匡威、赫连铎、张濬、孔纬，有你们支持，也许就够了。

这五人，是李晔手中仅有的筹码，也是他抉择的动力所在。

这五人，可以分成两拨，一拨是藩镇，一拨是朝臣。

藩镇这拨，包括朱温、李匡威、赫连铎。朱温自不必说，作为李克用的死对头，老朱时刻想趁机置李克用于死地。李匡威和赫连铎，一个是卢龙节度使，一个是云州防御使，两人辖区与河东相邻，时常受到沙陀侵扰，好几次差点连老窝都被李克用端掉，因此这两人对李克用的感情，岂一个恨字了得！

出于生存的需要，他们很快与朱温达成军事同盟。三人连续给李晔上表，请求讨伐李克用，为朝廷剪除隐患。这种"想朝廷所想，急朝廷所急"的做法，让李晔很是欣慰。动机纯不纯都无所谓，能好好利用就行。

他们三人，能给予李晔军事上的支持。而政治上的担子，就落在另一拨人，也就是孔纬和张濬身上。

孔纬之前我们已经提过，这厮曾多次劝说李晔对宦党动手，算是个彻底的倒杨（杨复恭）派。而作为倒杨派另一代表的张濬，却是个很有经历的人，只不过他的经历，看上去都不是很光彩，甚至有些无法直视的感觉。

不是所有的文人都很有骨气。张濬，就是个没有骨气和节操的文人。

张濬原本依靠杨复恭走上仕途，当时杨复恭没有实力对抗田令孜，被远远地晾在一边。张濬起步后感觉跟着杨复恭混没有前途，于是果断选择跳槽，投在了老田门下。这期间张濬估计没少帮老田黑杨复恭，可惜没过多久，杨复恭就把田令孜一脚踢开，重掌大权。

对于叛徒张濬，杨复恭恨不得活吞了他。

张濬很清楚，自己和杨复恭那友谊的小船已经翻了，甚至沉底了。既然关系已无法修复，我又何必再依靠于你？他决心与宦党彻底划清界限，寻找到了新的小伙伴。

这个小伙伴，就是昭宗李晔。

敌人的敌人就是自己的朋友。李晔敏锐地发现张濬与杨复恭势同水火，特别是上朝时两人那相互怨恨的眼神，透着必置对方于死地的决绝。李晔看在眼里是乐在心里，张濬正是自己要找的帮手。

张濬也认为自己傍上了李晔，相当于登上了豪华的邮轮。只不过他还没认识到，这邮轮，名叫"泰坦尼克号"。

目前看来，泰坦尼克号还在安全地行驶，没发现任何异常。李晔很快把张濬提拔到宰相的位置，倍加宠信。作为回报，张濬也尽心帮助李晔对抗杨复恭。

其实不只仇恨杨复恭，张濬的黑名单中还赫然写着一个名字，河东节度使李克用。

张濬与李克用的交集，还要追溯到平定黄巢时期，张濬曾在李克用军中担任都统判官。至于两人的过节，根源在李克用根本看不上张濬（能让李克用看上的真不多），一听说他升任宰相，便对前来传诏的使者挖苦讽刺："这小子是个有名无实、务虚不务实的野心家，哪有能力胜任宰相一职？试看将来引起天下大乱的，必是此人！"

这话很快就传到了张濬的耳中，这让平时自比谢安、裴度的张濬内心很是受伤，他恨恨地说道："李克用你莫要猖狂，你也拽不了几时了，早晚我会把你和杨复恭这阉货一并送上西天!"

梁子,就这么结下了。剩下的工作,就是如何鼓动李晔下定决心出兵了。

朱温等三大藩镇请讨李克用,兹事重大,李晔命朝中四品以上官员讨论。以杨复恭为代表的宦党自然举双手双脚反对。而朝廷重臣杜让能等也出人意料地选择站在杨复恭一边,他们并非宦党,只是认为局势刚刚稳定下来,不宜妄动刀兵,况且又是对付李克用,实在没有多大把握。

为此,张浚和孔玮默契配合,表演了一场精彩的双簧。

张浚:先帝再幸山南,沙陀所为也。今三大藩镇联合出兵,真是千载难逢的好机会,臣估摸着不消数月,必然成功。失今不取,后悔莫及呀!

孔玮:张浚说得对!

李晔:李克用毕竟有兴复大功,如今出兵讨伐,天下人怎么看朕?

孔玮:陛下的担忧,只是朝廷一时的体面,张浚所言,却是万世之利好。昨个我都把用兵所需的馈运、粮草、犒赏等一切因素估算好了,一两年之内绝对充足,现在就等陛下一声命令了。

张浚:孔玮说得对!

李晔:两位爱卿如此决绝,朕也不是孬人,起兵起兵!希望两位爱卿勿负朕意。

张浚、孔玮齐声:陛下说得对!

起兵之事,就这么"愉快"地决定了。

李晔并不傻,不可能因为张孔两人几句忽悠就贸然行事。其实他早就有所估计,即使此战无法彻底消灭李克用,但只要能给他一个下马威,适当削弱沙陀人在河东的势力,顺便在各藩镇中树立起自己的威望,已经可以接受,而且这个目标也很有可能实现。

李晔决定一试,能否削除宦党,重振朝纲,甚至逐步实现中兴,就在此战!

李晔坚信:实力创造传奇,王者绝非偶然。他认为自己"以藩制藩"

的政策正在顺利推进，更是梦想着成为太宗、宪宗那样的一代明君。至少到现在为止，自己的运气不是很好吗？

可惜，这次运气并不是很好。

李晔很快便会被人从梦想拉回现实。李克用实在不好对付，他的手里不仅有战无不胜的沙陀骑兵，更重要的是，他帐下猛将如云，三镇联军实力根本不够看。

后世津津乐道的"李克用十三太保"，即将闪亮登场！

第五章
战神李存孝

李克用十三太保

说起罗贯中,估计你会立刻想到《三国演义》,那些想到别的什么演义的的童鞋们,可以洗洗睡了。

当然我们把老罗搬出来,并不是说三国,而是说五代。可能有人不解,老罗和五代有毛关系?若是读过老罗另一本章回体小说《残唐五代史演义传》,你就不会再有什么疑惑。

在《三国演义》中,老罗有严重的"崇刘抑曹"情结。《残唐五代史演义传》这本小说也不例外,老罗坚持自己一贯的风格,所以剧情就变成了"崇李抑朱"。李克用是大大的好,忠于唐室,鞠躬尽瘁。朱温是大大的坏,篡唐自立,禽兽不如。

我们在此不过多讨论孰是孰非等问题,而把关注点集中在老罗笔下的十三太保身上。太保,也就是养子的意思。并非所有人都可以胡乱使用,只有王爷的养子才能称为太保。

这本小说中讲,李克用因功受封晋王,收了十三个干儿子,对外号称"十三太保"。十三太保个个骁勇善战，万夫莫当，为李克用争霸四方立下汗马功劳。特别是十三太保李存孝，乃是天神下凡，力大无穷，勇猛无敌。

这都属于小说杜撰，正史中没有关于十三太保的任何记载，只说李克用收了一些义子，北宋欧阳修还在《新五代史》中为这些义子单独立传（义儿传）。这些人大多是李克用部将之子，部将不幸阵亡，这些孩子年纪尚小，便被李克用收养，继而认李克用为父。

至于李克用究竟有多少养子，他们都是谁，后世野史中流传着不同的版本，我们不必较真。

可以肯定的是，李克用确实有不少儿子。由于老罗在小说中并未对十三太保逐个进行排位，因此我们需要选择后世野史的一个版本与正史进行比较：

野史：亲生一人，养子十二人

十三太保名单：大太保李嗣源、二太保李嗣昭、三太保李存勖、四太保李存信、五太保李存进、六太保李嗣本、七太保李嗣恩、八太保李存璋、九太保李存审、十太保李存贤、十一太保史敬思、十二太保康君立、十三太保李存孝

除三太保李存勖外，其他十二人均为养子（太小看李克用生育能力了吧）。

正史（《旧五代史》《新五代史》）：亲生八人（甚至更多），养子十一人（甚至更多）

亲生（年龄排位）：李存勖、李存霸、李存美、李存礼、李存渥、李存乂、李存确、李存纪

养子：李存信（回鹘张政之子）、李存孝（本名安敬思）、李存进（本名孙重进）、李存贤（本名王贤）、李存璋、李存审（本名符存）、李存颢、李嗣源（本名邈吉烈）、李嗣昭（本名韩进通）、李嗣本（张准之子）、李嗣恩（本姓骆）

这些养子们在很小的时候就跟着李克用南征北战，成年后都异常骁

勇，很得宠信。比较出名的如李存孝、李嗣昭、李嗣源（后唐明宗）、李存进、李存审，都是立下过赫赫战功的。

李克用的亲生儿子们则比较坑爹，除了李存勖（后唐建立者），一个能打的都没有，真给老李家丢脸。

除李存勖、李嗣源之外，知名度最高的当数李存孝。与李存勖、李嗣源先后登基称帝不同，李存孝是作为"残唐五代第一战神"而存在。

"战神"的封号，不是一般勇将能当得起的，正史野史加起来，能称得上"战神"的，也就项羽、吕布、李元霸、常遇春等区区数人。想做战神，单挑的本领绝对要出神入化，无人可敌。抱歉我们需要把关公排除在外，他的战绩其实颇有水分。而李存孝，绝对应名列其中。

可能很多人对李存孝这个名字比较陌生，自然不晓得他是有多牛×。不了解李存孝不要紧，你一定听说过李元霸。作为《说唐传》捧红的隋唐第一条好汉，李元霸基本上处在一种无解的状态，手持一对八百斤铁锤，两臂四象不过之力，一锤败罗成（第七条好汉），手撕伍天锡（第六条好汉），三锤败裴元庆（第三条好汉），最后手撕宇文成都（第二条好汉）。

《说唐传》捧红了"无敌BUG"李元霸，《残唐五代演义》则捧红了飞虎将军李存孝，第二条好汉王彦章在他手里基本过不了几招，活脱一个五代版的李元霸 VS 宇文成都。

老罗在小说中对其大加赞赏，说李存孝仅率手下飞虎十八骑袭取长安，活活把黄巢吓走。这只是杜撰，不过也可以想见李存孝的勇猛程度。

《说唐传》称李元霸是大鹏金翅鸟转世，李存孝虽不是天神下凡，他爹却是天神。遗传基因好，自然也是无敌。他和李元霸一样力大无穷，手中混铁槊和毕燕挝，这两件具体是什么样的兵器，有心者可以参见兵器谱。

李存孝在自己军事生涯中，打遍天下无敌手，打仗也爱撕人玩，牛×程度直逼李元霸。不仅如此，他还与西楚霸王项羽齐名。所以后世也有个说法：将不过李，王不过项。

他的传说，在山西一带至今流传不绝。

五代战神李存孝

李存孝，代州飞狐人，原名安敬思。"飞狐"这个民族听起来比较酷炫，其实也就是沙陀众多部落中小小的一支。当然李存孝也不是雪山飞狐，他仅是一个放羊的孩子。

相传，在代州的一个小村落里，有一尊将军的石像。这尊石像是天上的星宿下凡，凡得到石将军青睐的人，都能带来好运。

村里有个姑娘叫小芳，哦，不对，应该叫小何。这一天，小何采花归来，她来到这尊石像面前，大概是有心玩耍，就把花篮随手一抛，没想到竟然正好套在石将军的脖子上。

奇怪的事发生了。

小何回到家中，就有了身孕。古代女子未婚先孕，情节严重都要浸猪笼的，不过五代这会儿应该还没被发明出来。尽管小何再三解释也没人相信。

小何在村里受尽白眼，但还是坚持把这个孩子生了下来，母子二人孤苦伶仃地生活着。

这个孩子就是安敬思。

小何算是得到了石将军的青睐，只是无论怎么看，这货给小何带来的，都不像是好运。

所以，你还得往后看。

小安敬思四岁那年，何妈妈带着他来到石将军面前，让孩子认石像当爹。估计安敬思心里直犯嘀咕，娘亲是不是逗我玩呢？我年龄小，你也不要骗我。

听完母亲一五一十诉说之后，小安敬思不由得怒火中烧："就是你这尊石像，害得我母子孤孤单单，还敢说青睐你就有好运！"小安突然一拳，将石像打了一个粉碎（好一招碎石拳）。

何妈妈见儿子这么悖逆,又气又急,逼着安敬思跪下向父亲请罪,让他将地上的石头拾了起来重新拼凑完整,并告诫他以后做事不能鲁莽,要多思考,三思而后行。

安敬思可一点也不安静,也不思考,他走的是勇猛路线。据说他十岁那年,有一次正在山坡上放羊,忽然迎面来了一只猛虎,但是,小安却一点不把猛虎放在眼里。老虎一看十岁的孩童撞见自己竟然不躲不逃,十分恼火,小崽子,能不能尊重一下我的职业!

虎兄弟今天是撞见鬼了!小安何等人也,他爸是天神!儿子自然也是天生神力,仅凭赤手空拳,就将老虎活活打死。景阳冈打虎英雄武松毕竟是年富力强,而小安年方十岁,却给了老虎一顿胖揍,这画面太凶残,让人不忍直视。

这一切,恰巧被对面的山涧上的行人看到,这人就是李克用。

李克用远远望见这孩子年纪尚幼,居然能将老虎打死,心中不禁狂喜,立马转身拍板,I want you(我需要你)!

他故意对着山涧那边喊:"哪家的小孩把我养的老虎给打死了?"小安敬思平淡地看向李克用,说道:"原来这老虎是你家养的,纵虎行凶是你的不对,打死你养的老虎是我的不对,这就把老虎还给你吧。"说罢,隔着一条山涧,他竟把整只老虎像扔石子一样轻飘飘地扔了过去,扔到李克用面前。

见过掷铁饼、掷标枪、投铅球,你听说过徒手扔老虎吗?就是这么任性。

之后,李克用通过走访得知安敬思住处,便向何妈妈表示,希望收小安做义子,跟随自己平定天下。坚持生下来历不明的孩子,坚持让安敬思认石像为父,何妈妈确是一位见识不凡的女子。她欣然应允,将儿子交给李克用。不久,安敬思改名李存孝,开始戎马疆场,快意恩仇。

当然,以上所述全是传说,夸张成分很大。但在正史中,李存孝依然那么无敌,这就没得说了,他足以登上"五代第一战神"的宝座。

凭借天生神力,再加上出色的马上功夫,李存孝征战南北,仗着胯下追风马,手中冲天槊,上阵杀敌,从无对手。史书记载:"存孝及壮,便骑射,骁勇冠绝,常将骑为先锋,未尝挫败;从武皇救陈、许,逐黄寇,及遇难上源,每战无不克捷。"(《旧五代史·李存孝传》)

我们把时间拉回到大顺元年五月,李晔令张濬挂帅,集结五万余人从长安出发,会同朱温等三镇兵马开赴刚被李克用占领的昭义。

昭义鏖兵,一触即发。

正所谓兵来将挡,水来土掩,李克用兵精粮足,猛将众多,对于朝廷的征讨根本不怕。他决定把李晔从美梦中拉起来,他选定的负责人,正是李存孝。

从河阳到昭义

想要了解昭义鏖兵的来龙去脉,我们必须先从文德元年(888年)河阳之乱开始说起。

在乱世混,千万不要相信友谊,友谊这东西是靠不住的。亲兄弟尚且能够反目成仇,又何况是结义兄弟?张全义、李罕之,这对结义兄弟算是将这个道理演绎到极致。

张全义,字国维,濮州临濮人。李罕之,陈州项城人。两人都曾跟随黄巢起义,黄巢失败后又都果断跳槽,先跟着河阳节度使诸葛爽混生活。诸葛爽死后,张全义伙同李罕之将老领导儿子诸葛仲方赶走,李罕之自领河阳节度使,以张全义为河南尹,治理洛阳。

上述事迹表明,张全义、李罕之都不是什么好东西。不过这两个坏东西却感情深厚,还曾刻臂为盟,结为兄弟。也就是拿小刀在手臂上刻上对方的名字,表示将彼此的友谊印在血肉之中。

现代心理学有观点认为,性格迥异、兴趣不同的人结成朋友或是情侣,分手率大大高出性格相近、兴趣相当的。

张李两人为了共同利益结拜,也愿意好好呵护这份看上去相当"珍贵"的同盟之情。最终两人还是反目成仇，根本原因逃不过一个"利"字，主要原因还有两人性格因素。

李罕之勇而无谋、贪婪残暴，而张全义柔中带刚、绵里藏针，富有心机，尤其擅长搞灾后重建工作。当时的东都洛阳，由于连年战乱，早已残破不堪。放眼望去，白骨遍地，四下一片荒凉。

再大的困难也难不倒对路的天才，张全义无疑就是其中的佼佼者。他从部下中选出十八人作为屯将，每人发给一面旗一张榜，到周围十八县的残存墟落竖旗张榜，召集流散的民众，恢复农业生产。同时减轻刑罚，重罪轻罚，轻罪不罚，选择体格健壮者传授战法，以备盗寇侵扰。经过一段时间的努力，以前逃亡的百姓纷纷返回，洛阳城渐渐恢复了往日的生机。

什么叫能耐，这就叫能耐！

可惜这种能耐在李罕之看来，和田间老农没有任何区别。他看不上张全义性格柔弱，时常挖苦讽刺，张全义倒也不是很在意，两人看上去还能相安无事。

李罕之看不起张全义的工作，但却总是借口军中缺粮向张全义求取军粮和绢帛，稍不如意，就痛加申斥。张全义能忍，手下将领却不能忍。他们纷纷谴责李罕之贪得无厌，希望张全义与他划清界限、断绝关系。

久而久之，张全义也扛不住了。但他不会公然与李罕之决裂，这不符合他做事一贯谨慎的性格。他秘密和护国节度使王重盈取得联系，趁着李罕之全力攻打绛州之际，派兵直接端了李罕之的老窝河阳，还自领了河阳节度使。

后路被断的李罕之退往泽州，派人向李克用求救。

"张全义你小子太缺德了，粮草不借就不借，还敢断我后路，不弄死你老子就不姓李！"

两人至此反目成仇。什么结义之情、同盟之谊，全是狗屁！

李克用任命康君立为南面招讨使，调集李存孝、薛阿檀等五员大将，遣七千劲卒协助李罕之杀回河阳，前来兴师问罪。要说张全义打仗确实不行，被李罕之牢牢围困在城中，粮食耗尽，张全义带着属下学老鼠啃木屑度日。他相当清楚，一旦城池被破，曾经的结义兄弟，肯定会让自己死得很难看。

又过了些时日，张全义发现城中连木屑也没得啃了，走投无路的他选择向外求援。当时藩镇之中，只有两人愿意充当国际警察，一是李克用，另一个就是朱温。你找了李克用，那我就找朱温。张全义以妻儿为质，火速请求朱温驰援。

你有困难我相助，我住隔壁我姓朱。朱温表现得十分热情，他二话不说，立即派大将丁会、葛从周率领精兵数万援助张全义。

李罕之，你来呀！互相伤害呀！

当然，找人帮忙肯定要付出代价，朱温和李克用肯定不会无偿救援。领地我不一定要，但你得认我当大哥，以后乖乖听我号令。

七千对数万，结果自然是张全义胜了。估计张全义被老朱的人格魅力所折服，日后他甘心听命于朱温调遣。此战，老朱不仅获得了河阳的实际控制权，又得到了一位出色的后勤管家，实在是稳赚不赔。

结果对于李克用一方也不是不能接受。谁能保证你可以一直占有河阳？既然目前河阳拿不下来，干脆换个地界试试手气。

李克用派李罕之、李存孝等猛攻昭义，并于大顺元年（890年）拿下昭义全境。

昭义，下辖泽州、潞州、磁州、邢州、洺州五州之地。从地图上可以看出，昭义以北为河东，也就是李克用的地盘，以南为保义、宣武，这是朱温的势力范围。

李克用拿下昭义，算是吞掉了两大藩镇之间的缓冲地带，朱温必然不会坐视不管。也正因如此，才有了朱温向李晔请旨讨伐李克用的事。

上次在河阳，我让你三分，这次我一定给你点颜色瞧瞧！李克用说到就要做到，昭义之战，绝对不会再让朱温捞到任何便宜。他身后，更是有人摩拳擦掌、跃跃欲试，早就等着报驰援河阳时的一箭之仇了。

这个人，就是飞虎将军李存孝。

不称职的领导

俗话说：英雄莫问出处，神人莫问生卒。意思就是，能成为大英雄的，别管他出身如何；而能称为神人的，不要考证他生卒年月，最好是越神秘越好。李存孝贵为一代战神，果然也无从考证出生年月。

出生年月无从考证，我们却可以推测出他大概活了多少岁。

以大太保李嗣源生于867年为尺度来衡量，十三太保李存孝肯定要比李嗣源小几岁。而从867年李嗣源出生，到894年李存孝死（史书有明确记载），尚不足三十年。以此保守估计，李存孝应该没有活到三十岁。若要进一步推测，他很可能连二十五岁都没有活到。

他辉煌的军事生涯，实在太过短暂，短暂得就像流星一闪而过。虽然过程绚丽夺目，但总会给人带来惋惜之感。也许可以更加辉煌，也许可以更加精彩，可惜一切都只是也许。

征剿黄巢、驰援河阳、昭义鏖兵，短短十余年间，构成了李存孝整个军事生涯，而昭义鏖兵，堪称李存孝一生的精华所在。

古有关云长过五关斩六将，今有李存孝两战定乾坤。

昭义之战，李晔原本很有机会，朱温等三镇诸侯也很有机会，即便无法攻克河东，但至少可以拿下昭义。为什么这么说？因为李克用实在不让人省心。换句话说，他太嚣张了，根本算不上一个称职的领导。

自从把昭义全境收入囊中，李克用任命堂弟李克修为节度使，坐镇潞州。李克修治理潞州期间，崇尚简俭，与民休养生息，很受潞人拥护。

人的精力都是有限的，过于关注一方面往往会忽视另一方面。李克修可能太过注重城市治理，对领导的招待服务工作就做得不是很到位。英明的领导肯定不会特别在意这点，毕竟政绩和民意才是硬指标，只要把政绩搞上去，赢得百姓的支持和拥护，这样的干部就是好干部。

可惜，现在的李克用，并不算是英明的领导。

李克用前来潞州视察指导工作,全然不顾李克修治理成绩,仅仅因招待档次太低,便对堂弟来了一顿"臭骂+笞打"。李克修愤懑成疾,他实在想不通自己勤勤恳恳到底是为了什么,越想越气,越气越想,不久竟被活活气死。

估计李克用根本就不怎么待见这个堂弟,死了就死了,没什么所谓。这回他选择让亲弟弟李克恭出马,出任昭义留后。

这个悲剧说明,在某些情况下,领导服侍不好,别的一切都是白瞎。

李克恭不像李克修,他属于典型的纨绔子弟,丝毫不懂军事。潞州军民本就对李克修冤死心中不满,如今又来了个恶少胡作非为,李克修好不容易聚拢起来的军心民心,瞬间崩塌了下去。

这一切,李克用不闻不问,他的重点,已放在了河朔之地(卢龙、成德、魏博三镇)。李克用,准备一次性并吞河朔三镇。

既然要搞大动作,昭义作为重要的兵源基地,自然得出人出力。昭义本地素有精兵,号为"后院将"。李克用准备好好利用起来,他命令李克恭选精兵五百送往晋阳,用于出兵河朔。

李克用觉得这很平常,打仗征兵,合情合理。况且我就要五百人,多乎哉?不多也!

可问题还是出现了,即使就这五百人,潞人也不乐意出。潞州是潞州人的潞州,潞州子弟不能白给你当炮灰!

李克恭强行派牙将李元审及冯霸挑选五百人上路。五百壮士心中不满,憋了一肚子火无处发泄。这时候,冯霸就成了挑起事端的人。此人野心很大,不甘心一辈子默默无闻地当个小头目,前辈们(王重荣、秦宗权)的"光荣"事迹已经证明,机不可失,时不再来。

冯霸趁机煽动将士们的不满情绪,教唆部下反叛。既然现在有领头的,那造反也就变得顺理成章了。

冯霸突然领着兵士造反,扬言打回潞州去。李元审无法制止,逃回潞州。这时潞州城中,李克用心腹安居受也相当"默契"地发动兵变,干掉了李克恭、李元审,自任昭义留后。很快冯霸率众杀回潞州,又赶走了安居受，宣布投降朱温。

这就是昭义兵变始末。

兵不血刃，昭义自动脱离李克用的掌握。对李晔和藩镇联军来说，简直是天上掉馅饼的好事。这等好事可得好好庆祝一番，也顺便鼓舞鼓舞士气，拿下河东，没准真有戏。

"看到没有，我还没出力，李克用就不行了！"

李晔变得底气十足，现在他毫不犹豫，宣布削夺李克用一切官爵，并任命孙揆为新的昭义节度使。李晔认为这是天意，是上天在帮助他。

可惜，有时候人力能够胜天，何况这个人本来就足以力挽狂澜。

两战定乾坤

大顺元年（890年）七月，朱温分兵两路，一路派葛从周直抵潞州，一路派李谠、李重胤、邓季筠等前往泽州围攻李罕之。布置妥当以后，老朱觉得万无一失，便上书李晔："老大，一切都已布置妥当，请孙揆孙大人前来昭义上任。"

张濬担心昭义从此被朱温占据，便分兵三千交给孙揆，以防半路被黑，也免得到任之后被朱温架空。

张濬的担心是多余的，因为李存孝根本没让孙揆有命到达潞州。

其实也怪孙揆太过招摇，自以为做了一镇节度使就能耀武扬威。他没想到，李存孝早已率三百精兵，埋伏在其必经之路上，准备劫票。

孙揆生怕在军中被人认不出来，穿着大红的衣服，坐着舒适的豪华大轿，前呼后拥，场面甚是壮观。参见《三国演义》中"凤雏先生"庞统的悲剧，你就能体会到孙揆的行为有多蠢。

庞统当时骑了刘备的的卢白马，行军之中特别显眼，因而敌军以为是刘备，玩命把箭射向骑白马者，于是庞统很不幸地被活活射死。

孙揆此举，无疑给李存孝带来极大方便，根本不用怎么费力去找谁是孙揆，李存孝率手下三百伏兵横冲直撞，分分钟就把孙揆擒住。李存孝把他押解回晋阳，交给李克用发落。

老孙好容易风光了一把，没想到却引来了血光之灾。不过孙揆还真硬气，他果断拒绝了李克用的诱降，至死都骂不绝口。

朝廷钦命节度使被杀，形式上昭义又成了一块无主之地。局势的发展让李晔大吃一惊，孙揆个人的死倒不重要，关键是李克用拿孙揆的头表明了自己的态度：昭义就在这里，看你们谁有命来当这个节度使！

此为李存孝一战之功。

我们再把目光转向泽州这边。朱温为了拿下泽州，不仅派李谠等人正面强攻，而且又派张全义和朱友裕率领一支人马作为接应。

考虑到李罕之人品较差，有反水的可能，梁军就派人在城下劝降，不过言辞却比较刻薄，听上去更像是威胁加恐吓："如今朝廷诸路大军前来平叛，不但昭义难守，连太原估计也保不住。不消数月，李克用必败，沙陀人无穴可躲，你李大人难道会有生路吗？"

洞穴绝非人类居住之所，梁军其实也是在拐着弯地骂沙陀人畜生。

李罕之倒无所谓，反正我又不是沙陀人，可现在情况这么危急，到底要不要考虑一下反水呢？李罕之非常头痛。

李罕之并没有头痛太久，"名医"李存孝很快就从昭义赶来了。

什么叫飞虎将军，就一个字，快！

李存孝听说李罕之被围，马不停蹄赶到泽州。刚一进城，就听到城外梁军放声大骂沙陀人是穴居动物。这可惹恼了李存孝，他亲选五百精兵出城，绕着梁军营寨纵马高呼："我就是沙陀穴居人，让你们军中肥头大耳者出战，我好抓他们下酒！"

面对李存孝的反挑衅，梁军大将邓季筠自认为骁勇，李存孝黄毛小儿一个，有什么了不起的，他的名气绝对是吹出来的！邓季筠立即出阵迎战，他斗志满满，信心十足。

我有上将潘凤，可斩华雄！

邓季筠基本相当于潘凤，李存孝可不是华雄，那可是吕布般的存在。

李存孝用行动告诉你，对付这种渣渣，根本不用几个回合。结果确实也没有悬念，李存孝毫不费力生擒邓季筠，然后顺势杀入敌阵。梁军平日里都认为邓大将军天下无敌，没想到在李存孝手中如此不堪一击。这些兵士根本不敢抵抗，扭头便向后狂奔。

这天夜里，刚刚安定下来的梁军又一次惨遭暴风骤雨般的打击。李存孝、李罕之一路追赶，最终在马牢山大破梁军，李谠、李重胤带着残部狂奔到怀州，方才摆脱李存孝的魔爪。

这一战梁军惨败，不但没有拿下泽州，反而白白损失万余士兵。解了泽州之急，李存孝又引兵赶回潞州，葛从周等人选择放弃潞州，匆匆退回汴梁。潞州固然是块肥肉，可惜这块肥肉旁边，多了一只挥着翅膀的猛虎。

对于这样的战果，朱温大怒，立即下令将李谠、李重胤斩首。有李存孝在，他再也不敢打泽州的主意了。

此为李存孝二战之功。

两战之后，大局基本已定。潞州乃至昭义之围全解，功劳基本应该尽归李存孝。李存孝自己也是这么认为的，他觉得干爹李克用只要不瞎，昭义留后之职，必定非己莫属。

然而，李克用却突然"选择性失明"了。他不可能不清楚李存孝功劳卓著，但却选择让康君立做了昭义留后，仅仅封李存孝为汾州刺史。

李存孝听说自己辛辛苦苦打下的昭义，被老爹拿去封给了康君立，气得几天吃不下饭，自此父子二人渐生隔阂。

昭义之战后，李存孝变了，变得有些狂躁，有些阴暗，又有些反叛。他毕竟只有二十来岁，内心受到伤害后极易出现反常情绪，他希望李克用能给个说法，哪怕仅是几句宽慰的话，也能让自己稍微在众太保中找回一些面子。

可惜，李克用一点表示都没有，也没人知道他是怎么想的。李克用向来如此，做出的决定根本不需要解释，也懒得去解释，不管你理不理解。

从某种程度上说，李存孝原本可以有更辉煌的军事生涯，但到现在已基本停止。这一切，源自李克用一个愚蠢的决定。

失望之后是绝望，绝望之后是反抗，李存孝决定走另外一条路。既然你无情无义，我也不想再为你卖命。我完全有实力另立门户，完全可以称霸一方，甚至取你而代之。

不要怪我，这都是你逼的！

意外收获

昭义之战，朝廷联军一败涂地，李晔自然也是颜面扫地。他千算万算，却不能算到十余万平叛军队竟纷纷败在李存孝手上。

没办法，老天爷不给脸，只能再等机会了。李晔还很年轻，他不怕等待，可眼下仗打败了，需要想想该如何挽回面子。对于这个问题，李晔很是苦恼。

李克用却很识时务，昭义刚刚夺回，他就给李晔上书诉冤，辩解词写得很有水平，大致意思如下：

"老大啊！臣父子三代，世受国恩，破庞勋、剪黄巢、黜襄王、存易定，鞠躬尽瘁。陛下今日高坐朝堂，未必没有臣的功劳。如果说是因臣曾经袭扰过云州，朱温那货侵夺徐州、郓州，为什么不去讨伐他呢？臣出兵讨逆，就赞扬臣为伊尹、吕望（姜太公），天下安定就辱骂臣为戎、羯、胡、夷，试问哪有这样的道理？况且若臣果有大罪，为什么朝廷大军压境，最终胜利的却是臣呢？这一切都是张濬、孔玮小人教唆，臣请命和张濬这厮单挑，誓为老大剪除奸佞，然后甘愿进京领罪，绝无怨言！"

柔中带刚，绵里藏针，话里话外透露着强势和威胁。李克用的意思很清楚，我还不想跟你闹翻，现在给你台阶，怎么做你就看着办吧！

既然打不赢，那就得为战败找替罪羊，这口黑锅李晔肯定不背，背锅重任就"光荣"地落在张濬、孔玮身上。没得说,谁让你们战前上蹿下跳,鼓吹必胜论呢!

李晔下旨,贬太保、门下侍郎、同平章事张濬为荆南节度使,孔玮为鄂岳观察使,即刻上任,不准逗留。没想到孔玮刚离开长安,就被杨复恭派人打劫了,旌节辎重尽失,孔玮仅以身免。

小样,跟咱家斗,整不死你!

对于这样的处置,李克用仍不满意,他再次致信李晔,希望对张孔二人严加惩处。李晔没有办法,只得再贬张濬为连州刺史、孔玮为均州刺史。同时,李晔又被迫宣布恢复李克用一切官爵、待遇,让他继续担任河东节度使。

张濬、孔玮并未乖乖上任。不是想抗旨,而是不敢,这山遥路远的,杨复恭必然会在途中埋伏杀手,若遵旨前去肯定难逃一死。两人先后于贬谪途中逃奔华州,投靠了刺史韩建。小命倒是保住了,政治生命算是基本终结了。

对于这样的结果,李克用很满意,杨复恭也很满意。

李晔却很不满意,昭义之败意味着他不得不把"安内必先攘外"的政策调整为"攘外必先安内"。之前所做的一切努力,都打了水漂了。眼看着杨复恭在朝廷上又重新嚣张了起来,李晔很生气。后果很严重!他决定先干掉杨复恭,再收拾李克用。

其实工作早就已经开展起来了,李晔沿用的是前辈们的老套路——挖墙脚、策反、以宦治宦。早在昭义之战开始前,李晔的挖墙脚工程就已秘密进行。他的策反对象是杨复恭的干儿子、天威军使杨守立。

杨守立,本姓胡,名弘立,勇冠六军(禁军一共有六部分)。李晔想要铲除杨复恭,又担心杨守立作乱,于是李晔强行把杨守立从杨复恭那边拉了过来,赐国姓,改名李顺节,又迅速将其提拔为天武教头、镇海节度使、同平章事。

李晔想先把杨守立这条恶狗喂肥之后,再放出来和杨复恭撕咬。原本杨守立安安稳稳,禁军团长当得好好的,突然之间被新领导提拔成禁军司令,部队二把手,胃口一下被吊起来了。

现在,挡在他前面的就是曾经的干爹杨复恭,李顺节没理由不玩命把干爹踢下去,自己当一把手。

大顺二年(891年),机会来了。

李晔在杨复恭毫无防备的情况下,宣布将他解职,让他出外担任凤翔监军。杨复恭不肯,提出退休。李晔爽快地答应了,并派使者前往慰问。李晔有意让杨复恭出丑,不然也不用多此一举派什么使者。杨复恭表面不说,内心却相当愤怒,他秘密派心腹张绾将使者刺杀。

钓鱼执法,一举上钩。

正愁找不到理由灭你,没想到你这么容易就上钩了。李晔听说使者被杀,立即以擅杀使者罪,派杨守立率兵抓捕杨复恭。杨复恭抵挡不住,只能带着义子、杨守忠、杨守贞等人逃往兴元,投奔了兴元节度使杨守亮(也是义子)。

他令杨守亮以及绵州刺史杨守厚举兵对抗朝廷,妄想有朝一日重掌大权。

在兴元,老杨还想折腾出点动静,但不久就被华州刺史韩建擒获,终究不免一死。

田令孜死了,杨复恭死了,现在该收拾杨守立了。虽然在剪除杨复恭一党中表现出色,但李晔并没有把他当成自己人,甚至没有把他当人。他仅仅是一条会咬人的恶狗,斗狗比赛都结束了,还要这狗做什么呢?

杨守立也确实不适合活着了。杨复恭被逼出朝廷后,杨守立就做起了一把手的春秋大梦,走路都是横着走,活脱又一个杨复恭。这样的人怎么可以继续留着?中尉宦官刘景宣、西门君遂便与李晔密谋做掉了杨守立。

对付这种根基浅薄的小人,根本不费吹灰之力。

精心策划的昭义之战失败了,杨复恭阉党却在不经意间被成功剪除,李晔心里不免有些小激动。上朝议政、下朝回宫,再也不用看杨复恭那张丑恶的嘴脸,李晔心情十分舒畅,他觉得自己的自信心又回来了。

"跟着我,左手右手一个慢动作。"李晔在龙椅上指指点点,比比画画,仿佛梦想就在眼前,伸一伸手就能碰到。

不管怎么说,"安内"目的基本达到,现在可以放手"攘外"了。就在李晔精心谋划下一阶段战略时,河东传来了一个消息,在昭义之战中力挽狂澜,让自己颜面尽失的"沙陀战神"李存孝因谋反罪,已被李克用诛杀。

生活,真是能不断给人惊喜呀!

战神陨落

一个人太过锋芒毕露,往往容易招来团体中其他成员一致的敌视、诋毁甚至陷害。道理很简单,大家都是人,都有一个脑袋、两条胳膊和两条腿,你经常在领导面前显摆,把我们当白痴,不挤对你挤对谁呀?

这就叫"枪打出头鸟,刀砍地头蛇"。用现在话说,作什么也不要作死,拉什么也不要拉仇恨。

李存孝仇恨拉得太多,导致他的生命过早地进入了倒计时。

这是个彻头彻尾的悲剧,所有人都是失败者。

当然,不能把所有的责任全推到李存孝身上。年轻人嘛,嚣张一些、骄傲一些也很正常,能成为大咖的,哪一个没有些脾气?领导若是没有容人之量,公司肯定不能培养出真正的人才。

除李存孝应负主要责任外,还有两个人要被问责。一是李克用,二是李存信(李存孝的死对头)。

在古代,儿子的数量和老子的烦恼指数往往成正相关。儿子越多,矛盾和麻烦越多,老子也越烦恼。

后世的大清康熙爷,晚年被阿哥们夺嫡之争搅得心神不宁,阳寿估计因此折了好几年。李克用的十三太保,表面上一团和气,其实私下里早就斗得不可开交。

其中关系最差、矛盾最深的,当数李存孝与李存信这哥俩。

有时候越受领导赏识,神经越敏感,生怕会突然冒出一人抢夺自己的资源。李存孝和李存信为什么关系最差,因为两人都很受宠,两人都想挤掉对方独得老爹专宠。很现实,也很残酷。

昭义之战后不久,李克用先后把李存孝提拔为邢、洺、磁三州节度使,也许李克用是出于补偿的心理,也许只是一次例行安排。李存孝猜不透,也不想猜,他觉得自己正在慢慢被外放,处境也变得有些尴尬。

由于常年行军在外,李存孝很少待在晋阳,和老爹沟通极少,因此关系逐渐变得有些疏远,与其说是父子,如今两人更像是一对君臣,或是主仆。

李存信则正好相反,这厮一直跟在李克用身边,与老爹关系亲密,李存信想搞垄断,就必须抹掉李存孝在老爹心中的位置。做法很简单,李存孝想做什么,我都从中捣乱,让你做不成,你长期立不了功,自然就会失宠。

情况正如预料的那样,一切都朝着有利于李存信的方向发展。

景福元年(892年),李存孝建议攻取镇冀之地,李存信从中阻挠,这个计划没有成行。等到成德节度使王镕率兵猛攻尧山,李克用派李存信与李存孝一同出击。两人本就互相猜忌,这时肯定不会因公忘私。没办法,李克用只好又派李嗣勋前往迎敌,才最终赶走了王镕。

事情到这里不但没有完结,反而变得更加精彩。李存信敏锐地发现,这绝对是整倒李存孝的好机会。

他回到晋阳后,立即向老爹举报,诬陷李存孝望风而退、无心迎敌,分明是和王镕有私盟。李克用对李存信的说法,既没有表示认同,也没有表示反对。即便如此,李存信的目的也已经达到,他很明显地看出,老爹已经有些怀疑李存孝了。

李克用的犹豫和观望,却加剧了李存孝内心的愤懑和恐惧。他觉得老爹越来越让人难以捉摸,自己的处境越来越危险,毕竟自己一直驻守在外,对于晋阳之事所知有限,李存信这个小人又时时诬陷,这样下去早晚必有祸事。

想想自己战功赫赫,立下无数汗马功劳,没想到最后功劳分不到,信任得不到,还惨遭小人陷害。活得这么憋屈,这样的人生有什么意思。

李存孝下定决心,他不愿再活在李克用的阴影之下,他要活得潇洒,活得自我。

你不是说我通敌嘛,我就通给你看!不是说骑虎难下嘛,我就不下了!

李存孝很明显是在赌气,可他之后的行为却实在有些出格。

他接连致信王镕,暗通朱温,大骂李克用,上表朝廷宣布归顺,请求起兵讨伐河东。这一连串的行动表明,李存孝已经失去了理智,他看上去又朝着前辈迈近了一步。

这个人,就是吕布。

战场上所向无敌的李存孝玩起政治来,简直连三岁小孩都不如。他的情商,也确实让人着急。

李存孝的这些动作,自然瞒不过李克用,这也彻底坐实了李存信之前的言论。于是,假的就变成了真的,真的却变成了假的。

对付一代战神,李克用决定亲征。此时已与李存孝达成口头协议的王镕在平山阻击李克用惨败后,选择反戈一击,协助李克用攻打邢州。

大军压境,李存孝并无畏惧,他自信晋军之中根本没有人能战胜自己。但打仗绝对不仅仅是一对一单挑,况且现在需要做的也不是进攻,而是防守。

李克用也知道强攻效果肯定不好,军中将领皆惧怕李存孝强大的战斗力。他来到邢州城下,并不着急攻城,而是在城外挖沟建垒,准备困死城中守军。由于李存孝时时出兵突击,堑垒一直建不起来。

要是这么一直耗着,还真不好说局势会怎样发展。然而一个神秘人的一封信,却让这场拉锯战突然之间没了悬念。

这个神秘人叫袁奉韬,时任河东牙将。此人神秘之处在于我们根本无从知晓他究竟是站在哪一边的,他秘密给李存孝写的那封信,也不清楚究竟是不是想帮助李存孝。

主观上无法判断，但客观结果却很好地说明，袁奉韬，百分之百是个坑货！

他的信是这么写的：大王（李克用）在城外玩命挖土刨坑，只要堑垒一成，他就会立即回太原。将军惧怕的人，唯有大王而已。大王一离开，试问还有谁是将军敌手？这咫尺之堑，哪里困得住将军呀！

李存孝一听：有理，只要老爹一走，别的一切都不在话下。于是挖沟大队施工时，李存孝不再派兵骚扰破坏，他眼巴巴地盼着李克用早点离去。几日之后，堑垒顺利竣工。让李存孝没想到的是，老爹一点没有走的意思，自己却再也无法从城中突围了。

无论袁奉韬主观意愿如何，他明显是给李存孝出了一个昏着，数万大军日夜挖沟，你以为人家是来帮你疏通下水道啊！现在倒好，任凭你李存孝本领再大，也飞不出这邢州城。

眼见着城中粮尽，李存孝没有办法，只好登城向李克用谢罪。他口口声声说是李存信陷害自己，自己绝对没有背叛之心，希望李克用念在多年父子之情，原谅自己的过错。

李克用表示自己会考虑宽大处理，他让太妃刘氏入城抚慰。刘氏带着李存孝出城谢罪。没想到李存孝刚一出城，李克用的态度就变了，他指着李存孝大骂道："你小子口口声声说是存信逼你，那你写信给朱温、王镕，变着花样骂我，难道也是存信逼你的吗？"

李存孝被押解回晋阳，李克用随即宣布将他车裂（五马分尸）。"五代第一战神"就这样以反叛的罪名被杀，这时距离昭义之战尚不足三年。

据说李克用本来不准备杀李存孝，只是想在众人之中做做样子，毕竟李存孝的行为实在影响太坏。在行刑之前，李克用希望众将能够主动出来劝解，自己正好就坡下驴，释放李存孝。

可惜，李存孝平日锋芒毕露，人缘很差，众将包括诸位义子又都妒忌他的功劳。李克用左等右等，竟无一人愿意营救。没办法，李存孝只能去死，同时李存孝手下大将薛阿檀也畏罪自尽。

李存孝死后,李克用后悔了。在此后很长一段时间内,每每言及李存孝,李克用无不是泪流满面。但他却没有反思这场悲剧究竟是如何发生的,也没有反思自己是不是应该从中吸取一些教训,他依然我行我素,独断专行。

我们也只能从下面这段史料中缅怀"一代战神"李存孝的风采了。

"存孝骁勇,克用军中皆莫及。常将骑兵为先锋,所向无敌。身被重铠,腰弓髀槊,独舞铁挝陷阵,万人辟易。每以二马自随,马稍乏,就阵中易之,出入如飞。"(《资治通鉴·唐纪七十五》)

对晋军而言,李存孝的死无疑是极大的损失,但对别人来说却是个天大的好消息(朱温同志已笑得合不拢嘴)。李存孝死于谋反,客观上为朱温除去心腹大患。在此后汴晋争锋中,李克用很难再占到什么便宜,也无力阻止老朱登上"天下第一节度使"的宝座。

于是,朱温的春天来了。

第六章
朱温扫六合

有仇必报

我们先来看一看处在第一集团的藩镇割据情况。

镇名	治所	负责人
宣武节度使	汴梁	朱温
河东节度使	晋阳	李克用
河中节度使	蒲州	王重盈
武宁节度使	徐州	时溥
天平节度使	郓州	朱瑄
凤翔节度使	凤翔府	李茂贞
魏博节度使	魏州	罗弘信
卢龙节度使	幽州	刘仁恭
淮南节度使	扬州	杨行密

以上述 Boss（厉害角色）为标准，像昭义、义成、忠武、河阳、成德、义武这类，只能算得上第二集团，他们的存在，仅仅是充当 Boss 们

的马仔。而马仔最多的，不用猜也知道是朱温。

我们以朱温的宣武军辖区为基点，将藩镇分为四个方位。宣武以北为河东、昭义、魏博、卢龙、成德，以西为河阳、河中、凤翔、邠阳，以南为忠武、淮南、荆南、岭南，以东为武宁、天平、泰宁、平卢。

天下这么大，肥肉这么多，该从哪里开始下嘴呢？

老朱经过再三衡量，运用科学的"系统分析＋逻辑推理"方法，从而得出以下结论：

结论一：北方的藩镇太强。昭义之战已经证明，与李克用硬碰硬实在不明智。虽然李克用还没从损失李存孝的悲痛中缓过来，暂时没什么大的动作，但他决不允许自己的势力向北扩展，弄不好又是一场世纪大战。想想实在划不来。Pass（不考虑）！

结论二：西方的藩镇太远。河中目前不要想，像凤翔、邠阳等地，还在长安西面，总不能没有任何理由越过长安向西出兵吧。这样老大李晔会怎么想，以后还怎么混？Pass！

结论三：南方的藩镇太烂。秦宗权的忠武军辖区已被自己吞并，南方藩镇之中也就淮南、江浙地区有些油水。而从荆南、鄂岳、江西，一直到岭南，地盘倒是一望无尽，资源却是一点没有。那时的南方可不像现在繁荣，既没有房地产，也没有旅游业，打下来也没什么用。Pass！

结论四：还是向东发展吧！东方的藩镇既容易对付，又能捞到很多油水，加上远离李克用的地盘，没有特殊情况他应该不怎么会插手。何况东面的朱瑄、朱瑾、时溥都和自己有过节，正好新仇旧账一起算。

就这么定了，向东向东，一路向东！

朱温把第一个目标，定在时任武宁节度使的时溥身上。

朱温和时溥，之前还真有些过节。当年秦宗权悍然称帝，僖宗李儇就任命时溥担任蔡州行营都统，让他联合各路藩镇讨伐秦宗权。

时溥远在徐州，根本不想参与进来，他只是做做样子，丝毫没有出兵的打算。

时溥不愿出力，讨逆的火炬就传给了朱温。老朱本来就在跟秦宗权死磕，便代时溥为蔡州行营都统，节制诸路人马。最终秦宗权败在老朱之手，秦宗权经营多年的蔡州，也被老朱一并吞掉。

其实这一切与时溥没有半毛钱的关系，只是时溥面子上有些挂不住。

朱温，牛！时溥，厌！

这样的评价谁听了肯定都不好受。不经意间，时溥就有些恨上了朱温。

除此之外，时溥一直想兼领淮南，毕竟自己的地盘离淮南更近。没想到临门却被朱温插了一脚，率先派心腹李璠担任了淮南留后。

这没法忍！时溥觉得自己是老资历，朱温区区砀山一小民，竟敢越过自己抢地盘，即使是兼并，也得按"就近原则"吧？你小子明显不守江湖规矩，不按套路出牌！

朱温出于礼节，修书一封向时溥借道。时溥表示拒绝，怎么可能便宜了你，不是想去淮南吗，老子偏偏不让你过！

他命令部下在泗州袭击了准备出任淮南留后的李璠，一行人几乎全部丧命，李璠只身逃回汴梁，淮南算是去不成了。

梁子就是这么结下的。这一次，朱温忍了。

文德元年（888年），朱温派大将朱珍领兵五千护送楚州刺史刘瓒上任，路途还要经过时溥的地盘，估计时溥给朱温穿小鞋穿上了瘾，这次又派人在路上拦截。老朱上回吃了亏，这回可就有所防备了。为了保证让刘瓒安全到达楚州，与他随行的是大将朱珍和五千精兵。

只是时溥不清楚这些，更不清楚朱珍是个暴脾气。

不让我过，就灭了你们！

对付时溥及其手下这等三流货色，根本费不了多大力气。此次时溥不但拦截计划落空，还被朱珍攻下沛、滕二县，损失惨重。

这个故事告诉我们，一个套路最好只用一次，别当他人都是二百五，不然很可能会搬起石头砸自己的脚。

这时，朱温已经定下了"向东发展"的战略规划，武宁作为东面一方大镇，徐州又是连接四方的重要交通枢纽，老朱对时溥的地盘可谓垂涎三尺。

"时溥你两次给我捣乱，明摆着是跟我作对！从来都是我欺负别人，哪里受过这种气。既然你给了我出兵的借口，就不要怪我灭了你。"

不过时溥既然敢向朱温叫板，他就不可能没有准备。十一月，时溥亲率大军七万驻扎吴康县，想御敌于境外，以大规模的进攻先击败朱珍，压一压梁军的锐气。

没想到朱珍的动作更快，下手更狠。徐州兵立足未稳，根本抵挡不住梁军猛烈的冲击。混乱之中时溥下令后撤，朱珍就在后面追呀追，又攻下邻近的宿州。

龙纪元年（889年）六月，朱珍攻克萧县，逼近时溥大本营徐州，双方在徐州城外形成对峙局面。

朱珍勇则勇矣，但有个毛病，脾气暴躁，杀戮无度。由于要在徐州城外打持久战，朱珍命令手下人抓紧时间修好马厩，以做长久围城打算。谁承想副手李唐宾的部下严郊因行动散漫、出工不出力而被责罚。就这点小事，李唐宾却有意护短，跑到朱珍面前上诉，双方言语相当激切。

这里要说明一下，朱珍与李唐宾素来不和，甚至闹得势同水火。朱温私下可没少在两人中间和稀泥，只不过这次稀泥是没机会和了。

你的手下不干活，你还有理了！

朱珍一怒之下拔剑斩了李唐宾（有挟私报复的嫌疑）。朱温得知后，朱珍却诬陷李唐宾意图临阵反水，才被清理门户。反正死无对证，朱珍料想朱温也不会过于追究自己的责任，顶多批评几句，最多写个检讨。

可惜这一次，朱珍想得过于简单了。

李唐宾反不反水不重要，即便有反水的意图，但他同样是军中大将，你连请示都不请示就直接杀了，好大的胆子，谁给你的权力！

依着老朱的脾气，会马上逮捕朱珍。只是大战将至擒拿主将，极易影响军心。敬翔劝朱温务必以大局为重，先稳住朱珍，派人安抚，让他放松警惕。不然万一朱珍带着几万大军投降了时溥，那可不好玩了。

老朱强压住心中的怒火，装作啥事都没发生过。朱珍一看领导对此没有任何表示，还真以为朱温有意庇护，就不再把这事放在心上。

七月，朱温来到萧县，立即下令逮捕朱珍，随后不顾将领们的请求，执意将朱珍斩于军中。

日后不管是谁，没有我的命令擅自行动，朱珍就是榜样！

对那些敢于挑战自己无上权威的人，老朱一向不会手软，即便是自己的心腹爱将。

朱珍死后，庞师古取代了他的位置，继续攻打徐州。大顺二年（891年），朱温兵临徐州城下，迫使时溥骁将刘知俊投降。阵中大将反水，加上连年征战，城中粮草消耗殆尽，时溥没有办法，只得向朱温求和。

朱温倒是很痛快，求和可以，只是徐州这块地方你别待了，有多远给我滚多远！

对于这样的无礼要求，时溥根本没有讨价还价的资本。

朱温随后上表朝廷，奏请让时溥换防到别的藩镇，并请求朝廷派遣官员接任武宁节度使。

老朱的意图很明显，无论朝廷派谁来，徐州都已成为自己的势力范围。

朱温的小算盘打得啪啪响，没想到时溥却单方面毁约了。他既舍不得徐州这块经营多年的地盘，又害怕出城直接被黑，毕竟朱温这人信誉度实在太低，想想还不如玩命拼一把，同时火速向周边藩镇求援，说不定真能守住城池，迫使朱温退兵。

时溥放出话来，表示愿与徐州共存亡。

"竟敢放我鸽子！给脸不要脸，是你自己找死，可别怪我心黑！"

朱温一路上骂骂咧咧，顺势又把徐州城围住猛攻。时溥退无可退，只能玩命守城了。

不过时溥还真看到了希望，梁军在徐州城下围了几个月，却毫无进展，老朱眼看着粮草渐渐不济，准备撤兵回去，休养一段时间再来讨伐。

关键时刻，还得看敬翔的。

敬：领导，听说你要撤兵？

朱：对。粮草不济，部队战斗力下降，再围下去也无益。

敬：撤兵之事，我认为不妥，您得学会从对方的角度看问题。

朱：这话怎么说？

敬：如果您站在徐州方面的角度看，我军疲惫难道徐州军不疲惫？他们一边守城，一边承受着巨大的心理压力，外无援军，内无粮草，早已到了强弩之末，现在撤兵岂不前功尽弃？

朱：有道理，有道理，还是小翔给力啊！那什么，通知下去，都别收拾了，赶紧准备准备，继续攻城！

朱温决定再坚持几天，还亲自上前线督战。事实证明，敬翔又一次料事如神，徐州军在巨大的心理压力下，最终没能守住城池。时溥走投无路，在燕子楼举族自焚而死，徐州就此落入朱温手中。

老朱，向来是有仇必报的。没事的话，千万别惹他。九泉之下的时溥可能明白了这个道理，可惜一切都晚了……

没仇也报

有恩报恩，有仇报仇，这是好汉们的洒脱。对于乱世枭雄们来说，可以恩将仇报，也可以暂时的仇将恩报。有仇可报，即使没仇，创造点仇也要报！

朱温对待朱瑄、朱瑾两兄弟，就是很好的证明。

当年若不是朱氏兄弟主动前来相助，估计老朱早就被秦宗权干掉了。然而已经阔起来的朱温，早就选择性地把这段往事在记忆中完全删除。

在和时溥搞摩擦的几年时间里，朱温也没忘时不时骚扰一下朱氏兄弟的地盘。朱瑾不胜其烦，便修书一封，恳请朱温不要互相伤害，毕竟大家都姓朱，还曾拜过把子。即便这些都不算，我兄弟俩救你脱困，这些恩情你总没忘记吧！

对不起，朱温早就忘记了。

如今时溥已亡,徐泗之地尽在掌握。下一个目标,就是你们兄弟俩了,还跟我谈什么结义之情?搞笑!

朱瑄,时任天平节度使,地盘包括郓州、曹州、濮州。朱瑾,时任泰宁军节度使,地盘包括兖州、沂州、密州。两兄弟的地盘,基本占据今山东大部分地区。

人说山西好风光,山东风光一样好。齐鲁大地上孕育着丰富的资源,人才、兵力、钱粮、城池,这些都是朱温所需要的。

一般老朱盯上的东西,总会想方设法弄到手。

也到撕破脸皮的时候了。朱瑄,朱瑾,我们本来无仇,但我实在想要你们的地盘,只能强行创造一些仇恨。既然你们曾经是时溥的盟友,还出兵援助于他,得,这就算跟我有仇,那我就要报仇了!

话都已经说开,朱氏兄弟再也不对朱温抱任何幻想,他们可以在道义上痛骂朱温是无耻小人,忘恩负义,军事上却无法抵抗梁军潮水般的进攻。

景福二年(893年),庞师古移兵兖州,攻打朱瑾,屡破之。

乾宁元年(894年),朱温亲自领兵,攻击朱瑄,大败兖、郓联军。

乾宁二年(895年),朱友恭围困兖州,朱瑄前来相救,却在高梧惨败。

同年九月,朱温与朱瑄战于梁山,朱瑄惨败而还。

同年十月,朱温大将葛从周包围兖州,齐州刺史朱琼投降。

同年十一月,朱瑄派遣大将贺瓌、柳存、薛怀宝调兵万余袭击曹州,以解兖州之围。

曹州还没攻下,贺瓌一干人马就被连夜赶到的朱温大杀一通,三大将连同三千士卒被俘,其余皆被屠杀。翌日正午,天色昏暗不明,飞沙走石,朱温大怒,仰天狂吼:"这是杀人还没杀够!"于是,三千降卒也被诛杀。

一天之内,万余人马尽被斩首,郓州兵简直吓破了胆。朱瑄也有些不相信自己的眼睛,印象中的朱温看上去挺随和,说话也是乐乐呵呵的,这怎么突然变成杀人魔王了？

不久，朱温便押着贺瓌等三将来到兖州城下，他高声对朱瑾呼喊："卿兄已败，汝何不早降！"

朱瑾本无降意，降谁也不降你个卑鄙小人！

考虑到目前兖州人心浮动，为了稳定军心，他灵机一动，耍了个小心机。朱温在延寿门下约朱瑾答话，朱瑾谎称愿意归顺，只是需要先放堂兄朱琼回城，再由朱琼带着符印出城投降。

既然投降，为什么多此一举？这个流程难道有什么讲究？难道自己不知道怎么受降更风光？

老朱脑子快速转动着，但还是搞不懂朱瑾葫芦里卖的什么药。想不通，就不想了，干脆也不问了，省得到时候因为自己不懂反被朱瑾耻笑，反正朱瑾也飞不出自己的手掌心。

朱温答应放朱琼回城。

朱琼也搞不懂堂弟搞什么名堂，但能趁此机会离开敌营，说明堂弟对自己还是不错的吧。

只是之后发生的事，朱温没想到，朱琼也没想到。

朱瑾先让骑将董怀埋伏在护城桥下，等朱琼上桥，便将其一把擒住，押回城中。随即斩首，将首级投向城外，表示誓死不降。朱瑾未发一言，却以实际行动告诉部下：你们害怕朱温，我不怕，还有谁敢提投降的事，我的堂兄就是下场！

城中守军目睹这一切的发生，他们先是吃惊，继而明白了其中的道理，主将都愿意与城池共存亡，我们还有什么好说的呢！

目光由散漫变得坚毅，握着兵器的手掌也由松弛变得有力。朱瑾的目的达到了，士气正在慢慢恢复，他有信心在兖州城与朱温死磕。

看来只有倒霉的堂兄朱琼当了冤大头。

朱瑾的行为也着实让朱温大吃一惊，手段毒辣，当断则断，真是高明的手法。老朱不再强行攻城，而是即刻下令班师。他清楚地感觉到，兖军士气尚存，主将意志坚定，硬拼起来不一定能占到便宜。

朱瑾用实际行动延缓了朱温进攻的步伐，可这也仅是杯水车薪，解决不了任何问题，朱温必定还会回来的。

自身实力不够，那就只能拉外援帮忙了。谁最痛恨朱温，不用说大家都清楚。于是两兄弟火速向河东求救，李克用派大将史俨、李承嗣领兵数千前来相助。

然而，战绩与之前似乎并没有什么不同。

乾宁三年（896年），庞师古大兵压境，于马颊大败郓兵，直抵郓州城下。

乾宁四年（897年），困守郓州的朱瑄孤注一掷，强行引濠水提高护城河的水位，以求遏制梁军的进攻。庞师古把营寨驻扎在郓城西南高处，连夜赶制浮桥。浮桥一成，庞师古便顺势渡河，率梁军猛攻。

奔腾的濠水没能阻止梁军的攻势，反而节省了梁军玩命爬墙的时间。朱瑄自知再也无力防守城池，就带着妻子匆匆弃城而逃，郓州城随即告破。朱瑄与其妻没跑多远，就被路人抓获，献给了朱温。

郓州已到手，兖州还会远吗？

一点也不远。

此时朱瑾正带着手下外出扫荡，以补贴军用，兖州城中只有康怀贞驻守。康怀贞听说郓州失守，葛从周又率大军前来讨伐，就举城宣布投降。朱瑾得知兖州已失，兖、郓再无立足之地，就带着史俨、李承嗣等人渡过淮河，投靠了杨行密。

朱瑾的故事还没完结，老哥朱瑄的生命却走到了尽头。他被押解到汴梁之后，随即被斩。对于曾经的救命恩人，老朱一点情面也没讲。

什么叫没仇也报？这就叫没仇也报！

朱瑾跑了，他的妻子却落到朱温手里，估计她实在貌比天仙，老朱很想把她留在身边服侍自己，就将其带回汴梁。

老朱不敢隐瞒实情，因为他与正妻张氏，也就是之前讲过的一代奇女子，感情非常融洽。老朱向爱妻坦白，希望张氏能"法外开恩"，允许自己纳个小妾。

张氏却提出要先见一见朱瑾之妻，经过考察再做决定。我们无从得知两人见面，朱瑾之妻对张氏说了什么，但张氏回来后就向朱温哭诉：

"朱瑄和将军既是同姓，又曾约为兄弟，没想到只因一点小事，竟遭诛灭，使我姐姐（朱瑄之妻）受辱于此。他日若是汴梁失守，我想我会不会沦落到我姐姐今天这般境地呢？"

朱温无言以对，同时也怕冷了张氏的心，只好忍痛割爱，放出朱瑄之妻，让她削发为尼。有人说朱温怕老婆，老朱表示不同意。什么叫怕？我这叫爱，你懂不懂。

美人得不得到，也没太大关系。兖、郓之地，实打实地被朱温尽数没收。

自打入主汴梁以来，老朱相继击败秦宗权、时溥、朱瑄、朱瑾，拥有了包括原属宣武军在内的五镇领地，也即郓、齐、曹、棣、兖、沂、密、徐、宿、陈、许、滑、郑、濮共十四州。淄清节度使王师范也于此时宣布归顺。

至此，河南、山东大部和安徽、江苏北部，基本可以划为朱温的势力范围。

江淮之败

吞并兖、郓之后，朱温将视线向江淮一带延伸，他遣大将庞师古集结徐、宿、宋、滑七万人马进驻清口，进逼扬州；葛从周集结兖、郓、曹、濮兵马驻扎安丰，进逼寿州。这让"江淮一把手"杨行密倍感压力。

分蛋糕的来了！

作为十国之一吴国的创建者，以及南唐的奠基者，我们有必要对他进行简单的介绍。杨行密，字化源，庐州合肥人，自幼丧父。据说杨行密天生神力，双臂能举千斤重物。这还不算，他还能日行三百里，脚力惊人，堪称"小神行太保"。

和朱温、李克用等藩镇诸侯一样，杨行密也是黄巢起义的直接受益者。黄巢当年转战江南，带动了江淮地区的造反热情，杨行密就在此时加入起义军，不过很快就投降了朝廷。后来杨行密降而复叛，悍然袭取了庐州。中和三年（883年），朝廷无可奈何，只能封杨行密为庐州刺史。

之后杨行密趁淮南节度使高骈与毕师铎两虎相争、两败俱伤之际，率部攻取扬州。景福元年（892年），杨行密击斩秦宗权余党孙儒，兼并其部下数万军队。八月，朝廷降旨，正式封杨行密为淮南节度使、同平章事。

杨行密坐镇扬州，继续向南发展，不久又拿下歙州，迅速成为江淮地区最强藩镇。

当然，杨行密能够迅速崛起，也因实力较强的藩镇都集中在中原和北方地区，他们的战场也主要在中原，很少涉及淮河以南。

现在情况可不同了。老朱刚刚平定兖、郓，很想趁热打铁，搞一搞杨行密的地盘。

曾经为了扫灭孙儒，朱温和杨行密也有一段蜜月期。老朱还主动上奏朝廷，举荐杨行密为淮南节度副使，双方还发展成了贸易伙伴关系，经常开展一些商品贸易活动。直到有一次，不知道朱温发什么神经，竟然把杨行密千辛万苦运到汴梁，用作交易的万余斤茶叶生生地吞了。

黑呀！真黑呀！

杨行密非常愤怒，他认为朱温不要脸的程度，完全超乎自己的想象。他实在不想吃这个哑巴亏，就把这事给抖搂了出来，并上书朝廷，请求联合易定、兖、郓、河东四路诸侯讨伐朱温。

此事没有成行，杨行密却捅了个大娄子。不想想朱温何许人也，你不主动找麻烦都有可能出事，更别提主动送上门了。

你小子不是想讨伐我吗？我这就来了！老朱显得底气十足，毕竟刚打了几场大胜仗，士气正盛，顺手灭了杨行密，那还不是快刀切豆腐！

想想徐州时溥、兖、郓朱氏兄弟的悲惨遭遇，血淋淋的例子摆在眼前,杨行密心里丝毫没底。大军压境,他只能硬着头皮遣别将张训为先锋,自己亲率三万精兵驻守在楚州。

随行人员中,有大家的老熟人朱瑾。自从被朱温端了老窝,朱瑾无家可归,只得来到杨行密手下打工。曾经是老板,一呼百应,现在成了打工仔,跟着别人混饭吃,动辄要看别人脸色,对于做惯了大哥的朱瑾来说很不适应。这一切,都是该死的朱三造成的。他恨不得能将朱温碎尸万段,方消心头之恨。

不过,江淮之战朱温并未参与。目前与他们对阵的,是梁军大将庞师古。

小庞自从上司朱珍被斩后成功上位,在夺取徐泗、兖郓之战中战功赫赫,已被朱温提拔为武宁留后。这时的庞师古,气焰那叫一个嚣张,他仗着领导朱温的宠信,事事独断专行,不听群众意见。

史书上也有另外一种说法,说庞师古从不独断专行,而是事事都听领导指示。朱温指示什么就做什么,没有指示一步也不敢动。

无论哪种说法,不管只唯上,或者只唯己,反正不唯群众不唯实。无数的真理证明,凡事不从实际出发,不听群众意见,将来是要吃苦头的。

庞师古选择驻扎在清口,手下人劝谏:营地地势低,不可久居。庞师古选择无视:行军打仗你们懂个屁!老子在外征战多年,什么场面没见过,哪轮得到你们插嘴!

庞师古已被曾经的辉煌战绩冲昏了头脑,他认为江淮之兵尽是些乌合之众,根本无法抵挡自己的进攻。他太过轻敌,行事浮躁,这也注定了江淮之战最终的结局。

不知道庞师古本来就爱下棋,还是故意想嘲讽杨行密一干人等无能,他在营中纠集一帮棋友,日日切磋棋艺。

杨行密一看庞师古如此轻敌,不禁大怒:我好歹也是一镇节度使,能不能尊重一下你的对手!

以史为鉴,可以知兴替,可以学知识。多读些历史,绝对没有坏处。

庞师古大概就是那种历史读得少的人，他很有可能不知道关公是如何水淹七军生擒于禁的。当年于禁脑残的决定和现在的自己是多么相似。

庞师古不知道，朱瑾却知道。他派人堵住淮河上游，也准备来一场水淹梁军。手下人看出了朱瑾的用意，急忙上报庞师古。没想到庞师古竟以惑乱军情罪将其斩首。

这下好了，小庞要将任性进行到底，自己作死，实在怨不得别人。

历史场景即将重演。庞师古就要成为另一个于禁，只不过下场比于禁更惨。

十一月，淮河水涌下来，瞬间冲垮梁军营地。杨行密与部将侯瓒率五千骑兵秘密渡河，朱瑾令张训前往梁营挑战，形成南北夹击之势。此刻庞师古可没心思在营中下棋了，他根本没有料到，被自己无比看低的对手，竟玩出了如此狠毒的招数。

有本事和我一对一单挑啊！放水淹算什么本事！

铺天盖地的洪水可听不懂庞师古在说什么。军营被彻底冲垮，庞师古仓促迎战，在乱战中不幸被杀，这下只能去和阎王爷下棋了。

此战朱温损失惨重，连同大将庞师古在内，军士阵亡万余人。一直稳赚不赔的朱温，这次算是赔大发了。

庞师古阵亡，葛从周也出师不利。其部在寿州城外，被杨行密大将朱延寿阻击。听说庞师古部溃败，葛从周也顾不得许多，赶紧跑路要紧。

趁你病，要你命！

杨行密下令全线追击，在渒水再次大败梁军。葛从周带领残军匆匆渡河，又赶上天降大雪，四天没有食物充饥，真是要了亲命了！十几万大军仅剩不满千人，讨伐淮南的战事以梁军惨败收场。

此役过后杨行密士气大振，他根本没有想到自己能战胜朱温，而且还是大获全胜。欣喜异常的杨行密战后给朱温写了封信，在信中极尽挖苦嘲讽：葛从周、庞师古都是垃圾，我还没出力，就全倒下了。老朱你不服就亲自来战，我随时奉陪！

朱温看信之后，长叹一声，无奈作罢。庞师古脑残，葛从周无能，彼盈我衰，先忍着吧。

杨行密风光一时，连败梁军两大骁将，这等光荣事迹，够他吹一辈子的。

由此以后，直到杨行密去世，朱温一直没有再怎么打江淮的主意。这还不算，终老朱一生，江淮之地也未能得到，这不能不说是老朱一生之憾。

有些人，一次错过，一辈子也就错过了。

有些事，一次失利，一辈子也就做不成了。

有些教训，就是那么深刻，深刻得一辈子都忘不了。

幽州博弈

江淮之败后，朱温同志向南攻伐的热情降低了不少。既然江淮之地暂时拿不下来，那就向北试试运气。这一次他把视线集中在幽州地区，这是时任卢龙节度使刘仁恭的地盘。

刘仁恭这人，绝对堪称"大变色龙"，十分擅长见风使舵、背信弃义、朝秦暮楚……对于这样的评价，刘仁恭表示不服，身处乱世你给我讲什么道义？保住利益才是一切，别的我可没心思想。

此兄原本是卢龙的一员将领，擅长挖地道，曾经攻打易州，用挖地道进城的方法攻陷城池，军中号曰"刘窟头"。

其后刘仁恭奉命戍守蔚州，戍期已过但未有替换，思乡心切的士卒对此非常不满。此时正值李匡筹上任卢龙节度使，这些戍卒便拥立刘仁恭为帅，发动叛乱，想趁李匡筹立足未稳之际袭取幽州，可惜计划最终未能达成，刘仁恭反被李匡筹所逐。

幽州待不下去了，刘仁恭跑到晋阳，跟着李克用混饭吃。远离故土、寄人篱下的滋味肯定不好受，刘仁恭此后多次向李克用借兵，希望可以替李克用拿下幽州。

其实老刘的真正意图,不用说都知道是什么。

乾宁元年(894年)冬,李克用禁不住刘仁恭的软磨硬泡,抽出数千人马助他攻打幽州。无奈老刘本领有限,反被李匡筹杀得大败,落荒而逃。

不过,刘仁恭的失利直接助长了李匡筹的轻敌之心,他认为河东军没什么了不起的,一月之内连续侵扰河东之地。本来李克用没怎么关注幽州,既然李匡筹自己找死,那就干脆先把拿下幽州提上议程。

幽州兵马素来骁勇,可惜碰上精锐的沙陀军,瞬间碎成一堆渣渣。

纯正的沙陀骑兵,实际上也就那几万人,归李克用统一调度指挥,没有大的战役一般不完全投入使用。像借给刘仁恭的那几千兵马,清一色全是汉人,在河东只算得上二等杂牌部队,实力肯定较弱。

只是李匡筹并不知道这一点。

李克用决定收服幽州,他带来了纯正的沙陀铁骑。

十二月,双方开战,战事毫无悬念。在新州、妫州、居庸关,李匡筹接连惨败,不得已放弃幽州,逃到沧州投靠了义昌节度使卢彦威。卢彦威贪图他带来的辎重、姬妾,直接派兵灭了李匡筹,尽俘其众。

李匡筹错误地冒犯了沙陀,直接导致其悲惨的下场。

李克用刚拿下幽州,老刘便极力毛遂自荐,希望能让自己留在家乡发光发热。考虑到刘仁恭是河北人,人看着也比较忠心(瞎了眼),李克用便于次年保举刘仁恭为卢龙留后,后来顺利转正为卢龙节度使。

目的达到以后,刘仁恭的狐狸尾巴就露出来了。想让我无条件听你李克用指挥,没门!

乾宁四年(897年),唐昭宗被华州刺史韩建挟持,李克用想要勤王,就向刘仁恭征兵。当时的情况应该是这样的:

李:小刘啊!老大打算为国擒贼,现在人手短缺,赶紧给我弄些马仔过来。

刘:老大,不是小弟不想帮忙,实在是自顾不暇呀。幽州现在这么乱,北方契丹又伺机侵扰,光是治安问题,我的人手就很紧张,哪还有马仔为您效力啊!

李大怒:放屁!你小子的官是我给的,现在翅膀硬了是吧,敢不听我的命令。

刘:老大息怒,实在抱歉,这个实在无能为力。

李:好小子,你有种,信不信我灭了你!

刘变脸:既然你这么说,我也不想多跟你废话,想来灭我,随时欢迎。

老刘不但骂战功夫一流,他还顺手囚禁河东使者,准备杀尽河东战将。这些人原本是李克用留下协助刘仁恭的,听说老刘要下死手,纷纷撒腿跑回河东。李克用大怒,随即率军讨伐幽州。

李克用看不起刘仁恭,更看不上幽州那些手下败将。幽州大将单可及前来挑战,已经喝得七荤八素的李克用根本不把单可当盘菜。他不顾大雾天气,执意出兵迎敌,结果中了伏击,被埋伏在木瓜涧的杨师侃包了饺子,河东军损失大半,狂奔而回。如果不是天空突然风雨交加,电闪雷鸣,幽州兵不敢继续追击,李克用很有可能全军覆没。

从此,刘仁恭成功摆脱老领导控制,顺利实现单飞。

没过多久,刘仁恭上奏朝廷,指责李克用无故来攻,十分可恶,他愿意自任统帅,剿灭李克用一伙。好家伙,侥幸赢了一次,竟敢口出狂言。朝廷方面听得出刘仁恭只是随口说说,不能当真,就理所当然地下诏驳回。

这个时期,实力弱、智商低的军阀不是被扫平,就是被收降,剩下的净是些骨头硬、手段多的大 Boss。老刘并不属于这一类,他自有一套乱世生存之道,出来混的,一定得找个强硬的后台,而且后台是可以随时更换的。

得罪了李克用,刘仁恭头也不回地倒向了朱温,得到了朱温的支持。

全天下的藩镇都总结出了一个规律:反对李克用的,朱温就支持;反对朱温的,李克用就支持。

站好队伍,认清方向,坚定立场,绝对不会出问题。

光化元年（898年），刘仁恭败义昌节度使卢彦威，吞并其地盘，并以其子刘守文为义昌节度使，由此胃口渐大，起了兼并魏博的野心。

朱温对此表示很生气，刘仁恭的侵略野心在无意间又得罪了朱温。

光化二年（899年），刘仁恭挥师南下，兵犯魏博境内。魏博节度使罗绍威抵抗不住，向朱温求救。老朱对近年来刘仁恭逐渐坐大表示愤怒，自己正有吞并幽州的心思，于是派遣大将李思安、张存敬前往救援。

估计刘仁恭近来有些膨胀，根本不把朱温放在眼里。李克用的河东军我都不怕，难道会怕你！他认为魏博之地唾手可得，便对着儿子刘守文和妹婿单可及大放厥词："汝勇十倍于思安，当先虏鼠辈，后擒绍威耳！"（《资治通鉴·唐纪七十七》）

然而现实却给了刘仁恭一个响亮的耳光。

大概是心灵鸡汤灌出了作用，这回刘守文和单可及异常勇猛，铆着劲儿往前冲，只可惜中了李思安的埋伏，全军大败，损伤三万人，刘守文只身逃回。被幽州军称为"单无敌"的骁将单可及也抵挡不住梁军的攻势，于撤退途中被斩，燕军（幽州也称燕地）士气极大受挫。

出来混，迟早是要还的。

当年怎么击败李克用的，这次就怎么被朱温击败。

手下人都是废物，刘仁恭决定亲自出马，率精兵猛攻魏州城池。梁军大将葛从周收到情报，带领精锐骑兵八百人，火速从邢州赶到了魏州。

河北谚曰：山东一条葛，无事莫撩拨。

葛从周与庞师古，并称为梁军之中两大名将。庞师古在江淮之战中败亡，致使朱温在很多情况下只能倚仗葛从周。关键性的战役，一般都让葛从周指挥。

此战自然也不例外。

刘仁恭大军杀奔而来，已破上水关，猛攻馆陶门，敌众我寡，想要取胜全凭一口气。葛从周与宣义牙将贺德伦决定带本部五百精骑出战。临行前，他对守卫馆陶门的士兵说："前有大敌压境，我们不能存有活着回来的想法。"

他命令士兵在他们出城之后关闭城门，以示破釜沉舟的决心。

就像当年巨鹿之战中的项羽一样，葛从周及手下殊死一搏，五百对数万，结果却是刘仁恭抵挡不住，大败而退。之后汴、魏联军合兵一处，长驱直入，攻破燕军八座营寨，一路追击到永济渠。燕军死伤不计其数，自魏博至沧州，五百里尸横遍野。

刘仁恭大势已去，失掉了争夺天下的资本，只能龟缩在幽州城中自保。朱温大获全胜，他想趁机拿下幽州，在遥远的北方重镇揳下一枚钉子。

刘仁恭打仗不靠谱，却是搞政治博弈的高手。得罪了李克用，我倒向朱温，朱温是指不上了，我可以重归老领导的怀抱嘛。

总之一句话：头可断、血可流，我的地盘不能丢；可挨打，可挨揍，占据主动不发愁。对于老刘这种人来说，面子这个玩意儿，根本不值半毛钱。

借用陈佩斯老师经典小品台词：这回我又叛变了！

刘仁恭之所以能在李克用和朱温之间左右摇摆，关键点在于朱、李在没有绝对实力吞并对方之前，都必须保证双方实力的基本均衡，刘仁恭就是一枚绝好的棋子，值得花点功夫争取过来。

刘仁恭看到了这一点，他很清楚自己可能会失败，但绝对不会灭亡。朱温和李克用，两人都不会坐视对方吞并幽州。

老刘看得很准，在自己危在旦夕之际，李克用仍然不计前嫌，出兵相救，帮助自己打退了梁军的进攻。其实私底下李克用真想一刀宰了这个大滑头，他平生最恨遭人背叛，真真记恨了刘仁恭一辈子。

北宋大文豪欧阳修在名篇《伶官传序》中说，李克用临终前交给李存勖三支箭，其中一支，就是让李存勖用叛徒刘仁恭的命，告慰自己的在天之灵。

幽州博弈的结果，就是没有结果。朱温小赚，李克用不赔，刘仁恭不赚，总之大家都能接受。

并吞河中

　　光启三年（887年），护国节度使（也就是河中节度使）王重荣因刑罚严厉，被部下常行儒杀害，护国节度使由其兄王重盈接任。王重盈性格稳健，行事低调，对外侵略的野心较小，但守成的本事绝对一流。

　　王氏家族在河中经营多年，根基深厚，算得上雄踞一方。王重盈公元887年继任，公元895年因病去世。这九年间，中原各路诸侯打得不可开交，烽火不断，却难得听说河中有什么动静。在王重盈的治理下，河中内部稳定，军民相安无事，称得上中原地区一大宜居乐土。

　　然而随着诸侯征伐，小鱼渐渐被大鱼吞掉，多年来河中默默无闻，虽不受战乱影响，但实力已大不如前。不愿意对外扩张，那只好坐着慢慢等死。而官二代王珂、王珙之间的内斗，更是让形势变得岌岌可危。

　　内斗的发生源自利益分配不均。自打王重盈上任河中，陕虢留后的职务就由其子王珙接班。小王少年得志，自我感觉良好，变得有些飘飘然。他性格贪婪鲁莽，如今大权在握，更是动不动就妄行杀伐。

　　常州刺史王抟名声颇佳，政绩卓越，被朝廷征召入京任相，刚好路过王珙的地盘。本来两人就是同宗，王珙以叔侄礼节相迎，摆明了是想跟未来的宰相拉拉关系，在京城有个靠山，说不定日后还能走走后门，为自己谋些福利。

　　谁知王抟文人脾气一上来，丝毫不给面子，断然拒绝了王珙认自己做叔叔的请求。他打心眼里看不上这个一脸谄笑的官二代。

　　王抟很快就为自己的任性付出了代价，不仅自己被黑，连家人也无一幸免，被王珙一股脑儿全扔到河里喂了鱼，随身携带的财货也被抢劫一空。王抟碰上了这么个灾星，只能自认倒霉。

　　干完这一票，王珙拍了拍手，毫不费劲。随后他上奏朝廷，声称王抟全家渡河时不幸船毁人亡，自己对王大人一家表示沉痛的哀悼，同时也为没能保住王大人的性命表示深深的惋惜。

王珙把责任推得一干二净，朝廷虽清楚内情，却不敢加以谴责和追究。万一惹恼了这个愣头青，以后路过的官员还不都得吃亏？想想还是忍了吧。

王珙强悍程度就是如此。彪悍的人生，根本不需要解释。

乾宁二年（895年），王重盈在护国节度使任上病逝，手下人推荐王重荣养子王珂（实为王重荣侄子兼李克用女婿）继任。这让对河中觊觎已久的王珙表示强烈不满，他一时火大，便伙同其弟晋州刺史王瑶出兵攻打王珂。

说起来王珂也不是外人，他的亲生父亲王重简是王珙的叔叔，论辈分两人是堂兄弟，本应该相互扶持，让王氏公司开得更加红火。可已经急眼的王珙管不了那么多了，他写信给朱温同志，邀请朱温一起讨伐王珂。

这还不算，王珙在信中赤裸裸地宣布王珂根本不是王重简亲生的，算不上王氏家族成员，所以根本没有资格继任河中节度使。

家丑不可外扬，亲不亲生的你个小毛孩子怎么会知道？王珙编造谎言污蔑本家兄弟，也真是够了！

别看王珙闹得这么凶，这两兄弟却没机会在战场上真刀真枪干一场。原因是，仗还没怎么开始打，王珙就挂掉了！

王珙性情凶残，疑心太重，跟着他打工，部下心理压力太大。压力一大就起来作乱，混乱中王珙被杀。可怜王珙那么积极地要拿王珂开刀，这才刚刚动手自己反被部下黑了。人生真是悲催，估计王珙下了地府，也会请求阎王爷把王珂从王氏家族中除名。

王珙挂了，反倒便宜了朱温同志。千载难逢的机会，走过路过也不能错过。在经过前期几次试探性进攻之后，老朱决定起大兵进军河中。这可急坏了已就任护国节度使的王珂。

王珂十分郁闷：我招谁惹谁了，你们怎么老是来来回回地算计我！眼见朱温大军将至，王珂只能向邻居们求救。老丈人李克用此时正在河东与梁军拉锯，短时间内无法抽身。凤翔节度使李茂贞胸无大志，更不敢得罪朱温。

天复元年（901年），王珂走投无路，人心离贰，本来准备走水路逃往长安，可惜渡河时浮桥早已毁坏。王珂想趁夜色乘小舟匆匆渡河，也被下属劝止："如今人心动荡，如果夜间强行渡河，万一走漏了风声，众人必将争夺船只。一旦争夺起来，保不齐会有人发动变乱，到时候河过不去，命估计也没了。不如现在就降了朱温，日后再做打算。"

守无可守，退无可退，王珂只能宣布投降。

投降朱温，未尝不可。

大家应该还没忘，黄巢起义那会儿，正是王重荣在河中连败朱温，迫使其归降朝廷，也是出于王重荣的强力担保，朱温才没被杨复光砍了脑袋。所以说，王重荣算得上朱温的救命恩人兼梦想导师，朱温也可以划为王重荣的"门徒"。

王重荣对朱温有知遇之恩，王珂出于人身安全考虑，请求朱温亲自前来才肯举城归降。

救命恩人和梦想导师的养子想要投降，朱温表示热烈欢迎，这个面子还是要卖的。只是王珂投降后朱温的所作所为则再次刷新了自己不要脸的下限。

朱温得到消息，马不停蹄赶往河中。到了河中境内，老朱立刻平复内心狂喜之情，眼中饱含热泪，面容搞得枯槁憔悴。既然来了，必须先去给恩公王重荣扫墓。

扫墓时，朱温哭得那叫一个悲痛，那叫一个伤心，仿佛往事就在眼前浮现一般。什么叫好演员，就是能够随时进入角色状态。老朱知道自己哭得越伤心，王珂就越放心，群众就越开心。不愧是奥斯卡影帝级的资深老演员，演技绝对一流。

果然不出朱温所料，王珂得知此事十分感慨，既然朱温那么坦诚，自己也应该拿出些诚意。他想出城投降时，用面缚牵羊的礼节迎接朱温。"面缚"就是脱去上衣，反绑着手；"牵羊"自然好理解，反正就是表示放弃抵抗、顺从投降。

朱温一听，觉得这戏还得接着演下去，急忙制止王珂，并语重心长地说："太师（王重荣）之恩我如何敢忘？郎君要是这样做，日后我哪还有脸面见太师于九泉之下。"王珂有心试探朱温的态度，既然朱温不忘本，还是该怎么来就怎么来吧。

最终，投降仪式还是以常礼进行，朱温紧紧握住王珂的手，联骑入城，场面十分温馨。谈及往事朱温叹息不已，表示只收地盘，决不伤害王珂性命。

戏演完了，王珂也该搬家了。朱温让他举家搬往汴梁，名义上宣称让其远离是非之地，实际上则是将他牢牢控制起来。对于王珂而言，在汴梁做一富家翁也可以接受，毕竟性命无虞，衣食无忧。

王珂还是太幼稚，想让朱温信守承诺，除非天上掉馅饼；就算天上掉了馅饼，也得把你砸死。

没过多久，朱温就觉得留着王珂始终是个祸害，不如送他下去，也好让老王家族大团圆。于是，王珂在汴梁豪宅里屁股还没坐热，就被朱温催促入朝。刚走到华州，王珂被早已恭候多时的杀手当场刺杀。自此，兴盛一时的河中王氏一族基本不复存在。

如果王重荣地下有知，一定痛骂朱温白眼狼忘恩负义。老朱心宽体胖，表示无所谓。老子负的人多了，你算老几！有本事出来咬我啊！

就这样，不费太多力气，老朱顺利并吞河中。请注意，此时老朱已身兼宣武、宣义、天平、护国四镇节度使，举国上下再无敌手。

第七章
这个皇帝有点惨

李晔苦主

老朱近年来风风火火忙着抢地盘,搞兼并,朱氏公司不断做大做强,已由原来的全国十强晋级为 NO.1。在这个过程中,我们的男二号李克用在干什么?大导演李晔在干什么?

要是用一句话来概括,那就是李晔正在被小怪兽欺负,李克用除了在幽州、河中等剧情中跟朱温抢戏之外,大部分时间里忙着维护地球的和平,化身奥特曼帮李晔打小怪兽。

小怪兽是谁?凤翔节度使李茂贞,邠阳节度使王行瑜,华州刺史韩建。

李晔为什么一直被小怪兽们欺负?这事还得慢慢道来。

自从铲除了杨复恭宦党,李晔就一直处在飘飘然的状态。不可否认李晔的确是有志青年,内心很有想法,也很有抱负。他坚信只要敢于尝试,处理得当,"中兴大唐"的梦想就一定能够实现。

对比宦党乱政,藩镇割据的局面可不是那么容易应付的。最先登场的小怪兽李茂贞,就给李晔好好上了一课。

梦想这种东西,一阵风过就吹没了。在之后的几年时间里,明知不可为而为之的李晔,能深刻地体会到这句话的内涵。

说起来当年的李茂贞对大唐还挺有功劳,在朱玫叛乱期间,李茂贞主动带兵保卫僖宗李儇,因功被封为武定节度使。

光启三年(887年),僖宗回驾长安,护卫工作又落在了李茂贞身上。说来也是李茂贞走狗屎运,路上不知怎么,就遇到了朱玫死党李昌符的部队。双方本就有仇,一言不合起了冲突,结果李昌符被强悍的李茂贞逼退。僖宗命令追击,李茂贞也不负所托将李昌符击败斩杀。僖宗甚是高兴,将原本属于李昌符的凤翔节度使职位赐给了李茂贞。

作为西北方面拱卫国都的重镇,也是长安不保皇帝跑路的第一站,凤翔的战略意义十分明显。当然,正因凤翔距离长安最近,也为没事欺负欺负皇帝和朝廷提供了极其便利的条件。

自从当上了凤翔节度使,李茂贞腰杆硬了不少。李晔继位之后,李茂贞开始对朝政指手画脚,态度极其嚣张,完全不把李晔放在眼里,这让心气高涨的李晔十分不爽。

堂堂朝廷,却被这厮肆意嘲讽,李晔不能忍,这次他决心不借助任何藩镇的帮助,靠自己的力量讨伐李茂贞。他的手里,还有当年由杨复恭负责统领的数万禁军。

李晔铁了心要灭掉朱茂贞,主要出发点在于借此机会重振禁军军威,以实际行动让天下的藩镇看一看,中央的军队并非那么不堪一击。

少年天子,毕竟年轻气盛,想得太少,考虑得太简单。时任宰相杜让能,也就是当年僖宗二次出逃时靠脚力夜间狂奔数十里最终赶上车驾的那位翰林学士。短短几年间,翰林熬成了宰相。老杜兢兢业业,恪尽职守,虽无力重振朝纲,处理政事也算做得不错。

讨伐李茂贞,李晔令杜让能全权负责。对于这个命令,老杜表示拒绝。这并不是他不敢承担责任,而是他很清楚仅凭中央的力量短期内难以对付李茂贞。自己的生死无关紧要,万一处理不好,再闹出一场藩镇混战，吃亏的还是朝廷。

老杜苦口婆心地劝说李晔三思而后行，李晔却并不理解，他认为杜让能是怕承担战败的责任，就立即表明自己的态度，如果战败，责任绝不在你。话都说到这个份上了，杜让能也很无奈，只能勉强赞成。

万事俱备，只等开干。李晔很有信心，也很有想法。如果朝廷取胜，不但能够控制住长安西面大部区域，稳固京畿防御力量，更重要的在于，中央的部队无论实力还是斗志，都会有很大程度的提升。

只有打得赢仗，别人才会服你，尊敬你，不敢肆意欺负你。

李晔忽略了一点，李茂贞敢如此嚣张，给个三分颜色就敢开染坊，对于中央军的实力，他肯定是做过功课的，对于朝中动态，肯定是了如指掌的。换句话说，这厮朝内朝外肯定是有帮手的。

李茂贞确实有帮手，朝中有崔昭纬刺探情报，朝外有死党邠阳节度使王行瑜提供军援。总结下来，这仗基本没法打。

这些情况李晔不可能不知道，但他还是想尝试一把。他太想胜利了，哪怕只取得一点点小成就，也能稍微宽慰一下作为皇帝的自尊心。他迫切希望在藩镇之中抬起头来，让别人认可自己的努力。堂堂帝国皇帝，整日活在屈辱和嘲讽之中，这样的生活实在让人难堪。

景福二年（893年）九月，李晔下诏罢李茂贞凤翔节度使，令覃王李嗣周率三万禁军前往讨伐。李晔如果知道禁军这么不禁打，肯定后悔当初没有听从杜让能的劝谏。

其实也怪不得禁军，因为这些士兵大多数都是临时招募的市井少年，平时耍耍无赖还行，真要拿着家伙跟身经百战的藩镇军队交手，没有直接昏倒就不错了。

李嗣周在兴平与李茂贞、王行瑜的六万联军交战。三万禁军望风而溃，李茂贞乘胜进逼长安，京城内外大恐。按照这个趋势，估计皇帝又要进入跑路的模式了。皇帝一跑，坑的不还是普通百姓？况且这又不是第一次了。长安百姓们纷纷自发聚集在皇城下静坐、抗议，请求皇帝诛杀首倡起兵者。

这让李晔非常为难，起兵之事是自己首倡的，总不能自己把自己干掉吧。既然不能把自己干掉，那就得找替罪羊背黑锅吧。

李晔望了望杜让能，还没等开口，反倒是老杜先说了："老大，臣以前说不能仓促行事，您不听，现在黑锅还是让臣去背吧。"这话感动得李晔一把鼻涕一把泪，可他并不想直接把老杜卖了。他还想争取争取，希望能留老杜一命。

李晔选了时任观军容使西门君遂、李周潼、段诩背锅，在安福门将三人斩首，并贬杜让能为雷州司户。

随后李晔派人告诉李茂贞，诱惑自己出兵的三人已被诛杀，这不关杜让能什么事。可李茂贞为了把线人崔昭纬抬到宰相的位置，更好地控制朝廷，必须铲除隐患杜让能。他并不买李晔的账，而是继续驻扎在长安城外，做出一副随时可能进攻的态势。

李晔无可奈何，只能弃车保帅了。最终杜让能还是难逃一死，即使责任本不应由他承担。对于这样的结局，老杜并无异议，平静地接受了自己的命运。

食君禄，为君尽节，老杜无愧忠臣之称。

杜让能死后，李晔加封李茂贞为守中书令、凤翔节度使兼山南西道节度使，等于是把山南西道这块地盘割给了李茂贞。李茂贞尽占凤翔、兴元、陇秦等十五州之地，这才满意而去。

面对这样的结果，李晔并没有彻底灰心，他觉得自己还有机会翻身，替杜让能报仇。乾宁二年（895 年），李晔不动声色地将孔玮、张濬调回中央，恢复了他们原来的职务。这二人曾因唆使李晔发动昭义之战被问责，近年来一直躲在华州。现在风声过去了，李晔又把他们提拔起来，专门对付该死的走狗崔昭纬。

李晔搞军事不在行，耍起政治手腕来却相当有水平。

正当李晔苦思冥想，准备下一阶段部署时，二号男主却有些耐不住寂寞。听说李茂贞、王行瑜胆敢冒犯长安，李克用也不管李晔乐不乐意，立即起兵南下讨伐。

于是乎，二号男主变身奥特曼，进入了打小怪兽的节奏。

怪兽不禁打

不管你信我疑我，我就在那里，随传随到。

不管你恨我怨我，我就在那里，不离不弃。

我来了，你随意。

当然，李克用并不是出于对李晔的忠心，完全是想趁机侵夺凤翔、邠阳之地，扩充势力范围。如果说老朱的发展重点是向东、向南，那李克用则偏重向北、向西。至于中原地带，两家你来我往，谁占着谁要，占不着就抢。

对付朱温，相当费心费力。对付西方这些小怪兽们，李克用能像嗑瓜子一样把他们全部嗑掉，不费劲！

李克用突然出手，让李茂贞和王行瑜非常恐惧，整不好地盘没了，小命也得丢了。压力陡增的两人决定抢先行动，先把李晔弄到手，看你李克用还敢不敢乱来。为了保险，两人顺便把华州刺史韩建拉到自己的阵营之中。

劫持李晔的重任落在了时任右军指挥使、李茂贞养子李继鹏身上。至于究竟把李晔劫持到凤翔还是邠阳，李茂贞和王行瑜内部也发生了分歧。道理很简单，皇帝谁不想要，那可是护身符和挡箭牌啊！关键时刻能救命。

亲附李茂贞的李继鹏和骆全瓘手里掌握着右军的指挥权，想带李晔去凤翔；而亲附王行瑜的刘景宣和王行时手里掌握着左军的指挥权，想带李晔去邠阳。他们争着奏请李晔出幸，演变到后来，就成了左军攻右军，右军打左军。

换言之，为了抢到李晔，他们内部开撕了。

李晔又不是商品，哪能随意让人挑选？李继鹏放火焚烧宫殿，左右军鼓噪而入,相互争斗。在混乱之中,李晔跑了,两家谁也没抢到。

这是李晔第一次出逃长安,他的纪录日后还将刷新。

这次李晔并没有跑远,他从启夏门出发,越过南山,先停在距离长安不远的莎城镇。保险起见,李晔又跑到了更远一些的石门镇。在这里,李晔终于放下了面子,火速派人向李克用求援。

李克用接到消息,立即进军渭桥,派大将李存贞为前锋,分分钟拿下永寿,又遣史俨率三千人马到石门镇护卫李晔。随后李克用派遣李存信、李存审会同保大节度使李思孝集中优势兵力,打击驻军梨园寨的王行瑜。

沙陀人实在不好惹!

李克用仅仅动动手指头,李茂贞就不敢硬撑了。他斩了逼走李晔的养子李继鹏,上表请罪,并向李克用求和。毕竟跟沙陀军作战风险太高,李茂贞不想冒险。

李晔接到李茂贞认罪书后,召集手下亲信商议。大家都很了解,李克用并非出于真心为朝廷分忧,他无非是想借朝廷的名义吞并李茂贞的地盘。李晔不想看到李克用一家独大,似乎他天生就对李克用没有好感,或是沙陀人当年在长安城烧杀掳掠的场景,让李晔至今记忆犹新。

非我族类,其心必异。非我族类,可能更危险。

被欺负了好几年的李晔,反倒给坏人李茂贞说好话。他赦免了李茂贞,却削夺了王行瑜的官职,估计是王行瑜比较硬,一直没有向李晔俯首认罪。李晔令李克用为邠宁四面行营都招讨使,保大节度使李思孝为北面招讨使,定难节度使李思谏为东面招讨使,彰义节度使张鐇为西面招讨使。

四路大军齐出,王行瑜在劫难逃。

即使李茂贞仍然私下相助,王行瑜还是无法抵挡四路大军联合行动。梨园寨、龙泉寨接连被攻克,王行瑜精锐尽失,逃回大本营邠州,向李克用请降,却不被允许。

这时候才想起投降,晚了,我要的是你的地盘!

不久之后，李克用兵临邠州城下，王行瑜弃城而逃，最终在庆州境内被部下斩首。邠阳之地，尽归李克用掌握。这才是他出兵的真实意图。

对于死党李茂贞而言，王行瑜死后，他失去了一个要好的小伙伴，但也仅是一个小伙伴而已。这年头，什么都贵，就友谊这种东西最便宜。只要立场一致，利益相关，到处都能找到可以一起玩耍的小伙伴。

友死不要紧，只要友谊真。砍了王行瑜，自有后来人。

李茂贞就是这么想的。王行瑜之死没什么大不了的，他很快就和此前刚加入圈子的韩建，建立了"深厚"的友谊。

韩建，字佐时，许州长社人，隶属于忠武军将鹿晏弘，跟随杨复光征讨黄巢有功。后与王建、张造、晋晖、李师泰等五人投靠了田令孜，号为"随驾五都"。田令孜失势后，五都将也就各奔东西，王建去了四川，并最终称帝，建立前蜀政权。韩建则历任金吾卫将军、潼关防御使、华州刺史。

据史书记载：华州数经大兵，户口流散。建少贱，习农事，乃披荆棘，督民耕植，出入闾里，问其疾苦。……是时，天下已乱，诸镇皆武夫，独建抚缉兵民，又好学。荆南成汭时冒姓郭，亦善缉荆楚。当时号为"北韩南郭"（《新五代史·韩建传》）。

如此看来，韩建治理能力和政绩还是相当出色的。不过韩建也跟李茂贞、王行瑜这些人一样，实力不济却野心很大。在王行瑜死后，韩建接过枪杆，和李茂贞一起继续欺负李晔。

李克用毕竟不能一直留在长安护卫李晔，他的心腹大患是朱温，他必须时刻提防老朱偷袭河东。干掉王行瑜之后，李克用辞别李晔，率军返回晋阳。

李克用在，两人只能夹着尾巴做人，装着孙子做事。李克用前脚走，李茂贞和韩建后脚就活泛起来了。

俗话说，软的怕硬的，硬的怕不要命的。

俗话还有一句，不要命的怕不要脸的。

李茂贞和韩建，就属于这种不要脸的选手。李克用走后，李晔随即回到长安。出兵讨伐李茂贞,加上李继鹏叛乱逼宫,禁军损失相当惨重。为了补充军力,进一步提升禁军实力,李晔回京后,立即着手在正牌禁军神策左右两军之外,增加了安圣、捧宸、保宁、宣化等番号,补充了数万人进来。延王李戒丕、覃王李嗣周又自行招募数千人,禁军数量瞬间变得相当可观。

既然战力无法短时间内提升,那就先把人数堆起来,最起码看起来要像那么回事,对外才能唬一唬人。

这一切,基本都是做给李茂贞看的。李晔认为,李茂贞刚刚服罪,自己又组建了数万新军,应该能镇住李茂贞一段时间。

万万没想到的是,此举却给了李茂贞再次起兵的借口,他上表称延王李戒丕无故举兵冒犯,不知道自己犯了什么罪,所以要带兵入朝问个究竟。

李茂贞连朝廷的回信都不等,直接出兵,又一次逼近长安。李晔没有办法,又一次派覃王李嗣周带上刚组建起的杂牌部队前往迎战。

怪兽虽弱,却是小强成精,一次两次打不死啊!

打脸者韩建

乾宁三年(896年),李茂贞进逼京城,李晔辛辛苦苦搞的新军依然不堪一击。看这个架势,感觉长安是没法待了,李晔准备再次出逃。

天下之大,到哪里去呢?

延王李戒丕建议李晔去太原投奔李克用,并自告奋勇,先到太原通知李克用准备接驾。李晔还是有些信不过沙陀人,他没有赞同,也没有反对,只是准备先往鄜州暂避一时,然后再做打算。

这是李晔第二次出逃,但还不是最后一次。似乎李晔命中注定要刷新老哥僖宗李儇、甚至列祖列宗的出逃纪录。

李晔一行刚走到渭北,韩建之子韩从允就奉命前来,希望李晔驾临华州，李晔表示不同意。别看韩建这么热情，也不是什么好鸟，留在那里风险系数也不低。但朝中大臣都赞成留在华州，理由很简单，太原路程太远，这一把把老骨头估计还没到太原就散架了。何况李克用毕竟是沙陀人，对比看来，还是汉人韩建更可靠一些。

李晔一行走到富平，韩建已亲自在此恭候，他苦口婆心地劝说李晔："方今藩镇跋扈者，非止李茂贞一人。老大不顾祖宗宗庙北上，路途遥远，何时才能回来。况且我这里地理位置紧要，距离都城长安又近，经过十五年厉兵秣马，实力雄厚，绝对是您旅行巡狩必来之地啊！"

李晔架不住韩建的盛情邀请，同意留在华州暂住。没想到这一留，足以让李晔后悔终生。韩建的确不是什么好鸟，他千辛万苦把李晔弄到华州，绝对是别有用心的。

李晔前脚刚踏进华州城的大门，韩建就向各镇诸侯发布通告：各藩镇请注意，主上目前在我华州，并准备长住于此。考虑到我华州物产不足，供奉难全，现以主上名义向诸位告知，即刻起请各镇派人携带粮食钱物，送到华州以备主上日常使用。

至于究竟有多少藩镇响应韩建的号召，这个倒无从得知，但能够挟天子以令诸侯，肯定是笔稳赚不赔的买卖。

可怜的李晔，被人卖了还得帮人数钱。

李克用听闻李晔滞留在了华州，非常感慨地说道："去年要是听我的话，把李茂贞、韩建这群小杂毛全部除掉，哪儿还有今天这些烦心事呢！韩建算什么东西，早晚不被李茂贞所擒，则必被朱温俘虏。"

李茂贞没什么问题，自己完全足以应付，万一从东边引来了大灰狼朱温，再想轻易从西边开疆拓土，可就不是那么容易的了。李克用立即着手准备出兵，以免韩建再搞出什么大新闻。

这就有了李克用向幽州刘仁恭征兵加掐架的事，可惜李克用大败而归，暂时无力讨伐韩建。

而正在库房中玩命数钱的韩建，正是在这段时间内搞出了一件件大新闻。

韩建惦记的不只是各地输送来的钱粮，更让他惴惴不安的是李晔带来的两万禁军。这些人马分别由皇室八位王爷掌握，要是在华州闹起事来，你管是不管？闹事还不算大，万一这些人合起伙来作乱，也真够自己喝一壶的。

韩建上表李晔，请求诸王解散禁军，放他们回归田里，诸王当自避嫌疑，仍归十六宅纵情享乐，不要一直和陛下相见。

韩建怕李晔不答应，直接派麾下精兵围住行宫，强行迫使李晔屈服。李晔不得已，勉强表示接受。征讨李茂贞失败后，李晔好不容易招募的前后四军两万多人马，此时尽数被韩建解散或兼并。

解除诸王兵权，不让诸王与李晔相见，实际上是把这些王爷关了禁闭。手中无兵，身边无人，李晔彻底成了孤家寡人，只能看着韩建的脸色行事。

李晔终于看清了韩建的嘴脸，可为时已晚，再想脱身离开就不是那么容易的事了。

点儿背不能怨社会。这些被软禁的王爷们也不给李晔省心，平时带兵带惯了，顷刻间手下人全没了，还被整天关在宅院里，实在是火大。延王李戒丕刚从太原归来，众王爷便聚在一起发牢骚。也不知道是谁发神经，突然叫嚷着要秘密起事干掉韩建，顺势夺取华州，也少受些窝囊气。

本来大家就是发发火、消消气，你那么一说，我那么一听，就是过过嘴瘾，图一乐嘛！不过起义这种事毕竟非同小可，就算只是说说，也很容易引起误会。这帮人聚在屋子里大呼小叫，不被人听见就怪了。

一个小太监恰好从此经过，听到了诸王准备起义的"密谈"，不由得大吃一惊，立即向韩建通风报信。韩建正愁找不到借口解决掉这些心腹大患，这下很好，省得费心编故事了。

韩建秘密联合枢密使刘季述矫诏逮捕诸王，将其一干人等押往石堤谷，以谋反罪尽数杀害。之后韩建才慢悠悠地报告李晔：诸王意欲谋反，已被定罪诛杀。

李晔长叹一声，除了伤心，别的什么也做不了。

赤裸裸的诬陷，赤裸裸的谋杀！

莫说诸王根本没打算起义，就是想过，手里连一兵一卒都没有，还被软禁在深宅大院中，该怎么起义？韩建的诬陷只能骗鬼，估计连鬼都不信。

被杀的通、沂、睦、济、韶、彭、韩、陈、覃、延、丹十一王中，既有李晔的兄弟，可能也有李晔的叔伯。李唐皇室在黄巢起义军和沙陀人先后上演的长安大屠杀之后，又经过这番杀戮，几乎损失殆尽。

纵然韩建大逆不道，杀害皇亲，李晔还是被迫把他提拔为镇国、匡国两军节度使。韩建搞到并控制住李晔，获得了自己想要的一切。

挟天子以令诸侯，好处就在这里。

不过韩建的好运即将到头了。华州出品的一件件大新闻，很快便传到老朱耳中。韩建你小子算老几，好处全让你一个人独吞了！想让朱温一声不吭地看着别人发大财，一句话，那是不可能的。

老朱随即大兴洛阳宫殿，想把李晔迎到洛阳城来居住。你小子好处捞得差不多了，也该让俺老朱弄点好处了吧。

听说朱温有了动作，韩建顿时慌了神，看来想继续把李晔留在华州是不可能了。与其让给你朱温，我宁愿把李晔送回长安，有本事自己去抢！

本着"我不好也不让你好"的原则，韩建赶忙召集手下火速修复长安城里的宫殿，并自领总工程师，监督工程的施工情况。他的行动得到了李克用的大力支持，总之不能让朱温占到便宜。在这一点上，西边的藩镇倒是和李克用态度一致。

光化元年（898年），韩建恭恭敬敬地送李晔回驾长安。两年前，自己带着诸王和二万人马出去旅游，两年后回到长安就什么都没了。

李晔望着刚刚修葺一新的宫殿，任思绪在风中凌乱。想想最近几年，自己究竟做了什么。赶走了杨复恭吗？好像现在看来也没什么值得夸耀的，况且仅仅是赶走了他，并没有力量将其消灭。灭掉杨复恭的是李茂贞，自己也因此被李茂贞极力嘲讽。

李茂贞、王行瑜、韩建，无论哪一个藩镇，完全凭自己的实力解决不了，到头来还得依靠自己并不喜欢的沙陀人一次次相救。而朝廷内部，宦官刘季述、韩全海投靠李茂贞，大有祸乱朝政的可能，估计随时都会再次陷入与宦党的缠斗之中。

上帝为你关上一扇门，也终将为你打开一扇窗；当你费尽心思说服上帝，终于肯为你打开一扇窗时，你却突然发现，他已经又给你关上了另一扇门。

你可能会埋怨上帝，可眼下看，就这一扇窗，你过不过，不过拉倒。当上帝连这最后一扇窗也关闭的时候，你会发现，人生真的很无奈，很绝望。想做的事情做不成，想做的梦一睡就醒。

命运总是喜欢捉弄人。事情刚有些起色时，希望不断增强时，就会遭到当头一棒，将你整个人打翻在地。你想爬起来，可前面还有无穷无尽的考验等待着你。你实在不想再受伤害，你想就此睡去，人生也就基本结束了。该怎么选择，该何去何从？很多人没有答案，也找不到答案。

李晔，就是这种深陷其中的苦命人。

> 野烟生碧树，陌上行人去。
> 安得有英雄，迎归大内中？

回是回来了，能帮助自己重振朝纲、兴复大唐的英雄，该到哪里寻找呢？

南衙北司之争

南衙北司之争由来已久，至于究竟起于何时，史学界一般认为是由武慧妃（唐玄宗宠妃）寝宫大太子李瑛被挟持一事作为导火索而引发。此事件具体过程在这里不过多叙述，有心者可自行查阅。

南衙,即以宰相为中心的中央政府机构;北司,则是以枢密使、神策军护军中尉为核心的宦官集团。为什么叫南衙北司,而不叫东衙西司?这是个简单的方位问题。

供宰相们议政的政事堂,以及中书、门下二省地处宫城内南部,尚书省及六部九卿则位于宫城之南的皇城内,所以称为南衙。宦官的办事机构内侍省本在宫城的西南角,不过宦官们出入宫掖,常在宫城北部,与南衙南北对应,所以称为北司。

安史之乱后,政府机构逐渐与宦官机构对立,甚至势同水火。士大夫们不满宦官扰乱朝政,宦官也不满这些所谓的清流诋毁自己。宦官嘛,身体少了零件,心理总是有些不健康,看谁不顺眼就想往死里整。读书人学的都是圣贤之道,哪像宦官有那么多鬼蜮伎俩,因此在"府衙之争"中常处于下风。

自唐文宗发动"甘露之变"夺权失败后,宦官集团彻底掌权,政府机构的正常行政权力基本被架空。

当然,以宦官为代表的北司势力的崛起,自玄宗时期就已经有所体现。中晚唐宦官们公认的"先辈祖师爷"高力士,在玄宗执政期间可是说一不二的主,成了后辈们竞相膜拜的偶像。高力士无论道德修养还是行政能力,都极为出色。后辈当中有些人倒是处理事务的能力较强,但道德素质普遍低劣。抛开个人思想修为等主观因素,更关键的原因在于,他们手中有权——中央禁军的指挥权。

安史之乱对帝国的打击实在是太大。皇帝看到了武将强悍的破坏力,不能再让这群白眼狼掌握实权了。藩镇割据已成既定事实,中央禁军的指挥权不能让武将掌管。那些身居皇宫之中,看上去勤勤恳恳、老老实实,好像天生就无法危及皇权的宦官们,成了实际的受益者。

宦官作为皇权专制下的附属品,属于典型的"主强己弱、主弱己强"。皇帝英明强势时,自己就老老实实做好本职工作,一旦出现昏聩荒淫之主,那便是专权乱政、攫取利益的最佳时机。

我们可以看到宪宗、武宗、宣宗执政期间,宦官们基本安守本分;

而穆宗、敬宗、懿宗、僖宗在位时,他们便纷纷跳出来,好好地祸乱了一把朝政。

宦官专权,特别是无良宦官专权的破坏力,我们从田令孜、杨复恭身上已经领略过了。为了铲除杨复恭一党,昭宗李晔可没少费功夫。好不容易将杨复恭势力清除出朝廷,北司稍微消停了一段时间,李晔又冒失地发动战争讨伐李茂贞,失利的代价不仅是辛苦组建起来的禁军被毁,而且亲附李茂贞、韩建的宦官刘季述、王仲先等人,得以重新掌握军权,开始威胁皇位。

李晔看到了这一点,他决定像当年对付杨复恭那样,把刘季述一干人等也打翻在地。

李晔并不是一个人孤军奋战,以宰相为首的南衙集团多年来一直被该死的宦官们欺负,抬不起头,他们日夜盼望着翻身掌权。但对付年富力强、充满战斗力的北司,目前看来尚显实力不足。他们还在等待,等待着能一举铲除宦官集团的领袖。

皇天不负有心人,足以扛起反抗大旗的领袖,终于等到了。此人,在唐末知名度很高,旷日持久的"南衙北司之争"将由他画上句点。

他借人之手铲除了北司集团,却也因此引狼入室,毁了整个南衙。

南衙和北司,既然无法团结,那就只能火并。两大"国企"火并的结果,就是一起玩儿完。

宫 变

我们先通过一份简历介绍一下剧中的主角。

姓名:崔胤

性别:男

籍贯:清河武城人

出身:官三代(其祖父尚书右仆射崔从之,父工部侍郎崔慎由)

性格：特别能搞事，特别能折腾

座右铭：我有后台我怕谁

崔胤这个人有激情，有胆识，更重要的是有背景。这年头，外面没人，里面的工作也没法开展。

崔胤很早之前就已投在朱温门下，后台有大Boss撑腰，崔胤在朝中很吃得开，就连平时气势熏天、走路都横着走的掌权宦官们也不敢惹。

伟大的传奇皇帝拿破仑告诉我们：人生最大的光荣，不在于从不失败，而在于能屡仆屡起。

崔胤，就是能屡仆屡起的典型，只不过靠的不是自己的实力。

崔胤太爱折腾，他曾四次出任宰相，换句话说，就是先后四次被贬外放，人送外号"崔四人"。对于组织的任免，四人同志不抱怨、不诉苦，而是直接对后台老板朱温叫屈。有了老朱的强力支持和保护，四人同志总能再次迅速上位。

愿意投靠朱温的，人品大多都有问题。崔胤性格阴险，权力欲极强，表面上道貌岸然，内心则狡诈龌龊。同僚们都没少被崔胤穿小鞋。老实忠厚的杜让能、韦昭度都没少吃亏。司空、门下侍郎王抟因不与崔胤一心，被彻底搞臭，甚至连命也丢了。

这样的人放在哪儿都能发光发热，将搞事整人进行到底。对于选择什么样的人对付宦官，李晔眼光很毒，也很有心得。当年怎么搞定杨复恭，现在就怎么搞定刘季述。

崔胤，绝对是最佳人选。

于是乎，李晔整天和崔胤密谋铲除新一代宦官集团，搞得宦官们惶恐不安。李晔自打从华州回到长安，整个人都不好了。想想曾经受的屈辱，气不打一处来。心情不好，就借酒消愁。酒入愁肠愁更愁，在酒精的作用下，李晔整天喜怒无常，动辄打骂，重则杀头，搞得宫中宦官人人自危。

左军中尉刘季述、右军中尉王仲先、枢密使王彦范、薛其偓等掌权宦官心里没底，总觉得李晔会随时动手。他们不愿坐以待毙，就聚集在一起密谋。密谋的内容，还是老套路，废掉李晔另立新主。

"主上轻佻多变诈，难奉事，专听任南司，吾辈终罹其祸。不若奉太子立之，尊主上为太上皇，引岐、华为援，控制诸藩，谁能害我哉！"（《资治通鉴·唐纪七十八》）

几人一商量，迅速达成了统一意见。反正又不是第一次了，业务流程操作起来绝对熟练。

光化三年（900年）十一月，李晔去上林苑打猎，心情不好，喝了点小酒，晚上回来开始发酒疯，亲手杀掉小太监、宫女数人。估计李晔杀人之后太过疲惫，倒在床上呼呼大睡起来。

第二天酒醒后发现，坏事坏事，宫门打不开了！

原来刘季述等人早已准备妥当，想废掉李晔就得先制造由头，宫门打不开很可能是刘季述故意所为。

困住李晔后，刘季述不慌不忙地来到南衙告知崔胤："日上三竿宫门不开，可能宫中有变，需要带兵立即进宫。我等作为内臣，可以便宜行事。"

刘季述不等崔胤答话，就率领数千禁军破门而入，一看李晔的犯罪现场没有被破坏，立马切换成表演模式。

刘季述悲上眉梢，愁容不展地对崔胤说："陛下如此荒唐，怎么能治理好江山社稷？况且废昏立明，自古有之。为了祖宗江山，冒天下之大不韪，我们也得提前让太子登基。"

崔胤又不是傻子，一看这阵势，要是不同意的话，指不定当场就要被乱枪戳死。崔胤沉默不语。不说话就是默认了！刘季述赶紧拿出联名状，让崔胤等一干大臣签字画押。刀都架在脖子上了，签吧！联名状签完以后，刘季述离开大殿，进宫去找李晔。

李晔此刻正在乞巧楼上，眼巴巴地等着开宫门。很明显他还不知道外面什么情况。见到刘季述、王仲先带着甲士气势汹汹奔向宫里，逢人便杀，李晔着实吓得够呛，躲在床下瑟瑟发抖。

刘季述倒不敢弑君，而是恭恭敬敬把李晔从床下拉出来，拍拍身上的灰尘，然后让他安坐，先平复一下心情，整理一下发型。

皇后何氏闻讯，急忙从后宫赶来。面对这种略显尴尬的局面，何氏表现得非常平静，她对刘季述好言相劝，有事可以商量，不要惊了圣驾。刘季述当场拿出百官画押的联名状，宣布暂由太子监国，李晔可以光荣离职，退居二线当太上皇。

李晔自知昨日酒后失手，被人抓了把柄，想要为自己争辩一番。可惜刘季述根本不听，反而声称这是百官的意思，无法阻止。多说无益，没有道理可讲。皇后命人将传国玉玺取出，交给刘季述，宦官们抬着昭宗和皇后，去往少阳院安歇。

先保住命要紧，别的都是浮云。李晔明白，皇后也明白。

一路上，刘季述手持银挝张牙舞爪，时不时在地上比画。这当然不是练功，而是一条一条细数李晔罪状，十分生动传神。

"某时某事，你小子不听我的话，这是第一条罪状……"

一路走一路说，竟然总结出几十条，这还嫌不够。即便刘季述挖空心思，说得口吐白沫，李晔也无动于衷，反正已经被人控制，就当是狗叫了。

李晔及皇室家眷被抬到少阳院关了禁闭，刘季述命人用铁汁把门锁一浇，表示没有特殊情况，您老人家就在里面好好过吧。为防万一，他还在宫外布下重兵把守，只留下一个墙洞给李晔送饮食。

正值严冬，嫔妃公主们没有冬衣御寒，一个个冻得号啕大哭，死太监刘季述不闻不问，只提供饮食，别的一律免谈。更有甚者，为防李晔向外人通风报信，刘季述规定，一支笔、一张纸都不允许送进少阳院，金属器具更是属于重点检查对象（估计怕李晔自尽）。

没纸没笔也没书，在那个没有手机更没有Wifi（无线网络）的年代，被囚禁的李晔只能每天和家眷大眼瞪小眼，过得那叫一个无聊。

搞定了李晔，刘季述立即宣布太子继位称帝，加百官爵秩，重赏禁军将士，企图获得众人的支持。同时，平日里受到李晔宠幸的宫人、侍从、方士、僧道尽被宦官诛杀。刘季述本来想顺手做掉崔胤，只是顾忌朱温，不敢轻易下手，仅仅解除了崔胤度支盐铁转运使职务而已。

李晔被囚禁的消息迅速传到各藩镇，率先得知的韩建并没有抓住机会。他认为自己获得的利益已经足够消化很久，这浑水还是不蹚为好。

反观朱温同志就不一样了。刘季述为了保证老朱不掺和进来，特地派其养子刘希度来到汴梁与之磋商，希望就废立之事达成一致意见，许诺只要朱温点头，天下赋税、供奉可以全部转到汴梁，不再运往长安。

为了更加表明诚意，刘季述又派遣供奉官李奉本将伪造的李晔退位诏书带给朱温，并表示如果朱温想更进一步，自己完全可以将朝廷实际控制权交给朱温，前提是必须对外宣称支持废除李晔。

刘季述抛出的馅饼很大，也很香。在如此巨大的诱惑面前，老朱没了主意。他把手下召集起来，讨论究竟要不要出兵解救李晔。很多人都认为这是朝廷的事，藩镇诸侯还是不要掺和，谁当皇帝都无所谓，只要能从中谋取利益就行。

众人之中只有天平节度副使李振持不同意见，他立场鲜明地告诫朱温："皇室有难，这是藩镇诸侯成霸业的最好时机。刘季述算什么东西，竟敢囚废天子，主上应效仿齐桓公尊王攘夷，援助李晔，如此才能在诸侯中树立威信。况且若是刘季述拥立幼主成为事实，天下大权就会尽归宦官。他们吃肉，我们只能跟着喝汤了。"

权衡之后，老朱还是觉得李振说得有理。目前自己实力已经足够强大，不缺那些所谓的赋税、供奉，缺的是对朝政的影响力。帮助李晔剪除宦党，既能在道义上居于主动，又能将自己的势力渗入朝廷，方便日后更好地控制中央。

最终，老朱决定动手铲除宦官集团。他一方面囚禁刘希度、李奉本，让李振去长安就废立一事和刘季述继续磨嘴皮子；另一方面，他又派亲信蒋玄晖到京城，秘密联系崔胤，准备伺机动手。

李振是去拖时间的，而蒋玄晖是去搞阴谋的。两人方向不同，但目标一致，那就是联合朝中反宦派，将这些阉货一网打尽。

此刻，刚在与李晔及南衙交锋中取得阶段性胜利的刘季述等人，全然不觉危险已经慢慢逼近。

南北火并

囚禁李晔,另立新君,以刘季述、王仲先为代表的北司势力完全压制了南衙。不是我军太无能,实在是敌人太狡猾。即使曾经在台面上特别爱搞事的崔胤,目前也不得不实行暂时性的战略退让和妥协,转入地下工作。

他的工作,就是悄悄地从北司内部搞策反。

策反这种勾当,风险性极高,需要具备相当强的业务水平和应急技巧。既不能被敌方发觉,又要派人打入敌方内部,争取到足够的力量,从而在内部瓦解敌人,最终使其自相残杀。

这一整套流程能否顺利进行,最关键的取决于敌人内部凝聚力强弱。要凝聚力强,那工作开展难度相对较大,派出去搞策反的人性命也堪忧。当然了,凝聚力这个东西,也不是一成不变的,你需要充分发挥主观能动性去争取,争取的筹码就是你手中握有的利益。

在足够的利益面前,很少有人能不动心。

崔胤很清楚,暂时的退让和妥协是策略,不是目的。他在等待机会,这帮阉货大权在握,志得意满,肯定会因松懈而犯错误。况且北司中领头的是宦官,而其执掌的禁军,个个都是正常人。宦官与禁军小头目之间,关系并不是很铁。

崔胤没有等待太久,策反的机会很快就来了。事情的起因,却源自宦官发起的一场反贪风暴。

禁军在战场上的战斗力不行,但论起搜刮克扣的战斗力,却一个比一个强。多年来,禁军之中早已贪腐成风,财政拨下来用于练军征战的钱粮以及过年过节皇帝的恩赐犒劳,经过逐级盘剥,基本上被克扣完了,全进了私人的腰包。

这些实情皇帝基本不了解,也管不了。然而,刚刚搞定李晔独揽朝政的刘季述等人，不知道为什么，却想刹一刹禁军中贪污腐败的邪风。

伟大的无产阶级革命导师马克思教导过，事物的联系是普遍的，矛盾是对立统一的，要求我们用全面的观点看问题。惩治贪腐，这怎么看都像是一件好事，只是执行起来难度很大，很容易出现问题，激化宦官与禁军之间的矛盾。

刘季述等人出发点很好，但对于那些贪污钱粮的军校们来说，却并不是好事。况且此次反腐行动全权负责者，执行得实在有些太过生猛。

神策军右军中尉王仲先，素来苛刻强横，此番负责核查禁军中粮谷数目，惩治腐败。对于那些说不清私人财产来历的将校，老王采取了一种特别过激却看起来非常有效的手段——打。

一个字，打！两个字，痛打！三个字，玩命打！不怕你不交代，不怕你不坦白。

整个禁军军营到处在打人，到处在查账，上到禁军指挥使，下到普通的士兵，个个惶恐不安。老王大手一挥，就有许多人屁股开花。要是打一顿就算了，估计忍忍也能过去，可老王还要让他们把贪污所得全吐出来，否则还有更多的板子继续伺候。这就没办法了，因为那些灰色收入早就被自己吃喝玩乐挥霍得差不多了。

交不出来就要继续打！老王一点也不含糊。但是老王没有注意到，曾经对自己唯唯诺诺的禁军将士，眼中已满含愤怒之火。狗急了都会跳墙，你们这帮死太监把人往死里整，还想让我们俯首帖耳，没门！

不知不觉间，王仲先已把禁军推到了对立面。

这一切，崔胤是看在眼里，乐在心里。这群乌合之众只要不帮北司做事，帮不帮南衙都无所谓。与此同时，自己派出去的策反人员石戬也带来了好消息，左神策军指挥使孙德昭同意反水，帮助南衙铲除北司。

俗话说，危难之中见忠臣。时任左神策指挥使的孙德昭，就以实际行动证明了自己的忠心。自从刘季述废掉李晔，孙德昭常常义愤填膺。崔胤得知后，暗中派判官石戬联系孙德昭。

老孙这个人喜怒形于色，每每喝酒想起李晔被废之事，总是不禁潸然泪下。石戬探出他的诚意,就悄悄把崔胤的想法和盘托出:自季述废天子,天下之人未尝忘,武夫义臣搏手愤惋。今谋反者特季述、仲先耳,他人劫于威,无与也。君能乘此诛二竖,复天子,取功名乎?即不早计,将有无之者。(《新唐书·崔胤传》)

听了石戬这番言论,孙德昭决心与崔胤联手除掉宦官集团,迎回李晔复位。崔胤为表示诚意,割下衣襟手书密信。孙德昭当晚便秘密联络右军清远都将董彦弼、周承诲,在安福门设下伏兵,等待起事。

第二天一大早,王仲先哼着小曲,趾高气扬准备上朝,刚走到安福门,伏兵早已恭候多时,孙德昭手起刀落,王仲先当场毙命。禁军在孙德昭的率领下直奔少阳院,估计是太过兴奋,孙德昭顾不上君臣之礼,边叩门边大声喊道:"王仲先逆贼已诛,恳请陛下出门重登大宝,慰劳将士。"

听到这个消息,在少阳院挨饿受冻的李晔表示不信:本来就冷得不行,就不要再拿我开涮了!何皇后对着门外说:"你们空口无凭,果真如此,先把王仲先的首级扔过来看看。"孙德昭随即献出王仲先的人头,检验无误后,李晔这才愿意出门相见。

总有恶徒想害朕。吃了这么多次亏,不谨慎点不行啊!

崔胤把李晔迎回长乐门,率领百官道贺。不一会儿,周承诲就抓来刘季述、王彦范,看着这俩可恨的太监,李晔还没过完嘴瘾,两人就被手下乱棍击毙。此外,参与废立的薛齐偓准备投井自尽,被人强行捞了出来,最终也没躲过这一刀。

事情还不算完,贼首虽除,余党也要正法。刘季述等四人家族惨遭灭门,党羽二十余人也尽数赐死。李晔有惊无险地复位,封大忠臣孙德昭为静海节度使,赐名李继昭,封周承诲为岭南西道节度使,赐名李继诲,封董彦弼为宁远节度使,赐国姓,三人皆被提拔为同平章事,备受恩宠,时人号为"三使相"。

至此,以刘季述为首的北司集团遭受毁灭性打击。南北火并,北司胜了一局,而整场比赛却是南衙笑到了最后。胜利来之不易,策反工作搞出水平的崔胤自然功不可没。李晔不仅更加宠幸崔胤,也没忘犒赏一下崔胤的后台老板,给朱温晋为东平王。

刘季述、王仲先死后,崔胤准备将整个北司集团一锅端到西天。他和陆扆上书李晔,建议把禁军指挥权交给南衙,由自己和陆扆分别担任左、右军指挥使。

李晔考虑了两天,还是拿不定主意,他把李继昭等三人叫来商议。这三人虽然此前帮南衙铲除了刘季述、王仲先,但并不赞成让南衙兼并北司。一来这不符合惯例,二来若是归了南衙,之前的规章制度还要推倒重建,变来变去太麻烦,还是继续交给北司比较方便。

当领导的,一定最重视平衡之道,手下若存在两股势力,则不能让一头坐大,不然不好牵制。李晔肯定也明白这个道理,思来想去,李晔还是拒绝了崔胤的请求,转而任命宦官韩全诲、张彦弘担任左右中尉,袁易简、周敬容担任枢密使。

文臣不忠,将领兵变,相较看来还是宦官更加忠心。这条规律自安史之乱后,就一直被后世皇帝奉为圭臬。李晔虽然痛恨宦官专权,但却不能跳出列祖列宗给后代们画好的圈圈。习惯成自然,李晔毕竟没有那大破大立的气魄,他不敢赌,因为自己已经赌输了太多次。

也许李晔曾下定决心改变宦官执掌禁军统治权的惯例,铲除刘季述等人后,却又突然觉得把军权交给南衙也不保险,说不定情况会变得更糟糕。刚提拔上来的韩全诲、张彦弘也很有可能忠心耿耿,只要不比刘季述恶劣就可以接受。

把禁军这块烫手的山芋扔给南衙,想想还是算了。现在已经够乱了,还是一切从稳吧。

这大概就是李晔内心的独白,很无力,也很现实。重振朝纲、中兴大唐的梦想,早已被现实击得粉碎。

不管怎么说,轰轰烈烈的"南北火并事件"就此落下帷幕。北司实力严重受损,但军权还握在手中,随时都有可能再度崛起。南衙没有吞并北司,也没有拿下禁军的统治权,但总算是打破了多年来"北强南弱"

的局面，在大哥崔胤的带领下，足以与北司抗衡。

就像一场奇怪的拳击比赛，南衙没有倒下，北司也没被击倒，但却不是平局。获胜者不是作为选手的南衙北司，也不是当值裁判昭宗李晔，当比赛终止的铃声响起之时，人们惊奇地发现，最后的获胜者竟是坐在台下观战的，南衙大哥的大哥、老板、后台——朱温。

比赛还没结束，好戏还在后头呢！

第八章
帝国落日

刷新历史

作为勤政敢作为、胸怀大志向的李晔，大概做梦也想不到，在自己有生之年，还有机会刷新一下大唐国君出逃长安的纪录。自打老祖先玄宗李隆基开创这一项目以来，纪录的保持者是李晔那倒霉的皇兄僖宗李儇。再往上追溯，玄宗是一次，代宗是一次，德宗是一次。

到了李晔这儿，目前已经追平了僖宗的纪录，换句话说，也到了刷新历史的边缘。

历史纪录这玩意儿，有时候真的会在不经意间被人不经意地打破。只不过作为一国之君，这样的纪录显得极不光彩，甚至称得上莫大的耻辱。

可李晔，早已无法选择。

刘季述、王仲先等人被杀之后，宦官势力减损不少，余下者在韩全诲的带领下，夹着尾巴做人。即便如此，爱搞事的崔胤依然故我，整天扬言要将宦官们斩草除根，好像不这样自己就活不下去。

作为"南北火并"后北司势力的继承者，韩全诲长了不少心眼，想要维持局面，保住"革命"的火种，就必须找个强硬有力的后台。崔胤敢在朝中上蹿下跳，气焰嚣张，还不是有朱温的支持。

由于韩全诲此前出任过凤翔监军，和凤翔节度使李茂贞颇有来往，因此韩全诲找后台，肯定要找李茂贞。

可惜后来事实证明，相比于崔胤，韩全诲的后台还是不够硬。

崔胤这么步步进逼，搞得韩全诲等人特别紧张。每次宦官内部聚会，这些人纷纷抱头痛哭。崔胤不给活路，李茂贞看上去又不大给力，想要保住性命，还得靠自己发挥聪明才智。痛哭之余，宦官们绞尽脑汁，苦思冥想如何铲除崔胤。

南衙北司剑拔弩张，有二次火并的趋势。

"一切为了稳定，稳定压倒一切"。劫后余生的李晔把维稳作为基本国策，放在了工作的首要位置。为防南衙北司再次火并，李晔不得不在中间充当和事佬。他一边命令崔胤不得在朝中大放厥词，有事给我递条子，一边又严加约束宦官行为，没事不要去惹崔胤。

李晔的意图很明显，你们两家各退一步，大家尽量相安无事。

不过就像歌词里说的——没那么简单。崔胤仗着有朱温撑腰，依旧我行我素，根本不把李晔的禁令放在眼里。韩全诲则广泛利用人脉，争取到之前救驾有功的李继诲、李彦弼的支持。这两人仗着李晔的宠信，也渐渐变得蛮横无理，出言不逊，如今又和宦官勾结在一起，让李晔好生烦恼。

手里有人，心里不慌。韩全诲自恃党派稳固，也硬气了不少。李晔想外放一批曾经抗旨的宦官，却被韩全诲等人联合起来硬顶了回去。平衡之术搞不下去，李晔有些无可奈何。

这时，朱温和李茂贞都想挟持李晔，为自己所用。作为朱温安插在朝廷的金牌卧底，崔胤密奏朱温：昨者返正，皆令公良图，而凤翔先入朝抄取其功。今不速来，必成罪人，岂惟功为他人所有，且见征讨矣！（《资治通鉴·唐纪七十八》）

经过上次韩建搞的那么一出，老朱可看到了"挟天子以令诸侯"的好处。为防李茂贞捷足先登，朱温决定抢先行动，把李晔"请"到东都洛阳来。

天复元年（901年）九月，朱温大军逼近长安，李晔搞不清楚朱温是何居心，就急忙召集左谏议大夫韩偓商议。

思来想去，李晔想让朱温、李茂贞共同前来，一来可以使两镇相互牵制，二来更希望能化干戈为玉帛，各归本镇，大家谁也别乱来。

李晔是搞平衡搞上了瘾，为了让李晔看清目前的状况，韩偓一针见血地指出："两镇恩怨素来已久，此次大举发兵来京，为的是争夺各自的利益，无论哪一方都不会轻易退出，如若两镇相遇，势必引发一场大战。老大啊，现在形势危急，就不要再想着搞平衡了，为今之计，只能选择倒向一边。"

韩偓的告诫让李晔陷入沉思，到底该怎么办？一个是豺狼，一个是猛虎，落在谁手里好像都不大好。之前一直决策失误的李晔患上了选择恐惧症，一遇到这种选择性难题就头痛不已。

韩全诲却替李晔做出了选择。眼看着朱温大军快要赶到，宦党们再也坐不住了，要是让朱温先到京城，自己这一票人哪儿还有活路？韩全诲决定先下手为强，把李晔劫到凤翔再说。

手中掌握着实际的禁军指挥权，又得到李继诲、李彦弼、李继筠等人的支持，韩全诲认为胜算很大。反观崔胤，别看整天叫嚷得厉害，实际就是一光杆司令，手中无一兵一卒，根本无法阻止韩全诲带走李晔。

为了牢牢控制住李晔，以便随时出发，韩全诲大肆增兵将皇宫团团包围，无论是宫人还是文书出入一律严查，切断李晔与宫外的任何联系。

不出韩全诲所料，崔胤对此果然毫无办法，他既不知道宫内到底怎么个情况，也不知道韩全诲究竟何时动手，唯一能做的，就是盼望朱温早日赶到。

可惜，远在汴梁的朱温短时间内实在难以到达，而韩全诲及其党羽已经开始行动了。

十月，韩全诲命神策军都指挥使李继筠派兵掠夺内库宝货、帷帐、法物，并遣人密送诸王、宫人提前出发前往凤翔。

十一月，准备妥当的韩全诲陈兵殿前，以武力强迫李晔动身。有了上次华州之旅的惨痛经历，李晔实在不想离开京城。皇帝无论条件再差，一般都不会选择远离国都。国都象征着皇权至上，即使外面打得再凶，只要我坐在龙椅之上，无论谁来总得礼敬三分。

其实不想走，其实我想留。留下来就有尊严，留下来就有希望。

但形势由不得李晔选择，在韩全诲等人一再威逼下，李晔从乞巧楼上被强行拖走。李彦弼这个白眼狼竟然在宫中纵火，意思很明白，主上要是不走，就等着被活活烧死吧！

这下真的不走不行了，李晔只好带着皇后、嫔妃、诸王等百余人上马离京。

此次离京，究竟何时能返，李晔自己也没有答案。

出城之时回望长安，不久前刚修葺一新的宫殿，已被熊熊燃烧的大火吞噬。这些宫殿的命运，岂非跟自己相似？李晔擦干眼角的泪水，朝着凤翔方向而去。

他应该很清楚，此次出逃，已经是职业生涯第三次了，已经打破和皇兄一起保持的历史纪录了。列祖列宗没有做到，后世之君更不好说，刷新这种耻辱历史的使命为何不偏不倚落在自己身上？李晔很是疑惑。

我勤政，我自律，我严格要求自己，辛辛苦苦为国事操劳，究竟得到了什么呢？

还记得年少时的梦吗？像朵永远不凋零的花，陪我经过那风吹雨打，看世事无常，看沧桑变化。

曾经中兴大唐的凤愿，原来真是一场梦啊！

皇帝是谁的

紧赶慢赶，朱温还是没有赶上。

梁军抵达长安之时，李晔估计已经在凤翔寝宫中喝茶了。这下倒好，皇帝没劫着，还白喝了一肚子西北风（隆冬）。但是老朱并不气馁，他的人生字典里没有"亏本"这两个字，既然来了就绝不能空手而归。

老朱既没有空手而归，其实也没有空手而来。在赶往长安的路上他已经干了一票，早就赚得盆满钵满了。

老朱赶到零口时，就听说李晔已被劫往凤翔，再去长安好像没什么意义，原路返回自己又接受不了。

这就有些尴尬了。

正当此进退两难之际，退休的老干部张濬（老熟人）建议朱温："我军长途跋涉，可不能白跑一趟，华州刺史韩建是李茂贞死党，不如趁此机会铲除之，以绝后患。"

朱温一听这主意不错，反正也不用再着急赶路，先去华州转一转再说。老朱令全军开拔，数日之后便兵临华州城下。

华州刺史韩建，有种欺负李晔、残杀皇亲，可没种跟朱温叫板。在自知实力不济的前提下，韩建单骑出城向朱温投降，还顺便把手下谋士李巨川给卖了。

"朱大哥，兄弟我大字都不识几个，更别说动手写了。关于劝主上车驾西幸凤翔的书信奏章（朱温兵围华州的借口），全是李巨川擅自所为，可没我啥事啊！"

一路上风尘仆仆，鞍马劳顿，强行攻打华州朱温并没有必胜的把握。既然韩建主动认怂，那就放他一条生路。李巨川乃韩建手下重要谋士，这等人不能留在世上，免得日后添麻烦。老朱以蛊惑军心罪将李巨川斩于军门外，并将韩建赶出华州，调任忠武军节度使，以心腹赵珝继任匡国节度使，驻守华州。

临行之际，老朱又把当年李晔困居华州时，韩建费尽心思捞到的九百万缗好处费尽数取走，这才心满意足离开华州，继续向长安进发。

兵不血刃拿下华州，不动甲兵搞到钱货，这已经不亏。剩下的，就该赚了。

李茂贞你离得近，动作快，我认了，可你有把握阻止我抢回主上吗？

你绝对没有把握。

朱温在长安稍事整顿后，出兵一路向西，不几日便来到凤翔城下。

与韩建的情况类似，对付心狠手辣、狡猾恶毒的朱温，李茂贞感到双腿发软，心里发虚，确实一点把握都没有。既然不能正面硬来，那就只能先示弱，最好能把朱温诓走。

面对江湖地位日益高升、实力日益雄厚的老朱，估计除了李克用外，别的藩镇见面必称大哥。即使心有不甘，又能奈何！

李茂贞主动登城向朱温请罪："朱大哥，主上到我这儿避难，并非小弟无礼逼迫，全是崔胤这个小人暗中调唆。"朱温不紧不慢地回复道："韩全诲劫迁天子，我特来问罪，然后迎主上回宫。这事你如果没有参与进来，还在这儿废什么话！"

看来主动示弱并不奏效，李茂贞只好请李晔下诏，让朱温赶紧走人。李晔刚到凤翔，被李茂贞伺候得舒舒服服，所以似乎并不着急回返。他下诏明令朱温不准妄生事端，一切听领导安排。

皇帝一发话，老朱也不好赤裸裸地明抢。既然主上在凤翔玩得挺嗨，还没有回京的打算，那我就先撤了。

不过想让老朱就此乖乖退回汴梁，那是不可能的。便宜还没捞够，哪儿能就此回去呢？

离开凤翔，老朱顺路去了邠州，收降了靖难节度使杨崇本。随后又顺便和李克用约了一架，两大藩镇打打闹闹，互有胜负。

李晔没接回，最郁闷的不是朱温，而是崔胤。崔胤自李晔被劫之后，多次被贬（韩全诲所为），却无处还击，活得那叫一个憋屈。

天复二年（902年）夏，崔胤忍无可忍，不辞辛劳，从华州一路跑到河中，向朱温哭诉近期悲惨的遭遇，并表示李茂贞很可能劫持李晔再一次逃往蜀地，要是再不争取，以后可真没机会了！

崔胤的警告让老朱吃了一惊，光惦记着跟李克用互掐，差点忘了此行真正的目的。老朱立即宣布从河东撤兵，集结大军再次围困凤翔。

既然李茂贞不放人，那就放开手脚干一仗，凭武力抢回李晔。

李茂贞闻讯甚是紧张。万一被朱温端了老窝，不但皇帝保不住，自己的小命也没了。他自知以凤翔一镇之力根本无法和朱温抗衡，北方的李克用刚被朱温修理了一顿，肯定无力前来相助。死党韩建已经投降，而且被远远地调离，也是指望不上。中原地区看上去无人可求，想想似乎只有曾大败庞师古的淮南节度使杨行密还能指望指望。

别说，远在淮南的杨行密还真企图和朱温搞搞摩擦。杨行密认为朱温把重兵集结在凤翔，东方战线兵力空虚，刚好趁机搞点油水。

可惜此时乘兴而来的杨行密同朱温已经不在一个级别，淮南人马出动得不少，但却连小小的宿州城都攻不下来，加上天降大雨，士兵苦不堪言。杨行密无奈，只好败兴而归。

老兄，我也指望不上了，你陪着朱温慢慢玩吧！

与此同时，保大节度使李茂勋（李茂贞堂弟）听说老哥有难，立即率本镇人马前来救援，刚走到三原，就被梁军大将康怀贞、孔勍阻击。一仗下来，李茂勋被打得满地找牙，匆匆回撤。

堂弟这边也指望不上，李茂贞顿时陷入孤军抵抗的境地。

皇帝是谁的？目前看来悬念不大。

李晔争夺战

单拼综合实力，朱温能超李茂贞十几条街，这就相当于擂台上的拳击手，一个48公斤，一个84公斤，一般情况下，这比赛完全没法打！

不过倒是也有二般情况，84公斤的选手已经连打好几场，体能严重下降，而48公斤的选手一直在休息，体能充沛，这样看上去比赛似乎多了一些悬念。

当然，朱温肯定是84公斤的选手，李茂贞相应就是48公斤的选手，用这个例子足以说明朱温和李茂贞目前的状况。

李茂贞被梁军围得相当难受，外围又无援军相助，但他一直龟缩在凤翔城中，实力丝毫没有受损。反观朱温，从汴梁赶到长安，又从长安来到凤翔，接着从凤翔跑到河中，最后又从河中回到凤翔。这一圈下来，和李克用打，和李茂勋打，现在即将和李茂贞打，能继续保持旺盛的体力和斗志那就怪了。

实际上也是如此。数月连续作战导致梁军十分疲惫，老天又在此时突降大雨，许多士卒纷纷得病，梁军的士气由此大受影响。

84公斤的选手在擂台上累得气喘吁吁，48公斤的选手如果能把握机会，将很有可能实现逆袭，一拳将84公斤的选手击倒！

面对这种局面，84公斤的选手也有对策，他觉得自己有些力不从心，希望提前终止比赛。此次输赢无所谓，可不能被击倒，那以后可就没法在拳坛混了。

老朱也是这么想的，与其在凤翔城下硬扛着，不如先撤回河中整顿，随后再做打算。

上次打徐州，有敬翔力排众议，这回一听说领导想要撤兵，指挥使高季昌、刘知俊极力反对："老大你不能只看到自己疲惫，李茂贞被困内心一定很虚。你觉得自己不行了，其实李茂贞可能根本不堪一击。坚持就是胜利，机不可失啊！"

老朱还在犹豫。为稳住朱温的情绪，提升梁军士气，高季昌又献上诈降计，先派一千人马扮作逃兵，混入凤翔散布消息，谎称梁军已仓皇撤退，营中只有老弱病残守军不足一万。这些卧底积极建议李茂贞赶紧出兵去收割战利品，不然全跑光了，就什么也捞不到了。

如此漏洞百出的阴谋，没想到李茂贞真敢信。毕竟在凤翔城里憋了这么久，也该出来活动活动筋骨了。

48公斤的选手出击了！可是，他中计了！

84公斤的选手即将利用对手的失误恢复斗志，并最终赢得比赛的胜利。

李茂贞下令全军出城追击，然而刚出城不久就发现被梁军整个包了饺子。本来实力就不行，现在又中了埋伏，心里很慌，根本不敢与梁军交锋。此战凤翔兵马死伤无数，李茂贞只好狼狈逃回城中，上表向朱温暂时求和。

求和是求和，但李晔我暂时不放，能拖几天是几天。

打仗打不过你，面子我得争回来。李茂贞逼迫李晔对外宣布，任命自己兼任凤翔、靖难、武定、昭武四镇节度使。

看见没有，我节度使的数量可与你持平，大家实力还是彼此彼此嘛！难得李茂贞还能将阿Q精神发扬起来，虽然这并没有什么用。

埋伏战大获全胜，梁军士气大涨，老朱甚是兴奋，再也不提撤军了。他决定继续围城，直到把李晔顺利抢到手。

人嘛，做任何事都不要半途而废！

围城很久了，所幸凤翔城内还有些余粮，可烧火做饭需要柴草吧，眼见城内绿化带基本上被砍光，李茂贞只能向朱温请求："大哥，以后能不能允许我的人出城樵采，我吃不吃饭无所谓，总不能饿着主上吧？"

老朱表示同意，随便出城樵采，我决不黑人。

当然，李茂贞可没傻到大白天打开城门把人放出去。万一朱温趁机攻城，岂不要了亲命，还是晚上悄悄从城墙上放出去比较好。

然而李茂贞还是小瞧了朱温同志的手段。你小子还想生火做饭，没门！

朱温宣布：对于夜出樵采能够主动投降者，重重有赏！这下完了，城中守军纷纷主动请缨出城樵采，然后背着柴火直奔朱温大营。朱温收降士卒不说，另外白白赚了许多柴火，都省得派人出去砍了。李茂贞眼看着降兵越来越多，再不把李晔交出来，以后只能茹毛饮血了。

可他还在拖延，一直拖到这年冬天也不愿放手。城外梁军夜夜开演唱会，把"架子鼓"敲得震天动地，搅得凤翔城内鸡犬不宁。

饭不让吃，觉也不让睡，还让不让人活了！

不仅如此，每次梁军攻城准备爬墙之前，总会嘲讽凤翔守军"劫天子贼"；而凤翔守军也据理力争，嘲讽梁军"夺天子贼"。双方将士玩得很嗨，看上去似乎没有任何心理负担。

李茂贞可没心情看双方打口水仗。天降大雪，粮食也吃光了，冻死饿死者不计其数。没办法，还是得吃饭，吃啥也得吃，好歹要保命啊！于是，集市上人肉一百文一斤，狗肉却卖到五百文。

在这种情况下，还真是人不如狗！

李茂贞和李晔生活条件还好点，用不着吃人肉。不过李晔想吃饭，也得自己做生意。生意很简单，以物易物，把御衣御袍御前用品拿到集市上卖了，才能换点吃的。

混到这个境地，李晔一天也不想在凤翔待了。一听到李茂贞说要再坚持坚持，李晔就气不打一处来：你小子打也打不过，坚持个鸡毛呀！你想找死，别拿我当炮灰呀！

十二月末，此前主动来救援的李茂勋宣布投降朱温，还被迫改名为周彝。这事给李茂贞造成极大心理压力，为了防止将来被迫认朱温为干爹，还是早点交出李晔，以免到时辱没祖宗。

李茂贞主动给朱温写信说："朱大哥，事可都是韩全诲这帮死太监犯的，小弟只管接待、保卫圣上，别的一切都没参与。大哥既然如此忠心，请将圣上带回京城，小弟日后唯您马首是瞻，唯命是从。"

既然李茂贞服软，朱温也不想下死手，毕竟自己也快顶不住了。他客气地给李茂贞回了封信，表示只要尽快放出李晔，哥们儿还是哥们儿，别的一切都当没发生过。

后台就这样瞬间倒了，韩全诲等人差不多也到此为止了。这时凤翔守军们也不给好脸，见着韩全诲便骂："我们整天玩命守城，死了多少兄弟，还不都是你们这帮死太监闹的！"天复三年（903年），李茂贞独自面见李晔，同意诛杀韩全诲等人，放李晔回京。

李晔大喜之余，立刻宣布赞成。

韩全诲作为主犯，自然难逃一死。同属北司集团的李继筠、李继海等人也作为从犯被杀。李茂贞将李晔及韩全诲等二十余颗主犯人头送给朱温。老朱宣布就此罢手，即刻拔营起程，护送李晔回京。

至此，李晔争夺战结束，朱温再次不出意料地大获全胜。

在这里套用一句名言：一切都没有意外，只是多些曲折……

北司末日

莫道不销魂，帘卷西风，人比黄花瘦。

在凤翔身心饱受折磨的李晔成功减掉了身上多余的脂肪，人也变得清瘦了许多。他并不想减肥，只是好几个月吃不饱饭，不想瘦也瘦了。

凤翔城外，老朱又一次目睹天颜，却丝毫没有如沐春风般的感觉。

主上真是憔悴太多了，怎么看都没了以前那股英气和威严，反倒像个文弱的书生，还是个经常饿肚子的文弱书生。

一看李晔那魂不守舍的样，朱温差点没笑出声来。毕竟老朱作为资深老演员，演技和素养还是没得说的。无论李晔落魄成什么样，他毕竟还是当朝之君。你敢当众取笑天子，不想混了吗？

慢慢走近，慢慢下拜，慢慢抬头——刹那之间，老朱已经切换好了表情。眉宇之间那股痛不欲生、欲说还休的劲，加上双目之中缓缓流下的热泪，瞬间感慨了李晔。

他突然觉得朱温还挺像个老实的忠臣，与外界传的那个心狠手辣、忘恩负义的恶棍形象明显不同。情到浓时，李晔不禁掩面而泣，并深情地对朱温说："宗庙社稷，全靠你挽救了。朕与宗族，全靠你再生了。"

估计本来李晔也就是准备随便意思一下，没承想跟朱温对戏对出情绪来了。因为这样的话，可不是一般人能听到的。不到这种境遇，李晔也断然不会说出如此感慨的言语。

老朱，不愧是行走的表情包，业界的良心，获演艺圈终身成就奖的好演员。

回京之后，李晔大笔一挥，好！好！封！赏！

朱温被封为"回天再造竭忠守正功臣"，敬翔等被封为"迎銮协赞功臣"，将领朱友宁等被封为"迎銮果毅功臣"，都头以下号为"四镇靖难功臣"。反正李晔是下了血本，朱温及其部众基本上能封的都封了。

请注意朱温目前的官职——太尉、天下兵马副元帅、梁王，在李晔手下继续寻求进步的空间已经不大，接下来该怎么规划人生，老朱心里越发清晰明了。

可以说从李晔摆脱李茂贞进入朱温大营的那刻起，大唐王朝基本进入倒计时。不过倒计时毕竟还有个期限，而北司宦官的命运，却先要在此终结。

负责给北司以及宦官最后一击的，注定是崔胤。

李晔被朱温顺利解救，崔胤自然也是大功一件。车驾刚到兴平，崔胤便已率百官在此迎候。李晔对此深感欣慰，立刻给崔胤官复原职。

爱搞事的崔胤，与北司宦官势不两立的崔胤，又回来了！

如果上次李晔还有心维护，强撑着没让北司倒闭，那么这一回李晔也是旱鸭子游泳——无能为力了。

刚回到长安，崔胤在李晔的默许下，秘密联合朱温，将以第五可范为首的新晋北司宦官数百人尽数屠杀，而外放出任各镇监军的宦官也难逃一死。众人之中，除河东监军张承业、幽州监军张居翰、清海监军程匡柔、西川监军鱼全禋及退休干部严遵美，被李克用、刘仁恭、杨行密、王建有心保全外，余下藩镇监军尽被赐死。

偌大一个皇宫，崔胤只给李晔留下了三十多个老弱病残，负责侍奉皇室们的饮食起居。为了避免李晔自己下厨、洗衣、倒马桶，崔胤又很贴心地免费赠送五十名侍从，这些人性格淳朴、踏实肯干又没有花花肠子，完全不会给南衙造成威胁。

自此，大唐安史之乱后宦官参掌军权的惯例彻底成为历史。原为宦官执掌的内外八镇军统统收编六军之内，然后统统打包交给以崔胤为首的南衙。

北司集团倒闭之日，原公司业务大厅门旁贴出如下声明：

北司公司关于企业倒闭破产的声明

国家控股巨头,全称为"大唐北司集团股份有限公司",因董事长被杀,总经理被杀,副总经理被杀,业务主管被杀,业务副主管被杀……基层员工(禁军)被兼并,现无力经营,于即日宣布破产倒闭,将旗下所有财产资源转予另一家控股巨头南衙集团,并承诺永不复产。

特此声明

大唐北司集团董事会
天复二年××月××日

耗时长久的南衙北司之争,自此彻底宣告终结。

谁是北司灭亡的直接受益者,其实不用猜都知道是将搞事进行到底的崔胤。

还是那句话:我有后台我怕谁!

崔胤专权,赏罚皆因其爱憎,朝中无论什么事都得让他知道。崔胤狗仗人势,一口气贬黜跟随李晔前往凤翔的重臣三十多人,搞得朝野上下人人自危。李晔想任用韩偓为相,韩偓同时推荐御史大夫赵崇、兵部侍郎王赞。崔胤怕这些人分权,就找来朱温给自己做主。

有了朱温撑腰,李晔不得已,只好贬韩偓为濮州司马。临别之时,李晔与韩偓执手相看泪眼。韩偓悲伤地对李晔说:"大唐如今物是人非,臣外贬远方,不受日后篡国之辱,实乃幸事。"说罢大哭而去,言语之中,饱含无奈和伤感。韩偓走后,孤单的李晔很久都没回过神来,他的脑海中反复回荡着韩偓的话,内心甚是惆怅。

留给李晔的时间也不多了。朱温回汴梁前留下步骑兵万人拱卫京城,朱友伦(朱存之子)为左军宿卫都指挥使,张廷范为宫苑使,王殷为皇城使,蒋玄晖充街使。朱温党羽已遍布禁军乃至整个京城,李晔彻底成了孤家寡人。

崔胤在朝中呼风唤雨,风光无限,可他这种道德品质低下的小人终究蹦跶不长。李克用对崔胤有过一番精彩的评论：胤为人臣，外倚贼势，内胁其君，既执朝政，又握兵权。权重则怨多，势侔则衅生，破家亡国，在眼中矣！（《资治通鉴·唐纪八十》）

俗话说，成也萧何，败也萧何。放在崔胤这里叫成也朱温，败也朱温。

为什么会败也朱温？因为崔胤和朱温，并非主仆关系，实际上更像是一种生意上的合作伙伴。伙伴和小弟，是完全不同的概念。伙伴关系以共同利益为纽带维系，而大哥和小弟，除了共同利益，更多了复杂的情感因素。小弟可以一切唯大哥马首是瞻，伙伴却不能，非但不能，简直连想也不用想。

对于崔胤和朱温来说，谈得成就是伙伴，谈不成就是敌人！

崔胤借朱温兵力铲除宦官集团，作为回报，崔胤也帮助朱温实现了"挟天子以令诸侯"的目的。随着实力逐渐增强，老朱篡位之心越来越明显，这让两人最终走向决裂。

崔胤奸诈是奸诈了一点，但内心深处还是忠于李唐王朝的。山东崔氏作为世家大族，崔胤祖父辈几代人相继出任朝廷重臣，内心还是瞧不上农民出身又干过黑社会的朱温。

想篡位自立，得问我崔胤答不答应！

两人由此逐渐交恶。崔胤自然不会笨到把私心写在脸上，为了实现自保，手中必须有自己的军队。于是崔胤上报朱温，恳请招募六卫十二军，目的是扩充京城防卫力量以抵抗李茂贞。

崔胤究竟想干什么，朱温心里一清二楚，但他根本不把一个小小的崔胤放在眼里，你要兵我就给你，看你能怎么折腾！

这些小动作尚不致命，真正让崔胤乃至整个南衙走上绝路的，源自一次意外——朱温最宠爱的侄子朱友伦打马球不幸摔死了！

朱温和他的子侄们

我们之前已经介绍过李克用的十三太保，为了保证公平公正，下面同样花些工夫介绍一下朱温的子侄们。这既是对老朱的尊重，也是出于对下一代的关怀。毕竟朱温和李克用总有挂掉的一天，他们的后代必然会接过旗帜，继续为"五代第一男主角"的名号竞争。

俗话说，老子英雄儿好汉（侄子表示不服）。历史上坑爹的儿子们不在少数。李克用的儿子们（主要是义子）质量和水平很高，基本上不算坑爹。那朱温的子侄们到底坑不坑爹，我们将在下文中逐一进行展示。

下面有请朱温的子侄们登场亮相。

儿子代表队：长子郴王朱友裕、二子博王朱友文（养子）、三子郢王朱友珪（这个猛）、四子末帝朱友贞；五子福王朱友璋、六子贺王朱友雍、七子建王朱友徽、八子康王朱友孜。（五至八子为打酱油者。）

侄子代表队：大侄广王朱友谅、二侄惠王朱友能、三侄邵王朱友海、四侄安王朱友宁、五侄密王朱友伦。

义子代表队：朱友恭（本名李彦威）、朱友让（本名李七郎）、朱友谦（本名朱简）。

我们从人数最少的义子代表队开始说起。

如果说人来疯是一种本性，那认义子则是一种风尚。

李克用，就是引领风尚的弄潮儿，他老人家一口气认了十几个义子，还为后世贡献了个"十三太保"的名称，听上去甚是牛×。到了当代，更是成为网络小说热门用语，什么"斧头帮十三太保""青龙会十三太保""上海滩十三太保"，不一而足。

老朱同志也想赶时髦，不过他没有那么大胃口，仅仅收了三个。朱友让作为老朱的义子没什么故事，也没什么名气，但朱友让的义子高季兴（十国之中荆南的开国之君）却很有故事，很有名气，我们在后面还会提到。

相较之下朱友恭就比较猛了，这厮自小跟随老朱，打仗不怕死，杀人不眨眼。老朱篡唐时就把"屠龙"的重任交给了他，随后老朱为给天下一个说法，以弑君之罪将朱友恭赐死，算是把义子的价值利用到了极点。

第三个义子朱友谦也比较有故事。他最初在保义为将，节度使王珙被部下所杀，朱友谦替老大报仇后，举保义之地投降了朱温。老朱大喜过望，将他收为义子。后梁建立时，朱友谦晋封冀王，官拜河中节度使。

老朱被弑，朱友谦气愤不已，转而依附河东。此后几年他在梁晋之间徘徊不定，直到后梁被灭。朱友谦一直撑到后唐同光年间，因得罪伶优被庄宗李存勖杀害，在老朱整个家族中算是活得最久。

说完义子，我们来看看朱温的侄子们。朱友谅、朱友能、朱友诲三兄弟是朱温大哥朱全昱之子。这三兄弟属于典型的坑货，平日里胡作非为，鱼肉一把百姓就算了，朱友能竟然大逆不道，在后梁灭亡前夕举兵攻向汴梁，这样的脑残行为肯定是地沟油吃多了。

这等货色造反，自然不费吹灰之力就平定下来，而朱友裕、朱友诲也因知情不报，或助纣为虐一起被废。末帝朱友贞不忍对自己人下手，便将兄弟三人关了禁闭。后梁灭亡，三兄弟同时被攻破城池的唐军杀害。

上述三兄弟比起朱存两子安王朱友宁、密王朱友伦，好比猪鼻子上插大葱——装相（象），当然，三兄弟是猪。

朱友宁少习诗礼，长喜兵法，有倜傥之风，朱温十分重视这个侄子，多次将手下精锐部队交于朱友宁带领。朱友宁在扫灭秦宗权、痛击王师范、迎驾昭宗回京中立下赫赫战功，被授予岭南西道节度使，赐号迎銮毅勇功臣。

天复三年（903年），朱友宁奉命去兖州剿匪，原本一直顺风顺水的他，却在围攻博昌县时栽了跟头，围了一个多月都没能攻下。朱温大怒，派手下大将刘捍前往督战。

没办法，老叔生气了，后果很严重，硬着头皮打吧。

朱友宁召集手下俘虏十万余人，各自让他们背上木石，牵着牛驴，在博昌城南迅速筑起一座土城（土块、石块、木头等堆积而成）。任你城高沟深，朱友宁把土城修得高过城墙，让士兵在土城上各种放箭，配合城下士兵爬墙，瞬间完成攻城任务。为了发泄情绪，朱友宁下令屠城。

可能这种败人品的行为让他遭了报应。在随后石楼之战中，朱友宁率军迎击青寇，不料战马被绳索绊倒，朱友宁被掀翻在地，在混乱中被匪寇杀害。

朱友宁只能算朱温军事上的得力助手，老朱真正宠爱并准备当接班人培养的，是二哥朱存的另一个儿子——密王朱友伦。

史书称朱友伦幼聪悟，喜笔札，晓声律。及长，好骑射，有经度之智。大概老朱一生都对朱存早亡过意不去，对朱存两个遗腹子格外看重，当然朱友伦更得宠。

相比朱友宁在战场上真刀真枪干出成绩，朱友伦前期主要是负责押运粮草，安全系数较高，后来朱温才慢慢让朱友伦独自带兵。不同于朱友宁简单粗暴，朱友伦善于用计，喜欢先设疑军，就连李克用也吃过朱友伦的亏。在矾山之战中，朱友伦伏兵出其不意大破晋军，并一路追赶到太原城下，最后顺走牛羊万余才撤军而去。

天复三年（903年），朱友伦被加封为宁远军节度使、检校司徒，赐号迎銮毅勇功臣。朱温奉旨回汴梁，留下朱友伦负责拱卫长安，监视朝廷的一举一动。

朱温的良苦用心，朱友伦不会看不出。可惜上天给红得发紫的他开了个大大的玩笑。这年年末，朱友伦大会宾客，一时兴起就邀请宾客们打马球。

打马球固然体现个人马上水平，可玩不好风险也很大。唐穆宗李恒就因为不小心从马上摔下而受重伤，不久便一命呜呼。朱友伦大概情况类似，反正就是太不走运，直接落马而亡。

听闻噩耗，最伤心的莫过于朱温，好好一个接班人就这样没了。最高兴的莫过于老朱的儿子们，友伦一死，日后继承大位的指不定是谁呢！最起码有了一争的机会。

老朱觉得朱友伦生前还不够风光，那就让他死后备享哀荣。老朱要求李晔辍朝一日，下诏追封朱友伦为太傅，归葬老家砀山，这是亲生儿子们都享受不到的待遇。

朱友伦的意外死亡，产生了一系列的连锁反应，这些连锁反应将在日后一一显现。

侄子们说完了,现在来谈谈朱温的儿子们。

首先我们要排除酱油代表队队员,也就是老朱五子、六子、七子、八子。这些都是老朱的流水线作业产品,既没什么质量,也没什么故事。

长子郴王朱友裕,箭法精准,性格宽厚,很得人心。相传在讨伐黄巢时,朱温还没跟李克用翻脸,两人联手围攻华州,敌将黄邺坚守不战,双方就这么僵持着。有一日,朱李联军照常准备攻城,这时黄邺身后突然跳出一人,在城楼上指着朱温、李克用,对两人父母祖宗进行了亲切地问候。

脾气火爆的李克用心理承受不住,命令手下朝着城楼连连放箭。敢问候我的家人?射死你个兔崽子!

估计今天晋军将领出门都没带准星,一阵箭雨飘过,城上人竟毫发无伤,依然活蹦乱跳,连连叫骂。李克用脸上挂不住,只好回身请朱温帮忙。老朱满脸安慰,心里估计早就暗自窃笑:就这水平,还好意思跟人说箭法超群。

老朱转身叫出长子,命他引弓放矢。朱友裕不慌不忙,先做好准备工作,一箭便命中方才叫骂者。军中士气顿时高涨,欢呼声响彻山谷。

射箭嘛,肯定得先瞄准目标。即使技术再高,盲目乱射肯定效果不好。事后李克用送给朱友裕良弓良箭,以示欣赏。后来朱友裕又在徐州会战中大破朱瑾,立下不少军功。

优秀的人总会招来嫉妒。兖郓之战中,朱友恭诬陷朱友裕怀有二心,故意放走朱瑄而不追击。老朱轻信了朱友恭的话,下令让庞师古取代朱友裕为帅。朱友裕对此非常恐慌,他很清楚老爹整人的手段,压力之下,干脆跑吧!

朱友裕跑到辉州,拜见大伯朱全昱,求他出面营救。朱温之妻张氏听说以后,立即写信让朱友裕乔装打扮,只身回到汴梁请罪。张氏又在朱温面前说尽好话,才保得朱友裕一命。

命是保住了,但老朱对朱友裕不顾军队、畏罪潜逃的行为很是不满,兖郓之战后基本不再让朱友裕独立带兵征战。

天祐元年（904年）七月，朱友裕因病卒于梨园，结束了较为可惜的一生。

博王朱友文，本名康勤，原是朱温养子。朱友文和朱友恭、朱友让情况不同，老朱与他感情深厚，视如己出，所以我们让他进了儿子代表队，而没有放在义子代表队。

朱友文多才多艺，勤奋好学，善谈论，能写诗作赋，这在朱温家族算得上异类。没想到还能把儿子培养成文化人，老朱颇感自豪。在朱友伦意外死亡后，朱友文很受宠爱，老朱也曾有意立朱友文为继承人。

可惜文化人朱友文嗜酒如命，荒废政事，表现得很让人失望。随后朱友珪弑父作乱，朱友文糊里糊涂地被弟弟干掉。直到末帝登基，朱友文才被恢复爵位。

至于后梁末帝朱友贞以及弑父、杀兄、篡位的一代猛人郢王朱友珪，以后还有较大篇幅可写，在此就不多赘述。

我们先去看看朱友伦意外身亡后，崔胤和李晔的处境吧。

危险逼近

天祐元年（904年）春，朱友伦意外摔死后几个月，朱温决定对崔胤下手。

前文我们讲过，崔胤与朱温并非主仆关系，或者说崔胤单方面认为自己应该和朱温平起平坐。朱友伦死得不明不白，崔胤百口莫辩。既然解释不清，那就撕破脸吧！这场意外让崔胤彻底倒向李晔一边，仗着手下新招募的六军十二卫，他妄图跟朱温叫板。

不得不说，崔胤还是过于自信了，因为两人根本就不是一个重量级的选手。

老朱根本不和崔胤废话，他直接上奏朝廷，弹劾崔胤专权乱国，离间君臣,大逆不道,请求李晔把崔胤及其党羽全部咔嚓。朱温上书一到,崔胤才发现面对这种情况,自己根本无能为力。

这仅仅是一封奏章,而且这封奏章就攥在自己手里,他突然间感觉朱温很可怕,可怕到毫不费力就可以支配他人的命运。崔胤的手在不停地颤抖,那种源自灵魂深处的恐惧让他不寒而栗。

只是再想和朱温握手言和,已经太晚了。崔胤将为自己的草率和任性付出惨痛的代价,同时也顺带摧毁了刚刚振作起来的整个南衙。

李晔不敢得罪朱温,可他并不想完全满足朱温的要求,毕竟崔胤目前和自己处在同一条战线。怎么办?打个半价吧!李晔下令将崔胤贬为太子少傅,党羽郑元归、陈班等人尽数外放,解散崔胤辛苦招募来的六军十二卫。

朱爱卿啊,给朕个面子,不要赶尽杀绝。

老朱冷笑一声,要我给你面子,也不照照镜子,你算老几呀?崔胤的命我要定了!

既然明着定不了死罪,那就暗地里搞死你。老朱本就是厚黑派一代宗师,弄死崔胤这种手无缚鸡之力的书生根本毫不费劲。以前黑人还得悄悄地干活,生怕落下把柄,如今老子天下无敌,谁敢不服。

大概崔胤嗅到了危险,朝也不上了,门也不出了,天天窝在家里苦熬,这种时刻担惊受怕的日子实在有些生不如死。

所幸朱温并没有给崔胤留下太多时间思考人生。数日之后,朱温密令宿卫都指挥使朱友谅派兵围住崔胤府宅,随即将崔胤及亲信郑元归等尽数杀害,一个没留。

崔胤一死,朝廷班子基本全换成了朱温的心腹,效忠李晔的南衙势力被彻底打翻在地,再无起身的可能。

崔胤死了,班子换了,老朱依然不满意,他准备借此机会强迫李晔迁都洛阳。这可是老朱蓄谋已久的,当年李晔被困华州,老朱就已萌生出迁都洛阳的初步规划。

毕竟长安距离汴梁太远,很多事情都不好遥控指挥,出了状况也无法及时赶到。把朝廷搬到洛阳，无论对李晔还是朝廷，都能有更好的控制，也大大降低了"突发事件"发生的风险。

有人可能会问，既然是为了方便，为何不直接搬到汴梁，这样岂不是更方便？这个问题很好解释。其一，汴梁从古至今未做过国都，而洛阳不同，自夏商以来，已经有多个朝代在此定都。其二，朱温把李晔搞到洛阳可不是让他好好生活的，而是想趁机把他干掉的，肯定不能搞来汴梁动手。好嘛，皇帝不明不白死在你的眼皮底下，你该怎么解释？你说不是你干的，有人信吗？

当然还有其三：老朱不想整天面见李晔。至于原因，我们后面再讲。

此时的洛阳，正在张全义主持下有条不紊地修复中。张全义自河阳之战后投降朱温，再次被任命为河南尹。老朱拿下洛阳后，就让"宫殿修复大师"张全义出马担任总工程师，重修洛阳城。

朱温一面令张全义加快工程进度，一面派牙将寇彦卿强迫李晔动身。大刀再次架到脖子上，不去不行啊！李晔心里纵有一万个不愿意，也得在朱温心腹裴枢的催促下，收拾行李动身出发。

估计老朱怕李晔来到洛阳不习惯，于是很"贴心"地逼迫长安士民随驾同行，搞得这些人纷纷痛骂崔胤引来朱温这个祸害，不但社稷倾覆，连无辜百姓也跟着颠沛流离。

这次离京我们不算在李晔创造的历史纪录里，相比以往，这次虽也有武力逼迫，但却算不上出逃。

人走了还不算，既然长安无人居住，那些木材资源可不能浪费。老朱本着"可持续发展"的原则，将长安宫室和百姓庐舍尽数拆毁，所得木材沿着渭河、黄河顺流而下，最终到达洛阳。就用这些木材扩建洛阳城，只是长安也因此彻底成为废墟。

拆迁大队长朱温，以自己"拆一座建一座"的建筑规划理念，真正实现了资源的循环利用。

李晔一行来到华州，故地重游，真是别有一番滋味在心头。华州百姓纷纷夹道高呼万岁，这群人估计还没搞清楚李晔此时的处境。

一声声万岁就像一把把锋利的尖刀，一刀一刀直刺心脏。

李晔眼中饱含热泪，悲伤地说："不要高呼万岁，朕再也做不了你们的皇帝了。"随后李晔转身又对侍臣说："俗话说得好，纥于山头冻杀雀，何不飞去生处乐。今朕漂泊，不知最终将落在何方。"

李晔隐隐觉得，这一走，估计再也回不来了。

由于洛阳工程量太大，一时半会儿修建不好，李晔只能先在陕地将就一下。老朱不敢怠慢，亲自从河中跑来觐见。曾经的大导演和依然当红的男主角又开始了新一轮的演技PK，不过这次何皇后也主动加入，更是让这场大戏跌宕起伏又饱含悲情。

朱温上殿朝拜，还没弯下腰呢，只见李晔腾地一下从龙椅上"飞"了下来，二话不说，直接拉着朱温来到寝宫，搞得朱温很是纳闷。

原来寝宫里皇后何氏也在。可能李晔在奥斯卡影帝级的朱温面前对自己的演技信心不足，怕演不出效果，就拉上何皇后一起帮忙。何皇后一见朱温，立马哭得稀里哗啦，然后怀着无比悲痛的情绪告诉朱温："今后我夫妇二人的身家性命就都拜托给您了！"

朱温这才反应过来。好嘛，在这儿等着我呢！您二位放心，目前还不会要你们的命，以后可就说不好了。

这是老朱内心真实想法，肯定不会说出来的。

演戏还没结束。李晔夫妇还在继续放低自己的身份，绝对让人大开眼界。三月，李晔在宫内宴请朱温和韩建，何皇后亲自捧着玉卮给朱温倒酒，活脱一个侍女模样。堂堂一国之母主动给臣子倒酒，这样的场景在历史上绝对不多见。

人在屋檐下，不得不低头。李晔夫妇为了自保，也顾不上什么君君臣臣了。

剧情进展得很顺利。宾主尽欢，老朱心情不错，酒兴很高，李晔想要的效果基本出来了。可原本不在本剧集中的龙套演员晋国夫人乱入，彻底搞砸了这一切。

君臣三人正吃着饭，晋国夫人忽然从外面跑了进来，附在李晔耳边说了几句。也不知道说了什么,让天生多疑的朱温感到很不爽。

这时负责陪酒的韩建在下面踢了踢朱温的脚,更让老朱心里犯起了嘀咕:难不成李晔要害我?是不是早就设好伏兵,专等晋国夫人前来通风报信呢?这样的剧情朱温看得太多,宁可信其有,不可信其无,我还是先撤吧。老朱不敢再喝,立即佯装酒醉匆匆离开。

老朱有点小心过头了,李晔根本不可能怀有这样的心思。好好的一场殷勤戏,却让晋国夫人搞砸了,不但没能稳住朱温,反而更加重了他的疑心。

李晔做的这一切,其实是在拖延时间。在这个过程中,他不止一次给王建、杨行密、李克用等人发血书,希望能够感化他们带兵前来,迫使朱温放自己回去。

想法总是好的,但李晔就是把十个手指头全扎破,血全放光,也不会有人愿意来救。不是不想,实在是无能为力。

这年夏天,洛阳宫殿兴建完毕,朱温邀请李晔赶紧驾临洛阳,完成剪彩仪式。此时何皇后刚刚分娩,受不了车马颠簸之苦,加上又有星官夜观天象,说此时动身大凶,李晔想要推迟到十月,直接被朱温否决。

分娩怕什么,挺一挺就过去了!夜观天象算什么,你要相信科学!

没办法,不走是不行了。李晔憋着一肚子火来到洛阳,再次"光荣地"成为傀儡皇帝。朱温顺便杀了御医阎佑之(让你没事替皇后接生)、司天监王墀(让你没事夜观天象)、晋国夫人可证(让你没事老乱入)。

为了更好地监视李晔的一举一动,朱温还有更绝的手段。原本崔胤死时,六军兵士纷纷遣散,只留下两百多个未成年的孩童跟着李晔来到洛阳,平日里陪着李晔打打马球(这会儿了还不忘玩耍)。

朱温连这些人都放心不下,硬是设计将他们全部缢杀,另外挑选了二百多个年龄、身材类似的换上他们的衣服,作为替代。李晔刚开始还真没注意,过了几天突然感觉这些人好像很面生,仔细一看,才知道朱温赤裸裸地把自己带来的人全换了。

天杀的朱温,你也太狠毒了吧!

李晔虽然恨得牙痒痒的，表面上却只能装得跟没事人一样，这年头能保住命就不错了，争取多活几天才是正事。

　　可惜，朱温似乎并不想再让李晔活太久了。

第九章
改朝换代

弑 君

有权臣存在的时代，就有弑君的可能。王朝越是临近灭亡，皇帝被弑的可能性就越高。往远了说，春秋有崔杼，汉末有董卓，魏末有司马昭。往近了说，北周有宇文护（弑君三连斩），隋末有宇文化及。这些敢于冒天下之大不韪、以魔鬼般的勇气和禽兽般的意志成功弑君的权臣们，往往会因后世冠名"老贼"而被彻底搞脏搞臭。

于是，历史上就有了王莽老贼、董卓老贼、司马老贼、宇文老贼，而我们的主人公朱温，也即将以大无畏的精神和不要脸的品质挤进这一名单，光荣地被后世称作"朱温老贼"。

至于权臣弑君的原因，要么是自己着急篡位，要么是在位皇帝威胁自己生存。归结起来就一句话：这个皇帝太碍眼，不赶紧除掉会对自己不利。

朱温弑君的动机，自然也是如此。

在迁都洛阳之前，老朱还真没见过几次李晔，印象不是很深刻。如今随着见面次数增多（朱温也在洛阳），老朱渐渐感到自己有一分心虚，二分感慨，三分压力，四分自卑，加起来就是，十分不安。

这倒不是李晔多有领导才华，只因李晔自带主角光环，总能在无形中产生一种英气逼人的效果。用现在话说，这小伙长得太帅，身材又好，活脱脱一个花样美男子。反观老朱要长相没长相，要身材没身材，除了五官还算端正、没缺啥零件外，颜值实在让人着急。

老腊肉和小鲜肉经常相处，老腊肉能感到自在就怪了。

估计是老朱在洛阳过得太有压力，不久他便动身回到汴梁，不再跟李晔见面。

除此之外，还有一事让朱温比较心烦。当年朱温把李晔迎回长安，路上偶遇李晔的皇子德王李裕。两人刚一碰面，朱温心里那叫一个不舒服，李裕仪表堂堂，眉清目秀，颜值堪称爆表，反正就是一个字——帅！（这都是遗传基因好。）

年轻人，看你骨骼清奇，又有道灵光自天灵盖喷出，年纪轻轻就长成这样，一看就是干大事的料！

领导帅，领导的儿子更帅，还让不让让我们这些长得不帅的人活了！以后还怎么开展工作！

朱温私下暗示崔胤，希望崔胤出面诬陷李裕时常窥探帝位，行为出格，并请李晔下诏废掉李裕。不知崔胤是出于好心帮助传达心声，还是有意恶心朱温，他把这些话原封不动地告诉了李晔，括弧，以老朱的名义。

这还得了，朕的家事岂是爱卿能够妄自评论的！

等李晔追问下来，朱温把责任一股脑全推给崔胤："陛下您父子之间的事，微臣怎敢私下评议。可都是崔胤这个小人出卖我，您可得给我做主啊！"李晔摆了摆手，表示作罢。

自从搬到洛阳后，李晔整日窝在宫内，担心没命活到明天。朱温又时常把李裕那茬提出来，李晔对此沉默不语，只能回宫找何后对饮，相顾无言，热泪两行。

李晔不知道，朱温安插在自己身边的卧底蒋玄晖专门负责给朱温探听各路消息。有时候自己说错一句话，办错一件事，都有可能引来杀身之祸。

李晔根本没有考虑过告密这种行为，他拉着蒋玄晖一个劲诉苦："李裕是朕的爱子，朱温为什么非得坚持要杀了他？他眼中还有没有朕这个皇帝！"

情到深处，李晔不禁痛哭流涕，还恨得咬破了自己的中指，搞得鲜血直流。估计李晔之前是写血书写多了，一恨起来就总拿手指出气。不过蒋玄晖可没工夫帮李晔包扎伤口，他赶紧出宫，把情况详细报告给了朱温。

李晔的举动让老朱更加不安。好嘛，提起我你就咬手指头，什么意思？我看你是不想活了！

有时候恨一个人，并不一定非要自己出血才解气，竖起中指也是一样的。

可惜，李晔的大限已至，再也不会有人来搭救。

天祐元年（904年）八月，在不安中饱受折磨的朱温，终于亮出了失传已久的屠龙宝刀。

来吧李晔，我的大刀早已饥渴难耐！

李晔不能再留，原因有三：

其一，朱温此时正集中全力开展西征，讨伐李克用，万一李晔在后院烧一把火，搞出什么变数，岂不糟糕！

其二，李晔被困洛阳，危机四伏。各镇诸侯如李茂贞、刘仁恭、王建、李克用等已自发联系起来，发布檄文，对外宣称要讨伐朱温，营救李晔。

其三，老朱早已有篡唐之心，可一想到英气逼人的李晔，内心便十分恐慌和不安。只有先干掉李晔，另立幼主，之后再行禅让才比较安全。

尊敬的主上，不是俺老朱心狠，实在是您不适合继续留在这个世上了。我这就送您驾鹤西游，九泉之下可千万别怨俺老朱啊！

朱温派心腹李振到洛阳，和蒋玄晖、朱友恭、氏叔琮密谋弑君的日期及人选。经过一番激烈的讨论，他们挑选了时任龙武牙官的史太担当屠龙的重任。至于日期，为贯彻上级领导指示，李振要求务必尽快、尽快。

尽快是多快？尽快就是此时，都已经商量好了，这就动手吧，又不是结婚娶媳妇，挑什么黄道吉日。

农历八月的夜，已平添了几分凉意。和往常一样刻意用酒精麻醉自己的李晔，早早便上床安歇。沉睡的李晔还不知道，这已是他人生最后一夜了。

"砰、砰、砰……"宫外突然传来一阵急促的叩门声，瞬间打破夜的宁静。

蒋玄晖和史太带着百余人夜叩宫门，谎称有要事面奏主上。李晔的河东夫人裴贞一刚把门打开，还搞不清楚什么状况，就被史太一刀毙命。蒋玄晖顺势冲入宫中，刚好遇上起身查看动静的昭仪李渐荣，明晃晃的大刀杀气逼人，李渐荣顿时明白了一切。她自知难逃一死，便急忙放声高喊："要杀就杀我，不要杀我圣上！"

蒋玄晖对她不感兴趣，而是直接闯入寝宫寻找李晔。李晔听到屋外弑君的呼喊声，赶紧起身准备跑路。不过皇宫早被围得水泄不通，李晔没有任何出路，只能围着大殿的柱子团团转。

大殿的门被蒋玄晖等人轻松撞开，燃烧的火把瞬间将整座大殿照得透亮，毫无抵抗之力的李晔根本无处可逃。

史太猛然上前，手起刀落将李晔杀害，李渐荣想要以身护卫李晔，也被史太乱刀砍死。寝宫中只有何皇后苦苦哀求蒋玄晖，才幸运躲过一死。

锋利的刀刺入胸膛那一刹那，李晔的意识瞬间模糊。他仿佛又看到了登基之时，英气十足的自己迎着寒风立于长安城楼，发誓中兴大唐、剪除宦官、降服诸侯，再造一个盛世的场景。那时的自己是多么年轻，多么豪迈呀！

自己曾经极度看不上老哥李儇,然而自己的遭遇和结局,却比老哥差一万倍。时也?命也?曾经自信可以力挽狂澜,结果却一次次失败,一次次受辱,最终还落得个被弑的下场。

算了,忘了,走了,人生真像是一场梦啊!纵然心有不甘,心有不舍,也是无可奈何。李晔倒下了,解脱了,这次他再也站不起来了。

空有一腔兴邦热情,志存高远,百折不挠,却一生颠沛流离,饱受苦难,遍尝屈辱。

无奈的人生、悲哀的人生是什么样的?看看李晔,也许就明白了。

斩草除根

除掉李晔后,蒋玄晖立即以皇后的名义发布诏令,对外宣称:

李渐荣、裴贞一谋逆作乱,杀害主上,现已被正法,可惜英明神武的"伟大领袖"也龙驭宾天了。国不可一日无君,辉王李祚资质聪敏,品行纯正,宜立李祚为皇太子,监领国事。

这道诏令刚一下达,蒋玄晖随即让李祚改名李柷,就在李晔灵柩前即位,称为昭宣帝,时年十三岁。

走完程序,消息也基本能传达到各镇诸侯耳中,蒋玄晖松了口气,他的任务圆满完成,接下来就看领导的表现了。

领导的表现,还从来没有让我们失望过,这次也不会例外。

老艺术家朱温收到消息(早在意料之中),瞬间进入表演状态。先是惊愕,再是心痛,然后打着滚儿在地上哭,最后边哭边骂道:"奴才们负我,让我留下万世恶名!"

整套表演一气呵成,绝无半点拖泥带水。这还不算结束,朱温在汴梁哭完,又马不停蹄赶到洛阳,扶着李晔灵柩继续放声大哭,一边哭一边丢黑锅:"尊敬的主上,您怎么就这么去了?您泉下明鉴,弑君这事可不是我让干的,千万别算在我头上。不过俺老朱会替您报仇的,您就放心地去吧。"

古有诸葛亮吊孝周瑜,今有老朱吊孝李晔。表情深沉忘我,丝毫不做作,演技张弛有度,一点不浮夸,不愧为"德艺双馨"的好演员。

只是哭一场不能完全糊弄过去,你当外镇那些诸侯都瞎呀!弑君这事实在影响太大,不杀几个人不足以给天下一个交代。

那杀谁呢?蒋玄晖对于日后篡位还有大用,现在不能死(注意是现在)。老朱脑子快速搜索着合适人选:哦,那谁谁,既然李晔是你们杀的,那黑锅就你俩背了。

朱友恭、氏叔琮就是这俩倒霉蛋。

说他俩倒霉,其实都有些抬举了。直接参与弑君行动,两人本已处在风口浪尖,如此敏感时期还敢放纵手下侵扰市肆,简直就是主动往枪口上撞。这个节骨眼上朱温正愁找不着人背锅,没办法,就你俩吧!亲儿子是不舍得卖,干儿子卖一卖还是不心疼的。

老朱借此事大做文章,以扰乱治安罪将朱友恭贬为崖州司户,氏叔琮贬为白州司户。朱友恭你小子也不配姓朱了,还是改回原来的名字李彦威吧!

这哥俩还没估摸出朱温究竟什么意图,正考虑要不要暂时动身前往海南岛为开发祖国壮美南疆做做贡献的时候,朝廷的(也是朱温的)诏书就到了。

李彦威、氏叔琮大逆不道,弑君谋反。两人的心肠简直比蛇蝎还毒,两人的行为简直比禽兽不如,着即押往午门斩首,以告慰先皇在天之灵。

干爹翻脸比翻书还快,临了还痛下杀手。李彦威真是比窦娥还冤,以前立下诸多汗马功劳就不提了,是你要我杀人,完事还让我背锅,还有没有天理?

临刑之前,李彦威仰天长啸:"出卖我以塞天下之谤,这是人干的事吗?你这么整,不怕断子绝孙吗?"

朱温啊朱温,你咋不上天呢?我就算做了鬼也要画个圈圈诅咒你!

《北梦琐言》则有另一番记载。行刑之前,朱友恭曾默默祈求上苍:

"天若有知，他日亦当如我。"意思就是诅咒朱温不得好死，考虑到老朱日后被自己的亲生儿子所杀，搞不好真是诅咒应验了呢。

坦白地说，朱友恭这个干儿子丝毫没有对不起干爹，最终干爹还是果断把他卖了。朱友恭用血的教训告诉我们：认爹有风险，选择需谨慎。而朱温日后被弑，同样告诉我们：亲儿子有时候更加禽兽！

李晔已死，篡唐之路顿时平坦了许多，老朱随即又将另外两拨人提上了黑名单。

做事就要做绝，斩草就要除根。一直以来，老朱从未放松对自己的要求。

两拨人中，一拨为皇亲，一拨为朝臣。皇亲包括除已登基的李柷之外李晔所有的皇子，朝臣为仍忠于大唐的裴枢、崔远、独孤损等南衙旧臣。

朱温决定先拿皇亲开刀。天祐二年（905年），朱温令蒋玄晖邀请李晔诸子前往九曲池赴宴，准备在席间送他们下去和李晔团聚。蒋玄晖这个人还算比较厚道，毕竟还是大唐臣子，对皇室遗脉下手不能太过生猛。

众皇子心里清楚大限已到，整日里活得提心吊胆还不如死了痛快。既然难逃一死，那就在临行前好好醉上一醉，行刑之时也能少点痛苦。

皇子们看得很开，在席上大吃大喝，开怀畅饮，一点心理负担也没有。

眼见众皇子喝得七倒八歪，蒋玄晖觉得时间刚好，就差喊出"众皇子上路啦"这样的台词了。他让手下把伏案大睡的皇子们尽数勒死，尸体投在九曲池中，为鱼儿的生长繁衍贡献一些养分。

此次被杀的皇子共九人。这其中也包括一直被老朱"惦记"的小帅哥德王李裕。

皇室根基刨得差不多了。老朱不慌不忙地将"皇亲"二字从黑名单上勾去，剩下的，就是那些碍眼的朝臣了。

崔胤死后，南衙基本就此解散。朱温在中央各个部门换上自己的心腹，朝臣之中只有裴枢、独孤损、崔远等人表示不合作。

其实对于这些时而顽固、时而灵活的读书人，老朱没有任何好感，他在很早之前便认为读书人心口不一，不能信任。有一次，朱温和僚佐在柳树下乘凉。老朱有意试探试探这些僚佐的底线，便指着这棵柳树自言自语："好树好树，可以用作车毂。"

众人一听，感觉不对劲，柳树哪能做车毂呢？朱温今天是中暑了还是眼花了？但老大发话了不能冷场，众人之中有几个反应快的，立刻起身奉承朱温："老大您好眼力！这树做车毂简直完美到爆，我们怎么没看出来呢，还是您有水平！"

这几人马屁拍完，正美滋滋地等着讨赏呢。没想到朱温突然脸色一变，指着这几人就是一顿臭骂："车毂要用榆木，柳木哪能行呢！你们这群读书人心口不一，见风使舵，当我白痴吗？"老朱招呼左右，将刚才拍马屁者尽数杖杀。

这样看来，马屁拍不好，竟然有生命危险！

读书人不可信，柳璨却可信。这并不是说他没读过书，而是书全读进狗肚子里了。柳璨这货，绝对堪称"无梦想、无节操、无底线"的三无败类。

柳璨性格轻佻，极善阿谀奉承，得势后更加嚣张跋扈。表面看上去柳璨像极了崔胤，但两人还是有本质上的区别。崔胤虽然也投靠了朱温，却始终不愿做奴才，反对朱温篡唐。柳璨可就简单多了，您说什么就是什么，一切听领导指示，您说篡唐那咱就篡，您想杀人那咱就杀。

蒋玄晖帮助朱温搞定了李晔及诸皇子，接下来干掉朝中反对派的重任，就落在了柳璨肩上。

这年五月，彗星拖着长长的尾巴从天上飞过。

天上彗星在天上飞，地上人儿在地上跪。彗星不知道，自己每次一出现，都有可能成为地上某些人剪除异己的好机会。在星官嘴里，这叫作天象有变，君臣俱灾。为应天象，宜行杀戮。

柳璨就是这么告诉朱温的。朱温的心腹李振也鼓动说："朝中清流尽是衣冠轻薄之辈，您想做大事，这些人不除不可。"

这个理由非常合朱温胃口，他以星变为由，将裴枢、崔远等人一贬再贬，准备送他们去"旅游度假三胜地"——广西、云南、海南，在天涯海角继续发光发热。

然而事情远没有贬黜那么简单，诏书是给天下藩镇看的，你们有没有命上任，可就不好说了，况且老朱也并不打算放他们走。

六月，裴枢等人还未动身，朱温借口为其送行，将裴枢、独孤损、崔远、王溥、赵崇、王赞等被贬者三十余人聚集在白马驿。送行酒没喝到，朱温的屠刀早已恭候多时，这些朝中素有名望之臣尽数被杀，史称"白马之祸"。

面对此情此景，李振不忘带带节奏，笑着对朱温说："这些人平日里以清流自居，现在把他们扔到黄河，不就变成浊流喽！"

"小伙子说得真有道理，很有想法嘛。"

于是朱温便将裴枢等人的尸首投入黄河。奔腾的河水带走了忠臣的尸骨，也带走了大唐的国运。那个时候黄河水可不像现在这么混浊，扔下几具尸首肯定造不成多大污染。

水还是很清澈，而人性和时代，却早已混浊不堪。

李振年轻时脑子不好用，书读不好，考不上进士，对缙绅之士那叫一个羡慕嫉妒恨，投靠朱温发达后，每次从汴梁来到洛阳，就得搞出点动作，让一批朝臣丢掉乌纱帽。看你不顺眼我就搞你，能奈我何？

看着李振小人得志的样子，人们给他起了个外号——鸱鸮（猫头鹰）。

柳璨年轻时倒是科举中第，只因一直提拔不上去，才投靠了朱温。此后柳璨步步高升，四年之内坐到了帝国宰相的位置。而裴枢、崔远等人因看不惯柳璨奴才嘴脸，不愿与他交往，最终被品质恶劣的柳璨报复陷害，惨死于白马驿。

马前卒蒋玄晖，走狗柳璨，怎么看都像是协助朱温篡唐的大功臣，但他俩的结局却实在有些出人意料。

迎接他俩的，不是高官厚禄、荣华富贵，而是刽子手紧握的尖刀，锐利的刀锋……

禅让是个技术活

"负国贼柳璨,死其宜矣!"白话释义,就是卖国贼柳璨死得真好!

你信吗?这是临行前柳璨自己喊的。你可能很疑惑,柳璨不是朱温的大功臣吗,怎么会被斩首呢?没错,柳璨的确为朱温立下大功,然而下令将柳璨斩首的,正是老朱本人!

柳璨为什么会死?只因他搞砸了一件事。这件事,就是禅让。

禅让,最早起源于上古尧、舜、禹时代,顾名思义,就是把首领之位让给他人。相传舜禅让禹时,留下十六字心传:"人心惟危,道心惟微;惟精惟一,允执厥中。"意即:人心思危,谨言慎行;道心微妙,留心观察;遵循惟精惟一之道,不改目标和理想。这十六字也被称为"中华心法",听起来相当高大上。

禅让,分为内禅和外禅。内禅也称传位,禅后自己可做"太上皇",被继任者高高供养起来,公司继续运转,基本不太受影响。至于外禅,可有个不大好的别称——亡国!禅后自己何去何从,那可就不一定了。碰上心地善良的,还能享享清福,聊度余生。不过这种情况并不常见,亡国之君的命运,不是一杯毒酒,就是三尺白绫。

禅让这东西,说着容易,可操作起来却挺复杂,过程相当烦琐,是个不折不扣的技术活。

如果你觉得麻烦,大可一脚把皇帝从龙椅上踢下去,直接自立为君,前提是脸皮足够厚,实力足够强。这样的确方便,但很少有人这么生猛,毕竟道义上站不住脚。"天命"这玩意很虚,很玄,但人们都信。不搞禅让,没有传国玉玺,天下人就不承认你,就讨伐你,你说你搞不搞?

既然要搞,就得按规矩一步步走,流程可不能少,不然显得不够正规,不够隆重。朱温愿意搞,柳璨也懂流程,看上去应该没问题吧?可惜过程中老朱嫌流程太麻烦,想跳步进行,柳璨却认死理,希望老朱善始善终。

于是乎，禅让搞得老朱火大，搞着搞着就把柳璨的小命搞丢了。

其实，这怪不得柳璨，只怪老朱太难伺候。

随着篡唐步伐逐渐加快，老朱思路是清晰的，目光是坚定的，内心是火热的。天祐二年（905年）冬，朱温约王建打了一仗，收获不错。本来准备回汴梁休整，估计老朱想玩一把出其不意，回师途中突然宣布麾师淮南，找杨行密再干一仗。敬翔表示反对，疲惫之师，锐气已丧，再打下去恐怕不利。这次老朱出人意料地没有听从。

血淋淋的现实证明：不听敬翔的，老朱就得吃苦头。

朱温率众开往枣阳，一路上恼人的雨没完没了地下。梁军本就很疲乏，又无冬衣御寒，致使很多士卒都开了小差。老朱一边咒骂着老天爷，一边硬着头皮来到光州（今河南光州）。被冬雨惹怒的朱温也不废话，直接派人告知光州刺史柴再用："投降，我封你为蔡州刺史；不降，哼哼，屠城。你看着办！"

面对巨大的压力，柴再用却和老朱玩起了太极，他整了整官服，登上城楼面见朱温。老朱刚一露头，柴再用就直接给跪（真跪）了。

"朱大哥，您的威严简直刺瞎我的双眼，光州城小兵弱，不敢与您争锋。烦劳您先攻下寿州，小弟这边自然投降。"

这马屁拍得舒坦，老朱想也不想，立即开拔前往寿州。动作足够快，问题在于，没人认识路。这就尴尬了，只能自己冒雨摸索了。

好不容易摸到寿州，人家早就听到风声，坚壁清野，既不投降，也不和你打，你慢慢在雨里泡吧。寿州城外，四下荒芜，连帐篷都没法搭，朱温只好率大军退屯正阳。这时候柴再用从光州钻了出来，抄到梁军后方，断了朱温的后路。

柴再用这奸贼，俺老朱中计了！此役梁军丢下人头三千颗，辎重马匹不计其数。

这口恶气难以下咽，老朱决定在朝廷上找回来。他密令蒋玄晖尽快谋划禅让。蒋玄晖和柳璨商议，为了保证程序正义，需要依魏晋禅让先例，先封国、加九锡、殊礼，然后受禅，最好不要乱了规矩。

坦白地说，这两人也是为朱温着想，毕竟在天下人眼中禅让是极神圣之事，要搞就搞完整，搞出个四不像大家都没面子。

如果可以预测未来，柳璨和蒋玄晖就会发现自己实在很傻很天真。他俩忽略了最重要的一点，那就是老朱的出身，地痞加黑社会，大字都不认识几个，你给我讲什么礼法！

蒋玄晖和柳璨自作主张，免了朱温诸道元帅的称号。这让老朱火冒三丈，不知道军队统帅的称号比金子都珍贵吗？你小子敢这么整，真是岂有此理！宣徽副使王殷、赵殷衡素来嫉妒蒋玄晖专宠，朱温正在气头上，此时正好落井下石，扳倒蒋玄晖。

"老大，蒋玄晖、柳璨这俩老小子明摆着就是拖延时间，等待变机，不想让李唐灭亡嘛。"王殷一本正经地胡说八道。

蒋玄晖听说有人背后放冷箭，吓得赶紧从洛阳跑来，亲自面见朱温讲明缘由。老朱思维里根本就不认为禅让有那么复杂，所以也不跟他废话："你小子有种，老子不加这九锡，难道就做不了皇帝？"

看着朱温那没知识的样儿，蒋玄晖还想再争取争取，向朱温普及普及禅让仪礼知识。可老朱早就等得不耐烦了，他指着鼻子痛骂蒋玄晖："你这奴才果然背叛我啊！"

背叛这等罪名可担不起，想想都有些后背发凉。蒋玄晖没有办法，又急忙跑回洛阳，和柳璨紧急磋商，看是否能够加快进程。两人思来想去，认为禅让还得从加九锡开始，不然这步骤没法进行下去呀！

这个脑子啊！也是醉了！

禅让对于读书人而言太过神圣，神圣到蒋玄晖宁可忤逆朱温，也不愿将其简化。

禅让还是应按既定程序走。在蒋玄晖和柳璨心中，这个信念是坚若磐石的。先封梁王朱温为相国，加九锡，总理一切政务。划宣武、宣义、天平、护国、天雄、武顺、佑国、河阳、昭义、保义、泰宁、平卢、忠武、匡国、忠义等二十一道为魏国国土，晋封朱温为魏王，世袭罔替。

这样看上去正规多了，蒋玄晖亲自前往汴梁将晋封诏书交给朱温。

"你小子还有脸回来！手里拿的什么？加九锡封国，你小子烦不烦，赶紧给老子滚！"

蒋玄晖乘兴而来，没想到领导嫌进程太慢，根本不接受晋封。蒋玄晖只好又灰溜溜地跑回洛阳。既然加九锡封国等程序马马虎虎搞完了，那就提前开始最后一步——劝进。

昭宣帝李柷表示无所谓，只要能活命，皇位我随便给。

由于被朱温骂了好几次，蒋玄晖心理阴影很大，不敢再去汴梁，这次换柳璨传达受禅的"喜讯"。柳璨屁颠屁颠地来到汴梁，但老朱早就对蒋玄晖和柳璨失去了信任，表示不接受禅让，摆摆手又让柳璨回去了。

领导一点都不领情，搞得蒋玄晖和柳璨心里很没底。为了圆满走完禅让流程，挨了多少骂，遭了多大罪，受了多大委屈，如今万事俱备只差临门一脚，领导却突然没了动静。

这是几个意思？

蒋玄晖不懂，柳璨也不懂。

领导不信任，工作被否定，一般这种情况下，作为下属应该赶紧想想怎么补救，即便没法补救，也千万别再出什么幺蛾子，最好找个角落里躲起来，好好静静想想。

蒋玄晖和柳璨不想静静，哥俩闲着没事又整出了个大动作，也因此直接要了两人的性命。

禅让之事早晚都得进行，这点大家心照不宣。李晔的皇后（现在是太后）何氏秘密和蒋玄晖沟通，希望禅让之后可以保全性命。

至于蒋玄晖有没有答应，一点都不值得研究，因为蒋玄晖的仇家王殷和赵殷衡早就把这件事添油加醋，狠狠地向朱温报告了一把。

"领导，据洛阳线人传来的可靠消息，蒋玄晖、柳璨、张廷范三人在皇宫与何太后密谋，并焚香立誓，企图复兴唐朝基业。"

赤裸裸地诬陷，赤裸裸地栽赃，赤裸裸地落井下石，这才是"趁你病，要你命"的最高境界。

朱温闻讯，即刻收押蒋玄晖三人，另命王殷暂掌枢密院、赵殷衡暂掌宣徽院。被蒋玄晖和柳璨这么一搅，老朱篡唐兴致大减，他三次上表辞去魏王称号和九锡之礼，恢复了天下兵马大元帅的职位。

不管出发点和主观意愿如何，蒋玄晖、柳璨、张廷范还是以实际行动，延缓了朱温篡唐的步伐。

只是这三人的命运，的确有点惨。

三人之中，蒋玄晖先被处斩，在河南府城当众焚尸。这个连杀李晔及皇子的刽子手，得到了应有的报应。

王殷、赵殷衡又诬陷何太后与蒋玄晖有奸情，密送毒酒一杯，让她尽快和李晔团聚。可怜何太后忍辱负重，最终也没能躲过朱温的屠刀。

柳璨和张廷范也不例外，这哥俩先是被贬为登州刺史、莱州司户，还没起程就被宣布执行死刑。张廷范被车裂于集市（比较血腥）。估计朱温念在柳璨有功的份上，没有将他五马分尸，而是斩于上东门外。

"负国贼柳璨，死其宜矣！"柳璨喊出了故事刚开头的那句话。除了台词不对，这么豪迈的语气，很难想象是出自一个奸诈阴险的小人之口。

不知道柳璨是临死之前突然觉悟，认为自己真是个可恶的卖国贼，还是想再秀一把，争取在史书上有更多戏份，反正他是死了，死得有点冤。为了让朱温受禅更加合乎礼法，柳璨和蒋玄晖日夜在一起商议操劳，忙里忙外，搞的是焦头烂额，搞到最后，却搞死了自己。

读书人能跟流氓讲道理吗？不能。

知识分子能跟文盲讲知识吗？不能。

下属能跟老板一次又一次地讨价还价吗？不能。

所以说，柳璨和蒋玄晖之死，道理你应该懂了。

魏博是谁的

略显狗血的禅让剧以蒋玄晖、柳璨人头落地暂时告一段落。原本篡唐情绪高涨的朱温被蒋玄晖和柳璨这么一闹,心情降到了冰点。

"搞不懂这群读书人到底在想什么?这么认死理,把老子的好事生生搅黄了!"

老朱整日里骂骂咧咧,正愁找不到发泄对象。天祐三年(906年),小兄弟魏博节度使罗绍威有了麻烦,派人向朱温求救。

"闲得都淡出鸟了,立即出兵驰援魏博!"老朱整理了一下凌乱的情绪,收拾好郁闷的心情,先帮小弟戡定变乱,再搞禅让也不迟。

这里有必要简单介绍一下魏博的情况。魏博节度使,也称天雄节度使,以魏州为治所,下辖魏州、博州、相州、贝州、卫州、澶州六州。

早在唐肃宗乾元元年(758年),就设置魏博节度使一职。唐代宗大历七年(772年),田承嗣出任魏博节度使,此人狡猾多端,城府极深,多次在与朝廷抗衡中占据优势,魏博之地由此割据一方。

田氏把持魏博多年,又先后经何氏、韩氏、乐氏、罗氏代代控制。从田承嗣称藩至罗绍威降于后梁,割据将近一百三十年。换句话说,这里有着极为厚重的割据传统。

除了割据时间悠久,魏博还有个较为典型的特点。

魏博是谁的?不是朝廷的,不是历任节度使的,魏博是咱魏博军人的!

当年老田为收买人心,曾大规模选募,征得魏博本地五千骁勇将士做心腹侍卫(也称牙军)。这些岗位普遍待遇丰厚,退伍后还可以把岗位留给儿子,孙子也可以继续接班,也就是说,只要你愿意,这个岗位永远是你们家的。

这么好的事大家自然都乐意干,这五千牙军就迅速组成了一个整体。由此父子前仆后继,一直在这个岗位上发光发热。五千牙军,就是五千个家庭。既然是家庭,下面的场景就很有可能发生。

场景一

老甲:老乙啊,你儿子今年二十多了吧,正巧我女儿也到了谈婚论嫁的年龄,干脆瞅个时间双方父母正式见个面吧。

老乙：好好好，就这么说定了。

场景二

老丙：老丁呀，听说你儿子今年就要接你的班了，正巧我儿子也快接我的班了，让两个孩子结拜怎么样？

老丁：不错不错，我也正有此意。

时间一久，这些家庭中结亲的结亲，结义的结义。随着关系的日益密切，形成了盘根错节的利益网，称得上一损俱损，一荣俱荣。原本为节度使服务的牙军，逐渐翻身做了主人。

这些兵大爷平日里骄横跋扈惯了，况且他们不是一个人在战斗。后继节度使们根基尚浅，无力扭转这一局面，只能勉强选择妥协，稍有不慎，就会被这些蛮横的下属换掉。

田氏→何氏→韩氏→乐氏→罗氏，基本都是这个套路。

当然其他藩镇也会出现下级干掉节度使自立的情况，只不过没有魏博特点这么明显。其他藩镇士兵只认上司不认朝廷，魏博的士兵比较牛×，不认朝廷也不认上司。

你敬我一尺，我微微一笑；你敬我一丈，我表示合作。只要愿意善待我们，别动我们的奶酪，大家就能好好相处。不然，看你不爽，我们就立即发动兵变，赶你下台，换个看着舒服的上去。就是这么随意。

到了罗绍威执掌魏博，这些地头蛇变得更加凶残，根本不把长官放在眼里。罗绍威非常郁闷，处处受制于人。早在朱温围困凤翔之时，罗绍威就秘密联络朱温，请求朱温派兵铲除牙军，重振魏博。那时老朱正忙着抢夺李晔，没腾出手。这回赶上魏博将校李公佺勾结牙军作乱，罗绍威再度请援，老朱二话不说，立即调十万大军前往相助。

罗绍威与朱温曾有联姻，恰巧此时老朱的姑爷（罗绍威之子）罗廷规因病去世。为防打草惊蛇，朱温诈称吊丧，让甲兵藏在大布袋中，谎作祭祀用品，再选兵士千人作为担夫，径直进入魏博，此举果然没有引起牙军的怀疑。朱温打包邮来的数千人马顺利入城，迅速和罗绍威取得联系。

五代版"特洛伊木马"即将上演。

罗绍威秘密派人潜入兵库,将牙军作战所用的弓箭、甲胄等武器全部破坏。这夜,罗绍威联合朱温援军,全力攻击牙军。牙军仓皇应战,没想到武器全被人做了手脚,无法使用。

此役,曾经名震一时的魏博牙军尽被扫清,老弱病残也一个不留。据事后统计,竟有八千家之多。按一家三口人的保守估计,此次最少斩杀两万四千多人。经过多年的子孙繁衍,可见魏博牙军规模之庞大,根系之发达。

魏博是谁的? 不是朝廷的,不是魏博军人的,魏博是罗绍威的!

罗绍威如意算盘打得啪啪作响,以为除掉牙军自己就可以完全控制魏博。

可惜,小罗跟着朱温混了不少时日,还是没搞清楚老朱的行事风格。让我无偿帮你,那是不可能的。帮你可以,我需要拿走百分之二百的利润。

牙军一挂,魏博各地军心动荡,牙将史仁遇勾结李克用、刘仁恭趁机作乱,罗绍威安抚工作难以有效开展。

难得来一趟,那就送佛送到西,将援助进行到底。老朱热心要求帮罗绍威平定贝州、博州、相州、卫州等各处叛乱。

"兄弟,哥哥够仗义吧! 不过我大军助你平乱,数日来人困马乏,希望兄弟做好后勤保障。"

"请大哥放心,这绝对没有问题。"天真的罗绍威想也不想就答应了。

这一答应,足够让罗绍威后悔终生。

随着时间的推移,罗绍威越来越觉得不对劲。朱温率军平乱,总是打一天歇三天,压根没有一鼓作气的意思,而且每次都狮子大开口,索要钱粮车马无数。罗绍威天天割肉,整个人都在滴血,但他对于朱温的无礼要求却不敢不从,万一粮草等物资供应不上,朱温一生气,和乱军一联手,别说这些钱粮保不住,估计自己都得去要饭了。

罗绍威被朱温搞得毫无脾气,只能要多少给多少,割肉割得心疼,感觉身体被掏空。

请神容易送神难哪！何况是朱温这尊大神。

半年之后，魏博兵乱彻底荡平，这时老朱才恋恋不舍地率军离开。罗绍威一算开支，差点拿绳子直接上吊。钱粮花费过亿，所杀猪牛羊将近七十万头，用于答谢劳军的钱粮，又将近百万，还不算朱温吃的回扣。

梁军一走，魏博几百年深厚物质基础基本被掏空。今后自保都困难，这日子该怎么过呀！

罗绍威后悔不已，逮着人就开始倾诉："合六州四十三县铁，不能为此错也！（我就是把六州四十三县的铁全合起来，也铸不成这么大的错误啊！）"这就有点祥林嫂的意思了。

罗绍威以惨痛的人生经历，为后世留下一个宝贵的成语"铸成大错"。

现在你告诉我，魏博是谁的？

不是朝廷的，不是魏博军人的，不是罗绍威的，魏博是朱温的！

篡 唐

盼望着，盼望着，时机成熟了，篡唐的脚步近了。

一切仿佛都那么陌生，却又有些熟悉。

二十六年前，相似的一幕曾在长安上演，那时主角是黄巢。作为开国功臣，朱温有幸见证黄巢登基称帝的全过程。黄王高坐龙辇之上，头戴冲天冠，脚踩衮龙靴，特别是龙袍上闪烁的那一抹绚烂，想必朱温至今仍记忆犹新。那时的他和其他小弟一样，跪在老大哥脚下毕恭毕敬地高呼万岁。那时的他应该没有想到，将来有一天自己可以比老大哥走得更远，坐得更长，折腾得更久。既过了把皇帝瘾，更开创了一个新朝代。

天祐四年（907年）四月二十日，让我们记住这个日子。

该来的迟早会来，该走的无法挽留。历史的车轮滚滚向前，可以延缓但绝无逆转的可能。干掉李晔、搞定魏博、遥控朝政，篡唐早已是板上钉钉。上次蒋玄晖搞的那么一出,狠狠地恶心了一把老朱,对于篡唐之事,他似乎变得有些犹豫,并不想过于急切。如果可以的话,再等两年,等彻底平定乱世,特别是铲除心腹巨患李克用后,再行禅让也不迟。

老朱表示等得起,也耗得起,但急于改朝换代的历史却并不想等待。自公元618年李渊开国建唐,至公元907年昭宣帝李柷退位,立国近三百年的李唐王朝大限已到。无论曾经多么辉煌,都到了谢幕的时刻。

催促或者说迫使老朱加快篡唐步伐,源于一个人的反叛。

昭义节度使丁会毫无征兆地背朱降李,彻底打乱了老朱既定的规划。

丁会并不算外人,从他昭义节度使的职务就能看出,此人绝对是老朱的心腹重臣。丁会早年投奔起义军,直系的部队长官就是朱温,也就是说,丁会属于老朱发迹时根红苗正的嫡系成员。在此后的多年时间里,丁会跟随朱温东征西战,深得老朱信任。

之前我们讲过昭义战略位置的重要性。作为河东与宣武缓冲地带,李克用拿下昭义便可威胁朱温,反之朱温拿下昭义也能威胁河东。多年来朱李二人围绕着昭义做过多番较量,最终于光化二年(899年),昭义节度使李罕之投降宣武,朱温成功收下昭义。而继任昭义节度使的人,正是丁会。

朱温看重丁会,却没有看透丁会。虽然出自嫡系部队,又是自己一点点提拔上来的,可丁会非但没有死心塌地效忠朱温,反而是个忠君爱国的好青年。

大唐总在我梦萦,长安已多年未亲近,可是不管怎样也改变不了,我的爱国心。道义虽然常在身,我心依然是大唐心,就算身在昭义也改变不了,我的爱国心!

天祐元年(904年),朱温干掉李晔。弑君消息传到昭义,丁会痛哭不已,下令全军将士,一律身着丧服为李晔致哀。此事传到朱温耳中,不由得对丁会产生了深深的怀疑。

好小子,皇帝死了你居然如此悲恸,究竟安的什么心?不想混了吗?

丁会很清楚老领导的行事风格,一般被领导怀疑的人,基本都没什么好下场。其实丁会既然敢大张旗鼓为李晔发丧，说明他早就不想跟着朱温混了。这时恰巧李嗣昭前来昭义扫荡，丁会便趁势降了河东，李克用唾手复得昭义。

由于事出突然，朱温当时正在巡视河北，酝酿着起大军一鼓作气扫平幽沧二地。听说丁会举昭义之地投降了李克用，朱温急忙从河北赶回汴梁。

昭义实在过于重要。为防李克用趁机起势，稳定倒向自己的藩镇不变节，只有篡唐自立才能占据主动。本想先拿下幽沧以后再做打算，目前看来不能再等了。丁会本以为倒向李克用便能挫败朱温，挽救国运，没想到却偏偏适得其反。

迫于压力的朱温，下定决心提前动手了。

天祐四年（907年）一月，御史大夫薛贻矩奉命前来汴梁犒军，请求以臣子之礼觐见。之前还三推四却连九锡都不肯加的朱温，这回虽未赞同薛贻矩的提议，但也没表示反对，这让薛贻矩敏锐地察觉到了朱温态度的转变。

回到长安，薛贻矩向李柷汇报："梁王已有受禅的意思了。"李柷下诏，宣布二月便行禅位。朱温一辞。

二月，朝中大臣共同奏请李柷逊位，李柷其实早就不想干了，巴不得早点把皇位给让出去。他立即下诏，命宰相率领文武百官前往朱温在长安的府邸劝进。朱温遣使推辞，是为二辞。

三月，李柷派薛贻矩再去汴梁传谕禅让之意，又诏令礼部尚书苏循带着百官劝进信笺亲自交到朱温手中，以示诚意。老大，您再不同意，我们都快活不下去了！按照惯例，朱温还是第三次表示了推辞。

三辞已过，李柷正式降诏禅位于朱温，负责禅让事宜的阵容班子也足够强大。摄中书令张文蔚为册礼使，副手礼部尚书苏循；摄侍中杨涉为押传国宝使，副手翰林学士张策；御史大夫薛贻矩为押金宝使，副手尚书左丞赵光逢。文武百官尽数备法驾，前往汴梁觐见新君。

这时朱温才"勉强"同意，接受百官称臣，下书称敕令，自称为寡人，去大唐年号。万事俱备，只等受禅登基。

登基典礼也搞得相当隆重。据史书记载：张文蔚、杨涉乘辂自上源驿从册宝，诸司各备仪卫卤簿前导，百官从其后，至金祥殿前陈之。王被衮冕，即皇帝位。张文蔚、苏循奉册升殿进读，杨涉、张策、薛贻矩、赵光逢依次奉宝升殿，读已降，帅百官舞蹈称贺。（《资治通鉴·后梁纪一》）

舞蹈表演结束后，兴奋劲还没过的老朱在玄德殿设宴招待百官。喝得兴起，老朱又简单即兴发表演讲："朕辅政时间不长，能有今天全是诸公拥戴之功啊！"

老朱的肺腑之言让张文蔚等人羞愧不已，众臣之中只有苏循、薛贻矩和刑部尚书张祎异口同声盛赞朱温："陛下，您的功德恰如滔滔江水连绵不绝，又有如黄河泛滥一发不可收拾。您登基称帝乃是应天顺人，以后跟着您混，是我等臣子百年修来的福分哪！"

苏循等人马屁拍出了风格，拍出了气派，拍出了高度，拍马屁功力真真深不可测！

朱温，终于不出意料地篡夺了大唐三百年基业，改元开平，国号大梁（史称后梁），历史随之正式进入五代时期。

至于逊位的昭宣帝李柷，先是被降为济阴王，迁往曹州暂住。朱温登基后的第二年，便派人将年仅十七岁的李柷鸩杀，彻底消除了隐患。

还记得曾经萧县的打工仔，被乡人鄙视痛恨的小混混吗？

还记得刘崇之母给刘崇讲的那个恐怖故事吗？

还记得唐宣宗大中六年十月二十一日夜，砀山午里沟朱诚家那场"大火"吗？

生而有火，其子必火。事实证明，朱温的确不是平常人！

朱温为什么能？

朱温篡唐自立，"五代第一男主角"之争就此尘埃落定。

朱温为什么能？李克用为什么不能？这本身就是个相当有趣的问题，也是个此消彼长的问题。总体趋势是，原本相对强大的李克用逐渐由强变弱，相对弱小的朱温则由弱变强。

大文豪苏东坡说：古来成大事者，不唯有惊世之才，亦必有坚韧不拔之志。老朱不仅有才有志，还有张厚度、耐磨度堪比铜墙铁壁的脸。

人不要脸，自然天下无敌。

朱温，李克用，一个名字响亮，一个名字牛×，连在一起，那叫既响亮又牛×。两人从黄巢起义前后相继登上舞台，并在平定黄巢后，和秦宗权、李茂贞等杂鱼们共同争夺"第一男主角"的名号。李克用出身高贵，战功卓著，自然看不上砀山农民出身底子又不干净的朱温。

那时的李克用目空一切，看谁都是从上往下，俯视众生。那时的朱温毕恭毕敬，看谁都是从下往上，仰望"星"空。曾经几乎所有人都认为，"第一男主角"的名号非李克用莫属，李克用当然也是这么想的。

可结果却大大出人意料，李克用争了一辈子，最终成了千年第二、一人之下万人之上。立在李克用之上的这一人，就是不被众人看好的朱温。

"当红男二号"李克用，从开始到结束，基本在原地踏步。而龙套出身的朱温，却凭借后天努力，踏踏实实，勤勤恳恳，最终成功逆袭为"第一男主角"。

从跟着黄巢混黑社会，到反水投诚成为一镇之主，再到雄踞中原，带甲百万，坐拥郓、齐、兖、汴、徐、郑、滑、濮等州，成为唐末第一大藩镇，再到篡唐自立，开创新的王朝，朱温完成了从草根到乱世枭雄再到开国之君的华丽蜕变。

朱温的发展历程再次印证，王者铸就传奇，成功绝非偶然。他具备称霸乱世的一切良好因素，而这些因素恰恰是李克用不具备的。

第一，就战略战术而言，老朱从不冒险，不四面出击，不搞长途奔袭。他的战略规划很清晰，先灭秦宗权，稳定河南，然后向东发展，抢占淮泗，兖郓，扩充自己的实力，之后再向西进军关中，向北抢夺战略重镇，再时不时约李克用掐上一掐，乐趣无穷。

同时，老朱牢牢地争取到一批藩镇诸侯的支持，除突然反水的丁会、两面三刀的刘仁恭外，像河阳张全义、魏博罗绍威、忠武赵犨等人始终都和朱温处在同一立场，与其说这些人忠心耿耿，倒不如说是老朱手段有效，控制有方。

反观李克用，自主持平定黄巢叛乱后，仗着沙陀铁骑能征惯战，不但四面出击，而且还常常搞长途奔袭。李克用的战略战术杂乱无章，有时在中原跟朱温死磕，有时向关中助朝廷平乱，有时向北妄图吞并河朔，劳师远征，得不偿失。

李克用四面出击，得罪了很多藩镇。他倒也像老朱那样，搞了一些战略同盟，扶持了一些人上台，可惜被扶持者大权在握之后，李克用想拿他们当枪使，却不说好话，最后搞得反目成仇。

第二，就治理而言，我们看了太多老朱不要脸、恩将仇报的故事，却忽视了老朱在治理根据地和任用贤能上的出色表现。朱温治理河南之地，轻徭薄赋，劝课农桑，招纳流亡百姓，鼓励农业生产，以此保证了后方安定，资本雄厚。

老朱手下猛将如云，像葛从周、朱珍、庞师古等都是万人不敌，虽说与李克用帐下"十三太保"相比是弱了些，但收拾秦宗权、朱瑾、李茂贞这些杂鱼还是绰绰有余的。至于文臣，更是各司其职，各显其能。阴谋家敬翔负责出谋划策，"建筑修复大师"张全义主管后勤，当然，蒋玄晖、崔胤、李振等奸佞之徒也得好好利用，他们的工作是刺探朝政，惑乱朝纲。

李克用在这方面的表现，则令人相当失望。李克用麾下沙陀骑兵作战勇猛，可不打仗的时候，这些兵大爷可就是另一番场景。史书记载：克用部下皆北边劲兵，及破贼迎銮，功居第一，由是稍优宠士伍，因多不法，或凌侮官吏，豪夺士民，白昼剽攘，酒博喧竞。（《旧五代史·庄宗纪一》）

换句话说，由于李克用有意纵容，导致军纪败坏，兵民离心。暴虐的部队根本无法定鼎天下,更何况李克用在河东根本不事生产,粮草不济,禁不起长距离连续作战。我们也不要忘记,沙陀人还曾有两次劫掠长安的恶行。当然,李克用另一个败笔就是独断专行,赏罚不公,御下无方。昭义之战后,间接逼反了"五代第一战将"李存孝,随后李存孝反叛被诛,严重损害了河东战力。

第三,就个人品性而言,老朱自不必多说,果敢刚毅,脸厚心黑,精于谋划,灵活善变。胆子不大,脸皮不厚,心不黑,还好意思说你在乱世混过!为什么称为乱世?就是局势变化太快,没准你今天还耀武扬威,明天就穷得连乞丐也不如。跟不上节奏的话,迟早会被捷足先登者钻了空子。

乱世之中一切向利益看齐,有时连亲兄弟都指望不上。如果做事拖泥带水、瞻前顾后,没准哪天就被手下人给黑了。穷地方混出来的朱温,好勇斗狠,性格狡诈,演技又堪称奥斯卡影帝级的,在无数的历练中,培养了坚忍果敢的性格。

在朱温的字典里,从来都没有"吃亏"这个词。就像是一个奸商,从来只做稳赚不赔的买卖。在机会面前,老朱从不会犹豫,把握时机,认清形势,才能让自己立于不败之地。虽然脾气暴躁、杀伐过重,但他很少犯一些致命的失误,这有很大一部分是敬翔的功劳。下属再牛,还是要服从上层的命令,这事说到底还是老朱自己英明,能够看得清局势变化,做出明智的决策。

就像当年项羽实在无法理解,亲生父亲都快被大锅煮了,刘邦还能毫不动容地说出"吾翁即若翁,必欲烹尔翁,则幸分我一杯羹"这种无耻之言。同样出身贵族的李克用,也无法理解世上竟然还有朱温这么不要脸的人。

贵族不懂流氓,因为他们出身不同,思维不同,做事的下限也不同。贵族大都很注重名声,行事很有节操。李克用也是如此,有仇报仇,有恩报恩,做了就是做了,没做就是没做。他可以很无情,却学不会奸诈狡猾;可以很残忍,却学不会恩将仇报。李克用具备争霸天下所需的战力,却不具备一统乱世所需的道德品德下限。作为沙陀领袖,李克用看不起朱温,可也搞不定朱温。

总而言之,经过二十多年的角逐博弈,朱温成功了,李克用失败了。

朱温的成功并不意外,但足够励志。他能更透彻地理解和利用"弱肉强食"的乱世法则,始终将主动权牢牢把握在自己手中,终成一代枭雄。

农民→黑社会→公务员→军区司令→国家元首,老朱的人生堪称励志的教科书、草根的逆袭。

前辈的光荣事迹足够经典,足够激励人心。五百年后,安徽凤阳农民朱重八,也沿着老一辈"革命家"朱温走过的路,一步步开创了属于自己的时代。

当朱元璋扫灭诸强,一统山河,以草根身份建立大明王朝之时,已在地下沉睡五百年的朱温同志若是有知,想必也会故作深沉:看到没有,我们这样的人,就是为乱世而生的。

第十章

奔跑吧，李存勖

最近比较烦

开平元年（907年），朱温正式建国称帝，以汴梁为东都（国都），赐名开封府，以洛阳为西都（陪都），仍称河南府。顺便说一下，这是中国古代建都开封的第一个政权。

既然做了开国之君，名字就得改改了。之前一直叫朱全忠，现在听着怎么这么别扭：老子都当了皇帝，还效忠哪个！

上日下光，名曰晃，这就是老朱的新名字。"晃"字意为明亮、闪耀，象征着旺盛的生命力。

新时期新气象，老朱从头到脚也焕然一新。本来准备就此开开心心迎接新生活，没想到好心情却生生被人搅了，搞得老朱甚是心烦。

这年头什么人这么大胆，敢给老朱找不痛快？还真有人敢，而且这人无论说什么老朱都不好还口。

因为，他是朱温的大哥——朱全昱。

按理说朱温已经站在人生的巅峰，父母兄弟磕头烧香、内心狂喜还来不及呢,哪还有什么不痛快?

然而在朱温的家庭内部,朱全昱就是不痛快,老哥毫无征兆地用一盆冷水浇了三弟一个透心凉。

当年朱温和二哥朱存决定加入起义军造反,留下大哥朱全昱照顾母亲王氏,母子二人留在刘崇家里打工。朱全昱娶妻生子,尽心侍奉母亲。二弟三弟离乡多年,一直音信全无。朱全昱和王氏只知道这俩浑小子当了叛贼,别的一概不知。后来朝廷平定叛乱,母子俩听到消息,更加确定朱存、朱温是回不来了。

直到有一天,刘崇家门外突然间锣鼓喧天,鞭炮齐鸣,红旗招展,人山人海。刘崇一家正纳闷着,这时听到领头的使者马仲平在门外高呼:"我等奉宣武军节度使朱全忠大帅之命,特来请太夫人王氏回府团聚!"

朱全忠?王氏?等等,是不是朱三这小子?不可能啊,朱三不是做了叛贼死在南方了吗,怎么可能是什么节度使呢?

刘崇很疑惑,当事人王氏更疑惑,她躲着使者不见,惶恐地让人给使者传话:"朱三落拓无行,跟着贼人造反,估计早就死了,哪能得到什么富贵?你们肯定是搞错了。"

既然王氏不信,马仲平只好把朱温如何改过自新、弃恶从善、积极投入组织怀抱的全过程,一五一十地告诉了王氏,事情方才真相大白。

当日,王氏便和刘崇之母随马仲平而去。不久朱全昱一家也被接到汴梁。老朱不忘旧恩,对刘崇之母侍奉颇厚,还给刘崇搞了个大官。

朱温光宗耀祖,王氏很高兴;刘母预言成真,很高兴;刘崇无功得官,也很高兴。众人之中,唯一不高兴的就是朱全昱。

朱全昱一生老实本分,吃苦耐劳。本来这辈子安安心心服侍父母,养育儿女——多美好的小农生活。偏偏出了朱存、朱温这样的弟弟,好吃懒做,不务正业,才累死了慈祥善良的父亲。好不容易在刘崇家找到生计,放着好好的日子不过,非要去混黑社会,弄得老母和我整日担惊受怕,万一被官府当成贼寇家属,小命哪儿还有救?

朱全昱一直对朱温心存芥蒂,他认为朱温一直都在连累家人。这种浓得化不开的复杂情绪,将在多年之后爆发出来。

不过目前看来,既然三弟这么有本事,又肯改邪归正,做了朝廷正规的官员,朱全昱对三弟还算满意。毕竟朱存早死,也就朱三这么一个弟弟了。虽然谈不上喜欢,但也能勉强接受。

兄弟俩之间这种有些微妙的关系,一直维持了很多年。直到朱温即将篡唐自立,情况才突然急转直下。

称帝之前,自然要把大哥接来同贺。朱温本想在大哥面前夸耀一番,吹一吹牛,没想到刚一见面,朱全昱就不给好脸,严厉质问朱温:"朱三,你小子哪能当天子啊!"

朱全昱,活脱一个顺民形象。他实在想不通,朱三怎么可能会做出这等大逆不道之事。在他的意识里,东家给了你优厚的待遇,你就要尽心竭力报答东家的大恩大德。在他的观念中,皇帝简直就如天人那般神圣光辉,遥不可及。没想到朱三这么混蛋,你就是个农民,还是个叛贼,多年之后还是那么丧心病狂。

此言一出,众人差一点吞掉了舌头。老朱平日里脾气火爆,杀戮无度。作为部下,平日里战战兢兢,生怕说错话、做错事被老朱砍了,没想到领导的大哥这么生猛,当着这么多人,丝毫不给未来的皇帝脸面。

对于大哥的无礼冒犯,朱温感到相当难堪。毕竟是亲大哥,做了一辈子顺民,和他讲道理肯定不行,据理力争自己好像真没理。怎么办?忍着呗。

大哥,你牛!我说不过你,可就算你过了嘴瘾又能改变什么呢?

篡唐大业还在继续,朱温最终还是做了皇帝。

称帝之后,朱温把年轻时家乡的亲戚朋友全都叫到汴梁。能和朱温玩在一起的,估计八成都是小混混。宴席之间,宾主尽欢,少不了小赌几把,怡情怡情。老朱兴致很高,亲自下场陪众人玩耍。

玩得正嗨,朱全昱突然跳出来,随手就把骰子甩到盆子里迸散,斜眼望着朱温不屑地说道:"朱三,你本来是砀山一农民,当年跟着黄巢混黑社会。天子不计前嫌,让你当四镇节度使,富贵无比,你不思报恩,反而灭了大唐三百年社稷。这样的罪过该当灭族,你还有什么脸在这儿赌博!"

老朱的情绪瞬间降到冰点。没想到大哥还有这等气节,再次当着众人让自己下不了台。怎么办?还得忍。骂就骂吧,惹不起我还躲不起。老朱一言不发,离席而去,宴会也随之提前结束。

最近比较烦!

比较烦!

较烦!

烦!

在朱全昱心中,即使朱三做了皇帝,也还是自己那个不省心的弟弟,那个胡作非为的朱三。之所以两次搞得朱三下不来台,也许是当大哥的为唤起朱三早已泯灭的良知最无奈的尝试。

后梁建立之后,朱全昱受封广王,可他不愿住在京城,时常回到砀山老家,种种田,钓钓鱼,从不过问朝政,也从不关心朱温的所作所为。

因为无力改变,所以不闻不问。他否定了弟弟的一切,两人的关系直线降到冰点。后来朱温卧病在床,病情一度危急,朱全昱前来探望,两兄弟抱头痛哭,毕竟血浓于水,爱大于恨。朱全昱终于放下了心中的芥蒂,选择原谅了弟弟。

不久之后,朱温被其子朱友珪弑杀,而朱全昱活到916年才安然去世。

一辈子很短。我老老实实,本本分分,是一辈子;你登基称帝,风光无限,不也是一辈子吗?当了皇帝又能如何?你也没有多活一天。

悲伤逆流成河

骏马似风飚,鸣鞭出渭桥。

弯弓辞汉月,插羽破天骄。

阵解星芒尽,营空海雾消。

功成画麟阁,独有霍嫖姚。

就在朱温称帝建国第二年春，河东节度使、晋王李克用病逝于太原，终年五十三岁。

这是一个令人悲伤的消息。

李克用死于头部疽发，也就是毒疮病发。我们推测，李克用很可能是气死的。他这一生戎马倥偬，南征北战。前半生星光闪耀，为扫灭黄巢、匡复大唐立下不朽战功；后半生遇到一生之敌、心黑脸厚的朱温，自从上源驿差点被黑，二十多年间两人不断交手，占便宜的却总是朱温。

与其说李克用败给了朱温，不如说是他败给了自己，败给了自己的性格。

李克用性格高傲，待人傲慢无礼，眼里揉不进沙子。用现在话说，这叫情商太低。还有一种说法认为，智商决定下限，情商决定上限。一个人智商高，能力强，他注定混得不差；但若是情商偏低，则很可能不会有大的成就。

这种说法看上去比较适合"傲娇且任性"的李克用。

他打心眼里看不起朱温这个对手，又自视过高，盲目偏激，一意孤行，在战略战术决策上连连犯错。作为见证者，李克用亲眼看着对手一步步超越自己。从昭义之战后的每次交锋，即使获胜，李克用也高兴不起来，因为他一直无法削弱对手的实力。虽然朱温无法吞并河东，但自己也无力阻止朱温兼并各镇，最终篡唐自立。

设想一下，若是没有朱温，大唐王朝还会不会灭亡，或者说会灭于谁手。其实答案十有八九会是李克用。李克用并没有多么忠于朝廷。黄巢起义之前他袭取云州，平定黄巢之后他出兵赶走僖宗，又曾两次劫掠长安，这些黑案底是永远抹不去的。

实际上，他并没有比朱温好到哪儿去。

李克用英勇善战，军事才能一流，但在为人处世的很多方面不如朱温。只有一点例外，他从不像朱温或是李茂贞、韩建那样，明目张胆地欺辱朝廷甚至皇帝。

朝廷有难，他积极相助；皇帝受困，他火速救援。也就是说，他始终打着"护国勤王、扶唐讨逆"的旗帜，确保自己时刻都能在道义上站住脚。这既能让他以帝国忠臣面貌招揽人心，谋求自立，更重要的在于为他身后赢得了一个好名声。

人活一张脸，树活一层皮。北宋名臣辛弃疾说：了却君王天下事，赢得生前身后名。生前名声很重要，名垂青史更重要。

后世人普遍认为：李克用拥唐兴唐，大大的忠臣；朱温篡唐灭唐，大大的逆贼。特别是读过老罗（罗贯中）那本《残唐五代史演义传》的朋友，想必更是深有体会。

名垂青史固然重要，对于信奉现实主义的朱温来说，则并没有任何影响。我快快乐乐地做我的开国之君，随你们怎么骂吧。

大唐灭亡后，割据蜀地的王建密谋称帝。他致书河东，劝李克用各帝一方，等日后灭了朱温，再退归藩镇为李唐复国。但李克用立场坚定地拒绝了他："誓于此生靡敢失节（发誓此生不会失掉臣子的节气）。"

这是李克用的态度：朱温老贼篡唐称帝，自己誓要与他死磕到底。也许李克用在赌气，即使称帝也掩盖不了竞争失败的事实，也许他只是想在道义上扭转不利局势。不管怎么说，朱温的逆袭神话，还是给李克用造成了巨大的心理伤害。

既生瑜，何生亮？既生李，何生朱？天意乎？人力乎？

实际上李克用也并非死不悔改，一条路走到黑。早在天复二年（902年），他深感无力撼动朱温，便积极号召属下建言献策。为了保证计策更有针对性，李克用首先限定了讨论的主题。

主题：不贮军食，何以聚众？不置甲兵，何以克敌？不修城池，何以扞御？利害之间，请垂议度！

如果以此作文，众谋士中，只有掌书记李袭吉得了满分。他的作文是这样写的：

国富不在仓储，兵强不由众寡，人归有德，神固害盈。聚敛宁有盗臣，苛政有如猛虎，所以鹿台将散，周武以兴；齐库既焚，晏婴入贺。伏以变法不若养人，改作何如旧贯！韩建蓄财无数，首事朱温；王珂变法如麻,一朝降贼;中山城非不峻,蔡上兵非不多;前事甚明,可以为戒。且霸国无贫主,强将无弱兵。伏愿大王崇德爱人,去奢省役,设险固境,训兵务农。定乱者选武臣,治理者选文吏,钱谷有句,刑法有律。诛赏由我,则下无威福之弊;近密多正,则人无谮谤之忧。顺天时而绝欺诬,敬鬼神而禁淫祀;则不求富而国富,不求安而自安。外破元凶,内康疲俗,名高五霸,道冠八元。至于率闾阎,定间架,增曲蘖,检田畴,开国建邦,恐未为切。(《资治通鉴·唐纪七十九》)

如果仔细推敲,可以发现李袭吉一共讲了三点:一是国富在德不在兵,二是变法不如培养人才,三是劝谏李克用崇德爱人,去奢省役,设险固境,训兵务农。这番看上去稀松平常、大而笼统的言论,却一针见血指出河东之蔽,那就是兵骄将傲,不恤生产,刑律不明,赏罚不公。

李克用听取了李袭吉之言,着手开始改革。可惜上天并没有留给李克用太多时间,朱温篡唐势不可挡,此时改革看上去已经有些晚了。

终于,李克用没能成功阻止朱温改朝换代,输掉了这场长达二十多年的拉锯战,也输掉了本该属于自己的"第一男主角"宝座。

勇武兮立世,锋芒兮荣身。

干了这碗酒,来世还做沙陀人!

李克用走了,走得有些悲伤,有些愤懑。他本有机会成为残唐向五代过渡时期的"江湖第一人",却在诸多因素共同作用下败给了一生之敌朱温。但历史不会忘记他那耀人的功绩,也不会忘记他一代枭雄的本色。

唯大英雄能本色。人就要活得光明磊落,千万不要像朱温那样寡廉鲜耻,脸厚心黑,难道不是吗?

李克用就是李克用,他永远成不了朱温。既不能,更不想。

后继有人

月儿弯弯照九州,几家欢喜几家愁。

汴梁这边张灯结彩，晋阳那边却孝服漫天。李克用弥留之际，将时任振武节度使李克宁、心腹监军张承业、养子兼大将李存璋等人召回，向众人宣布立长子晋州刺史李存勖为继承人，并亲手将李存勖托付给弟弟李克宁，嘱咐他好好培养。

言罢不久，李克用便含恨而终。

李克用一生失误很多，临终前却做了明智的决定。长子李存勖的确与众不同，他的降生颇有传奇色彩。

与朱温"生而有火"的套路不同，据说，生母曹氏怀李存勖时，曾梦到黑衣神人及左右侍从数人下凡。分娩之际，又有紫气飘出窗外，连日不散。等到李存勖渐渐长大，更是体貌奇特，卓尔不群，深得老爹李克用喜爱。

十一岁时，李存勖前往华州拜见昭宗李晔。李晔见他相貌非凡，就客串了一把相面先生，感慨地对李存勖说道："孩子，你长大后必成国家栋梁。朕看你的成就不比你的父亲小，将来也要对大唐尽忠哦！"

言者有意，听者无心。估计李晔是认真一说，李存勖却是随耳一听，根本没怎么当回事。

不过正因李晔这番评价，李存勖喜得小名"亚子"。

李存勖从小就非常有远见、有勇气、有谋略，外加气质好、相貌好、脾气好、武艺好、文笔好。作为第二代"三有五好青年"（第一代是李晔），李存勖具备武将战场杀敌的英勇气魄，更兼喜好音乐、歌舞、俳优之戏的艺术风范，端的是一代儒将。

用现代话说，这叫军界、政界、文艺界三栖明星。

沙陀亲兵横行不法，侵暴良民。李存勖多次向其父进谏，请求父亲加大惩治力度，严打犯罪行为。李克用是这样回答儿子的："这些人跟随我南征北战数十年，方今藩镇诸侯纷纷重金招募勇士，我若管得紧了，这些人就会选择背弃，还是等天下稍平，再腾出手整治也不迟。"

小李默默记下了老爹的话。他十分清楚老爹的脾气，凡是他决定的事，无论谁也改变不了。

其实李克用搞错了因果关系，他总想着平定天下再干别的，却不知弊病不除根本不足以平定天下。后来李克用总在和朱温争锋中占不到便宜，反而时常被梁军堵在家门口，打也打不过，躲也躲不了。李克用非常沮丧，甚至好几次产生放弃晋阳退出中原的想法。

这时李存勖都会主动宽慰父亲："物不极则不反，恶不极则不亡。朱温逆贼自恃武力，吞灭四邻，人神共怒。如今又想谋逆篡位，这就快到罪大恶极，灭亡不远了。我们千万不能灰心丧气，要积蓄力量，等待时机。"

在逆境中，李存勖见识远大，不忧不惧，让李克用很是欣慰。

沧州刘守文被梁军急攻，其父刘仁恭再次拉下老脸遣使乞兵，请求李克用出兵昭义，牵制梁军攻势。李克用厌恶刘仁恭反复无常，表示不愿相助。李存勖又向父亲进言："这是我们重振士气的好时机，父亲千万不能因厌恶刘仁恭人品而错失机会。今九分天下，朱温占有六七，所忌惮者，只有我们与刘仁恭这两路，我军兴衰在此一举。"

李克用最终被儿子说服，便起大军攻打潞州。这才有丁会背主投降，昭义之地失而复得这档子事。兵不血刃收复昭义，李克用对儿子极富远见的眼光和谋略更是赞赏有加。

考察了这么多年，李克用临终之时放心将重担交给李存勖，并让其弟李克宁总揽军政大权，辅佐李存勖完成大业。

他坚信后继有人，能够继承并完成自己遗志的，必是李存勖无疑。

事实证明，李存勖没有让老爹失望。他呕心沥血，披荆斩棘，克服重重艰难险阻，顺利实现了老爹的遗志，开创了属于自己，也是属于所有沙陀人的辉煌时代。

当然，这是后话。眼下看来，李存勖即将面对人生中第一场考验。

旧主离世，新主初立，正是权力交接之际。李克用给李存勖留下的辅佐班底中，李克宁久总兵权，张承业（宦官）主管河东政务，李存璋任河东马步都虞侯兼军城使，主管晋阳治安。三人之中，李克宁权力最大，话语权也最重。

此时李嗣昭被梁军围困在潞州，情况十分危急。军中因李存勖年少，私下里议论纷纷。李存勖担心自己难以服众，就想把王位让给李克宁，却被李克宁一口回绝。但李存勖不敢保证叔叔没有自立之心，因此服丧期间不见诸将，躲在营帐里哀哭不止。

"大孝在身也应不堕基业，哭有什么用？打起精神来好好干！"关键时刻，张承业坚定地站在了李存勖这边。老叔李克宁也很配合地率领众将在帐外拜见，恭贺新主接管大位。

李存勖这才放下心理包袱，出帐接受众将参拜并继承晋王爵位。同时，李存勖宣布河东一切军务都先由李克宁处理。

其实李存勖并非不想把大权收回，只是目前自己在军中根基尚浅，还需要老叔协助，但他没有想到老叔正逐渐成为自己王位甚至性命的最大威胁。

儿子多了本就有很多烦恼，像李克用这样亲生的、认养的一大堆，而且对待养子视如己出，情况就更加复杂。自己刚死，一些养子便自恃有功，手中有兵，纷纷起来叫板，有的不来拜见，更嚣张的干脆见了李存勖也不拜。

李克宁作为河东实权派的代表，素来位高权重，这些人都看好李克宁扳倒李存勖，自立为王。

其中当属李存颢表现得最积极。他私下找到李克宁，摆事实，讲道理，给老叔出主意："自古以来，兄终弟及，自然之礼。您老作为叔叔，还得给侄子下拜，这是什么说法？天予不取，后悔莫及呀！"

李克宁则严厉批判了这个干侄子："我沙陀李家以肖慈之行闻于天下，先王之业已有所归，我复何求？你小子再敢乱说，当心你的脑袋！"

如此看来，李克宁起初并无篡位之心。

其妻孟氏，平日里刚猛凶悍，动辄谩骂（不排除动手），估计老李在家可没少受气。

既然直接给李克宁做思想工作做不通，那就只好采取迂回战术，这些养子纷纷派各自妻子到李克宁府上拜见孟氏。先搞定老婶，老叔自然乖乖就范。众养子以"锲而不舍、金石可镂"的精神,表示非得把李克宁推上王位不可。

孟氏没有城府,被花言巧语忽悠一番后,立刻拍板:"晋王这么大的官,不当白不当!"她此后多次逼迫李克宁赶紧动手。老李生性怯懦,出去被侄子们鼓动,回到家又被悍妻压迫,耳朵都快磨出茧了。这一来二去,老李逐渐乱了方寸,立场也变得不够坚定。

篡不篡位先不说,军权还是要控制住。

李克宁大权独揽,事事独断专行,这就与同为托孤大臣的张承业、李存璋等人起了不可调和的矛盾。

作为坚定的拥李存勖派,张承业、李存璋看不惯李克宁整日耀武扬威,与李克用的养子们狼狈为奸。更过分的是,李克宁因一点小事擅杀都虞候李存质,又向李存勖提议让自己兼任大同节度使,将蔚、朔、应州划为私人领属。

李克宁狮子大开口,李存勖虽然满口答应,但也对李克宁起了疑心:老叔这是要搞哪样?

权力的争夺让叔侄俩迅速撕破脸,双方都是箭在弦上,不得不发。李存颢见时机成熟,再次给老叔献策:"先设计骗李存勖来到府上,将其囚禁,同时诛杀张承业、李存璋。尊奉您老出任河东节度使,继承晋王爵位,将李存勖和太夫人曹氏押往汴梁,举河东九州向朱温投降。"

好毒的计!李克宁不禁心中一颤。这等谋划若是付诸行动,那就再无回头路了。李克宁对李存颢的毒计并没有完全赞同,他想先夺位自立,至于投降朱温一事,还是等擒下大侄子后再做打算。

李克宁私下拉拢李克用亲信史敬镕入伙,并把李存颢的毒计和盘托出,想让他监视晋王府的一举一动,及时向自己汇报。可惜老李挑卧底挑走了眼,史敬镕多年来深受李克用恩赏,根本不愿帮李克宁谋反。他表面上表示赞成,回去后立刻将此事告诉太夫人曹氏知晓。

曹氏听后大为惊恐,急忙把李存勖叫到身边,并同时召见张承业。她吃不准张承业的态度,便指着李存勖先试探一番:"先王把此儿托付给您和几位大臣,我听说外界传言将有谋反,但只要别把我们孤儿寡母送到汴梁,别的事我们决不劳您大驾。"

这是几个意思?好好的去什么汴梁?

张承业觉得非常纳闷,惶恐地回复道:"老奴愿以死奉先王之命,请太夫人千万别说这种话。"李存勖这才把李克宁谋反之事告诉张承业,并表示说:"至亲之间不能互相残杀,我愿意让出王位,以避免祸乱。"

张承业听罢,斩钉截铁地说道:"李克宁想把大王母子投入虎口之中,不即刻铲除他难道还有道理?"

要的就是你这句话!

李存勖确定了张承业的立场,便和他商量对策。张承业建议李存勖。干脆跟老叔玩一把谋略反制,邀请他来府赴宴,同时让李存璋、吴琪等人暗中派兵埋伏,就在席间擒住老叔。

听说大侄子要请客,李克宁吃货的精神就上来了。他自以为计划保密,也没多想,就和李存颢前来赴宴。

宴是好宴,可惜是鸿门宴,有命来吃可没命回去。

席间,伏兵当即擒获二人。李存勖望着双鬓斑白的老叔,不禁痛哭流涕:"侄子当初主动把位置让给您,您不愿意接受。如今局势已定,您又何必再折腾一番,还要将我母子交给仇人呢!"此情此景,李克宁相当惭愧地说:"这都是小人挑拨鼓动所致,我无话可说。"

李存勖不再多说,立即处死老叔和李存颢。想想李克宁也真悲哀,之前侄子主动让位他不坐,非要在别人挑唆下搞谋反,怎奈智商不够,手段不够,谋反没搞成,却把自己的老命搞丢了。

李存勖小试牛刀,当机立断,粉碎了老叔的篡位阴谋,迅速在众将中树立了威信,平稳度过权力交接的动荡期。自此以后,再无人敢挑战李存勖晋王之位。

夹寨之战

搞定了老叔李克宁，大侄子李存勖舒坦了。安内的目的已经达到，接下来就得攘外了。

可攘外的工作，看上去比安内困难一百倍。

李克用病重之时，梁军在攻打潞州。李存勖继位后，梁军已将潞州治所上党围得里三层外三层。

丢了上党，相当于丢了潞州，丢了潞州，就是丢了整个昭义。由于地处河东、宣武两大阵营之间，昭义节度使一直是块比较烫手的山芋，近年来多次易手。自丁会宣布投降李克用，昭义被一分为二，北部重新归于河东，南部仍由朱温控制。

依照目前的形势看来，上党一旦沦陷，梁军就会长驱直入，将战火烧到河东境内，甚至直捣大本营晋阳城。因此，上党绝不能丢。从某种程度上讲，李存勖正站在生死存亡的边缘。万一上党失守，后果不堪设想。

驻守上党的主将，是当年丁会投诚时负责接手的新一任昭义节度使李嗣昭。

李嗣昭，本名韩进通，"十三太保"中位列第二，多年跟随李克用征战，在军中威信很高。

李嗣昭也真不走运，刚一接手就面临着巨大的军事压力。守不住上党，个人生死是小事，日后哪还有脸面去见河东父老？李嗣昭下定决心守住上党，即使拼到只剩一兵一卒，即使赌上自己的身家性命！

梁军将上党围得如铁桶一般，日日前来攻城。所幸上党城高沟深，李嗣昭又精于防守，梁军在城外围了一年，收效却极其有限。不过一年下来，上党城中粮草差不多也将耗尽。李嗣昭为鼓励士气，故意登城摆宴与手下同饮，估计席间也少不了吹拉弹唱等助兴节目，以此表示城中粮草充足，不怕跟你死磕。

伫立在冷风中的梁军实在看不下去了：不带这样欺负人的，能不能考虑一下我们攻城兵的感受！梁军鼓噪着乱箭齐射，看你丫还搞不搞Party！

李嗣昭没有防备，直接被射中脚跟，但为了稳定军心，李嗣昭也是拼了。他偷偷把箭头拔出，只进行了简单包扎处理，整个宴会下来一直忍着不说，下属们忙着大快朵颐，还真没注意到。

吃饱喝足以后，士兵们抖擞精神，以更加饱满的精力和热情投入守城工作中。李嗣昭大大出了一把血，算是稳住了军心，也为等待援军争取到宝贵的时间。一个字——值！

朱温很欣赏李嗣昭的军事才能，在这一年中多次写信劝降。李嗣昭看也不看，立即把信焚毁，还多次斩杀送信使者（有点不地道），表明自己誓与上党共存亡。

一方打不下来，一方又不肯投降，就这么一直耗着。在泽州督战的老朱看不下去了，主将从康怀贞换成李思安，又即将从李思安换成刘知俊，没人能啃下这块硬骨头，继续在上党城下耗着。想想实在划不来，朱温决定撤军。

"老大，李克用已死，潞州孤立无援，请您再坚持个把月，若是还攻不下来再撤也不迟。"众将之中多数人都持这种观点。

这时即将升任招讨使的大将刘知俊也信心十足："老大，上党这种小城，不劳您多费心思，只管带大军回京安歇，此处有末将负责搞定足矣。"

考虑到关中空虚，凤翔李茂贞又有些跃跃欲试，再说围城一年多都不见援军，估计河东方面是准备放弃了。

既然你们觉得有搞头，那就再等等。

为了确保万无一失，朱温令刘知俊率部驻扎长子（地名），原地休整，并在上党城外修建了纵横十余里的营寨，号为夹寨，设下数万重兵把守，之后带着大队人马缓缓撤回汴梁。

有夹寨重兵阻挡，晋军注定无法增援。至于上党，就让刘知俊到位后慢慢磨吧。

朱温的部署看上去确实没毛病，可最终的结果却出人意料。不但上党没有拿下，留在潞州的数万大军也几乎全军覆没。究其原因，在于他忽视了一个因素，轻视了一个人。

忽视的因素——统帅的领导力和军事才能。

轻视的人——新任晋王李存勖（时年二十四周岁）。

朱温率部刚刚启程，河东这边就召开紧急军事作战会议。李存勖认为，上党作为晋阳的屏障，丢了上党，晋阳便城门大开。况且朱温所惧者只有先王，听说新主继位，必有骄怠之心。趁其不备，出其不意，所战必胜。取威定霸，在此一举！

老叔叛乱已平，后院不会起火。此战关系重大，李存勖决定亲征。他带上了晋军名将周德威、李嗣源，还有投降不久的丁会，河东方面只留下张承业负责镇守。

李存勖心气很足，在确保潞州不丢的前提下，他还有更高的要求：此战务必要打出晋军的军威，打出自己的声望。

朱温，父王以未能战胜你为终生之憾，父王已逝，现在你的对手是我。你那骄人的战绩将由我来终结，等着瞧吧！

李存勖判断很准，梁军上下都认为河东援军是不会来的，即便来了，估计到那时上党已经拿下。沙陀人近年来被我们打得龟缩不出，那些曾经属于沙陀骑兵的光荣战绩，早就连同李克用一起随风而去了。

驻守夹寨，看上去都有些多余，对付对付就得了，有什么好守的！

什么叫骄兵？这就叫骄兵。骄兵注定是要失败的。

李存勖四月中旬起兵，半月之内便赶到潞州境内，驻扎在距离上党十余里的三垂冈。当夜李存勖让众将士饱食休息。第二天黎明时分，恰逢天降大雾，这种天气正是搞偷袭的最佳条件。李存勖立即兵分三路，周德威攻西北角，李嗣源攻东北角，自己亲率大军猛攻梁军中寨。

三路晋军冒着晨雾赶到夹寨之时，夹寨梁军悄无声息。不用想，这群兵大爷肯定都在营帐里呼呼大睡，毕竟大雾天气，连晨练也省了。他们根本不知道李存勖已率大军赶到潞州，更不知道此时他们正在寨外准备偷袭。

马刀沾着雾水，闪烁着耀眼的寒光。军旗迎风招展，冲锋的时刻到了！为了驻守上党的战友和兄弟，也为了重振河东军威，晋军发起了冲击！

这个时候，你还能指望正在和周公喝茶的夹寨守军奋力抵抗吗？不能。

在慌乱中惊醒的梁军刚爬出被窝，迎接他们的是早已磨得锃光发亮的尖刀。

此战梁军惨败，招讨使符道昭落马被斩，残部丢盔弃甲，四散逃命。夹寨内钱粮、军器损失无数。而正在长子驻扎的刘知俊听说夹寨被破，不敢逗留，匆匆带着余部撤出战场。李存勖首战告捷，或者说不费吹灰之力，顺利拔掉了这颗钉在上党的楔子。

上党之围已解，剩下的就是入城团聚了。

生子当如李亚子

率先赶到上党的是周德威，他在城下高呼："先王已薨，新王亲自从晋阳赶来，夹寨之敌已破，请打开城门迎接新王。"

李嗣昭素与周德威不和，又觉得夹寨中有数万梁军驻守，哪么容易攻破？周德威这小子不会投降了朱温，被特地派来诓我的吧？他悄悄从箭囊中拔出箭，准备干掉周德威，公仇私怨一并解决。

李嗣昭有点冲动，所幸属下急忙制止，劝他问清状况再做打算。

李嗣昭便告诉周德威："大王若真前来，可先与我相见。"

"嗣昭兄长，小弟李存勖在此！"

众人之中闪出李存勖高大的身躯。四目相对，李嗣昭感觉到一股暖意从天灵盖直奔脚底板。这种感觉在干爹李克用身边从未有过，李克用性格孤傲，平时话不多，属于高冷型男神。即便是对待亲生儿子，李克用稍不如意也会大加痛斥，更别提义子了。

反观李存勖，和老爹可谓风格迥异，不但长得帅，能力强，又接地气，举手投足之间让李嗣昭如沐春风。

李嗣昭见到李存勖孝衣白甲，才相信救兵已到，激动得好几次差点背过气去。城中守军看到救兵，也纷纷号啕大哭。

亲人们哪！一年多了，终于盼到你们了！

上党之围被解，粉碎了朱温夺回潞州、进取河东的计划，也吹响了晋军反攻的号角。不经意间，梁晋攻防之势已稍稍有些扭转。

李存勖又从中协调，让李嗣昭与周德威顺利化解矛盾。晋军上下一致认为，新任领袖颇有英武之风，关键时刻拿得定主意，私下里协调得好下属关系。跟着这样的领导混，绝对有前途。

上党的胜利并没有让李存勖停下脚步。他再接再厉，乘胜进取泽州，后梁龙虎统军牛存节整合夹寨溃兵，火速驰援泽州刺史王班。如同梁军在上党城下啃砖头，晋军同样拿不下泽州，爬城墙、挖地道统统不管用。晋军攻了十余天，泽州城纹丝不动。

周德威听说刘知俊从晋州率军赶来，便引兵撤退。既然已经占了大便宜，该收手时就要收手。

总结战果，朱温没能攻下潞州，李存勖也没能攻下泽州。昭义还是两家一人一半，看上去似乎大家五五开，其实不然。本来后梁方面大军压境，李存勖只能玩命防守，打到后来却调了个方向；夹寨之败，朱温损失惨重，进而被晋军围住泽州猛攻一顿，极大地消耗了梁军的战力。

近些年来多次与河东干仗，胜多负少，好不容易积累起来的优越感（沙陀没什么了不起的，我们能赢，我们必胜）目前已消耗掉大半。

煮熟的鸭子不但飞了，而且还在飞走之前狠狠地咬了自己一口。这个不幸的消息，由率残部逃回汴梁的康怀贞带给了老朱。

老朱听罢不禁大为感慨："生子当如李亚子，克用为不亡矣！至如吾儿，豚犬耳！（生子当如李亚子，克用如同不死啊。至于我的儿子，都像是猪狗罢了！）"听上去是不是挺熟悉？估计朱温私下里恶补了三国知识，改编了一把曹孟德名言"生子当如孙仲谋"。

古代名言中有两句引用率特别高。一句是"生子当如孙仲谋，刘景升儿子若豚犬耳"，另一句是"此吾家千里驹也"，这两句话，一句是夸自己家后辈的，一句是夸别人家后辈的。

后人引用起来相当方便，只需要稍加改动，这两句话就可以变成："生子当如××，××儿子若豚犬耳！""××，此吾家千里驹也！"

李存勖得胜班师，随即着手处理曾多次提醒老爹却一直没有被关注的问题，那便是整顿河东军纪，厉行改革。

早在继位之初，他就任命李存璋为河东军城使、马步都虞候，严厉打击沙陀军侵扰市肆、欺压百姓的行为。如今内外都已稳定，李存勖决定加大力度，彻底治愈影响河东发展的顽疾。

改革措施看上去很简单：举贤才、黜贪残、宽赋税、抚孤寡、申冤滥、禁奸盗、竣堤防、练甲兵。数一数不超过三十个字，但内容却极为丰富。每三字为一项，一共是八项措施。涉及人才选拔、军队训练、社会治安、民众生活、农业发展等各个层面。

经过一段时间的改革，河东的变化相当巨大。让百姓深恶痛绝的兵勇扰民、横征暴敛现象基本消失，河东汉兵的战斗力有了很大提升。与其父李克用最大的不同之处在于，李存勖十分重视农业发展，注重与民休养生息。

与此同时，李嗣昭在潞州也搞出了突出的政绩。潞州几年来饱受战事摧残，市井萧条，士民因冻死饿死损失大半。李嗣昭劝课农桑、宽租减赋，使潞州经济状况在短时间内迅速恢复。

河东经过治理，上下同心，士气旺盛，物资储备充足，实力逐渐上升。李存勖经过一系列的谋划、决策、改革，充分体现出高超的治理水平和军事才能，被河东军民一致肯定和拥戴。

生子当如李亚子！

世界真奇妙，孩子想拼爹，爹也想拼孩子。"我儿子是谁谁"与"我爸是谁谁"，说起来一样自豪，一样优越。

老朱有句话算是说对了，自己的儿子确实不争气。非但不争气，甚至还有些丧心病狂。不过老朱也不必太过感慨，别人家的孩子是羡慕不来的。老冤家李克用先走一步，您老人家的日子也不长了……

一帝四王两节度

这一节，我们简单插播十国君主那些事儿。

残唐五代之所以精彩，正在于一个乱字。只有乱，才更有故事。在后梁、后唐、后晋、后汉、后周五代政权交替过程中，还夹着十国。五代与十国相伴相行，共同呈现了一台精彩的历史大戏。

十国分别是：杨行密建立的吴；李昪建立的南唐（这个比较有名）；钱镠建立的吴越；马殷建立的楚；王潮建立的闽；刘隐建立的（南）汉；高季兴建立的荆南；王建建立的（前）蜀；孟知祥建立的（后）蜀；刘崇建立的（北）汉。

翻翻地图可以发现，十国除刘崇的北汉在北方外，剩下九个小国疆域全在南方。十国之中，孟知祥、李昪、刘崇建国较晚，我们先不提。剩下七国在老朱建梁之时割据已成，包括称帝的王建，称王的杨行密、钱镠、马殷、王潮，尚称节度使的高季兴、刘隐。

我们先从称帝的王建开始看起。

王建，字光图，前蜀开国皇帝。王建原与韩建等人并称"忠武八都将"，杨复光死后投靠田令孜做了义子。随后杨复恭上台，王建被外放为利州刺史。在利州刺史任上，王建网罗人才，招兵买马，积极扩充势力。

西川节度使陈敬瑄担心王建谋取西川，便向田令孜问计。老田拍拍胸脯，很自信地说道："王建是我义子，我只需要一封信就能把他叫来。"陈敬瑄大喜，即刻派人带着老田的书信召王建前来。

田令孜预料得很准，听闻老爹召唤，王建亲率两千精兵赶往成都。一行人刚至鹿头关，没想到陈敬瑄在幕僚的劝说下突然反悔了，他觉得草率把王建叫来，很可能请神容易送神难。于是陈敬瑄派人通知王建，让他立即原路返回。

你让来就来，让走就走，把我当猴耍吗？王建大怒，率军攻破鹿头关，并顺利在大顺二年（891年）攻破成都，干掉陈敬瑄，顺便也把干爹田令孜送上了断头台。

拿下西川后，朝廷对此无能为力，只好顺水推舟，封王建为新一任西川节度使。此后几年间，他击败黔南节度使王建肇、东川节度使顾彦晖、武定节度使拓拔思敬，夺下包括东西两川、三峡在内的整个山南西道，并于天复三年（903年）被封为蜀王。

开平元年（907年）朱温称帝，王建表示不服。既然大唐已灭，那也没什么好顾忌的了。王建于同年九月在成都称帝，国号大蜀，史称前蜀。

这是一帝。我们再看四王。

杨行密之前已经出过场，老朱称帝时他尚称吴王。

钱镠，字具美，吴越国创始人。史书称他年轻时喜欢舞枪弄棒，崇尚侠道，好打抱不平。

和杨行密情况类似，钱镠也是起于黄巢、秦宗权叛乱。杨行密割据两淮（淮南、淮北），钱镠割据两浙（浙东、浙西），一个领地在江苏与安徽，一个领地在浙江。钱镠帮助朝廷平定董昌叛乱，因功授为镇海、镇东两镇节度使。朱温称帝时，钱镠表示归顺，被封为吴越王。

马殷，字霸图，楚国创始人。与其他政权创始人不同，这厮年轻时从事的是木工活，走的是技术路线，原本人生目标是做一名技艺高超的木匠，只因秦宗权余党在南方荼毒生灵，马殷才放下手中的工具应征入伍。

实践证明，马殷不仅玩得转手中的木头，军事才能也十分高超。他跟随别将刘建峰，一路连克洪州、鄂州、潭州、桂州。后来刘建峰被部下所杀，马殷被推举为首领，朝廷任命其为湖南节度使。天复三年（903年），马殷相继夺得岳州、澧州、朗州，由此尽占湖南之地。朱温称帝时，马殷被封为楚王。

王潮，字信臣，闽国创始人。王潮最早追随屠户王绪聚众造反。王绪心胸狭窄，嫉贤妒能，王潮兄弟三人设计将他擒获，全军便转由王潮指挥。王潮军纪严明，不扰百姓，所过之地秋毫无犯，因此很得人心。他率部在福建闽南一代转战，对付这种远而难啃的部队，朝廷的处理方法就两个字——招安。

福建观察使陈岩表奏王潮为泉州刺史，王潮由此顺利洗白，成为福建地区实力强大的一方诸侯。大顺二年（891年），陈岩病死，王潮命其弟袭取福州，汀州、建州也闻风而降，闽、岭五州之地尽归王潮之手。乾宁四年（897年），王潮病死，威武军节度使由其弟王审知接任。后梁建立，王审知被封为闽王。

说完四工，再来简单看看岭南节度使刘隐、荆南节度使高季兴。

刘隐，南汉创始人，封州刺史刘谦长子。黄巢从广州北归，岭南各地小股叛乱不断，刘谦和刘隐两父子尽心戡乱，深得岭南节度使刘崇龟赏识。刘崇龟死后，朝廷先后令皇室宗亲李知柔和重臣徐彦若出任岭南节度使。刘知柔畏惧兵变，没敢前去。徐彦若倒是去了，不过他到任之后凡事依仗刘隐，甚至还在临终之时举荐刘隐接任岭南留后。朝廷不许，另派崔远继任，没想到崔远也和刘知柔一样不敢前去。朝廷无奈，为了不在岭南这等偏远山区浪费太多时间，只好任命刘隐做了岭南留后。刘隐很珍惜这来之不易的地位，很早就投靠了朱温。朱温建梁之前，刘隐已被提拔为岭南节度使。

高季兴，字贻孙，荆南创始人。之前我们提到朱友让时，曾顺带说了几句。朱温收朱友让为义子，又让朱友让收高季兴为义子，朱温间接就成了高季兴的干爷爷。

高季兴起步很晚，他一直追随朱温充当亲兵，直到朱温围困凤翔，夺回李晔之后，高季兴才被慢慢提拔，做了颍州防御使。初到荆南，他走的是平稳路线，注重治理，招揽人才。在取得一定成效后，高季兴逐渐扩充军事，储备物资伺机而动。干爷爷称帝，高季兴被封为荆南节度使。

一帝四王两节度，他们分别割据着两川（东川、西川）、两淮（淮南、淮北）、两浙（浙东、浙西）、两湖（湖南、湖北）、两广（广东、广西）以及江西大部。

除此之外，还有尚在凤翔的岐王李茂贞控制着长安以西，晋阳的晋王李存勖控制着山陕大部，幽定的刘仁恭控制着河北北部，昭义的丁会控制着河南北部……

讲完这些，客观上我们能够得到一个结论：朱温篡唐自立，开创了五代首个政权，可后梁的疆域实在有些小。老朱的实际控制范围仅是梁军控制的二十一处藩镇，主要分布在今河南河北大部，山东安徽中北部，山西陕西南部。这些疆域面积加在一起，甚至不足当时整个中国有效版图的四分之一。

也就是说，贸然称帝的后果，就是给朱温带来更多的敌人，使他无论在道义上还是军事上都不再占优势。

五代的舞台，并非你后梁一家独大。历史的车轮来到五代，注定将会更加精彩。

其实敌人不用多，李存勖一个就够了。

第十一章
瞧这一家子

疑心害死人

古代的帝王普遍会患一种职业病。这种病时而好转,时而发作。好转时波澜不惊,发作时暴雨狂风,而且大多数情况下,这种病都是不治之症。

病发时症状很隐蔽,只有患者自己清楚。病发的诱因大致有三:那谁谁会背叛我吧?后宫的爱妃们给我戴帽子了吧?这太子会造我的反吧?

三种诱因中,有一种诱因最能引起皇帝病发,这种诱因叫功臣,括弧,功高震主的那种。

古人云:过犹不及。过于有功也是一种罪,而且是致死的罪。功劳太大,能力太强,天下平定后就特别招忌。皇帝赏无可赏,总不能把皇位赏给你吧。

但有功还是得赏!为了表达皇帝的"感恩"之心,只能赐你毒酒一杯或是谋反高帽一顶,意思就是——你去死吧!

这种病就是疑心病。

春秋时范蠡为此设计了最恰当的广告词：飞鸟尽，良弓藏；狡兔死，走狗烹。兔死狗烹、鸟尽弓藏的勾当，越王勾践干过，刘邦干过，朱元璋更干过。赵匡胤比较文明，开了场Party，分分钟搞定一切。

疑心病作为一种职业病，每个皇帝多多少少都会有点，只是严重程度不同罢了。一般认为，开国之君容易得这病，农民出身的开国之君心胸更加狭窄，比较自私，因此病症可能更加深重。

历史老师说，这叫小农阶级的自私性。

皇帝能与功臣共患难，却很难同富贵。刘邦、朱元璋不能，同样农民出身的朱温也不能。

不同的是，革命尚未成功，老朱的疑心病就发作了。

最先被惦记上的，是时任佑国节度使的王重师。

作为老朱比较忠实的小弟，王重师奉命镇守长安。在职期间，王重师治理有方，很得人心。然而就像当年李克恭勤政治理昭义，忽视领导接待工作的情况类似，朱温在河中指挥作战，王重师进奉经常不及时，数目不到位，惹得朱温相当气愤，也间接诱发了疑心病。

这小子不会是看我不爽，想割据长安背叛我吧？为防这种情况发生，朱温责令王重师回京述职，另派大将刘捍担任佑国留后。

贡奉及不及时，全凭领导一张嘴。王重师憋了一肚子火正无处发泄，刚巧碰到屁颠屁颠赶来的接任者刘捍，老王心里那叫一个不痛快。按照惯例，王重师被罢免后没有官职，见到新领导刘捍需要行礼（鞠躬），以示尊重。

没想到老王见到刘捍，别说主动行礼了，连招呼也没打一声，直接上车走人。

像空气一样被无视的刘捍很不爽：老东西竟敢看不起我，整死你！

刘捍秘密给朱温上书，诬陷王重师在长安满腹怨言，企图勾结李茂贞，煽动军心阴谋作乱。

王重师近年来主政长安，有无异心实在不好确定，既然不好确定，那就不确定了。老朱向来对部下苛刻，反正留着王重师也没啥用，干脆直接送他上路。朱温下诏，贬王重师为溪州刺史，不久便将其赐死，并诛杀王重师全族。

这就有点厕所里跳高——过粪（分）了。王重师是老资历，难免有些居功自傲，这次稍微蔑视了下领导倒也不假，但罪不至死，况且还是灭族的惨剧。

这一切都源于朱温的疑心。皇帝的疑心病一发作，什么道理都不好使。

朱温相当草率地杀了王重师全族，没想到这一杀，却杀出一系列的问题。

王重师有个死党叫刘知俊，时任忠武节度使，也就是围攻上党时吹牛失败的那位仁兄。老朱半生戎马，多年来胜多负少，从白手起家终成开国之君，手中的军队从几万变成几十万，麾下的名将也是一代接着一代。

在梁军之中，葛从周毫无争议地位列第一代名将榜首。葛从周以下，朱珍、庞师古、张存敬等人个个战功赫赫，功勋卓著。后梁开国，梁军第一代名将中只有葛从周硕果仅存，但葛从周年迈多病，已基本不上战场。

第一代名将相继凋零，第二代名将则逐渐崛起。其中刘知俊、李思安、杨师厚、牛存节四人基本构成第二代名将代表。

这四人中军事才能最突出、战功最为显著的，非刘知俊莫属。

刘知俊，字希贤，原为时溥部将，在朱温围困徐州时举众降梁。史书称：知俊姿貌雄杰，能被甲上马，抢剑入敌，勇出诸将。（《新五代史·刘知俊传》）多年来刘知俊东征西讨，积累了丰富的作战经验。虽说上次夹寨惨败，但责任并不在他。

第二代名将中，朱温对刘知俊最为重视，但也正因重视，才会更加担心他背叛。

王重师被我干掉了，刘知俊这货会不会也对我不忠？不行不行，我得派人盯紧着点。

朱温又惦记上了刘知俊。

此时刘知俊在西北战场上连克丹州、延州、鄜州、坊州，目前正在邠州城外休整。

上党包围战失利后，朱温一直心有不甘，既然西北战场开了好局，他重整旗鼓，准备再次讨伐河东。主帅的人选，正是在西北连战连捷的刘知俊。

这就能够看出，老朱虽然紧盯刘知俊，但并未动杀心，反而对他期望很高。毕竟葛从周后，能让朱温满意的将领也就只有刘知俊等寥寥数人了。老朱准备下大力气培养刘知俊，给他独当一面、施展军事才华、建功立业的舞台。

在老朱眼中，以刘知俊的资质和潜力，完全有可能成为下一个葛从周。

河东围攻战势在必行，朱温下令征召刘知俊，命他火速入朝，准备当面任命其为河东西面行营都统，并鼓励他再接再厉，争取打赢这场雪耻复仇的战役。

可惜，远在邠州的刘知俊，内心则是另外一种想法。

自打听说王重师无故被杀，刘知俊内心颇为不安。他很清楚领导的脾气和行事风格，一般被领导盯上了人，死亡率可是相当的高。

洛阳，去还是不去？刘知俊内心很纠结……

最痛心的背叛

老朱的想法很简单，在洛阳任职的刘知浣（刘知俊胞弟）却想多了，老哥若是前来，必定会落得王重师同样的下场。他派人秘密告知老哥："千万别来，来了肯定玩儿完！"

刘知浣很精明，老哥抗旨不来，自己就很危险，他主动上表，请求带着弟侄们亲自前往邠州迎接刘知俊。

迎接就迎接，带这么多人去干吗？公款旅游吗？

向来多疑的朱温正常状态下肯定会想想刘知浣的意图，可惜这回老朱显然不在状态。他想也没想，立即同意了刘知浣的请求。

对此我们只能有一个解释：朱温实在没料到刘知俊会反水。

刘知浣计谋得逞，匆匆带上亲属逃离洛阳，投奔了老哥。刘知俊见刘知浣等人安全到来，心里没了包袱，便下定决心反叛。他一面上表朱温，以被本地军民所留为由拒绝前往洛阳，另一面派人联络李茂贞，并率军袭取华州，占据潼关，企图阻止朱温入关。

为了给死党报仇，刘知俊派人潜入长安，以厚重财物贿赂长安诸将。作为回报，诸将设计把刘捍擒获送往华州。刘捍一到，立即被刘知俊处死。

干掉刘捍等于公开与朱温决裂。刘知俊自知已无退路，便遣使向李茂贞请兵，同时派人告知晋阳，约李存勖一起讨伐朱温。

消息传到洛阳，朱温整个人都惊呆了。无端损失一员统帅级别的战将，实在难以接受。为了争取刘知俊回心转意，朱温与刘知俊展开了一场隔空对话。

朱：小刘啊！朕待你甚厚，何故相负于我？

刘：小弟不敢忘记老大的恩德，只怕将来有一天落得个王重师的下场。

朱：这都是刘捍挑拨离间，害得我冤杀了王重师，如今悔之不及。刘捍死有余辜，我对此决不追究。

然后，就没有然后了。

刘知俊不再跟前领导废话，反了就是反了，再也回不到过去了。

朱温无奈，只得削去刘知俊官职，命山南东道节度使杨师厚担任西路行营招讨使，率领侍卫兵马都指挥使刘鄩前往讨伐。

刘鄩来到潼关，擒下刘知俊伏兵蔺如海等三十余人，以武力逼迫这些人为向导，赚开了潼关大门。梁军一拥而入攻克潼关，抓获刘知浣。朱温此时仍不死心，他另派刘知俊的侄子刘嗣业前往劝降。

只要你愿意回来，我一定法外开恩，既往不咎。

老朱实在是爱惜人才，换成别人，估计都被砍死好几回了。刘知俊本来准备浪子回头，投案自首。可惜，他的另一个弟弟刘知堰又来劝谏，强迫刘知俊改变了主意。

不得不说，这两个倒霉弟弟断送了刘知俊本可更加辉煌的军事生涯，也在一定程度上削弱了后梁的军事实力。

毕竟千军易得，良将难求。这个道理，领导都懂。

潼关已失，华州危在旦夕。既然不回去，那就赶紧跑路吧。刘知俊匆匆带领余部放弃长安，投奔了凤翔李茂贞。朱温最终没能等来刘知俊回心转意，只好提拔刘鄩担任匡国留后，取代刘知俊的位置。

刘鄩，日后作为后梁第三代军事主将，继续为老朱家发光发热。只是他的能力和水平与一代二代相比，差了不止一个档次。

刘知俊投奔凤翔，李茂贞极为重视。毕竟大企业跳槽过来的骨灰级精英，业务水平和职业素养肯定比自己的手下高出一大截。他让刘知俊自己带军前往灵州，并向他许诺："拿下了就是你的。"

这么好的事，刘知俊肯定乐意去做。

朔方节度使韩逊听到消息，立即向洛阳告急。朱温命令镇国节度使康怀贞、感化节度使寇彦卿围魏救赵，攻打邠宁以支援灵州。

事实证明，岐兵（李茂贞晋为岐王）还是那么不禁打，康怀贞等连克宁州、衍州、庆州，又将泾州团团围住。刘知俊闻讯果断放弃灵州，火速回撤。

新领导的下属太不够看，还是让我给你们示范一次，如何击败强大的梁军！

刘知俊没有选择驰援泾州，而是率精锐直插梁军身后断其退路，并在三水、升平设下伏兵，准备狠狠打两场狙击战。

很多时候打仗打不赢，责任并不在士卒，而在主将。刘知俊投靠前岐军就是这种情况，刘知俊投靠后可就另当别论了。

康怀贞听说后路被断，急忙率部从泾州撤退，途中不出意料地遭到三水和升平的岐兵伏击。梁军损失惨重,撤退也变成了溃逃,若非部下舍命相救,康怀贞估计都回不来了。

什么叫水平?这就叫水平。李茂贞非常高兴,随即任命刘知俊为彰义节度使,坐镇泾州。

梁军大将刘知俊的叛逃剧情就此落幕,他的军事生涯也基本到此为止了。跟着朱温,可以纵横四海,笑傲疆场;跟着李茂贞,就只能偏安一隅,残喘自保了。后来刘知俊辗转投靠前蜀,蜀帝王建担心他功高难驯,917年将其斩于成都炭市。

从某种程度上说,领导的水平和能力决定着下属的成长速度和发展高度。

冤杀王重师,逼走刘知俊,间接害死了刘捍,特别是"能顶五个师"的刘知俊反水,对朱温来说损失极大。

疑心是种病,得治。可老朱非但没有认真反省,积极接受治疗,反而变本加厉,看谁都不顺眼,谁都像叛徒。

刘知俊前脚刚走,镇定这边又出事了。

镇定之变

镇州及其周边地区,一直由成德节度使赵王王镕统辖。定州及其周边地区,则是义武节度使王处直的地盘。

王镕和当年的刘仁恭一样,典型的墙头草,晋梁两家谁也不得罪,谁强大就跟谁混。自后梁建立以来,王镕向朱温称臣,虽不纳赋税,但年年贡奉不断。

赋税和贡奉是两个不同的概念:赋税是上缴国库的,由政府财政统一调配;贡奉则可以归入内库(皇帝小金库),由皇帝个人支配。换句话说,赋税是给国家送礼,贡奉是给领导送礼。

为国家财政上赋纳税,领导不一定高兴;充实私人小金库,领导有可能高兴。

王重师为什么死？贡奉不及时。

王镕不缴赋税，却按时给领导上贡，这让老朱很满意。把领导伺候舒服了，王镕心里也很踏实，依靠朱温，可以受其保护，保住自己的一亩三分地。

本来两家和平相处，关系比较融洽。镇定之变因何而起？

仅仅源自一场吊唁。

开平四年（910年），王镕之母何氏去世。红白喜丧，礼尚往来。来的就是客，就得给面儿。既然同为节度使，王镕家中有丧，各镇诸侯不约而同都去镇州随了个份子。

随份子，就随出了王镕的麻烦。

做什么事都得考虑一个立场，随份子也是有的能去，有的不能去，有的可以接待，有的不能接待。

哪些可以去？亲梁派和中立派。哪些不能去？亲晋派和亲蜀派。

哪个坚决不能接待？河东来的吊唁使臣。

不知道王镕是没想太多，还是有心和河东拉近距离，既然来了，大家都是朋友，开门开门，全给我放进来！

汴梁使臣无意间发现河东使臣也在馆舍。这不大好，王镕这小子居然里通敌国，私下里还和李存勖勾勾搭搭。

使者回去之后如实禀报，并提醒朱温提防王镕反水。

好小子，吃里爬外，不想混了！老朱的疑心病再次被勾起。

怎么解决？很简单，直接吞并镇州，让王镕搬搬家。此时幽州刘守光正有入侵镇定的意图，这便给了朱温出兵的借口。他遣供奉官杜廷隐、丁延徽率领三千魏博兵开往冀州、深州，对外宣称协助王镕守城，抵抗燕军侵略。

驻守深州的王镕部将石公立听闻此事立即向领导反映，请求王镕制止梁军入境。王镕非但不听，还强令石公立退出深州，将城池交与杜廷隐管辖。

出城时，石公立指城而泣："朱氏灭唐社稷，三尺孩童都很清楚。我王还仗着有联姻之亲，把朱温当成长者，这就是传说中的开门揖盗吧。可惜深州百姓，就要成为梁军的俘虏了！"

石公立看得很准，一般情况下，相信朱温的人都免不了惨遭欺骗。

成德节度使统辖之地仅镇州、赵州、深州、冀州四州。王镕对梁军不设防，反将一半领地交给梁军，按照这种形势发展下去，成德全境唾手可得。

然而梁军内部却出了叛徒，彻底搞砸了一切。

叛逃者逃到镇州，将梁军计划和盘托出。王镕大惧，遣使去洛阳告知朱温："燕兵已还，深、冀之民见魏博兵入，惶恐不已。为防发生意外，请您老下诏将兵撤回。"

朱温表面上满口答应，私下里却暗示杜廷隐赶紧动手。杜廷隐得到指示，立即关闭城门杀尽王镕戍兵，宣布占领深州。

梁军单方面发起侵略，王镕终于放下任何幻想，一面派石公立攻打深州，一面向幽州、河东求援。

王镕的使者来到晋阳，巧的是义武节度使王处直的使者也在。镇州、定州分别是王镕、王处直治所，两地直线距离仅六十公里。镇州一旦告破，王处直的定州一样难保。

河东、成德、义武三家合议，干脆搞一个"讨朱三人领导小组"，以李存勖为组长，联合起兵讨伐朱温。

兹事重大，李存勖召集部下开会商议结盟事宜。下属们一致认为：王镕这厮，长期臣属于朱温，年年进贡不断，两家还约为婚姻，交情相当深厚，最近也没听到两家闹翻的风声，此番王镕遣使求援，必是朱温搞的奸计。我们不宜轻举妄动，不如先看清状况再做打算。

优秀的领导能时刻高瞻远瞩，从全局出发，用战略的角度观察问题。下属的意见不能不听，也不能全听，这是个视野远近的问题。下属们往往更看重眼前的既得利益，而领导在此基础上必须看得更远，也就是未来的潜在利益。

李存勖此前已经证明了自己出色的领导才能，这一次，他也持有不同的观点。

乱世当道，利益为先。这个道理李存勖和朱温一样懂。

李存勖认为，虽然此前王镕向朱温称臣，表面上看着亲密无间，其实都是为了保住既得利益，并非真心归顺。我如不救，王镕必亡。若是借此机会把王镕拉拢过来，晋、赵合力，必能破梁。

退一步说，即便不能破梁，己方也能争取到一个盟友，促使对手丧失一个盟友，里外里赚了，稳赚不赔的买卖，还有什么好犹豫的？

李存勖决定亲征。

朱温收到消息，立即将相州刺史李思安、潞州招讨副使韩勍、宁国节度使王景仁三员大将调往河北，直达柏乡，准备在这里阻击晋军，使其难以增援镇、定两地。

梁晋柏乡之战，就此拉开序幕。

柏乡惨败

柏乡县，现属于河北省邢台市，距离镇州约一百三十公里。按照古代战马每小时负重跑十公里的速度，两天之内便可达到。

李存勖攻克柏乡，必能解镇定之急。朱温守住柏乡，必能趁势夺取镇定。胜败的关键，就在柏乡这一战。

李存勖亲率大军来到赵州，与周德威先头部队会师。

战前，晋兵擒获梁军外出樵采者二百人。李存勖向这些人探听虚实："初发洛阳时，梁主有何指示？"这些人回答说："梁主告诫领军大将，王镕反复无常，终为子孙之患。今将精兵尽数交付诸位，即使镇州铜墙铁壁，也一定给老子拿下来！"

看来朱温是铁了心要拿下镇定。李存勖心里有底，行动就有了方向，那便是不惜一切代价攻克柏乡，无论如何不能让镇定落入朱温之手。

老朱其实也很有方向：在攻克镇州之前，驻守柏乡的李思安、韩勍、王景仁，给我坚守、坚守、再坚守，没有必胜的把握不要出战。

一开始，李思安等人能坚决执行老朱的指示，不过守着守着就忍不住出战了。原因在于晋军这帮混蛋实在太没素质了！

梁军耗得起，晋军可耗不起。若是一直困在柏乡不得前进，等到朱温拿下镇州与柏乡守军合兵一处，那时估计想撤退都难了。

李存勖很清楚，自己只有一条路，就是击败柏乡驻军，打开通往镇定的大门。

李存勖将大营驻扎在柏乡三十里外，让周德威带领沙陀骑兵前往梁营挑战。梁军坚守不出，李存勖再将阵营往前推进，这次距离柏乡仅有五里。再去梁营邀战，梁军依旧没有迎战的意思。

想做缩头乌龟，没那么容易。

李存勖掏出秘籍，用上了失传多年的武林绝学——激将法，骂战！

具体操作很简单，选军中一拨嗓门大、素质低、肺活量高的士兵在敌营外集合，从清晨直到傍晚，什么难听骂什么，什么动作不雅做什么。像什么问候对方祖宗十八代、侮辱对方人品、要将对方碎尸万段……只有想不到的，没有骂不出的。

骂战是一项很主动的战法。骂人的一方很爽，被骂的一方很惨，很考验心理承受能力。心理素质过硬，可以丝毫不理会。您老人家随便骂，渴了吧，累了吧？反正我就当狗叫了。

历史上抗骂能力最强的当数司马懿。无论蜀军在营外怎么叫骂，他就是缩头不出，急得诸葛亮送了他一件女人衣服。司马懿欣然试穿，依旧不战。纵使你智慧超群，谋略过人，也无处施展。司马懿凭借着强悍的心理素质，最终生生拖死了诸葛亮。

可惜司马懿只有一个，暴脾气的人却有不少。

晋军开骂还没多久，韩勍就坐不住了。他亲率三万步骑兵出营，准备将这些有辱斯文的败类碎尸万段。

目的已经达到，周德威下令立即撤退，坐等梁军上钩。

上钩是上钩了，只不过上钩的梁军是一支标准的土豪部队。

韩勍将三万人马分为三队，分头追击逃跑之敌。这三万人马装扮很是酷炫，史书称：铠胄皆被缯绮，镂金银，光彩炫耀，晋人望之夺气。(《资治通鉴·后梁纪二》)意思就是，梁军身着华丽丝织品，铠甲上错彩镂金，晋兵被这身装扮亮瞎了眼，一时不敢上前迎击。

进退之际，周德威对李存璋说："梁人志不在战，搞得这么花哨只是为了耀兵而已。不锉其锐气，我军军威必定受损。"随后周德威跃马向前，对着晋兵高呼："这些货色都是屠酤佣贩之徒，穿得虽然花哨，然而十不当一，擒获一人，足以自富。这些稀有珍贵的财货，不要就可惜了。"

周德威提醒士卒：梁军身上穿戴可都是丝绸金银，想要的话就给我上！

既然不能和土豪做朋友，那就只能动手抢了。当砍人不再是单纯为领导卖命，而是为自己谋福利时，就成了一件令人相当愉快的事。

有这么好的勾当，晋军将士眼冒金光，纷纷表示：我要打十个！

士气已足，周德威率兵千余击其两端，左突右入，如入无人之境，一战俘获好几百人。三万梁军抵挡不住，匆匆撤回营寨。

此次出击，宣告失败。

首战旗开得胜，李存勖在周德威和张承业建议下退保高邑，寻找战机。

乾化元年（911年）春，周德威与别将史建塘、李嗣源率精骑三千进逼梁营，继续开展骂战。

这回，韩勍和王景仁心理上还是没承受住，再次出营作战。李存璋陈兵野河桥头，梁军势众，争相上前夺桥，所幸匡卫都指挥使李建及拼死防御，才稍稍阻挡住梁军的攻势。

李存勖登上高丘，向尸横遍野的战场俯视，肾上腺素瞬间被引爆，他自信满满："梁兵争进而骄，我兵整而静，我军必胜无疑！"

此战从早上打到中午，胜负依然未分，双方均损失惨重。李存勖血气方刚,砍人的热情再也控制不住。他上马提枪,对周德威说:"两军已近身肉搏,想要收兵是不可能了。为今之计,只有破釜沉舟。晋阳兴亡,在此一举。我先打头阵,你带着人马跟在我后面援助。"

关键时刻还是老将沉得住气。经验丰富的周德威认为根本不必与之硬拼,以逸待劳完全可胜。梁军离营三十余里,虽随身携带干粮,却根本没时间进食。料想日落时分必定人困马乏,萌生退意,我军趁机反扑,必能取胜。

李存勖觉得有理,命后备部队立即饱食休息,养精蓄锐。

正如周德威所料,夕阳西下,梁军终于疲惫了。折腾了一天,士兵们比较敬业,打仗打得太过投入,连口饭都没顾得上吃。这天都快黑了,也该收工回去歇息了。

王景仁刚想引兵稍稍后撤,周德威突然在阵后跃马高呼:"梁军败了!梁军逃了!"此言一出,养足精神的部分晋兵鼓噪而下,跟随周德威发起最后的反击。

梁军本已准备好收工回营,斗志已经竭尽,再也无法抵挡有生力量的冲击,纷纷溃逃而去。

于是,歇息就变成了歇菜。

李存璋比较地道,他边追边喊:"梁人也是兄弟,放下武器,保证不杀!"慌不择路的梁军听后,大多数主动解甲弃兵,缴械投降。

这年头还是保命要紧,跟着谁干不是干呢?

遇到李存璋的很幸运,还能活命,那些碰到王镕部队的可就倒了大霉了。由于朱温不顾江湖道义发动侵略,镇州军民对梁军怀有深深的恶意,即使愿意缴械投降也一律诛杀,决不手软。

从野河桥一直杀到柏乡,方圆三十里死尸遍地,血流成河。朱温引以为傲的龙骧、神捷两支精锐损失殆尽。王景仁、韩勍、李思安三大坑货见败局已定,每人仅带数十骑没命地逃出战场。晋军连夜赶到柏乡,梁军大营早已空无一人。

清点战场,此战杀敌二万余人,所获粮草、资财、军器堆积如山,不可胜计。

李存勖收兵退回赵州，柏乡已破，镇州近在咫尺。

朱温，你输了！

柏乡惨败，河朔大恐。杜廷隐不敢再守，连夜带走深、冀两州全部丁壮，活埋了城中的老弱病残。

杜廷隐的行为实在过于残忍。自此，镇、定两镇宣布彻底与后梁断绝关系。王镕亲自赶到赵州拜谒李存勖，表示以后心甘情愿跟着新领导混，与朱温老贼势不两立。

周德威趁热打铁，攻贝州，拔下夏津、高唐；攻博州，拔东武、朝城；攻澶州、黎阳，拔临河、淇门；逼卫州，掠新乡、共城。

这一套组合拳，打得老朱鼻青脸肿。

柏乡惨败，老朱精锐尽失，参战部队也十去八九。更糟糕的是，老朱丢掉了一统江湖的雄心壮志。

柏乡之战作为后梁由盛转衰的转折点，从根本上扭转了梁晋的实力对比。后梁由战略进攻转为全面防守，河东由全面防守转为战略进攻。

战争就是这么残酷，一次的惨败可能导致永远也翻不了身。因为你的转弱，同时也意味着对手的变强。

潞州失利还能勉强接受，柏乡惨败则完全出乎意料。朱温变得有些意志消沉，狂躁暴虐。他开始称病不朝，整日整夜躲在后宫纵情声色，享受人生。

俗话说战场失意，情场得意。战场搞得一团糟，老朱情场上则是轰轰烈烈，一发不可收拾。只不过他的所作所为，用一个字形容，叫脏；用两个字形容，叫龌龊；用三个字形容，叫不要脸。

两个女人

每个成功男人的背后,都有一个默默支持他的女人。如果还不能成功,那就再加一个。

真正在朱温成功道路上起过作用的,一共有两位女性:母亲王氏、正妻张氏,也就是后梁的文惠皇后和元贞皇后。

王氏自不必说。哪个成功人士敢说亲生母亲不重要?没有天,哪有地?没有地,哪有家?没有家,哪有她?没有她,哪有你?没有她的恩养,你能长这么大?当然,王氏并不仅仅对朱温有生养之恩。她在老朱发达之后也时时劝诫其切勿滥杀,多行善举。

朱温虽然谈不上有多孝顺,但老母整日耳提面命,即使不乐意,行为也会有所收敛。可惜王氏在大顺二年(891年)撒手人寰,默默结束了自己辛劳的一生。

王氏算得上伟大的母亲。她在丈夫早亡、家庭惨遭不幸之时,毅然用瘦弱的身躯扛起养育三个儿子的重担。她懂得知足,懂得感恩。朱小三发达之后,她要求儿子好好报答刘崇一家,即便刘崇曾多次毒打朱温。她懂得滴水之恩当涌泉相报,若不是当年刘崇愿意收留,朱家的香火没准早就断了。

老二朱存早死,王氏一直心中有愧,认为自己没能照顾好这个苦命的儿子。她多次催促朱温派人去南方寻找朱存的遗腹子,并嘱咐朱温对侄子们悉心照顾,好生栽培。这才有了日后出色的朱友宁、朱友伦。

这位含辛茹苦拉扯三个儿子长大的伟大女性,不图回报,反而为儿子们操了一辈子心。

我们必须要感谢王氏。没有她,也就没有后梁开国之君朱温;没有她,残唐五代的历史可能就会少了许多生动有趣的故事。

朱温称帝,追尊先父朱诚为穆皇帝,先母王氏为文惠皇后。

王氏去世以后，劝诫朱温的接力棒转交给儿媳张氏。张氏的故事，我们之前已经讲过。别看老朱在外人面前风光无限，回到家中面对张氏却厉得不行。有张氏在，老朱基本不敢外出偷腥。

当年老朱好不容易在战乱中把朱瑾的美妻搞到手，准备长期留在身边享用。结果张氏仅三言两语，朱温就得忍痛割爱，把刚到手的美人送到庙里做了尼姑。

很难想象，每个血管都流淌着流氓血液的朱温，会对一个女子言听计从，宁愿委屈自己也不伤妻子的心。

唯一合理的解释：张氏是老朱的真爱。

张氏善良温和，从不难为别人，就连已经出家为尼的朱瑾之妻，张氏也不忘时常送些衣食。

更为可贵的是，张氏以博爱的胸怀无私地关心并保护着别人。朱温生性多疑，暴怒无常，稍不如意便行杀伐。下属都不敢劝，只有张氏敢于顶着朱温的坏脾气，从丈夫刀下救了很多条无辜的生命。

生命是那么珍贵，每个人都不应该随意剥夺他人生存的权利。

朱温夫妇和睦恩爱，相敬如宾。如果就这么发展下去，也许很多事都不会发生。可惜天不遂人愿，两人没能白头到老。就在朱温实力越来越大，准备篡唐之际，张氏却已病入膏肓，不久于人世。

天祐元年（904年），张氏病重，朱温放下手头一切工作，飞速赶回汴梁。

看着爱妻僵卧在床上奄奄一息，朱温悲从中来，不能自已。张氏却强撑着病体劝丈夫不必过于悲伤，人本就难免一死，谁也无法阻挡。

张氏告诫丈夫，唐朝的基业不能强行篡夺，否则便会把自己置于众矢之的。目前看来应该再忍耐几年，等到平定四海、天下安宁之时，再行禅让才是上策。

朱温向爱妻表示，篡唐计划已提上章程，所谓箭在弦上，不得不发，犹豫不决则必被河东所制。

张氏不再多说，既然丈夫毅然决然要篡唐自立，再费力劝说也是徒劳。

丈夫性情残暴、滥杀无辜，只有自己能勉强劝得住。可惜天不予寿，自己无法陪着丈夫再走一段。弥留之际，张氏在病榻上给朱温留下遗言：

"大王英明神武，别的事我都不担心，只有'戒杀远色'四字，希望大王能时时注意。"

当夜张氏便与世长辞。

这一刻，朱温似乎忘掉了自己拥有的一切附属品，官职、军队、权力……他就是一个普通的男人，而相伴二十多年的爱妻刚刚离他而去。朱温靠在爱妻身边。这是他一生深爱的女人，这个女人为他提供过很多帮助，却从未主动要求过什么。无论外人怎么骂他狼心狗肺、忘恩负义，在爱妻眼中自己总是那么完美。

朱温突然感觉，除了已经远去的爱妻，自己真的一无所有。想到这里，他再也控制不住悲痛的情绪放声大哭起来。

朱温哭过很多次，但那都是逢场作戏，骗骗对手而已。但这一次，朱温才真正感受到绝望和痛苦的泪水到底是什么滋味。

张氏的一生算不上伟大，她帮助过很多人，却从不求回报。无论平凡还是富贵，她都泰然处之，为丈夫付出自己的一切，并始终以一颗善良、博爱之心感化着朱温，约束着朱温，阻止了多场悲剧的发生。

我们可以这样来形容张氏：

以柔婉之德，制豺狼之心。

贤妻如斯，矢志不悔。

张氏为朱温生下一子，也就是日后登基为帝、史称后梁末帝的朱温第四子均王朱友贞。

张氏死后随即被封为魏国夫人，其子朱友贞登基后追封她为元贞皇后。

就像朱元璋的爱妻马皇后一样，两人都没能拉住逐渐走向疯狂的丈夫。张氏带着些许担忧离开了人世，而她所担心的，也在日后很不幸地一一发生。

张氏的早亡彻底改变了朱温发展的轨迹。没了张氏的婉言规劝，朱温的行为逐渐偏离正常轨道。他性格更加暴虐，更加好色，于是就有了与儿媳乱伦的丑事，最终留下千古骂名。

若张氏能够一直陪伴朱温，想必老朱也不会这般乱来。

可惜历史并没有如果，本就生性风流、一生不走寻常路、不羁放纵爱自由的朱温，无可救药地走上了一条不归路……

怎一个乱字了得！

寻寻觅觅，挑挑拣拣，欢欢乐乐依依。夜深人静时候，最难将息。三杯两盏淡酒，怎如他，美人在侧。乐极也，定神处，左右尽是儿媳。满园红杏出墙，秀色餐，节操碎了一地。红袖添香，孤枕哪得安息。礼义更兼廉耻，无人问，虚情假意。这次第，怎一个乱字了得！

《声声慢·咏朱温》

家和万事兴。良好的家庭关系应该是父慈子孝、夫唱妇随、婆媳融洽……总之父亲要有父亲样，儿子要有儿子样。儿子不能抢老子的位子，老子也不能抢儿子的妻子。

儿子抢老子的位子叫大逆不道，老子抢儿子的妻子叫禽兽不如。这两样丧心病狂的勾当，朱温一家全都干了。

我们先看看作为老子的朱温那些令人瞠目结舌的桃色事件。

皇帝嘛，好色点也没什么。历朝历代，多少皇帝后宫都塞满妃嫔佳丽。老朱要是仅仅为了满足生理需求，在民间强征些良家少女，想必后世名声也不会那么差。

自从张氏病逝以后，老朱对女色的需求成倍上涨。正妻家教太严，压抑的时间太久，突然身边没了约束，还不得把之前损失的弥补回来？算算年龄，自己也五十好几的人了，还有几年活头，再不抓抓紧就没机会享受了。

说起来实在有些重口味，有点毁三观。老朱这货有种特殊的癖好：喜欢少妇，最爱作为儿媳的少妇。用儒家的话说，这叫乱伦。

天底下美女如云，老朱挑来挑去没有头绪，最终将魔爪伸向自己貌美如花的儿媳们。若是只拼相貌，也许更漂亮、更年轻的多的是，可老朱就好这口。趁着儿子们领兵外出打仗，自己理所当然在后宫和儿媳们搞在了一起。

就这样，弑了君王，睡了儿媳，儒家那套"礼义廉耻、君君臣臣、父父子子"，被老朱当成了厕纸，一次性全都用完了。孔老夫子若是泉下有知，说不定能气得直接活过来。

老朱与儿媳乱伦，的确不是什么光彩的事。不过纵观唐代，有皇帝娶了后妈（李治和武则天）、皇帝娶了儿媳（李隆基和杨玉环），更有皇帝娶了后奶奶（李诵和王氏），一桩一件，比比皆是。

"和尚摸得，我摸不得？"

不堪入目的事多了，我这只是小巫见大巫。老朱的行为在开放的唐代并非不可接受，儒家那套理论在大唐也并不吃香。

惨的是，老朱身后一统江湖的大宋王朝把儒家的伦理道德提升到前所未有的高度，乱伦是绝对无法接受的，是必须搞臭搞黑的，是必须丢进垃圾堆让后人唾骂的。宋代及后世的那些大儒、文坛老夫子们，挥起手中如椽之笔，将朱温乃至整个五代彻底搞臭。

老爹是个变态，儿子们也很无耻。对于老爹变态的行为，但凡正直的儿子都会苦谏。但老朱的儿子表示无所谓，装作看不见：生命是你给的，富贵你是给的，儿媳你也拿去吧。随便你如何处理，我只管打仗。

老公公是个变态，儿媳们则更无耻。对于老公公变态的要求，但凡正常的儿媳肯定宁死不从。但老朱的儿媳表示热烈欢迎，只能说她们眼光比较长远，老头子至今没有立嗣，自己得宠，客观上也能给丈夫加分。

朱温儿媳们这种大无畏的牺牲精神，世所罕见。于是，朱温的儿子们在外卖力打仗，儿媳们在内卖力争宠（向老公公），真是奇葩又可耻的一家人。

当然，儿子和儿媳们并非从内心里接受老爹的所作所为，他们眼中紧盯的，是悬而未定的太子之位。

早在朱温称帝前，长子朱友裕就已病逝，最宠爱的侄子朱友伦也不幸意外而亡，剩下的这些亲生儿子水平差不多，都不大入老朱的法眼。拼实力不行，那就只能拼美妻了。

比较受宠的是养子朱友文妻王氏、三子朱友珪妻张氏。这两人色艺俱佳，却都属于典型的心机者。尤其是王氏，貌更美艳，嘴更甜，因此更受老朱宠幸。

这时三个儿子中，二子博王朱友文留守汴梁，兼建昌宫使，三子郢王朱友珪为左右控鹤指挥使，四子均王朱友贞为汴梁马步都指挥使。三人官职相当，看不出谁更有优势。均王朱友贞因年龄偏小，暂时不具备竞争太子的实力（注意只是暂时）。

真正有资格夺取太子之位的，就在朱友文和朱友珪二人。而老朱比较看好的，是博王朱友文。

为什么看好朱友文？一来他文武双全，上马打得赢仗，下马写得出诗。换上别的儿子，都和老爹水平差不多，大字不认识几个，更别提写诗弄赋了。老朱对这个有文采的养子总有一种莫名的好感。按照现代心理学分析，许多父母都希望自己年轻时没有得到的东西让下一代继续追寻。

大概朱温也属于这种情况。

二来还在于王氏的枕边风吹得强烈。"友文好，友文妙，友文优秀得呱呱叫！相信他，没错的！"王氏多次奉诏进宫，陪老公公一番云雨后，撒娇卖萌（恶心），把握机会给老朱灌输这种思想，希望立朱友文为太子，将来继承皇位，必能光宗耀祖。

老朱其实内心也早有此意，只是没向外界透露风声。从惨败的暴躁忧惧转为对女色的过度迷恋，刚年满六十岁的朱温有点吃不消了。乾化二年（912年），朱温病势日益加重，叱咤风云的枭雄也终有老去而亡的那天。

他颇为感慨地对下属说："我经营天下三十年，没想到河东余孽猖狂如此，看来其志不小！可惜天不假年，诸儿非彼敌也，我无葬身之地矣!"言罢,朱温哽咽不止,搞得几次上不来气,差点断气。

眼看着朱温病情一天比一天严重,皇位继承人必须要尽快确定了。

既然之前一直属意朱友文,那就赶紧把他叫来做最后考察吧。朱温屏退众人,悄悄让王氏带上传国玉玺赶紧前往汴梁,给朱友文通信,让他立刻赶回洛阳见老爹最后一面,并把身后事托付给他。说白了就是赶紧回来继位。

大功告成,皇位看起来稳稳到手,这么多晚陪睡可算没有白陪。王氏高兴得合不拢嘴,捧着传国玉玺飘然而去。

王氏没注意到黑暗之中有双眼睛一直死死盯着她,观察着她的一举一动,而且老朱病榻上的那番话并不是只有她一个人听到了。

想当皇帝,没那么容易!先过我夫妻这关!

此人,便是老朱比较宠幸的另一个儿媳张氏。她的老公,正是郢王朱友珪。

痛下杀手

职业:妓女

工作地点:青楼或军营,俗称妓院

工作时间:白天休息,晚上工作,大部分需要通宵

工作年限:不限,可以花钱赎身

工作准则:不准逃跑,不准甩客,不准藏私钱,不准倒贴钱,不说丧气话……

妓女这种职业,相传产生在春秋齐桓公时期,由历史知名度超高的齐相管仲发起。管仲先生搞经济理财是把好手,当时为了拉动内需,刺激消费,在齐国都城临淄大力兴办旅游业,吸引国内外游客前来消费。

要想办好旅游业,旅游项目和娱乐形式必须跟得上。管仲脑洞大开,开创了一种以前从未有过的娱乐形式,以此孕生出新的职业类型——娼妓。

娼妓多了，慢慢也就出现了固定的办公场所（青楼）、专业的管理人员（老鸨、龟公）。古代青楼是要给官府纳税的，因此开张营业是合法的，受政府保护的。直到1949年中华人民共和国建立后，妓女这种职业才宣告退出历史舞台。

历史上出名的妓女相当多，"四大名妓""秦淮八艳"……

这一节，我们不讲名妓，我们讲妓女生的儿子。谈到这码子事，大家首先想到的可能是金庸先生《鹿鼎记》中男主韦小宝。韦小宝有名气不假，可却是小说杜撰人物，当不得真。

历史上妓女之子由于出身太差，生长环境太复杂，因此出名的很少，当官的更是几乎没有。官都当不了，还指望干别的吗？这个可以有。

当皇帝！妓女之子当皇帝，细思恐极，辣眼睛啊！

这种超小概率事件还真发生了，就发生在奇葩的老朱之家。老朱第三子郢王朱友珪，就是历史上唯一一个妓女生下的皇帝。

为什么这货有资格当皇帝？因为他是朱温的私生子。

朱温不是属意于朱友文吗？因为他干掉了老爹，也顺便干掉了老哥。

白纸黑字刺眼地写着，朱友珪之母是个营妓（或称军妓）。当年老朱攻下亳州，派人四处物色美女。朱友珪之母因姿色过人，身段妩媚，就被招来侍寝。朱温，典型的大色狼一只，只看长相不看出身，管她营妓不营妓，先睡了再说。

可这一睡，营妓竟然意外怀孕了（老朱实力果然惊人）。既然怀了自己的骨肉，老朱也不好翻脸不认账。考虑到和营妓搞出个私生子，老朱怕老婆大人张氏不高兴，只好把此女留在亳州，找了间宅子安顿下来，没有带回汴梁。等到此女顺利诞下一子，老朱十分高兴，赐名朱友珪，并给孩子起了个讨喜的字——遥喜。后来时机成熟，才把朱友珪母子接到汴梁。

如果老朱能预料到自己会死在朱友珪手里，他肯定高兴不起来，更后悔当年没有管住自己的下半身，留下这么个逆子。

朱友珪背景太差，从幼年起就经常被人鄙视唾弃。即使来到朱温身边,那些哥哥弟弟们也都看不起他。朱友珪没什么特长,无法吸引老爹关注。因此在无形的压力之中,朱友珪变得性格阴沉,狡猾多端,内敛而又残忍,从某种程度上像极了朱温。

他和这些哥哥弟弟本就没什么感情,对于不欣赏自己的老爹,朱友珪更是心怀怨恨。这种出身卑微而内心阴暗奸诈的人做起事来,的确可以六亲不认,痛下杀手,快刀斩乱麻。

朱温宠爱朱友文夫妇,让朱友珪很不爽:我出身虽然不好,好歹也是亲生骨肉,老爹选谁不好,偏偏想选一个养子,如何让人服气?小朱和他爹一样,属于典型的赌徒型人格,凡事都想搏一搏,没准就能扮猪吃老虎。

太子只有一个,为什么不是我!

可惜朱友珪水平实在太次,上不了战场又处理不好政事,经常犯些过错。朱温数次惨遭大败,脾气变得十分暴躁,估计朱友珪没少挨老爹的皮鞭。眼见着与朱温老爹的关系不断恶化,太子之位离自己越来越远,朱友珪内心更加不安。

所幸朱友珪之妻张氏富于心计。暗中听到即将传位朱友文的消息,她立即去找朱友珪,一见面就大哭不止:"老头子已经把传国玉玺交给了王氏,让她去洛阳召回朱友文。一旦朱友文做了皇帝,我夫妻二人哪儿还能活命!"

朱友珪听罢心急火燎,一时间也没了主意,不禁和张氏抱头痛哭起来。

"事急计生,何不改图,时不可失!"

心腹冯廷谔跳出来劝说朱友珪,如今形势急迫,正面竞争太子之位已经没有希望,必须立刻改变计划,争不过只能抢了,机不可失。冯廷谔很清楚,主荣俱荣,主损俱损,本就是一根绳上的蚂蚱,主子日后当不上皇帝,自己肯定也没好果子吃。

"怎么抢?拿什么抢?说得容易!"朱友珪还是下不了决心彻底跟老爹撕破脸。

乾化二年（912年）六月，朱温病情再度恶化。他隐隐约约觉得朱友珪不会居于朱友文之下。为了保证皇位平稳过渡，他让敬翔贬朱友珪为莱州刺史，接诏之日即刻出发，不得延误。

一旦被清出朝廷外放，基本上就是一个死字。朱友珪不傻，他很清楚老爹为了朱友文准备牺牲自己这个亲生儿子了。

再不行动，真要被干掉了。退无可退的朱友珪决定铤而走险，抛开一切顾虑，仅仅为了保命，他也不得不这么做。

老爹，你可别怪我，这都是你逼的！

想要谋反，手里得有兵。朱友珪微服私访，来到左龙虎军营面见统军韩勍。

朱友珪道："老韩，听说相州刺史李思安因不满主上差派，出工不出力，前些天被主上干掉了。"

"确有其事。李思安多年跟随主上东征西伐，只因一点小小的过错，到头来竟不得善终啊！"韩勍故作镇定。

朱友珪从韩勍话里感受到的却是韩勍深深的忧惧。同为柏乡惨败的罪魁祸首，韩勍的失误比李思安更大，他肯定清楚自己目前的处境。

"主上猜忌好杀，日甚一日，连立下大功的功臣都不得幸免。老韩你虽也有功，柏乡之败却堪称主上奇耻大辱。生死存亡之际，你难道还不清楚吗？"

"请问殿下，计将安出？"韩勍的心理防线被攻破。

朱友珪不再言语，用手比画了一下。韩勍顿时明白了朱友珪的意思，他的脑子开始飞快地转动：这货当不上皇帝必定没好日子过。李思安被杀，我也难逃罪责，说不定哪天就被主上宰了。横竖都是一死，既然大家都想保命，万一事成，命保住了不说，没准还能弄个大官当当。

"敢问殿下，何时动手？"

"就在今夜。"朱友珪指了指天。韩勍顺势向上一望——今天这鬼天气，还真有些阴暗，有些晦气。

人生的终点

又是一个深夜,洛阳皇宫之中安静得有些恐怖,像极了李晔被弑的那个夜晚。

朱友珪并没有太多时间准备,一旦朱友文抵达洛阳,他纵然有三头六臂也无力回天了。

没什么好规划的!你能调集禁军,我能赚开宫门,这就够了!

成败就在今夜!

韩勍暗地派给朱友珪五百牙兵,朱友珪将这些人混在控鹤人员中,潜入皇宫埋伏起来。当夜子时,朱友珪率军攻入大内,径直杀到老爹寝宫。侍奉朱温的宫人一见形势不妙,立马选择闪人,只留下病重的朱温孤零零地躺在御床上。

"造反者是谁?"朱温极度愤怒。

"没有别人,就是我!"朱友珪怒目相视。在他眼中,朱温不再是亲生父亲,倒更像是杀父仇人。

老朱见到亲儿子杀气腾腾,忍不住破口大骂:"我早就怀疑你这个乱臣贼子,只恨没有尽早下手解决了你。如此悖逆无道,杀害皇父,天底下哪里容得下你!"

"老贼万段!"

这就是朱温告别人世时听到的最后一句话,这句话还是出自亲生儿子之口。

朱友珪的贴身保镖冯廷谔手起刀落,将老朱刺了个透心凉,刀刃从腹部直接穿透后心。

刀锋,奏一曲绝命的吟唱。冯廷谔出手太过迅捷刚猛,以至于刀刃穿透身体,老朱并没有感觉到太多的痛楚,就无力地倒在血泊之中。

这是天意吗?没想到自己算计一生,最终竟被亲生儿子给算计了。倒地那一瞬间,老朱切身体会到李晔被弑时内心那种无奈和悲哀。

他仿佛看到了爱妻张惠：当初听你的话，也许就不会落到这种境地吧！想我戎马一生，到头来不如一妇人见识远大。

他仿佛看到了死敌李克用那面带嘲讽的表情：看看，看看，还是你的儿子坑爹吧！有我儿李存勖在，你的梁国还能坚持到几时呢？

他仿佛看到了李晔、黄巢、时溥、朱瑄、朱瑾、李茂贞、韩建、罗绍威……每个人都一遍又一遍地痛骂自己忘恩负义、禽兽不如、脸厚心黑、罪大恶极、死不足惜……

够了！这一切足够了！老朱无力地闭上了眼睛，这个世界我终将离去。亲人、恩人、仇人，爱过的、恨过的，有得报的、没得报的，江湖恩怨从此一笔勾销。

乾化二年（912年）夏，五代第一男主角、后梁太祖、开国之君、一代枭雄、"奥斯卡影帝"、神武元圣孝皇帝朱温（朱三、朱全忠、朱晃）逝世，终年六十一岁。

毛泽东读罢五代史，对朱温做了这样的评价："朱温处四战之地，与曹操略同，而狡猾过之。"朱温是个政治家，老实忠厚、真诚坦荡这些形容词，和政治家这个名词不搭。后世若仅从儒家伦理操守、君臣大义、个人品德方面对其大肆批判，而忽视在治乱安民方面的贡献，难免偏颇。

近代国学大家吕思勉认为，大局陷危之际，只要能保护国家、抗御外族、拯救人民的，就是有功的政治家。

朱温有无功绩，抑或是有多罪孽深重，善恶身后事，自有后人评说！

斩首行动悄无声息地开始，又悄无声息地结束。朱友珪秘不发丧，草草用破毡毯将朱温的尸体包裹，就地埋在寝宫之下，同时派遣丁昭溥火速赶往洛阳，矫诏命均王朱友贞斩杀朱友文。

自己大逆不道，还把四弟拉下水。黑人的手段，朱友珪青出于蓝而胜于蓝。

干掉了老爹，朱友珪贼喊捉贼，将屎盆子扣在朱友文头上，又想借朱友贞之手除掉心腹大患。他以朱温的名义对外宣称：朱友文谋逆无道，派兵前来行刺，所幸郢王朱友珪忠孝（真无耻），及时赶来护驾，才保朕龙体安全。经过这次变乱,朕已病入膏肓,不久于人世,现命朱友珪掌军国大事。

韩勍又给朱友珪出主意,让他多用金银钱帛赏赐诸军以及百官,取悦了他们,支持率才能提升,皇位才坐得安稳。

洛阳的文武百官被这父子俩搞得晕头转向:闹哪样啊?说是行刺可也没听到一点动静,主上近来不上朝(早死了),也不接见任何大臣,突然拉出大家都不看好的朱友珪管事,真是让人看不懂。

数日之后,丁昭溥回到汴梁,带来了朱友文被杀的消息。朱友文在政治上毫无建树,平日里酗酒无度,经常惹麻烦,祸到临头也毫不反抗,就这么糊里糊涂被杀,让人啼笑皆非。可怜王氏辛辛苦苦服侍老公公,好不容易把传国玉玺搞到手,无奈丈夫实在窝囊,连垂死挣扎都不做,直接选择去死。

所以说传国玉玺这劳什子,不但要有,还得会用。放在朱友文手里就是一块废料,半点花样也变不出。

朱友文死后,朱友珪才眼含泪水,用无比沉痛的语气向众人宣布:英明神武的伟大领袖,我们最最尊敬爱戴的皇帝陛下,因上次行刺事件惊吓过度,旧病复发无法治愈,已于近日归天。临行前降下遗诏,把大位传让于我。

宣布完毕,朝臣目瞪口呆。近日来传闻四起,说朱友珪弑父谋逆,看来情况确实不假。即便如此,朱友文已死,朱友贞年纪尚轻,朱友珪不坐皇位还能让谁坐呢?想到这里,朝臣纷纷下跪朝拜,高呼万岁,朱友珪夺位成功。

妓女之子坐上龙椅,五千年中华历史只此一号,别无分家。

自此,残唐五代初期一号男主角(朱温)、二号男主角(李克用)、导演(李晔)、配角一(黄巢)、配角二(王重荣)、龙套一(时溥)、龙套二(朱氏兄弟)等全部没入历史尘埃。

李克用生前长期被朱温压制,死得比较憋屈。朱温生前风光无限,死得却很凄惨,而且戎马一生打下的江山也即将迅速败在儿子们手中。

江山代有才人出，各领风骚数百年。朱温一死，"第一男主角"的宝座空出来了，正在逐渐崛起的实力派、偶像派政治新星，光芒将一步步超越前辈，在五代的舞台上演出更加精彩的历史剧情。

第十二章
幽州那些事儿

跳梁小丑

朱友珪弑父篡位、登基称帝虽成既定事实,却不能让曾随朱温打天下的老将们信服:这小子生性纨绔,文不能安邦,武不能对敌,哪里能当得了一国之君!

金钱、官爵能换来默许,却换不来支持;不但换不来支持,有些人还趁机割据自立了。

从华州被朱温强行迁往许州的匡国军将士,听闻朱温被弑、洛阳变乱的消息后,纷纷要求节度使韩建趁机举事。年迈的韩建不愿折腾,被马步都指挥使张厚所杀。张厚向朝廷叫嚣:不给弄个大官,老子就带着部众打回老家去!

朱友珪怂了,他不敢向张厚问罪,而是立即晋封张厚为陈州刺史。

与此同时,镇守邢州的后梁大将、宣义节度使杨师厚趁乱占据魏州,赶走罗绍威之子罗周翰,取得了魏博的实际统治权。杨师厚本有割据之心,只因畏惧朱温,一直没敢动手。

朱友珪再次认怂。连张厚都不敢动,杨师厚自然更不敢惹,他颇为无奈地封杨师厚为天雄节度使,魏博之地脱离朝廷管辖。

刚登基不久就遇到这么多烦心事,朱友珪有点难受想哭,可更糟糕的还在后头——镇守河中的护国节度使朱友谦反了!

朱友谦本名朱简,被朱温收为养子,赐名友谦。朱友谦长期镇守河中,劳苦功高,朱温登基时被封为冀王。作为义子,朱友谦不大可能觊觎皇位。可当他得知干爹死得不明不白,外界又传言朱友珪弑父篡位,便断然拒绝朱友珪加封官职,宣称将前往洛阳兴师问罪。

好小子,给脸不要脸,别怪我翻脸!

朱友珪这次意外地没怂,对付这个干哥哥,他觉得很有把握。

朱友珪先下手为强,令心腹韩勍为西面行营招讨使,督诸军前往讨伐。没过多久,朱友珪不大放心韩勍的实力,又增派感化节度使康怀贞为河中都招讨使,与韩勍配合作战。

这回轮到朱友谦认怂了,都怪之前吹得太狠,还说什么兴师问罪。回头瞅瞅,自己手里这点兵根本不够打,干弟弟想要自己的命,认错低头已不大现实。为了活命,朱友谦选择向河东求救,并承诺只要李存勖出兵,自己愿将河中全境拱手相送。

苍天有眼!河中之地失而复得。当年朱温老贼从王珂手中骗走河中,如今到了拿回来的时候了!

李存勖派遣大将李存审、李嗣弘、李嗣恩出兵援助,在胡壁大败梁军五万多人。随后李存勖亲自从潞州奔来,在解县痛击康怀贞,梁兵仓皇撤退,河中之围轻松被解。

经历上党、柏乡两场惨败,梁军军威大沮,一遇晋军便未战先怯,不怎么敢与之交锋。这种心态一直延续到后梁灭亡都没有调整过来。

朱友谦生性豪爽,既然话都说了,人家又大老远跑来援手,自己不亲自前去答谢,面子上都过不去。

为表诚意,朱友谦撤去武备只带着数十名随从,来到李存勖大营答谢,并当场认李存勖为舅(王镕也认了)。考虑到朱温和李克用是同辈,他们的儿子自然也是同辈,弱弱地提醒一句,朱友谦此举差着辈儿了。

自己的干儿子认了死敌的儿子为舅舅,等于自己成了死敌的干外甥,日后在下面遇到李克用还得喊一声"老舅"。老朱泉下有知,一定会气炸的。

这帮混蛋,老子死了都不让安宁!

老朱不开心,李存勖今儿个却真高兴。毫不费力夺回河中,同时又收了一个干外甥。他当夜大摆宴席招待朱友谦。朱友谦刚从紧张的情绪中解放出来,兴致很高,不知不觉喝得大醉。看着是回不去了,朱友谦爽快地留宿在晋军大营,呼噜打得震天动地,第二天又喝了一顿才辞别回城。

朱友谦心很大,不怕被黑。李存勖毕竟不是朱温,人品很好,讲江湖道义,干不出什么缺德事。

继昭义、镇定连续失守,这次又丢了河中,后梁的地盘正在加速缩小。

河中毕竟相距较远,丢了就丢了,让朱友珪真正头痛的,是已在魏博取得实际统辖权的杨师厚。

刘知俊因疑反水,李思安因误被杀,第二代名将之花仅剩杨师厚一朵。

杨师厚作为后梁首席大将,麾下将士骁勇,掌握着各镇调兵权,威势日隆,经常不把中央放在眼里,更不把朱友珪放在眼里。满足于割据一方还能勉强接受,若是这厮在魏博造起反来,局势将难以控制。

朱友珪决定把杨师厚召回洛阳,趁机除掉。他给杨师厚传诏,谎称北方有重要军机,需要当面商议。

杨师厚的部下认为其中有诈,劝他不要动身。杨师厚却非常乐意前往。一方面他实力雄厚,根本没有厌的理由。另一方面他早已看清朱友珪外强中干,色厉内荏,是个不折不扣的孬种、人渣。

"吾知其为人,虽往,奈我何!"

杨师厚欣然启程,他的身后跟着数万魏博精兵。

一行人浩浩荡荡开到洛阳城外。杨师厚摆了摆手，数万精兵擂起战鼓，挥动军旗。这阵势有如山呼海啸，不知道的以为准备攻城呢。

朱友珪也是这么认为的。杨师厚不会知道我想除掉他，现在起大军前来讨伐我吧？朱友珪心里直犯嘀咕。

眼看着城外随时都有攻城的可能，朱友珪急得像热锅上的蚂蚁。没想到过了不久，战鼓突然停了下来，负责望风的侍卫前来报告，杨师厚已经进城，身边只带了十余名随从。

一场虚惊。朱友珪这脸色从暴雨直接转晴。他立即传令用最高规格的礼仪招待杨师厚。

说好的趁机做掉他呢？这事早被朱友珪忘到九霄云外了。

"哎哟喂，杨大将军，好久不见好久不见。"朱友珪满脸堆笑。

"陛下降诏，岂敢不来？有劳陛下亲自迎接，末将愧不敢当。"杨师厚都不带正眼瞧的。

"杨将军太客气了。"

"听说陛下召末将前来有重要军机相商，不知所为何事啊？"

"这个嘛，也不是啥大事。那什么，将军先歇息歇息，这事也不着急。"

杨师厚带着数万人的旅行团，从魏州到洛阳免费观光了一把。临行前，朱友珪赏赐数十万钱用于犒军。没听说旅客出游，旅游公司掏旅行费的吧？朱友珪偷鸡不成，却被杨师厚狠狠地耍了一回，蚀了不少米。

干大事而惜身，见小利而忘义。朱友珪素质太低，能力太次。他登基后的所作所为更像是舞台上的跳梁小丑，滑稽可笑，根本无法胜任男主角一职。

想当主角，水平太低，做梦去吧！可惜朱友珪就快连梦都没得做了。

> 遥望建康城，小江逆流萦。
> 前见子杀父，后见弟杀兄。

手足相残即将再次上演。只不过这回，朱友珪是作为哥哥而存在。

皇位易手

朱友珪御下手段和治理水平不达标，杨师厚和朱友谦，一个不敢管，一个管不了。短短半年间，魏博与河中相继脱离中央。以敬翔为首的朝中重臣不满朱友珪弑父篡逆，纷纷表示要"非暴力不合作"。

刚登基时，朱友珪还尽力装得很有抱负，很想搞出点名堂。可惜实力有限，周围一干人等又不愿真心协助，政事玩不转，威信树不起，搞得朱友珪很是郁闷。

俗话说，那啥改不了吃那啥。

像朱友珪这种纨绔子弟，最高级别的官二代，从未经历过残酷的政治斗争和战场上铁与火的磨砺，意志品质不强，抗压能力基本为零，受挫后基本不能指望有什么反弹。

在哪儿跌倒就在哪儿躺着吧！你们不帮忙我也不管了，爱谁谁！

朱友珪把肩上的重担一股脑全卸了下来，然后一头扎进后宫，放荡荒淫的本性显露无遗。朝廷内外就看他不爽，现在更是怨声四起。

其中意见最大的有两人，分别为驸马都尉赵岩和左龙虎统军、侍卫亲军都指挥使袁象先。这哥俩一个是朱温的女婿，一个是朱温的外甥。赵岩不大有名，他老爹赵犨比较牛气。

当年老赵死守陈州，把十几万起义军生生拖在城外一年有余，为围剿黄巢争取到宝贵的时间。后来秦宗权劫掠河南，赵犨举城投靠朱温，长期备受器重。老朱不仅将忠武军交予赵犨，还把女儿许配其子赵岩，两家结为儿女亲家。

老朱生前很关照赵岩，岳父大人被弑以后，赵岩对朱友珪痛恨不已，只苦于手中没兵，无法举事。

乾化三年（913年）春，朱友珪晋升朱友贞为东都（汴梁）留守、代理司徒，赵岩毛遂自荐，强烈要求前往汴梁传诏。

朱友珪不知道赵岩和朱友贞私下关系很铁，赵岩此行是去搬救兵的。

他更不知道，赵岩一到汴梁就开始和朱友贞密谋起来。

朱："赵兄在洛阳任职，朝廷之事知之甚多。先皇死得有些蹊跷，其中必有隐情，还望赵兄告知一二。"

赵（痛哭）："先皇待我赵家恩重如山，此番前来正是打算将实情相告，刺杀先皇根本不是博王所为，罪魁祸首是朱友珪。可惜我与袁象先手中无兵，一切只能拜托您出力了！"

朱（大怒）："我早有所怀疑，没想到果然是他。弑君篡位大逆不道，天人共怒，可惜我汴梁人马有限，仓促行动胜算不大。"

赵："此事成败，不在你我，而在杨师厚。杨师厚在禁军中威望极高，只要他发一言表示赞成，必能获得禁军的支持。禁军不插手，朱友珪便成孤家寡人，分分钟就能拿下。"

朱友贞与赵岩一拍即合，立刻派心腹马慎交赶往魏州联络杨师厚。

马慎交开门见山，直接给杨师厚亮出底牌：朱友珪篡逆无道，人望尽在我主朱友贞一边。将军若能促成此事，必成万世之大功。我主愿赐钱五十万缗用于犒军，请将军三思。

杨师厚听罢，一时拿不定主意，便召集部下合议是否有必要蹚这浑水。杨师厚认为，朱友珪弑君时自己没有起事，如今朱友珪登基半年有余，君臣名分已定，再行声讨好像并没有必要。

杨师厚脑子转不过弯，部下中有明白人提醒他：朱友珪亲弑君父，贼也；朱友贞举兵复仇，义也。将军和朱友珪，根本不用考虑君臣之分。倘若不帮朱友贞，也就是客观上和朱友珪站在一起。等朱友贞搞定一切登基后，将军何以在新朝立足？

杨师厚猛然有所醒悟，一拍大腿：差点误了大事！他立刻决定帮朱友贞夺取皇位。

第一步，杨师厚密派王舜贤到洛阳，先和赵岩、袁象先取得联系；第二步，派都虞候朱汉宾屯兵滑州作为外应，以防不测；第三步，与禁军中自己提拔起来的各军指挥使秘密通信，起事时不要帮助朱友珪平乱。

杨师厚的任务宣告完成，朱友贞也是万事俱备，只欠东风。

东风说来就来，挡也挡不住。

这事还得往前说。后梁军中以龙骧、神捷两支部队战斗力最强。柏乡之战后，两支部队损失惨重，减员数量巨大。质量就先不考虑了，先把数量堆起来再说。老朱为了迅速补充兵源，令龙骧、神捷军中将佐各往附近州郡征兵，同时就地戍守，暂且抵挡河东侵扰。

征着征着，老朱就突然挂了。当时已完成征兵目标、戍守怀州的龙骧军一部，听说朱友珪弑父篡位，便推刘重霸为首在怀州发动叛乱，扬言要杀回洛阳为老朱报仇。

仇没报成，这部分龙骧军就被朱友珪镇压了下去。怀州的龙骧军一乱，其余各州龙骧军内部也开始动荡。朱友珪本着"宁可错杀一千，也不放过一个"的原则，彻底严查。一旦发现，诛其全族。

是叛徒就要消灭，敢谋反就杀你全家。大清洗搞了一年多，朱友珪依然不肯罢手。

这时驻守汴梁的部分龙骧军听说朱友珪征召他们回洛阳，认为按照先前经验，此行肯定凶多吉少。犹豫之际，朱友贞看到了机会。他一边上奏朝廷，直言龙骧军疑惧，不敢前往，促使朱友珪继续施压，另一边又派人潜入龙骧军中散布谣言，说他们这些人到了洛阳，必将被尽数坑杀。

龙骧士卒一听这话，再也坐不住了，赶紧让领军前去拜见朱友贞，请求他给指条明路。

朱友贞自幼跟朱温混演艺圈，演技算不上高超，但忽悠个把四肢发达的军将自然不在话下。他怀着无比沉痛的心情对军将们说："先帝与尔等出生入死三十年，如今尚且被人所弑，你们哪里还有活的可能！"

军将们听到这些话，心顿时凉了半截，个个目光呆滞，进入假想状态。

朱友贞觉得效果不错，便拿出秘密武器——朱温画像，对着画像开始玩命痛哭。军将们睹容伤情，也纷纷陪着哭。

哭得差不多了。朱友贞猛然收住情绪，气沉丹田，再来一番慷慨陈词:"你们这些人若能主动前往洛阳诛杀叛贼,必定可以转危为安。我绝对不会亏待你们!"

"万岁!万岁!我等愿助大王诛杀叛贼!"

朱友贞微笑着点了点头。这戏演得——完美!

龙骧军出兵之时,朱友贞火速给赵岩传信:兵至洛阳便可配合禁军动手,务必一举擒获朱友珪。活的抓不到,那就要死的!

可怜朱友珪对这一切竟全然不知,他的皇帝生涯乃至生命即将终结。

数日后,龙骧军逼近洛阳。时机到了!袁象先率禁军数千人突入宫中,想要亲手干掉朱友珪。

朱友珪听说兵变,立刻带着妻子张氏和冯廷谔逃到北垣楼下准备跑路,可惜外有龙骧军拥入,根本无法出城。朱友珪自知不免一死,干脆自我了断,省得受辱。他令冯廷谔先杀张氏,再杀自己,最后冯廷谔无路可走,完成三杀(自尽了)。

野心家朱友珪弑父杀兄,得到了应有的报应。此时距他篡位登基,尚不足一年。

十余万禁军、杂牌军、进城的龙骧军听说皇帝被杀,又开始浑水摸鱼,趁乱劫掠洛阳。中书侍郎杜晓、侍讲学士李珽被乱军所杀,门下侍郎于兢、宣政使李振也被误伤,混乱持续到黄昏才逐渐平息。

朱友珪被杀,李岩和袁象先立即带上传国玉玺到汴梁迎接朱友贞。考虑到自己驻守汴梁时间已久,根基扎实,相较而言,洛阳那帮守军实在太疯狂,自己又没什么群众基础,朱友贞不肯前往洛阳即位。他直接宣布在汴梁登基称帝,史称梁末帝,废朱友珪为庶人,顺便恢复了冤死的二哥朱友文的官爵。

朱友贞同学出身尊贵(朱温正妻张氏所生),为人稳重,热爱学习,品行优良,在军中威信也不错。

怎么证明两人不同?可以拿朱友谦当标杆。朱友珪登基时,朱友谦反叛;朱友贞登基时,朱友谦宣布重新回到组织怀抱。

好学生朱友贞给江河日下的后梁政权注入一针镇痛剂,算是暂时止住了疼痛。然而朱友贞能否搞定同为官二代的李存勖，我们在这里要先打一个大大的问号。

幽州这些年

儿子杀老子，弟弟杀哥哥，一年来老朱家窝里斗得不亦乐乎。这等轰动一时的"国际"新闻，河东那边明明白白看在眼里，却没有选择趁火打劫，在后梁地界搞一搞事。当然，并非李存勖品德高尚，不愿趁人之危。他当前准备优先解决的，是割据幽州多年的刘氏家族。

这，也是老爹李克用临走时留下的遗志。

李克用一生胸怀坦荡，最痛恨反复无常的小人。几十年戎马生涯，爱的人多，恨的人少，真正让李克用记恨着、至死无法释怀的一共有三人：头号死敌朱温、契丹首领耶律阿保机、卢龙节度使刘仁恭。

据说李克用临终前有个桥段，给李存勖留下三支箭，代表三个任务，希望李存勖能够继承遗志，为父雪耻。这个感人又励志的场景，北宋欧阳修编纂的《新五代史》传记第二十五篇《伶官传序》中描写得比较生动：

世言晋王之将终也，以三矢赐庄宗而告之曰："梁，吾仇也。燕王，吾所立，契丹与吾约为兄弟，而皆背晋以归梁。此三者，吾遗恨也。与尔三矢，尔其无忘乃父之志！"庄宗受而藏之于庙。其后用兵，则遣从事以一少牢告庙，请其矢，盛以锦囊，负而前驱，及凯旋而纳之。

集齐七颗龙珠，你就能实现三个愿望；完成三项遗志，你就能开辟一个新时代。有志青年李存勖近期把梁军打得找不着北，之后老朱被弑、朱友珪杀朱友文、朱友贞杀朱友珪，后梁内部动荡不已，元气大伤。即便如此，李存勖依然不愿先从后梁下手。

毕竟瘦死的骆驼比马大，吃柿子就要先拣软的捏。李存勖从太庙请出第一支箭，箭的方向直指幽州。他要完成第一项任务：扫平幽沧，抓住刘仁恭这个反复无常的小人。

话分两头,幽州这些年其实也真够乱的。

多年以来,刘仁恭在朱温和李克用之间左右摇摆,两面装人。天祐三年(906年),朱温和刘仁恭撕破脸皮,出兵驰援魏博,大举讨伐沧州。驻防沧州的义昌节度使刘守文正是刘仁恭长子。

梁军压境,刘仁恭下令征兵:男子十五以上,七十以下,统统自备干粮前来军营。兵发之日,哪个敢抗命不来,刑无赦!

这就有点欺负人了。青少年和老年人不放过不说,食宿还得自费。估计下属都觉得老刘有点太缺德,就劝他尽量缩短年龄区间,老弱病残打不动仗,还白白消耗粮食。不仅如此,男人们都上前线了,供粮任务难道让后方的女人来做?不科学呀!

刘仁恭这才放宽了限制条件,不过还是很缺德:拿得动兵器的男性都得给我顶上去,不管你是农民还是知识分子。

这不算完,有力气打仗的,在脸上刺字"定霸都";读书人体质不强,打不了仗,也得在手腕或胳膊上刺字"一心事主"。于是乎,幽州境内全体男性,除了少儿,基本全都惨"被文身"。

老刘搞了一把全民非主流的行为艺术,然而打起仗来并不能起到任何作用。十万征兵连同总司令刘仁恭龟缩在瓦桥,根本不敢与梁军交锋。这可吓坏了在沧州死守的刘守文。

老爹不给力,只能靠自己。城池一时半会儿还顶得住,没有粮食,人可就不大能顶住了。

粮食吃完了,刘守文率部下学蚯蚓——吃土,将泥土掺水团成丸子形状,想象着手里拿的是香喷喷的红烧狮子头,一口将其吞下,千万不要尝试咀嚼。即使是土丸子,也时常有争抢行为发生,由此可见刘守文一干人等活得有多悲催。

刘守文很有骨气,多次拒绝投降。他登城明确向朱温表示:我与刘仁恭是父子关系。老大您正以大义征服天下,如果我背叛父亲投降于您,日后在您麾下还哪儿有立足之地。

几句话说得老朱无言以对，面子上有些挂不住，攻打沧州的速度稍微慢了下来。后来所幸李克用在李存勖的苦劝下出手相助，丁会又毫无征兆地投降河东，朱温被迫退兵，刘守文这才帮老爹保住沧州不失。

从这件事上，能看出刘仁恭这货足够自私暴虐。也因为此事，老刘清楚地认识到，反正幽州偏居一方，朱温李克用都吃不掉他，剩下的一群喽啰更不能把他怎么样。既然无力争霸天下，那就关上门好好享福吧。

老刘自此一头扎进安乐窝里迅速腐化堕落下去。他嫌幽州城不够坚固，就在险峻的大安山上修建寝宫，寝宫的规格、设施堪比皇宫。老刘在幽州广选美女，还高薪聘请一些方士求仙问道，生命不息，炼丹不止。

老刘快活了，苦的却是广大幽州百姓。为了满足个人私欲，老刘聚敛境内全部钱财，埋藏在大安山山顶。这自然不是大钱生小钱，而是储存起来供自己慢慢挥霍。

你个人把钱全卷走了，老百姓得吃饭，得用钱交易，没货币怎么办？老刘开动脑筋，创新性地开发出一代最新货币——黏土。

黏土怎么当钱？很简单，捏呗！既然纸片、贝壳能当，黏土也能当！至于币值大小，则完全取决于捏成形的黏土重量。老刘强制推行黏土货币，扰乱金融市场，阻碍正常货币流通，放在当下可是要按经济犯罪判刑的。

这还不算，为了进一步敛钱享乐，榨干民间真金白银，老刘禁止江南茶商入境，搞起了茶叶垄断贸易，自己派人采集山中草木做茶，卖给幽州百姓。

想喝茶，就得买我的。想喝茶，把钱掏出来。

老刘骄奢淫逸，贪婪无耻，用现在话说，这是一只不折不扣的、丧尽天良的、对人民群众敲骨吸髓的大老虎。

是大老虎，就要立即打倒！

快活他一个，苦了千万家。历史证明，这种情况是不会长久的，这种人是享受不长的。

就在这时，刘守光（老刘二子）敬赠绿帽一顶，不偏不倚落在老爹刘仁恭头上。

情场无父子,敢动我的女人就不认你这个儿子!

"家门不幸,出了这么个逆子!"老刘边骂边打,又单方面和刘守光断绝父子关系,将他赶出幽州。眼不见心不烦,省得这混蛋再做什么出格之事。

如果认为刘守光只有搞老子女人的本事,那未免太小看他了。这货蛮横叛逆的程度,绝对超乎你的想象。

刘守光前脚刚被赶出幽州,后梁大将李思安后脚就率大军杀奔而来,直抵幽州城下。当然,这两者并无任何因果关系,李思安不是来给刘守光报仇的,但此事却在客观上帮助了这位刚被老爹赶出家门的失意者。

前面我们讲过,老刘一直在大安山度假,过着一种隐逸悠闲、与世无争的生活,基本不怎么回幽州,对于李思安进犯之事毫不知情。幽州没有主将,眼看着城池告破。关键时刻,多亏一人从城外带来有生力量击退李思安,力保幽州大本营不失。否则刘仁恭别说躲在山里养老了,估计要直接从山上跳崖自尽了。

营救之人,正是刘守光。

刚被赶出家门,刘守光一度意志消沉。北方之大,何处为家?他在幽州城外徘徊,毫无目的地晃悠。晃悠着,晃悠着,就听说幽州被围,情况危急。这可不是老爹的个人问题,幽州一旦丢了,整个刘氏家族也全完了。

刘守光火速从附近城池调集人马,拼命冲入幽州城中。他并不死守城池,而是亲率部队出城和李思安死磕。保卫家园,城在人在!燕军这回很卖力气。李思安虽是名将,遇到这种突然间打仗不怕死的部队也敌不过。刘守光顺利保住幽州,一战成名。

幽州保住了,自己回来了,怎么跟老爹交代?刘守光的做法就是不交代,没什么好交代的,幽州是我守住的,现在就应该属于我!

从撬老爹墙脚这种行为可以看出,刘守光跟他爹一样,都不是什么好东西。保住幽州,刘守光自称卢龙节度使,随后派心腹李小喜、元行钦带兵进攻大安山。老刘这才听说混账儿子起义自立了。

嘴上骂着刘守光禽兽不如，老刘妄图据山抵抗，可惜自己手下这些人很快就被刘守光包了饺子。

豪华别墅没了，度假村没了，骄奢淫逸的生活也没了。老刘被儿子强行拉下马，押回幽州关了禁闭，估计这辈子甭想出来了。那些平日里和刘守光不对付的将佐，基本也都难逃一死。

众将之中，只有银胡�都指挥使王思同、山后八军巡检使李承约、刘守光弟刘守奇等人率部逃出幽州，投奔了河东。

可老刘毕竟不止一个儿子，自从听说老爹被二弟所擒，大儿子义昌节度使刘守文不干了。从此前死守沧州的事迹可以看出，刘家老大可比刘二正派得多。私通父妾，继而囚禁亲爹，这种丧心病狂的事竟是亲弟所为。

"没想到吾家生此枭獍，吾生不如死，誓与诸君讨之！"

刘守文尽起沧德军讨伐幽州。当然刘家老大也没有那么高尚，他很有私心：幽州这么大块肥肉谁不想吃？不能便宜了老二。

这是一场兄弟间的内斗，最初刘守光抵挡不住大哥的进攻，向河东借兵，李存勖遣兵五千相助。这下换成刘守文扛不住了，在卢台和玉田接连败在二弟手下，匆匆撤回沧州。

痛定思痛，刘守文决定下狠手，一定要教训教训这个可恶的弟弟。老二你能找外援，以为我没有吗？

刘守文曾代父长期镇守边关，少不了和契丹、吐谷浑等民族打交道。此番有事相求，刘守文又舍得花重金贿赂，提供丰厚的劳务费。少数民族除了牛羊，几乎什么都缺，既然兄弟比较大方，我们也不能不仗义。于是，经过一系列整合，刘守文多了四万"国际"部队，驻扎在蓟州。

底气足了，刘守文再次集结重兵讨伐刘守光，契丹民族战斗水平、砍人技术可真不是吹的。如今的契丹还在边远的北方默默充当着配角，不久之后，他们就将迅速崛起，实力远超目前显赫一时的沙陀人。

鸡苏之战，刘守光大败。形势一片大好，刘守文却突然用一个极其愚蠢的举动彻底葬送好局，实在令人大跌眼镜。

不知道是为了耍酷，还是突然间亲情爆棚，刘守文竟在两军对垒、剑拔弩张的气氛下，单枪匹马跑到阵前，眼中满含泪花地告诫诸将，千万不要杀害弟弟刘守光。

愚蠢，实在愚蠢！

火药味十足的战场被刘守文的妇人之仁带乱了节奏。对于刘守文的乱入，众将纷纷惊掉了下巴：大公子是不是跑错片场了？这可是打仗，不让伤害主将还怎么打，到底搞的哪一出？

己方将领被刘守文雷得不敢轻举妄动，敌方那边可不客气了。大将元行钦认得刘守文，刘守文还就在自己正前方不远处，千载难逢之机不可放过。元行钦纵马向前，单骑擒获刘守文。沧德军没了主帅，顿时乱作一团，四下溃逃，到手的胜利就这样白白丢失了。

刘守文强行在战争戏中插入亲情戏份，活该把自己搭进去，因为弟弟刘守光可不会在意什么兄弟情深。和对待老爹的方式一样，刘守文也被他关了禁闭，室外遍插荆棘等路障。亲爱的哥哥，你就在小黑屋里先住着吧！

刘守文并没有在小黑屋住太久，随着沧州城破，刘守文没了任何利用价值，被弟弟派人暗杀。

这类亲情戏，后世朱允炆对抗老叔朱棣时也用过。好青年朱允炆告诫诸将，不要让自己担杀害亲叔的骂名，意思就是：你们给我抓活的。战场上想抓活的，哪有那么容易！朱棣不会站着让你抓，反而活蹦乱跳，进退自如，就差喊出"向我开炮"这样的经典台词了。他料定大侄子不会下杀手，让自己无形之中有了一道天然的护身符，因而才敢有恃无恐，直到推翻大侄子的政权。

所以说，战场是血与火的境地，打仗没有不死人的。对敌人仁慈，等于先输了一半。

囚禁老爹，杀害老哥，刘守光自此彻底控制幽州。老朱晋封刘守光为燕王，坐镇幽州，世袭罔替。

作为胆大心黑界的新任大佬,还有什么是刘守光不敢做的?

没有。

晋封燕王(王爵)后还有什么可进步的?

有,登基称帝。朱温做得,我也做得!

我惯着你

刘守光比刘仁恭有梦想,有追求。老爹自认为实力不济,不足以争霸天下,便躲起来老实享福,刘守光却对人生有更高远的规划。搞定老爹和老哥后,刘守光颇为得意,自觉离目标更近了一步。

乾化元年(911年),卢龙、义昌节度使兼中书令燕王刘守光身着大红衮袍,召集诸将议事。穿大红并不是为了赶时髦,刘守光是在找当皇帝的感觉。他认为方今天下大乱,群雄角逐,朱温可以称帝,我大幽州兵强地险,自然也可以。

原本以为属下会认可自己的看法,没承想这群人一点都不配合。属官孙鹤更是直截了当表示反对:"今幽州内部刚刚平定,公私困竭,李存勖在西面虎视眈眈,契丹在北面伺机而动,突然谋划称帝,十分不妥。老大应养士爱民,训兵积谷,勤修德政,以德服众,则四方自服。"

鸡同鸭讲,对牛弹琴。刘守光和孙鹤根本不在一个频道,谈话是进行不下去了。刘守光十分不悦,称帝之事暂时告一段落。

你们这帮人阻止我称帝,那我就先退一步,换种玩法。

刘守光派人传檄镇、定二地,让成德节度使王镕、义武节度使王处直尊称自己为尚父。

尚父,亦称尚甫,意为尊敬的父辈。原本单指周朝太公姜尚(姜子牙),后泛指对大臣的礼尊。尚父这个尊称,姜子牙得过,郭子仪得过,当然董卓、李辅国这种权贼也得过,只不过是厚着脸皮主动申请的。

赵王王镕对此怒不可遏:你小子占我便宜,想当谁爹呢!他立即向李存勖禀报。李存勖也很生气，刘守光吃着碗里看着锅里，这怎么可以！

癞蛤蟆插鸡毛——看不出是飞禽还是走兽！

李存勖想教训这只插鸡毛的癞蛤蟆。河东诸将却纷纷建议说："刘守光和他爹一样是个小人，多行不义罪大恶极，我们不如假意答应他的要求，麻痹他的思想，让他的行为更加出格，那时再行讨伐也不迟。"

臭毛病、烂品性、恶行为，很多时候是被人惯出来的。捧得越高，摔得越狠。这就叫捧杀！

既然你愿意玩，我就陪你玩，看你还能搞出什么花样。李存勖不但命令王镕、王处直答应下来，还额外赠送大礼包，让昭义节度使李嗣昭、振武节度使周德威、天德节度使宋瑶也一起签名。

"五"毕竟没有"六"听着吉利，多添一个也没什么影响。李存勖大笔一挥，在联名册首行，赫然写上河东节度使李存勖。

河东李存勖、成德王镕、义武王处直、昭义李嗣昭、振武周德威、天德宋瑶，六镇节度使联名推举并尊奉刘守光为尚父。

李存勖主动示弱，力捧刘守光。刘守光果然中招，以为六镇畏惧自己的实力，变得更加肆无忌惮。

李存勖等六镇表示赞成，刘守光又给朱温上书，赤裸裸地索要河北都统（兵马大元帅）一职。老朱叹了口气：这个二货被人忽悠了尚不自知，和他老爹相比火候差得远呢！河北都统官职显赫，不能给你。老朱派遣王瞳、史彦群前往幽州，册封刘守光为河北道采访使。

采访使听着挺像记者，古代可没这种职业。采访使具体职能是负责检查地方刑狱和监察州县官吏。当然，听官名就知道是个虚职，河北各地被几大节度使分割，你敢跑到别人地盘上搞检查吗？肯定不可能。

老朱可不管这么多，反正河北很大一部分不属于我的地盘，你想要个高大上的官职，我就给你，无非就是诏书上多写几个字，不费劲。

和李存勖一样，朱温也选择惯着、捧着。

就这样被我征服，我的人格魅力简直爆炸！

还有谁？刘守光膨胀到了顶点。

尚父、采访使册封典礼上,下属将册封流程策划书呈上,刘守光又出幺蛾子,对于册封仪式没有郊天、改元这两项十分不满。王瞳以为刘守光不懂业务,好声好气给他解释:"尚父虽然尊贵,但也是为人臣子,自然不能有郊天、改元之举。"

刘守光一听大怒,将策划书直接摔在地上,大声说道:"我地方两千里,带甲三十万,足够做得河北天子,谁能阻止得了!尚父的名号算个屁!"刘守光下令立即准备登基礼仪,还把好心前来册封的王瞳等人关押,之后才放了出来。

八月,刘守光再议称帝,下属们依旧议论纷纷,认为仓促称帝万万不可。为了堵住下属的嘴,刘守光置斧质(古代一种酷刑具,杀人时,置人于铁砧上,以斧斫之,类似于铡刀)于庭,谁敢再谏,杀无赦!

不怕死的孙鹤仍然苦苦相劝:"沧州城破,我理当赴死,幸蒙主上相救才有今天。孙鹤不敢爱死惜命,请求主上此时万万不可称帝。"

刘守光再也没了耐心,命人把孙鹤押到斧质旁一刀一刀开剐,还令军士分食其肉。孙鹤临死高呼:"不出百日,大兵将至!"刘守光命人用泥土封住孙鹤的嘴,最终将其千刀万剐。

硬汉孙鹤惨死在魔王手中,群臣之中再无人敢有异议,这个世界清静了。

刘守光顺利称帝,国号大燕,改元应天,封王瞳为左丞相、卢龙判官齐涉为右丞相、史彦群为御史大夫。老朱的使臣被迫成了刘守光的开国元勋,估计这是刘守光有意恶心恶心朱温。

登基大典正热闹地办着,契丹人趁守备空虚,袭取平州,大肆劫掠而去。刘守光震惊之余,觉得契丹人早不来,晚不来,偏偏趁自己称帝时才来骚扰,真是晦气!

李存勖听说刘守光称帝,大笑着说道:"这小子也蹦跶不了几天了。一年之内,我必发兵幽州。"张承业建议再添把火,派使臣前去道贺,让刘守光狂妄到极点。李存勖便让太原少尹李承勋前往幽州。

燕国主管礼仪的官员告诫李承勋,应该以君臣之礼拜见。李承勋却义正词严地回绝道:"我受命担任唐朝太原少尹,燕王能在其境内称帝,怎么能让他国使者称臣?"

刘守光面子上挂不住,就把李承勋也关了起来,想要迫使他屈服。过了几天,李承勋还是表示不合作:"能让我晋王向你称臣,我自然心悦诚服;燕王要是做不到,我有死而已。不必多言。"毕竟不是自己的臣子,刘守光拿这硬骨头没办法。

嘴上不能让你们屈服,那我就拿出点真本事。刘守光准备出兵易定,讨伐义武节度使王处直。

谋臣之中闪出一人,直言不可轻举妄动。

好小子,孙鹤怎么死的你不知道?还敢跟我叫板!刘守光下令逮捕此人,关押在狱中。所幸此人名声很好,被人私下从狱中放出。幽州是没法待了,他带着家眷逃奔河东,投靠了李存勖。

此人,便是在五代乃至后世知名度很高、争议也很大,人送外号"官场第一不倒翁"的冯道。他的故事还在后面。

被李存勖等人刻意惯着的刘守光,已经完全忘乎所以。

刘守光准备先拿下易定,继而进取天下。他丝毫没有料到,远在晋阳的李存勖已恭恭敬敬从太庙中取出老爹留下三支箭中的一支,目标直指幽州。

幽州之战

刘守光兵犯易定,让李存勖等到了出兵的借口。我好心派使者向你道贺,你还敢来冒犯我小弟!老虎不发威,你当我是那啥啊!

荡平幽州,李存勖绝非一时性起,而是经过长期酝酿制订的战略规划。毕竟三支箭只代表三个任务,老爹也没指定哪一支代表哪一个,不存在顺序问题。

老爹没规定顺序,李存勖却主动调整好了顺序:第一支箭,先灭幽州；第二支箭，再破契丹；第三支箭，灭亡后梁。

原则上先易后难，方略上先荡平幽州，降服契丹，继而一路往南，定河北，取魏博，最后直逼汴梁。

乾化二年（912年），周德威东出飞狐，与赵将王德明、义武将陈岩会师易水，拉开了幽州之战的序幕。三路人马攻下祁沟关，将拱卫幽州的南大门涿州团团围住。

涿州刺史刘知温仗着城池坚固，本想抵抗一番。没料到当年离燕归晋的刘守奇也随军前来，他的门客刘去非在城下率先发难："河东小刘郎来为父讨贼，干你们何事？为何在此坚守！"

刘知温一听这话，想想刘守奇本是自己人，现在也全心全力帮助晋军，这就是所谓的天意吧！为谁辛苦为谁甜？他放弃了坚守的想法，宣布举城投降，晋军兵不血刃赢得开门红。

刘守奇这张牌真是好用，拿下涿州功劳应该归他。周德威却妒忌刘守奇抢了自己的头功，诬陷他在军中搞小动作，意欲反水。

刘守奇本是反叛之人，周德威又是李存勖心腹爱将，两人根本不在一个重量级。反水这种事，刘守奇有嘴也说不清，他害怕被周德威黑掉，就悄悄带着刘去非等人离开晋军，转身投奔了朱温。

好好一张政治牌让周德威打丢了。不过损失掉刘守奇，对战争走势并不产生多大影响。有了更好，没有也无所谓。

战场上，还得靠实力说话。

周德威势如破竹，很快就兵抵幽州城下。一连串的失利，让刘守光从激情澎湃中逐渐清醒过来。燕军对阵晋军，基本没得打。没办法，还是得发挥老爹当年遗留的优良作风——墙头草，风吹两边倒。晋军来犯，那就找朱温帮忙。

刘守光火速向后梁求救。老朱和李存勖一样，极其讨厌刘氏父子这种无耻的做派，可又不能看着李存勖单方面坐大。趁着老胳膊老腿还能动弹，老朱御驾亲征，调集重兵攻打镇、定二地，准备玩一把"围魏救赵"，使晋军首尾不能相顾。

年迈的朱温少了当年的智谋和勇气，梁军多次惨败于晋军后也没了当年的战斗力和士气。军队刚推进到蓨县，李存审略施小计，仅凭手中三百骑兵，活活吓退了后梁八万人马。

他的计谋很简单，就是趁夜偷袭梁军大营。混乱中梁军搞不清晋军一共来了多少，因此根本不敢交战。这些士兵早就从前辈惨痛的经历中吸取了经验，遇到晋军赶紧跑路。

事后得知偷袭大营的晋军仅三百人，老朱不胜愤懑，病情恶化，只能暂时逗留在贝州，无力救援幽州。不久后，朱温被朱友珪杀了，后梁内部陷入混乱状态，实力迅速衰落。

刘守光原本料想朱温必定能帮自己解围，毕竟以前剧本都是这样写的：梁军来攻，我抱晋军大腿；晋军来攻，我抱梁军大腿。没想到如今梁军这么不靠谱，真让人感到失望。

外援指不上，只能靠自己了。事实证明，自己的水平更不够看。

周德威见幽州城高沟深，担心兵力不足，便向晋阳请求支援。李存勖对幽州早就志在必得，他爽快地令李存审带着吐谷浑、契苾两支少数民族骑兵增援幽州。同时，又让李嗣源攻取瀛州后立即开往幽州，形成对幽州城的战略合围。

正面战场上，刘守光并不甘心一直龟缩在城中，他派遣大将单廷珪率领精兵一万出城迎战。作为幽州第一员虎将，单廷珪根本不把周德威放在眼里，他出战前夸下海口："今日必生擒周杨五（周德威小名）献于麾下！"

事实上，却是自己被周德威生擒了。周德威擒获单廷珪仅用了一个回合，耗时不过几秒钟。

情况是这样的：单廷珪单枪匹马杀到周德威身前，周德威佯装不敌，回马便跑。单廷珪就在后面猛追，一边追，一边还用枪多次刺向周德威。周德威左闪右避，枪不及身。跑着跑着，周德威猛然转身，使了一招失传已久的回马挝，单廷珪猝不及防被一挝打翻在地，晋兵一拥而上将其活捉。

燕兵见第一骁将被擒，顷刻间一哄而散。周德威乘胜追击，斩首三千。燕军不仅战败，士气也一泻千里。此战之后，周德威兵分两路，分别攻取了顺州、檀州，进一步拔掉了幽州以外的燕军据点，幽州城变得更加孤立无援。

刘守光另派大将元行钦、高行珪分别驻扎在山北和武州。李嗣源受命兵进武州，高行珪抵挡不住顺势投降。随后李嗣源又和高行周（高行珪之弟）进攻元行钦，八战八捷，元行钦基本被打成了光杆司令。

元行钦势窘，不得已宣布投降。幽州三大将纷纷"落马"，这下刘守光彻底没戏了。

周德威集结重兵逼近幽州南门，摆出一副全力攻城的姿态。刘守光心理上承受不住，修书一封让使者送给周德威，表示愿意归顺河东。使者来到晋营，言辞卑微，哀痛不已。周德威则根本不买账："你们大燕国的皇帝还没驾崩呢，你在这磕什么头！我受命讨伐有罪之人，结盟这种事不在我的职责范围。"

刘守光无奈，再次修书请和，并痛陈自己忘恩负义、狼心狗肺，希望周德威能给个机会让自己改过自新，全心全意效忠晋阳。周德威这才上报李存勖。李存勖派张承业赶到幽州，经过一番考察，一致认定刘守光无信无义，不允其降。

说刘守光无信无义，实在没冤枉他。这货趁着谈判中晋军稍有松懈之际，悄悄溜出幽州，率军收复顺州，又想夺回檀州。周德威立即麾师出击，在檀州城下大破刘守光，迫使其逃归幽州。

幽州下辖领地、臣属纷纷归晋，刘守光孤注一掷，向契丹求救。没想到少数民族同胞也认定刘守光言而无信，根本不愿出兵。

晋军不准投降，契丹不来相救，做人做到这个份上，真是没朋友。

周德威趁势又将幽州牢牢围住。他很清楚，强行攻城虽能成功，但也会损失许多兵力，最好的办法就是围而不打，消磨刘守光的意志，直至其真正愿意无条件归顺。

周德威并没有等太久，刘守光心理确实撑不住了。他主动登城告诉周德威:"等到晋王亲自来到,我立即开城投降俯首听命。"

十一月,李存勖赶到幽州,单骑来到城下对刘守光说:"朱温篡逆,我本想与你联合五镇兵马讨伐之,光复大唐基业,你不肯与我同心,反而仿效叛逆自立为帝。镇、定两镇曾经都愿意听你领导,你却没有丝毫体恤,才酿成今日之事。大丈夫胜负成败,需要给自己留条后路。你究竟有何打算?"

"今日俎上肉耳,惟王所裁。"刘守光很识时务——他也确实耗不起了。

李存勖对着刘守光折箭起誓,只要投降,绝对保证其生命财产安全。

李存勖想以真心换真心。刘守光似乎也感受到李存勖的诚意,但他还是留了一个心眼,推辞说今天皇历不吉,准备挑个吉日出城投降。

李存勖微微一笑表示赞同,他等得起,也耗得起,无论刘守光用哪种方式投降,幽州都已是囊中之物。

刘守光彻夜难眠,一直在盘算,也在评估风险,投降之后到底会落得个什么结局。

其实,他的命运根本不掌握在自己手中,他的结局终将被别人决定。

第一支箭

你是愿意主动出来,还是我派人把你押出来?

你是愿意开着自己的座驾,还是劳烦我公费派车(囚车)?

一般情况下没有杀父之仇、夺妻之恨,很多人都会选择主动点。毕竟大家出来混饭吃都不容易,没必要下死手。

主动投降和被动投降效果差得多,"面缚牵羊"(投降的标准配置)总比阶下囚待遇更好。特别是刘守光这种情况,效果可能会差得更多。老爹和李存勖有仇,自己又谋逆称帝,要是负隅顽抗被仇家擒获,必定会惨遭乱刀砍死。

既然幽州守无可守,那就主动投降,争取宽大处理。没准李存勖只要老爹的人头,会放过自己也说不定。刘守光挑灯夜想,不降肯定是个死,投降还有生的希望。

有希望就值得争取,哪怕这样会卖了老爹。刘守光一直很爱惜自己的生命。

然而就在这个夜晚,燕军中有一人悄悄溜出城去投入晋军的怀抱。正是此人的背主反水,导致刘守光无法以主动的姿态出城投降。

此人,便是刘守光爱将李小喜。

李小喜擒拿刘仁恭立下大功,一直被刘守光视为心腹。自刘守光当上一把手,李小喜跟着领导出谋划策,除了好事什么都做,没少给领导出馊主意。

幽州即将告破,刘守光着急,李小喜比领导更急。他自知助纣为虐,罪过很重。领导投降可以把责任一推,黑锅一扔,或许能逃过处分,替死鬼却很可能是自己这位狗头军师。

替死鬼我不当,黑锅我也不背。为了保命,一定不能让领导主动投降。李小喜决定抢在老领导前面给李存勖送份大礼,这样的话自己就成了破燕的功臣。

什么大礼呢?就是幽州防御状况。李小喜见到李存勖,立刻将幽州兵尽粮绝的情报以及城池防守漏洞全部泄露出来。原来搞不清幽州到底还有多少实力,李存勖怕强攻损失过大,在得知幽州实情后,李存勖再也不跟刘守光废话,亲自督战四面攻打。

让你早早投降你非拖延,等着做阶下囚吧!

在晋军山呼海啸的攻势下,幽州城顺利告破。刘守光匆忙带着妻儿出逃。大难临头,老爹和他那帮妾是顾不上了。可怜老刘,好不容易走出儿子的黑屋,瞬间又成了仇家的高级囚犯。

老朱家的儿子质量偏低,还勉强能暂时守住基业。老刘家的儿子一个脑残(刘守文)、一个懦夫(刘守奇),还有一个最坑爹(刘守光)。

给老爹戴绿帽、囚父自立、篡逆称帝、败光家业、卖爹自保,"五代坑爹第一人"，非刘守光莫属。

玩命逃出幽州的刘守光慌不择路，准备前往沧州投奔刘守奇。当时正值严冬时节，北风那个吹，雪花那个飘，天气那个冷，刘守光冻伤了脚，又迷了路，生存极其艰难。

由于害怕被抓，刘守光躲在坑谷中，昼伏夜伏，过得比邻居鼹鼠还不如。饿了几天实在扛不住，刘守光不得已，让其妻祝氏向附近农民张师造家乞讨食物。张师造见祝氏全身绫罗绸缎，却又灰头土脸，一看就不是寻常百姓。估计祝氏几日里东躲西藏，又饿又怕，内心比较脆弱，禁不住张师造调查户口般的诘问。

"娘娘我可是大燕国正牌皇后，你们的皇帝正在××坑谷中。我们需要赶路，希望你能贡献一些食物。"祝氏将身份及刘守光的藏匿之所和盘托出。她不知道，刘氏父子荒淫无道，荼毒生灵，幽州地界的百姓早已怨声载道，都想得而诛之。

人不走运，喝凉水都塞牙。

原以为能讨来一些粮食，没想到却带回一根绳子。张师造马上召集村民将受伤的刘守光抓起来，连同祝氏、刘守光三子捆送回幽州。

李存勖正在刘守光的寝宫大摆宴席，恰好部下押着刘守光觐见。四目相对，李存勖笑道："我们这帮客人来访，你作为主人何必这般畏惧，躲得远远的啊！"很明显，李存勖是在戏弄刘守光，搞得刘守光面红耳赤，差一点尴尬症都犯了。

李存勖命掌管书牍记录的官员王缄起草露布（记有文字以传递捷报、昭示天下的帛制旗子）。王书记书读得少，不清楚露布是什么物件，又不好意思请教。他望文生义，露布露布，大概就是把写有文字的布露出来吧。于是他随便找了块布，在上面写写画画后，派人在地上拉着，搞得李存勖哭笑不得。

没文化真可怕，不懂就问才是好学生。

打完了也玩够了，李存勖宣布拔营班师。作为高级战犯的刘仁恭和刘守光，时隔多日父子再次相见。

无言同上囚车，别是一番滋味在心头。

儿子如此坑爹，老刘和刘妈气不过，吐了他一身口水，痛骂其无能败家。刘守光低头不语，事已至此，说什么都晚了。

李存勖并非不想杀刘仁恭父子，而是在精心准备一场盛大的献俘活动。他没忘李克用的遗物和遗志，将失去的领地夺回来，洗刷老爹生前的耻辱。那三支箭就像插在李存勖心上，让他时时铭记，不敢有一丝懈怠。

为了节目效果，同时还要让沿途的小兄弟亲眼瞧瞧，强大凶残如刘氏父子，也禁不起我李存勖雷霆一击。因此在入晋阳之前，对待刘氏父子场面上还是要说得过去。

赵王王镕作为刘仁恭的粉丝，请求李存勖让自己见识一下偶像的风采。李存勖不但同意，还允许卸去刘氏父子所戴的枷锁，领着他们与众人一同赴宴。王镕满足了愿望，并将衣服、马鞍等物品赠给刘氏父子。

我虽恨你入骨，现在还不是时候。擅于克制情绪，能够隐藏内心真实的想法，李存勖的政治素养有了长足进步。

到了晋阳地界，情况就一百八十度大转弯。李存勖用白绢捆绑刘氏父子，高奏凯歌进入晋阳城。随后，献俘仪式正式开始。

第一步先将刘氏父子献于太庙，以告慰祖先。

第二步先斩刘守光。铡刀临头，刘守光感觉天旋地转。他想争取争取，高呼道："我死不足惜，然当初教唆我据城顽抗的是李小喜，我也很无奈啊！"

"你囚父杀兄，禽兽不如，也是我教的吗？"

刘守光一见李小喜指指点点，顿时眼中充满了怒火，恨得都想将他活撕了。

李存勖帮他实现了愿望。

"怎么跟老领导说话的，没大没小。推出去剁了！"

李小喜还没搞清状况，就先行一步给老领导开路了。对于这种卖主求荣、忘恩负义的败类，留在世上也是祸害。

刘守光见李存勖剁了李小喜，觉得这事有门儿，便苦苦哀求李存勖饶自己一命，愿意死心塌地为晋军效忠。李存勖自然不会答应：李小喜得死，你也得死，你老爹更得死！

行刑之前，刘守光哀号不已。其妻妾祝氏、李氏却面不改色，泰然自处，责备丈夫说："皇帝，事已至此，生又何益！"随即引颈就戮。刘守光鬼哭狼嚎，最终也没有躲过一刀。贪生怕死的刘守光，反不如女流有见识。

第三步，也是最后一步，斩刘仁恭。刘仁恭并未与儿子儿媳们一起处死，他还有一项重要使命——告祭李克用。刘仁恭被押往代州李克用墓前，先剖心出血，祭奠李克用在天之灵，随后才被斩首。

至此，五代少了两个墙头草，两个朝秦暮楚、背信弃义之徒。幽州之战，李存勖声名大噪，被王镕等人共推为尚书令，如唐太宗李世民先例。

父王，您看到了吧？幽州已平，天下大事不足为虑，尽在掌控！

第一支箭可以收好了。李存勖意气风发，自信一切不在话下。

第十三章
官二代的较量

魏州事变

贞明元年（915年）三月，后梁大咖、魏博节度使杨师厚病逝，后梁第二代名将之花至此凋零已尽。

估计当年被老朱割肉割得太狠，上一任魏博节度使罗绍威死时年仅三十四岁，很可能是心疼疼死的。罗绍威死后，其子罗周翰年幼难以服众，被杨师厚趁机赶了出去，魏博便转由杨师厚掌控。

杨师厚晚年居功自傲，萌生割据之心。他截留地方上缴国库的赋税，将公款挪作私用。利用这笔巨款，老杨一共做了四件事，当然，没一件是好事。

第一，招募、训练、犒赏私人武装——银枪效节军。这支部队是老杨从天雄军中经过千挑万选得到的精华，人数有三四千。他给银枪效节军开出无比丰厚的待遇：双倍工资、带薪休假、五险一金，车房免费提供……很显然，老杨致力于恢复被罗绍威摧毁的牙军制度。这帮雇佣军存在的目的只有一个：保护老板人身安全。

第二，恢复上元节夜游的风俗。规定上元节当夜，魏博居民必须立灯竿，点灯笼，烛光效果需要亮如白昼，以便夜游。

第三，修建大型画舫，带着一群歌妓在御河畅游，极尽耳目之娱。

第四，从黎阳采集巨石为自己营建功德碑。由于石碑巨大，需要以铁车负载，数百头壮牛拉运，石碑所过之处，丘墓庐舍尽被摧毁。深受其害的百姓称之为"碑来"。

"碑来"听着不太吉利，也确实没给杨师厚带来好运气。功德碑刚运到魏州，老杨还没来得及看上一眼，就去向阎王爷报到了。

这下"碑来"真变成"悲来"了。

杨师厚病逝的消息传到汴梁，后梁君臣上下一片欢腾。

老家伙，死得太晚了！

朱友贞虽然平时对杨师厚礼敬有加，内心却十分忌恨，特别是杨师厚割据魏博，一度让朱友贞压力很大。

杨师厚已死，魏博群龙无首，是时候将其收归中央了。

朱友贞在宫廷宴请朝中亲信大臣，讨论魏博发展方向以及新一届领导人问题。租庸使赵岩、判官邵赞认为，魏博之所以长期祸患不断，朝廷难以节制，正因其地广兵强，拥有得天独厚的割据资本。所谓"弹疽不严，必将复聚"，如果依然不加约束，继任者难保不做下一个杨师厚。

那该如何解决？赵岩建议朱友贞将魏博六州三三分割，化为两镇。每镇各领三州，相互制约。既能较好地削弱魏博的实力，又能让朝廷的势力慢慢渗透进去，为真正控制魏博打开一个缺口。

朱友贞采纳了赵岩的意见，任命平卢节度使贺德伦为天雄节度使，沿袭魏博建制，下辖魏州、博州、贝州。在相州设置昭德军，任命宣徽使张筠为昭德节度使，下辖相州、卫州、澶州。

贺德伦和张筠各领三州，原魏博军队、库存粮饷一家一半，这样便完成了对魏博领土和资源的分割。朱友贞怕魏博本土守军不服，另派开封尹刘鄩领兵八万从白马渡河，以讨伐镇定为名，虚张声势，实则是监督、强迫魏博分家。

刘鄩驻扎在南乐，先派檀州刺史王彦章率五百龙骧军进入魏博，进驻金波亭，若有不从，便以武力驱使魏兵迁移。

魏博事变，就此点燃导火线。

我们不妨针对赵岩的提议展开分析。伟大的革命导师马克思告诫我们：一切要从实际出发。决策能否得到预期的效果，涉及一个可行性的问题。

魏博是后梁的头号重镇和北方屏障。强行给魏博分家，客观上不但可以降低魏博对中央的威胁，还能让朝廷更好地控制魏博，真正起到拱卫京师的屏障作用。

据此说，赵岩的提议获益性较高，然而可行性却偏低。

决策产生的影响是相互的，越对单方有利往往风险系数越高。很简单，你总想占便宜，也别拿他人当傻瓜。你想强行插手魏博之事，也得问问我们答不答应。

罗绍威铲除了牙军。牙军制度虽然被毁，可数百年来父子相承、代代从军的风俗却一直得以延续。况且罗绍威前脚铲除了数千牙军，杨师厚后脚又补充了数量相当的银枪效节军。一出一进，等于白搭。

一听说朝廷要分裂魏博，使骨肉分离，魏博军民一百个不答应！天雄节度使贺德伦到任以来，贯彻中央规定，采取强制政策剪断关系网络，强行逼迫魏博分家。按照分家原则，将有一半魏兵迁往相州。

谁走谁留，左看右看。左边这个是二大爷，右边那个是大舅哥，好像跟谁分离都不舒服。无奈上头的催促越来越急，魏兵有苦难言，纷纷躲在营中抱头痛哭。

一般这种情况下，总会有胆大的、不怕死的、爱搞事的出来发动群众，这次当然也不例外。

"杨公（杨师厚）在时，朝廷就怀疑我们；杨公一死，朝廷就向我们下手。我魏博自唐至今，父子沿袭的惯例延续百余年，血缘关系不能说断就断。一旦骨肉分离，生不如死。加之天遥路远，再无相会之期。我们不能任由外人决定魏博的命运！"

"事已至此,干脆反他娘的!"

"对对,反了反了!"

哪里有压迫,哪里就有反抗。

当夜魏军发动叛乱,纵火大掠。第二天清晨,乱兵攻入内城,杀尽贺德伦亲兵五百人,并将其挟持。军校张彦领导力强,自领统帅,决心带领大家跟朝廷死磕到底。

朱友贞听说魏博变乱,就让供奉官扈异前去招安,许诺封张彦为魏州刺史。张彦向扈异表明立场,只要朝廷同意恢复旧制,不让魏博一分为二,自己愿意带领魏博将士效忠朝廷。

扈异回京之后,却在朱友贞面前极力贬低张彦:"这厮草包一个,只需让刘鄩引兵攻打,必能斩杀张彦,平定魏州叛乱。"

朱友贞本来就不准备收回成命。堂堂天子,说出去的话哪儿能随便收回?不过既然实行招抚,总得拿出点诚意来。朱友贞再给张彦回信,加大了封赏砝码:只要投降,保你一辈子荣华富贵!

张彦见信大怒,不同意恢复旧制其余条件免谈,我不能为一己之私出卖兄弟。他直接把朱友贞的诏书撕碎扔在地上,恨恨地对部下说:"皇帝老儿愚蠢暗弱,偏听偏信。今我魏博甲兵虽强,若是没有外援也难真正独立。"

金牌外援哪家强?放眼天下数晋阳。张彦逼迫贺德伦亲自给李存勖修书,请他立即前来援助。

趁乱拿下魏博,毫无损失地削弱后梁,有这等好事?!天上真是掉馅饼了。

坐吃馅饼

便宜不捡白不捡,馅饼不吃白不吃。李存勖又一次收到大礼,运气来了真是挡也挡不住。

魏州作为魏博"省会",西临太行,南面黄河,与后梁国都汴梁城直线距离约两百公里。这段路线地形平坦,一马平川,特别适合骑兵突击。拿下魏州,等于在汴梁腹心地带插入一把尖刀,足够震慑梁军,使其不敢轻举妄动。

面对这么大块馅饼,李存勖狂喜之余命马步军副总管李存审从赵州出发,先据临清占据主动。随后李存勖引大军自黄泽岭东下,在临清与李存审合兵。

李存勖在临清按兵不前,准备先做一番试探。贺德伦派司空颋前来犒军,秘密地让他告诉李存勖:平乱当除根。想要平定魏博,必须先除掉祸乱的根源,也就是叛军的头目张彦。

贺德伦本是朝廷任命的正牌节度使,上任不到几天就遭遇魏博事变,自己也被张彦一伙软禁。好不容易从河东盼来救星,贺德伦想借李存勖之手除掉张彦,使自己重获自由。至于天雄军节度使一职,他愿意主动让贤。相比于遭人囚禁,整日里担惊受怕,贺德伦宁愿归顺河东。

毕竟不是自己辛苦挣来的基业,送出去就是不心疼。

对于张彦来说,选择却恰恰相反。立场可以倒向河东,节度使却不能让给外人来做。他认为等李存勖赶走刘鄩以后,于情于理,魏博之地都应由自己控制。

于是,李存勖选择与贺德伦站在一边,出兵正是为夺取魏博,这年头可没有多少雷锋。

晋军进驻永济,张彦听说李存勖即将到达魏州,为表谢意(也有邀功嫌疑),他亲自从银枪效节军中选亲兵五百,前往永济拜见李存勖。

正愁找不到机会下手,你就自己送上门了。

李存勖命军士埋伏在驿门两侧,自己则登上驿楼,专候张彦羊入虎口。

张彦对此毫不知情,兴高采烈地来到永济。他刚到驿门,便被李存勖拿下。

这是什么鬼,搞错了吧?我可是自己人哪!

张彦还没来得及开口解释，在驿楼上等了半天的李存勖抢先发话："你欺凌主帅，残虐百姓，这几日沿途告状的人数不下百人。我举兵前来是维护正义，并非贪人土地（就装吧）。你虽有功于我，却是魏博罪人，我不得不杀你以谢天下。"

明明是想趁乱兼并魏博，却说得那么义正词严，李存勖玩政治的本事可比他老爹精明太多。

张彦根本没有辩解的机会，连同亲信七人一同被拉出去剁了。朱友贞好歹还封你做刺史，偏要自作聪明引来李存勖，不但节度使没弄到手，小命也被李存勖拿去笼络人心了。

江湖凶险，人心难测。以后出门记得烧炷高香，看看皇历。

张彦带来的五百银枪效节军卒见老大被砍，全吓得战兢兢，大气都不敢喘。杀掉张彦，李存勖迅速换了种表情，微笑着对这些人说："有罪的仅张彦等八人，其余一概不问。今后尔等跟着我要好好努力争取进步呦。"众人听罢，高呼万岁。

第二天，李存勖轻装简从，顺便让张彦旧部护卫左右。魏博军民见到此举，不禁纷纷称赞李存勖贤明爱人，仁德正义。

收买人心，有时候就是这么简单！

贞明元年（915年）六月，晋军来到魏州，贺德伦热烈欢迎李存勖入城，并献上印绶，请求李存勖兼任天雄节度使。

李存勖近年来不但政治玩得转，演技也迅速飙升到新的层次。他一见节度使印绶，仿佛是看到了一坨炸药，头摇得比拨浪鼓还快，连连推辞道："前日听说汴贼侵逼贵镇，所以才引兵前来，本意是救魏州百姓于水火，今日进城也单纯是想抚恤民众。您不问缘由就把节度使之位相让，这实在不是我的本意啊！"

别人热情劝进，李存勖自然坚决不能同意。当年陶谦三让徐州，刘皇叔硬是没同意，直到陶谦死后才勉强出任代理。

别人有难你来帮忙，好信义！别人一让你就答应，好无耻！别人三让你都不同意，好人品！赞一个！

为求点赞，必须得多让几次。

贺德伦不是刚出道的青年小伙，李存勖心里怎么想的他很清楚。外界那么多双眼睛都盯着呢，不多劝几次人家怎好意思相从。贺德伦对李存勖说："如今敌寇众多，魏博刚生重大变乱，人心不安。我带来的心腹被张彦诛杀殆尽，形孤势弱，根本无力服众，只能将魏博托付于您。"

贺德伦不愧是老江湖，这番话完全把李存勖吞并魏博的私心全部掩盖了，同时也是对天下人表明李存勖绝不是有心占据魏博，完全是由于贺德伦无力支撑局面。

贺德伦左劝右劝，好像李存勖不干自己就活不下去。李存勖"被逼"无奈，才勉强答应，打死也不干（潜台词：只要打不死就干）。程序是烦琐了一点，毕竟不是战场上真刀真枪打下来的，给世人留个好印象更重要。

贺德伦献城有功，被封为大同节度使；李存勖兵不血刃，拿下魏州。两人配合默契，各取所需。

魏州换了主人，银枪效节军依然嚣张跋扈，不把晋人放在眼里。李存勖下令：今后有敢拉帮结派散布流言及抢掠百姓者，杀无赦！效节军中，有些兵油子还真敢顶风作案，最后都被兼任天雄军巡按使的李存进拉到集市斩首示众。从此魏州城中肃然，再不敢有人寻衅滋事。

李存勖近期连下幽州、魏州，朱友贞再也坐不住了，决定出手抢回魏州。李存勖，你是官二代，我也是官二代，你怎么把魏州拿到手的，我就怎么抢回来！

名将胚子

魏博六州，李存勖仅拿下其一，还有六分之五尚在掌控。努力一把夺回魏州，将该死的沙陀人赶出魏博，成为朱友贞的目标。

朱友贞很自信，或者说他对刘鄩的实力很有信心。

后梁第二代军事将领，杨师厚、牛存节、王景仁病逝，刘知俊、贺德伦反水，李思安被杀，康怀贞年迈。老的老，叛的叛，死的死，基本上就此谢幕。第二代和第三代交接人选中，刘鄩算是最优秀的一个。

刘鄩起步很早，本为平卢节度使王师范部将，王师范兵败投降后，刘鄩也随之投降。葛从周欣赏他的军事才华，经过悉心培养后向老朱极力推荐。刘鄩由此官运亨通，历任右金吾卫大将军、右金吾上将军、右威卫上将军、左龙武统军、侍卫亲军马步军都指挥使、开封尹、遥领镇南军节度使。

第二代名将相继谢幕，客观上给了刘鄩证明自己的机会。朱友贞相信，刘鄩是块璞玉，经过细细打磨肯定会出成绩。刘鄩也相信自己完全有能力接过第二代名将的旗帜，重振后梁军威。

夺回魏州、赶走李存勖，朱友贞把重任完全托付给刘鄩。这是刘鄩首次有机会独当一面，他迫切希望把握住这次机会，跻身名将行列。

后梁第二代名将各有特点：杨师厚老成持重，牛存节敢打敢拼，李思安擅长突袭，王景仁容易上头。刘鄩自然也很有特点，人送绰号"一步百计"。

刘鄩善用奇计，不走寻常路。换种说法，就是赌运气，敢冒险，热衷于用诡计偷袭，不按套路出牌。这种军事风格反映出刘鄩脑子转得快，善于转换思维，出其不意攻其不备。但也从侧面暴露出刘鄩用兵的短板：不擅长打攻坚战，稳扎稳打和战略相持能力较弱。

即便缺点十分明显，在梁军最后的名将威震江湖之前，刘鄩看上去还是比较靠谱。

此时刘鄩正驻扎在洹水，随时准备进攻魏县，朱友贞又派匡国节度使王檀屯兵杨刘，与刘鄩形成掎角之势。

李存勖一面派史建塘屯兵魏县，同刘鄩形成相持局面，一面趁热打铁，以魏州为轴，四面出击，攻伐魏博其余五州。

魏博五州中，要数贝州刺史张源德对李存勖最不感冒。他当初就极力反对张彦投降晋军。张彦含恨被斩，张源德北结沧州，南联刘鄩，多次出兵截断晋军粮道。

张源德没完没了地袭扰,李存勖部下建议先干掉这个讨厌鬼,然后向东兼并沧州、景州,这样东面沿海一带的州镇也能顺势收归囊中。

听上去不错,油水很足,然水平更高、眼光更准的李存勖并不认同。他认为贝州城坚兵多,难以迅速攻占,如果先拿下夹在贝州和沧州之间的德州,就可以隔断沧贝之间的联系。两州孤立无援,更易各个击破。

兵贵神速,想好就做。

李存勖调集五百精骑昼夜兼行赶到德州,毫无准备的德州刺史没想到晋军会突然兵临城下,又弄不清到底来了多少敌军,吓得赶紧弃城逃跑。李存勖顺利拿下德州,彻底切断了沧贝之间的联系。丢了德州,张源德苦心构建的沧德防卫线被轻易破解。

七月,晋军趁夜袭取澶州,稳定了魏州周边局势。李存勖亲自赶到魏县劳军,准备一鼓作气解决刘鄩及其手下八万人马。

兵法有云:知己知彼,百战不殆。知己容易,知彼如何实现?很简单:自己动手,丰衣足食。耳听为虚,眼见为实。为了得到真知,必须要亲自实践,掌握第一手材料。

李存勖就是"实践出真知"的忠实信奉者。

趁着天色比较昏暗,李存勖亲率百余骑沿河而上,刺探梁军大营。估计李存勖没料到刺探敌情这种计策正是刘鄩的拿手把戏。既然擅长,肯定也会刻意提防对方来一手。刘鄩在军营旁的河岸丛林中埋下伏兵五千,专等李存勖前来送死。

看见晋军一露头,五千伏兵边喊边冲,将李存勖百余号人里里外外围了好几层。若是一举擒获李存勖,别说收复魏州跻身名将行列了,估计都能直接迈上人生巅峰。

虽然人数上不占优势,李存勖却毫不慌乱。他自幼随父出征,历经多场恶战,锻炼出了敏锐的观察力和高超的判断力。他迅速冷静下来寻找梁军包围圈的薄弱点,并着手组织突围。

刘鄩人多不假,晋军百余号人却像刺猬,让你一时半会儿难以下口。

突围中神将夏鲁奇与敌短兵相接，手刃百余人，杀得浑身是血，自己也英勇挂彩。突围战从午时打到申时，直到李存审赶来救援，李存勖才得以安全突围。

有意思的是，战后统计，晋军仅亡七人，地上却倒下无数梁军士兵（水分大了）。但别管水分多少，五千对一百的悬殊兵力都让李存勖跑了，对刘鄩来说本身就是失败。

回营之时，李存勖还不忘自黑一番："差点被俘，为人耻笑。"死里逃生的部下也十分配合："这正好让敌军见识见识大王的英明神武啊！"君臣之间你唱我和，相互吹捧，一路上欢声笑语。此战夏鲁奇表现出色，李存勖一高兴，赐名李绍奇，将其收为自己人。

李存勖不仅收了夏鲁奇，还顺便挖了义兄李嗣源的墙脚，把原本在李嗣源帐前效命的燕将元行钦强行要了过来，赐名李绍荣。李存勖还嫌不够，准备连同代州名将高行周一并打包，所幸高行周巧妙回绝，李嗣源才不至于损失过大。

到手的鸭子飞了，刘鄩大失所望。他很清楚在战场上与李存勖比拼硬实力，自己肯定占不到便宜。既然没法比综合素质，干脆玩一玩高端黑的智谋，谁让自己IQ高呢？

这年头，就得拼核心竞争力。

刘鄩神不知鬼不觉地定下了一条极富创造性的计谋。此计若成，魏州必能光复，李存勖必败无疑。

奇计会出奇迹吗？

奇计未必出奇迹

刘鄩认为李存勖率大军前来，晋阳必定空虚，何不出兵偷袭？晋阳老窝告破，李存勖必定火速回军，到时魏州不但收复，还能在晋阳以逸待劳，打他一场歼灭战，将沙陀人赶出中原。

刘鄩谋划妥当，便偷偷率大军从黄泽出发，一路向西开进，城中只留老弱病残把守，负责迷惑晋军。

李存勖见城中寂静无声，刘鄩又好几天没有动静，不禁起了疑心。他派出一支骑兵前去侦察，结果显示城中并无烟火，只是时而看到军旗顺着城堞来回舞动。

李存勖经过思考，料定其中必然有诈，再次派人前去察看。这回真相大白了，原来旗帜顺着城堞舞动是草人背上插着旌旗，骑在驴上来回走动的结果。晋军捉住守城残兵，打探出刘鄩已经走了两天，目前正在偷袭晋阳的路上。

李存勖告诉属下："刘鄩用兵，一步百计。长于袭人，短于决战。两天之内估计不会走远，我若追击必能取胜。"

两军对垒，最忌被对手找到软肋。不幸的是，梁晋还未真正交锋，刘鄩的弱点就已被李存勖洞悉。这在很大程度上决定了擅使奇计的刘鄩难以创造奇迹。

奇计未必出奇迹，有可能是个坑。一步走错，就成了西天取经——一步一个坑。

刘鄩，将在近期深刻地感受到这一点。

他也实在不走运。关键时期天公不作美，连日阴雨，黄泽小路泥泞不堪，搞得士兵们灰头土脸，纷纷腹痛足肿，死伤不计其数，拖慢了刘鄩的进军速度。

好不容易挨到乐平，随身携带的干粮又消耗殆尽。这时刘鄩听说晋将李嗣恩已经抢先回到晋阳驻守。前有强敌，后有追兵，不要说袭击别人，自己反而有了全军覆没的危险。

说好的奇计，却被玩砸了！

最苦的不是刘鄩，而是数万梁军将士。风里来雨里去，你要怎样就怎样！说是去晋阳狠狠干他一票，现在倒好，前后都有晋军，我们夹在中间成了汉堡馅，就要被人一口吃掉了。

军心浮动，在即将崩溃的边缘刘鄩没有掉链子，他迅速整理好情绪，发表了一场深情动人的演讲：

"兄弟们哪！战友们哪！我们离开家乡已有一千多里，深入敌境，本期望险中求胜。不是我军无能，全是敌军太狡猾，以至于使诸位处在腹背受敌的窘境。我在此向诸位表示深切的歉意。此处山高谷深，就像落入井中一般，下一步该怎么做？我们只有奋力一战，能生还就生还，如若不然，我们就以死回报朝中君王、家乡父老！"

此番演讲的效果立竿见影，将士们纷纷停止哭泣，表示愿意继续追随刘鄩。晋阳是去不了了，刘鄩整军下山，从邢州陈宋口渡过漳水向东而去，驻屯在宗城。从出兵偷袭晋阳至今，不到半个月的时间，战马损失一半，士卒数量也在锐减。

困守宗城不是办法，刘鄩得知晋军粮草不济，而临清物资积蓄甚多，他准备占据临清切断晋军粮道，如此便能化被动为主动。

刘鄩的动向被赶来支援晋阳的周德威获悉。为了阻止刘鄩占据临清，周德威不辞劳苦，两天两夜不停追赶，终于在南宫追上梁军。周德威抓了梁军哨兵十余人，打断了他们的手腕，让他们回去通知刘鄩："就说你周德威爷爷已经占据临清，明日便取你狗头！"

当然，这些哨兵想要命的话，肯定不会按着周德威原话通报。即便如此，梁军上下已经非常恐惧。主将连年纪轻轻的李存勖都搞不定，周德威乃晋军极负盛名的老将，想想更加没戏。

周德威用这句话震慑住了刘鄩，使其放慢了前往临清的脚步，成功赶在刘鄩之前保住了临清。

刘鄩不敢与周德威交手，便迅速从临清撤离，赶往贝州。沿途又从堂邑退到莘县，重新兴修防御体系，连通莘县与河流甬道，运送粮草，准备在此死守。李存勖率大军赶来，在城西三十里安营，不时前来挑战，准备连困带打弄死刘鄩。

时间一长，物资接济不上，晋军破坏运粮甬道，还派一千余刀斧手砍伐梁军寨木，搬回去当柴烧。这种随意损坏他人财产的行为，搞得梁军十分恐慌。

刘鄩作为军事主将,连日来损兵折将,徒劳无功,他主动上表为自己辩解:其一,直捣晋阳的奇谋本身没毛病,只怪该死的老天爷偏偏连日下雨,拖慢了自己的行程;其二,本想占据临清断晋军粮道,不料周德威瞎猫碰上死耗子,正好赶在了自己前面;其三,目前驻守莘县绝非畏敌,而是休整人马,寻找战机。

一句话:发生这么多挫折咎不在我,只能说是运气不大好。

朱友贞又不傻,很难被忽悠:既然你口口声声推卸责任,并非畏敌不战,那你说说将以何种策略克敌制胜。

这不是哪壶不开提哪壶嘛!我要是有决胜之策,也不会龟缩在城中消极避战。当然刘鄩不敢把真实想法告诉领导,他回复说:"臣还没想好退敌之策,希望陛下给每个将士发十斛米,则敌可破。"

朱友贞听后不禁大骂:"你这是什么逻辑,当我三岁小孩吗?米要是能破敌我还要你有何用!缺粮就是缺粮,撒这种谎有什么意义!我看你小子是想趁乱囤积物资,大发国难财!"

朱友贞火速派使者前往刘鄩处督战。刘鄩则召集手下大发牢骚:"主上身居宫中,不知兵法,仅和一些新提拔的年轻之辈商量对策。如今敌军势力强盛,战必不利,怎么办?"

刘鄩估计军中大多数将士和自己想法一致,把话说开了,没准还能借口将士厌战继续拖延。没想到手下完全没听出刘鄩的话中之意,纷纷向刘鄩请战:"胜负在此一战,拖什么拖!"

这下倒好,不想打也得打了。

刘鄩很不乐意,回营后便向亲信诉苦:"主暗臣谀,将骄卒惰。我不知道将会死在什么地方!"

过了几天,刘鄩让诸将在军门集合,给每人盛上一碗黄河水。

我干了,你们随意!

众将士弄不清主将是在唱哪出。这时刘鄩突然大发感慨:"一碗河水都喝不下,这滔滔大河,能喝得完吗?!"别人战前动员都是热血沸腾,刘鄩则用形象的暗喻玩了一把小忧伤。

语言很生动，意思很清晰，相当有诗人的情怀。众将深受感染，顿时有些黯然神伤，不知该如何是好。

奇计没成奇迹，刘鄩已经吓破了胆。

名将没能评上，却让刘鄩在自暴自弃的道路上越走越远。

徒劳无功

领导发话了，不想上也得上。

刘鄩硬着头皮率万余人马尝试进攻镇定，参照此前的战绩，结果可想而知。李存审二千骑兵、李建及一千银枪军，就把刘鄩杀得大败，狼狈逃回。

战场指挥做不来，小阴谋却是花样百出。刘鄩让士卒诈降，趁机贿赂李存勖御用厨师，想用毒直接结果了李存勖。不料事泄，被李存勖察觉，刘鄩又一次遗憾失败。

堂堂一国主将，连下毒这种勾当都用上，亏你想得出来。可怜刘鄩，也真是黔驴技穷了。

刘鄩主观上消极避战，客观上却给李存勖造成很大困扰，毕竟刘鄩手中还有数万大军。不先吃掉这支人马，李存勖在魏博不敢轻举妄动，怕再次被刘鄩偷袭。

刘鄩有一点是对的，坚守不出就不会损失实力，盲目迎战只会在梁军死亡名单里多添些人。

可惜，领导不理解，解释也白搭。

贞明二年（916年），朱友贞还在催促刘鄩出战，刘鄩顶住压力一次次抗旨不从。君臣围绕着战与不战展开多轮磋商，争得不可开交。关键时刻多亏李存勖主动帮忙，才提前解决了这个"世界性"难题。

你不是不愿出战吗？那我给你下个套，把你诱骗出来。李存勖不想再让刘鄩拖延自己拿下魏博六州的时间。

李存勖留下李存审驻守魏州，悄悄前往贝州城外劳军，却对外放出风声，扬言河东有要事，自己即将赶回晋阳。

李存勖要离开魏博，刘鄩你这下没话说了吧？还没等朱友贞派人来催，他便主动请命袭取魏州。刘鄩很清楚，晋军老大压场子，不敢上还能糊弄过去；如今老大回去了，要是还不敢上，官衔事小，严重的话说不定会有生命危险。这已不仅仅关乎一场战争的胜败，更重要的是保住领导的脸面。为了给领导争口气，自己没理由退缩不前。

哎哟喂，今儿个太阳打西边出来了！朱友贞对此大感意外，仔细想想不禁颇为感动。他派使者给刘鄩打气：集大梁全境之力交于你手，社稷存亡，在此一举，将军加油加油！

刘鄩先派澶州刺史杨延直引兵万余打头阵。杨延直动作迅速，连夜赶到魏州城南。估计是冲得太猛，一行人疲惫不堪，被魏州城中选拔出来的五百敢死队趁夜偷袭，溃散而退。

杨延直出师不利，刘鄩并没有放在心上。这次他选择稳扎稳打，从莘县出发与杨延直所部在魏州城东会合。

中计了！擅出奇计的刘鄩中计了！

李存勖的目的正是引诱刘鄩大军主动出击，好将其一举击溃，为全取魏博扫清障碍。可惜刘鄩并不知道，他刚到魏州。就已处在四面受敌的危机之中。

梁军刚赶到魏州城东，还没来得及喘口气，李存审从背后、李嗣源从城内、李存勖从贝州纷纷杀来。刘鄩一见李存勖，自知中计，立刻掉转马头准备跑路，李存勖率军在后面紧紧追赶。

刚跑到旧元城的西面，刘鄩遇到了李存审，不得已放慢速度。这一慢，李存勖也赶了上来。跑是没处跑了，刘鄩调整好心态，准备与晋军开战。

李存勖陈兵西北，李存审陈兵东南，两人分别占据两个方位，摆出"L"形战阵。两个"L"就是一个矩形，将七万梁军死死困在矩形内。刘鄩迅速把部队摆成实心圆，四面迎敌。

刘鄩再次证明，沙场决战并非自己的强项。四面被困，首要任务应是冲出包围圈，集结七万人马朝一个方向玩命冲击，晋军也很难阻挡。刘鄩却选择四面迎敌，就像把用一个拳头打人分成用五根手指打人，效果自然可想而知。

混战持续了很久，最终以梁军惨败告终。混乱中刘鄩仅带数十骑突围而出，手下七万部队几乎全军覆没。战后刘鄩收拾余众，从黎阳渡河，退守滑州。

李存勖大胜回营，在他脸上却看不到一丝笑容，因为河东刚传来密报，晋阳真的出事了。

就在李存勖与刘鄩周旋的这段时间，匡国节度使王檀密奏朱友贞偷袭晋阳。还是原来的配方，还是原来的味道，不一样之处在于，李存勖忙于应付刘鄩，对此事毫不知情。

朱友贞决定一试。他暗中调发关西联军三万人，出阴地关，很快打到晋阳城下，昼夜急攻。由于事先没有准备，晋阳守军数量不足，仓促间只能强行征发各司工匠及驱使百姓登城防守。

工匠百姓对正规军，这仗基本没法打。梁军火力很猛，好几次都差一点攻陷城池。压力之下，张承业大为恐慌，他迫切需要一位能指挥部队打退梁军的实力战将。

没想到晋阳城中还真有一位，正是代北老将安金全。

安金全资历很老，最早可以追溯到李存勖老爹的老爹，协助朝廷镇压庞勋起义的李国昌时代。安金全打了一辈子仗，目前已退居二线，准备在晋阳颐养天年。

晋阳告急，安金全不顾年迈多病之躯，毅然决然扛起退敌保家的重任。他主动去找张承业，请求亲自带兵赶走梁军。张承业对安金全的一腔爱国热情很是赞赏，便把晋阳城仅剩的兵甲、战马尽数相交，让他全权负责守城退敌之事。

安金全很有经验，知道守城是永远解决不了问题的。唯一的办法就是出城迎战，打他一个措手不及，延缓梁军攻势，为等来援兵争取时间。

国家有难,匹夫有责,退休干部也有责。安金全集合家中子弟以及退休干部家丁数百人,连夜偷袭驻扎在羊马城内的梁军。梁军营寨被劫,稍稍向后退,准备休养几天再来攻城。这一退不要紧,昭义节度使李嗣昭听说晋阳有难,令牙将石君立率五百骑星夜驰援。

石君立朝发上党,夕至晋阳。算一下行程,从山西长治到太原全程两百二十公里,以十二小时折算下来,每小时要跑二十公里,中间还丝毫不能停歇,实在非常辛苦。

梁军占据汾河桥,企图阻止石君立入城。石君立奋力撕开一个缺口,顺利进入晋阳。当夜安金全与石君立再次偷袭梁军,大获全胜。

王檀害怕增援部队相继赶到,在晋阳城外搞了番"三光政策"后,率军撤出战场。

值得一提的是,先前被李存勖封为大同节度使的贺德伦。由于梁军围困晋阳,贺德伦部士卒很多逃回梁军之中,张承业恐怕他有异心,将他抓了起来直接处死。

这个故事告诉我们,叛徒,最终没有好下场!

刘鄩惨败,王檀无功,朱友贞仰天长叹:大势去矣!

一败涂地

从三哥朱友珪手中夺位至今,仅仅三年时间。这三年里,朱友贞不可谓不努力,不可谓不用心,但结果却事与愿违。

用错人了吗?不用刘鄩还能用谁呢?对手太强吗?似乎也并非如此。

原本有很多机会足以扭转局势,可临门一脚总会出些差错,不是天公不作美,就是将领不给力。朱友贞很郁闷,早知道当皇帝这么累,当初就不该夺位的。

四哥你不想干,弟弟我可以接替你!朱友贞没想到,自己后面的弟弟居然仍有人觊觎皇位。

觊觎者是朱温第八子（最小的儿子），康王朱友敬。

朱友敬的人生并没有多少故事。本来老老实实当个藩王，既不用冒着风险带兵打仗，也不用绞尽脑汁处理政务，波澜不惊度过一生，实在是件相当惬意的事。

可朱友敬偏不，他想在历史中留下些足迹。人生需要更加精彩，碌碌无为地活着有什么意思！他认为自己生来就是干大事的人，甚至是当皇帝的命。

凭什么这么自信？因为他长相确实不凡。详细点说，目有重瞳（一只眼里两个瞳孔）。

朱友敬读过历史，知道目有重瞳代表着什么。古语曰：重瞳为奇贵，主圣德勤能，英明神武，为帝王之品。在朱友敬之前，造字王仓颉、五帝大舜、晋文公重耳、楚霸王项羽、草头王黄巢都是重瞳。

他们都成就过一番大事，我为什么不行！

朱友敬想扬名立万，怎么办？作乱呗！干掉四哥，自己登基。反正之前三哥杀了二哥，四哥杀了三哥，我多杀一次，没什么大不了的。

贞明元年（915 年）冬，朱友贞后宫德妃去世，棺木停放在寝殿，准备次日出殡。朱友敬料想四哥今晚必在寝殿，便悄悄派了几个心腹事先埋伏好，准备趁机干掉四哥。

朱友敬算得很准，四哥果然来了。可他刚跨入寝殿大门，突然又转身以一百八十迈的时速翻墙而出。朱友贞并不是在锻炼身体，他进门时已然发现白幡下刀影晃动，料想必有刺客埋伏。

朱友贞召集宿卫亲兵搜查寝殿，很快就把傻傻埋伏着的刺客一并擒杀，交战中发现这些人全是康王朱友敬亲信。第二天，朱友贞逮捕八弟，立即将他处死。

朱友敬有当皇帝的脸，却没有当皇帝的命。事实再次证明：封建迷信要不得！

这件事给朱友贞带来很大影响。自此以后他更加猜忌并疏远宗室成员，转而偏信赵岩及德妃兄弟张汉鼎、张汉杰等人。老一辈"革命家"

敬翔、李振虽然主持朝政，但他们的建议朱友贞基本选择无视。

赵岩拥立朱友贞有功，一直深受宠信。这货自发达之日起，与张氏兄弟狼狈为奸，倚仗权势，卖官鬻爵，离间君臣，无所不能。

小人的破坏力永远不能低估，他们的恶言恶语能毁了一个人，一座城，甚至一个国家。

惊人的破坏力将在以后几年中逐渐体现出来，其实后梁的国运也没几年了。

内部的小祸小乱还好处理，魏博的局势却早已一发不可收拾。

贞明二年（916年）三月，李存勖攻卫州，刺史米昭投降；攻磁州，刺史靳绍被斩；四月，拿下洺州；六月，攻取邢州。

河北大地在沙陀铁骑下颤抖，这个世界上已没有任何人能阻止李存勖进攻的脚步。

稍事调整后，又是一轮更猛烈的地毯式攻击。

昭德节度使张筠弃城而逃，李存勖坐收相州。九月，顺化节度使戴思远逃回汴梁，部将毛璋据城投降，沧州也被晋军收入囊中。

放眼望去，魏博六州已入其五，唯一坚挺的贝州也被晋军围困了整整一年。张源德听闻河北各州尽被攻占，贝州已是一座孤城，坚守毫无意义，他准备就此投降。部下却认为困窘不支而后降，肯定没好果子吃。张源德不听，被部下联手杀害。

部下们组织起来坚守城池，誓死不降，城中粮尽，就吃人肉充饥。人肉吃得差不多了，守军不得已准备投降，但给晋军开出条件：投降可以，必须允许我们穿甲带械出城，以免被黑。

晋军很爽快，只要投降，怎么着都行（潜台词：我只保证穿甲时没事，卸了就不一定了）。

贝州三千守军宣布投降。刚出城时晋军还礼让有加，等这些人放松戒备卸甲之后，晋军立即将其包围，三千人马尽数被杀。

小样，穿着马甲我不揍你，脱了马甲我揍死你！原本就不打算放过你们，其实穿不穿马甲结果都是一样的。

伴随着朱友贞的血本无归，李存勖开始大封功臣：李存审为横海节度使，镇沧州；李嗣源为安国节度使，镇相州；闫宝为天平节度使；袁建丰为洺州刺史；毛璋为贝州刺史……这些人中，有的是亲信，有的是降将。李存勖大手一摆，什么亲信降将、你的我的，今后都是自己人！

只有临近河北的孤城黎阳还在后梁手中。驻守黎阳的主将正是倒霉鬼刘鄩。自元城惨败后，刘鄩一直不敢回朝复命，怕领导一怒之下把自己剁了。

刘鄩不愿回朝，领导真拿他没办法。不回就不回，朱友贞任命刘鄩为宣义节度使，让他屯兵黎阳，伺机而动。

辛辛苦苦十几年，一夜回到解放前。当年朱温费尽心力，死了多少脑细胞，黑了多少人才打下了江山，短短几年内就被后代丢失殆尽。

河北之地尽失，后梁疆域迅速缩小。实际控制区域仅剩河南、山东，别说进取天下，能否守住最后的阵地都成问题。

胜利是胜利者的通行证，失败是失败者的墓志铭。胜利者有资格享受一切胜利成果，而失败者只能躲在角落里默默哭泣。

就像国人评价中国国家男子足球队一样，我们在此声明：留给朱友贞的时间不多了。

第十四章
北方苍狼

镔铁民族

中原大地上战火纷飞,遥远的东北安宁神秘,这块中原人几乎不曾涉足的神秘之地,几百年来也有一个新的民族在悄然诞生、发展、壮大。这个民族,取镔铁之意,象征着顽强的意志和坚不可摧的民族精神。

这个民族,就是北方苍狼——契丹。

契丹民族的起源,有一个美丽动人的传说——白马青牛来相会。这也是一个美好圆满的爱情故事。

与牛郎织女、天仙配、宝莲灯等凡人配仙女的爱情神话不同,关于契丹人,是仙人配仙女。一位天宫的仙女寂寞了,一位天上的仙人枯燥了,两人不约而同选择下界游玩。

仙人骑白马,仙女骑青牛。仙人沿着土河纵马驰骋,仙女沿着潢水驾牛悠行,白马、青牛最终在两条河的交汇处——木叶山相遇。

于是,下面的剧情发展应该是这样的。

仙人:"真巧啊,你也是觉得天宫太闷了下来散心吧?"

仙女："对的对的。我觉得天宫和下界的美景相比简直弱爆了！"

仙人："我也特别讨厌整天待在天上。对了，你是哪个部门的？"

仙女："我是××部的。你呢？"

仙人："我是××处管理员。要不是巧了下界玩耍，可能我们一万年都见不着面。"

……

木叶山草木繁盛，鲜花盛开，土河与潢水清澈灵秀，波光潋滟。景色、剧情、邂逅都铺垫好了，剩下的不用讲大家都懂。

仙人和仙女一见钟情，相爱了。天庭不能有爱情，两人决定放弃神仙的地位，留在凡间结为夫妻。"让我们红尘做伴活得潇潇洒洒，策马奔腾共享人世繁华。"这句歌词用在这里，实在恰到好处。

他们一共生下八个儿子，这八个儿子的后代就是日后契丹的八个部落。

传说不是历史，真实的契丹应该出自东胡柔然或鲜卑宇文部的一支。契丹的发源地，在东北大兴安岭、医巫闾山奔涌而出的两条河流交汇处。至于契丹兴于何时，史学界至今没有确切答案。一般认为，契丹部族出现在魏晋与南北朝之交，也就是公元4世纪前后。

契丹一词的含义，历来存在不同的说法。比较出名的有"刀剑"说、"寒冷"说、"奇首之领地"说、"切断"说等，当然，最著名的还是"镔铁"说。

契丹族共分八部，分别是悉万丹、何大何、伏弗郁、羽陵、匹絜、黎、吐六於、日连。随着时间的推移，八部名称有所改变，但数量一直没增没减。最初一个阶段，八个部族平时分地而居，合族而处，战则同行，猎则别部。也就是八部互不隶属，时而联合时而内讧。

魏晋南北朝之交，中原大乱。匈奴、羯、鲜卑、氐、羌五大民族先后建立政权，契丹八部属于东胡鲜卑分支，也曾联合起来骚扰中原，只是动静太小，很少引人关注。

隋唐之际，北方蒙古高原上兴起一支强大的民族，不是契丹，而是突厥。突厥用武力征服了大多数部族，契丹也被迫臣服。李唐王朝在李世民、武则天治理下日渐繁盛，多次出兵将突厥击败，契丹族转而投靠了大唐政府。

后来"灵活死胖子"安禄山发迹，他极其渴望以边功邀宠。突厥打不着了（西迁），怎么办？那就打契丹。谁让你们这群倒霉鬼离我的地盘近！安禄山三天两头给契丹人找麻烦，不是今天捕杀些牧民，就是明天暗杀些契丹贵族。

朝廷上，天宝年间的李隆基越老越迷，也想抓紧时间建立功绩，在后世多留些好名声。怎么办？开边打契丹。对外军事大捷是获取身后美名的最佳途径（参见汉武大帝）。李隆基想建功，安禄山想邀功，这对君臣默契地达成了一致——对契丹下手！

安胖子并不准备直接出兵跟契丹干仗，而是继续玩阴谋诡计。他给契丹管事的贵族们传话，说最近眼神不大好，老是杀错你们的人（忽悠），我向无辜遇难人员表示深切的哀悼，对遇难家属表示诚挚的歉意。杀错了，我也不赖账，请你们来喝喝酒，发发慰问金，大家友好友好，算我向你们赔个不是。

契丹贵族一听，安禄山这胖子还挺地道，错杀人愿意道歉，愿意赔偿。生性纯朴的他们没有多想，傻乎乎就来了。

来了就是个死！

安禄山撕下虚伪的面具，对前来赴宴的契丹贵族进行了一场血腥的屠杀，没留下一个活口。事后上报中央，安禄山肯定不会傻到对领导说，自己欺骗玩弄契丹人感情，把他们一伙人骗来咔嚓了。

安胖子换了一种表述方法，奏折内容就变成：契丹无故出兵扰我边境，臣不辞辛劳率军反击。赖陛下天恩保佑，斩首万余，缴获牛羊物资不计其数。

爱卿不负朕望，表现给力，传旨，重赏！

领导很满意，安禄山很满意，唯一不满意的是可怜的契丹人。大唐君臣言而无信，残杀我部众，这仇一定要报！契丹决定背叛大唐，投奔了另一支兴盛不久的民族回纥。但也有部分契丹人不愿反叛，他们选择内迁到中原内地，继续与大唐保持友好关系。安史之乱爆发，这部分契丹人不计前嫌，出兵助剿，为平定叛乱贡献了不小的力量。

经过多年的迁徙、融合，契丹族仍保有最初的八部建制，部落酋长称可汗，总知军国事称于越，军队总司令称夷离堇，部落下面是氏族。可汗总领全局，协调内部关系，三年一选，可以连选连任。于越负责政事，夷离堇负责军事，具体事务由氏族联合管理。

八部民众多年间总结出宝贵的经验：团结才是力量，内讧必当灭亡。于是八部可汗决定联盟，从氏族中推选出"部落联盟轮值主席"，任期为三年，三年期满不能连任。在职期间统领诸部，保证八部团结，行动一致。

八部联盟始于北魏，一直向后延续。其中，最重要也最出名的八部有古八部、大贺氏八部和遥辇氏八部。原本规定各部可汗每三年轮值一次，在实行中却慢慢走了样。毕竟，契丹部落需要强者引领才能生存发展，掌权掌得好，大家有肉吃，就可以连选连任。到了耶律阿保机这代，是迭剌部遥辇氏家族当政时期。

契丹的发展历程比沙陀强不到哪里去。沙陀人捷足先登，比契丹人更早进入中原，这并不意味着契丹人甘于落后。

成功，不在于走得多快，而在于走得多稳。走得快不一定能坚持到终点，坚持不懈，不跌跟头，才能真正笑到最后。

暂时落后的契丹与处于领先的沙陀，正是属于这种情况。契丹不会一直落后，沙陀也不会一直领先。

正如当年沙陀人等待李克用一样，契丹人也在等待着自己民族的英雄。

一千年以后，移居云南的契丹遗裔，世代保存着一部修于明代的《施甸长官司族谱》。其卷首附的一首七言诗，很能说明契丹的一些情况：

辽之先祖始炎帝，审吉契丹大辽皇。
白马上河乘男到，青牛潢河驾女来。
一世先祖木叶山，八部后代徙潢河。
南征钦授位金马，北战皇封六朝臣。
姓奉堂前名作姓，耶律始祖阿保机。
金齿宣抚抚政史，石甸世袭长官司。
祖功宗德流芳远，子孙后代世泽长。
秋霜春露考恩德，源远流长报宗功。

真神降临

提到契丹，很多朋友第一反应估计是《天龙八部》里的主人公萧峰萧大英雄，而绝非开国之君耶律阿保机。萧峰属于小说杜撰人物，耶律阿保机才是契丹族真正的大英雄。

在契丹人心中，耶律阿保机不仅是大英雄，更是太阳神（契丹族图腾为太阳）下凡，负责拯救、发展、壮大部族。

耶律阿保机，姓耶律氏，讳亿，字阿保机，小字啜里只，契丹迭剌部霞濑益石烈耶律弥里人，唐咸通十三年（872年）生。算算年龄，阿保机比李克用小了十六岁，比朱温小了二十岁。

阿保机不但占着年轻的优势，而且出生时的神异程度，远超朱温（红光上腾）和李克用（没有）几条街。

耶律阿保机有多神？我们看一看官方正史《辽史·太祖本纪》的记载：

母梦日堕怀中，有娠。及生，室有神光异香，体如三岁儿，即能匍匐。祖母简献皇后异之，鞠为己子。常匿于别幕，涂其面，不令他人见。三月能行，晬而能言，知未然事。自谓左右若有神人翼卫。

也就是说，耶律阿保机的母亲梦见太阳入怀因而有孕。阿保机出生时神光普照，奇香四下弥漫。刚一落地，个头就如三岁的孩子，直接会爬。

按这种说法，阿保机的老爹对老婆意外受孕肯定不敢有任何意见，让老婆怀孕的可是太阳，你敢有意见么！分分钟烤化你！

这么多违反科学的说法现代人肯定不信，可放在古代，特别是信奉太阳的少数民族契丹那里，就成了轰动整个部落的大新闻。东家想看，西家想看，有些人更是不顾路途遥远，从别的部落匆匆赶来，大家都想亲眼一睹"传奇婴儿"的风采。

有崇拜的，就有羡慕的；有羡慕的，就有嫉妒恨的。阿保机的祖母为防有人以道贺为名暗害孙子，就将小阿保机藏在帐篷里，用墨把他的脸涂黑，这样在黑暗的帐篷中难以辨认，对外索性死活不承认家里有这样一个孩子。凡有来访，祖母就打马虎眼："别听外人瞎说，我们家哪有那么大的福分，能生出这么神奇的孩子。"

来访者失望而归，小阿保机则安全成长。三个月就能行走，一百天就会说话，普通婴儿需要一年才能做到的事，小阿保机用了三分之一时间就轻松搞定。不仅如此，他从小就能预知未来，总说身边有神人护卫，可以自动屏蔽危险，神奇的程度简直逆天。

小时候自带光环，长大后更了不得。"身长九尺，丰上锐下，目光射人，关弓三百斤。"（两米多大个，身材健壮，双目炯炯有神，能拉三百斤强弓。）

阿保机出身贵族，家族一直掌握着夷离堇的选举权（其实一直就是他们家人干）。他出生时契丹各部都在为"联盟轮值主席"之位争得不可开交，祖父也在残酷的权力斗争中被杀。阿保机成年后，伯父释鲁担任于越（总知军国事），掌握部族实权，地位在夷离堇（兵马大元帅）之上，可汗之下。

不得不说阿保机赶上了好年头，不用像后世铁木真、努尔哈赤那样辛勤地白手起家。在伯父释鲁的悉心培养下，阿保机成长迅速，很快就脱颖而出,战绩卓著。

草原民族,建功立业的最佳方法就是攻伐其他部族,迫使其臣服于己。阿保机从迭剌部可汗痕德堇的侍卫亲兵开始做起,一步步往上晋升,在极短的时间内被提拔为挞马部(扈卫队)总管。凭借这支精锐部队,阿保机受命出边讨伐室韦(与契丹族同属东胡系统)。

阿保机软硬兼施,巧妙劝降了室韦部族,使迭剌部实力猛增。实力一强,说话的分量就重。阿保机以实际行动在契丹各部中给伯父大大长了脸。释鲁很高兴,他确信阿保机担得起振兴迭剌部甚至整个契丹的重任。

释鲁过于欣赏阿保机,堂弟耶律滑哥(释鲁之子)看不下去了。亲生儿子不培养,老爹胳膊肘往外拐!堂弟很恼火,加上之前私通老爹小妾事发,于是耶律滑哥一不做二不休,与死党克萧台哂密谋,直接把老爹干掉,准备自封为于越。

堂弟弑父自立,发生得太过突然,导致部族众人惶恐不安。在混乱局面中,阿保机镇定如常,亲率两千人马平定叛乱,轻松活捉堂弟。耶律滑哥被押到阿保机帐前,还口口声声否认弑父。

面对阿保机严厉的质问,耶律滑哥开始瞎编:"老哥,我就是再浑,也不会做出这种禽兽不如的事呀!弑父之人乃克萧台哂,我正准备与他拼个你死我活,没想到你先把我抓了。"

"那杀害伯父的克萧台哂在哪里?"阿保机反问道。

"这个嘛,之前混战中已经挂了。"耶律滑哥继续编。

"既然都挂了,你怎么还说要和克萧台哂拼命呢?"阿保机感觉很搞笑。

耶律滑哥不说话了,谎言已被轻松拆穿。阿保机明知堂弟生性阴险,软硬不吃,留着日后必生事端,但伯父刚死就杀人亲子,传出去很影响名声。阿保机选择原谅堂弟,对他严加看管,以观后效。

阿保机平叛有功,又是释鲁看好的接班人,经过部落选举,全票通过阿保机出任夷离堇,再继承释鲁于越之位。夷离堇兼于越(总知军国事+兵马大元帅),行政权军权两手抓,成为部族中除可汗外的实际掌权者。

此时,阿保机刚年满三十一岁。

三十一岁,而立之年。朱温刚混上宣武节度使,穷得叮当响,还得拼命保护来之不易的劳动果实。三十一岁,李克用风光无限,专治各种不服。

三十一岁,事业发展的黄金年龄,有的人刚刚起步,有的人已飞黄腾达。

阿保机抖擞精神,跃跃欲试。迭剌部实际掌门人不是他的终点,而是一个跳板,他的目标是统一整个契丹八部。

我那愚蠢的弟弟们

阿保机想进步,想统一契丹,他必须先当上迭剌部可汗。

想当可汗可不是那么容易。一来你得遵守选举的规则,二来老可汗不退你不能抢。然而一直以来,迭剌部可汗人选都由遥辇氏家族垄断,阿保机的耶律家族根本没资格参与竞选。

一个人若是足够优秀,既定的规则也可能因其而变。阿保机正是如此,在迭剌部他的地位和影响力无人能及。作为一代全民偶像,他完全有资格继承汗位,迭剌部人民举双手支持。

规则是人定的,有需要就可以改。恰在此时,遥辇氏家族痕德堇可汗非常"配合"地病逝。可汗之位出缺,在迭剌部全民公投中,阿保机凭借百分之百的支持率成功当选为新一届部落可汗。由于八部联盟可汗之位一直由遥辇氏家族控制,阿保机挤掉遥辇氏成功上位,也宣告自己同时加冕联盟可汗。

当上了部落和联盟双可汗,等于又向着目标前进了一步,阿保机相当高兴。

高兴的不止阿保机一个,他的弟弟们对此也很兴奋。当然这并非出自兄弟情深。

按照惯例,可汗三年一选,如今可汗选举资格已从遥辇氏转到耶律氏这边,你干满三年下台,就该轮到我们这些本家弟弟了。

弟弟们一门心思想过把当可汗的瘾,谁知道阿保机大哥根本不给机会。还是那句话,规则是人定的,需要就可以改。可汗选举资格可以改,任期当然也能改。谁说干满三年就得下台?我要连选连任!

阿保机自唐天祐三年(906年)当上可汗,三年后以超高的民意支持率获得连任。三年之后又快三年,时间已经来到后梁乾化元年(911年),眼看着阿保机又要再次获得连任,弟弟们再也坐不住了。

凭什么你占着汗位不下台?凭什么你一直吃肉让我们喝汤?我们不服!

不服就要起来反抗。这年五月,剌葛、迭剌、寅底石、安端策划谋反,可惜保密工作太不到位,计划被安端之妻得知,向阿保机告密。阿保机心胸开阔,可能认为有些对不住弟弟,并没有起杀心,而是拉着四个弟弟上山祭天,让他们发誓效忠自己,谋反之事可以既往不咎。

要是你认为弟弟们有权表示拒绝,那就很傻很天真了。登山祭天并非一行五人,阿保机亲兵数千磨刀霍霍,正在山下待命,如果不发誓,后果可想而知。弟弟们不傻,他们跪倒在阿保机面前向天起誓:"大哥,我们发誓永远效忠于您。您永远是老大,永远是部落的大汗。我们接受您的领导,请收下我们的膝盖!"

目的已经达到,阿保机赦免了四个弟弟,并真心希望手足之间能够和睦相处,没事不要找事。然而他想多了,想让这些不省心的弟弟们消停,可真不是件容易的事。

谋反未遂的次年(912年),弟弟们再次决定反叛。看看年份,这一年又到了可汗大选的年头。阿保机不死,弟弟们永远没有机会。

上回密谋胎死腹中,这次反叛还真开始了。除了原来的四个人外,先前被赦免的堂弟耶律滑哥也参与了进来。阿保机出征在外,这五人准备在他回师的路上出兵截击,只要能一举赶走阿保机,可汗之位必然会就此易手。

他们的计划居然成功了!阿保机在平州受阻,无法回到迭剌部。即便如此,可汗之位依然属于阿保机。为什么?因为他在受阻后自行举办了燔柴礼(烧柴火祭天,受命为可汗)。

你们不是不让我回师吗?我提前举办燔柴礼,祭完天我又能再干一届,看你们怎么办!

千算万算,五个弟弟也没算到哥哥竟然还有这手。这也怨不得他们,主要是哥哥不按套路出牌。没办法,哥哥已经提前完成大选,认罪吧。五个弟弟纷纷前来承认错误,阿保机这次仍然没有追究,只是好言相劝,让他们改过自新。

再一再二,别给我再三!

时间继续向前推移,乾化三年(913年),阿保机外出征战,谋反又来了。

你可以说我们不要脸,但决不能怀疑我们的智商。上次被哥哥套路的弟弟们这回长了心眼:不是谁烧把火谁就能当可汗吗?那我们先烧一把,选出新一任可汗,然后再出兵讨伐你。这下思路没毛病了吧?

"机智"的弟弟们说干就干,立即举行燔柴礼,选举剌葛为汗。不仅如此,弟弟们这回也不准备直接与哥哥交手,而是先要端掉哥哥的行宫。危急关头,阿保机的夫人述律平站了出来,冷静调集人马死守大营,一直拖到阿保机回师救援。

叛乱再次被平定,阿保机再次选择宽恕诸弟。如此过分的大度,不能简单用亲情因素去衡量。阿保机志向远大,视野开阔,他懂得利用宽恕,以理服人。他需要时刻保持仁慈之心,让更多的契丹民众看到宽容大度的阿保机是值得信任的,值得跟随的。

宽恕敌人,恰恰更能体现出强者的自信和胸怀。

阿保机可以无条件容忍诸弟,但此次参与叛乱的诸弟亲信三百多人,却难逃一死。对待这些将死之人,阿保机还是很厚道,毕竟人命贵重,死不复生。

他给这些人举办了一场盛大的狂欢 Party（聚会），让他们尽情吃喝、歌舞、射箭、摔跤，想玩什么玩什么，想多嗨就多嗨。众人自知难逃一死，索性丢掉心理负担，尽情享受人生最后的狂欢。

第二天，阿保机派人严查这些人的叛乱罪证，然后一一判处死刑。众人心服口服，没有提出任何异议。

对阿保机来说，杀些人很容易，能让所有被杀之人心服口服却相当困难。阿保机做到了，他用实际行动感化着诸弟，聚拢着民心。

命里有时终须有，命里无时莫强求。三次叛乱失败，诸弟造反热情大减，斗智斗勇都搞不定老哥，干脆不折腾了。诸弟终于肯真心向阿保机低头认错，彻底接受哥哥的领导。

内部反对势力基本荡清，维稳工作暂时告一段落，阿保机将工作重心向外转移，悄悄把一统契丹八部的大业提上日程。

统一契丹

阿保机的兄弟并非尽是坑货。诸弟之中，伯父耶律偶思的长子耶律曷鲁，机敏练达，富有谋略，很受阿保机的重视。耶律曷鲁不像别的弟弟那样老跟哥哥唱对台戏，他自幼便和哥哥关系好，一生衷心拥护阿保机。

耶律曷鲁在征讨室韦、奚、乌古等战役中立下大功，又在拥护阿保机称汗、平定诸弟之乱中立场坚定，功勋卓著，深得阿保机信任。

在外有耶律曷鲁协助，在内也有贤妻述律平尽心操持，阿保机的事业顺风顺水，一切行动计划都显得有条不紊。

述律平，小名月理朵，混血儿（父亲回鹘人，母亲契丹人），十四岁时嫁给了二十岁的阿保机。她的母亲是阿保机的姑姑，也就是说述律平与阿保机是姑表兄妹。阿保机即汗位后，群臣尊述律平为"地皇后"（可汗为天)。

述律平婚后第十五年,丈夫加冕部落联盟双可汗,阿保机负责为契丹开疆拓土,述律平负责为阿保机传宗接代,同时也没少帮丈夫处理政务。史书称述律平简重果敢,有雄略。在第三次诸弟叛乱中,述律平临危不乱,死守行宫,受到上下一致好评,阿保机更是对其称赞有加。

"雄略"一词用来形容述律平再合适不过,阿保机能够顺利一统契丹八部,述律平发挥了极为关键的作用。

由于阿保机在迭剌部可汗位上一干三届,也就意味着在联盟可汗位上也是三届。三届就是九年,阿保机意犹未尽,其余七部可汗可受不了:你在你们部落干一百年也没人管,联盟是大家的,你妄想搞私人化,门都没有!

阿保机远征黄头室韦部,七部可汗秘密联合起来,在阿保机回师途中将其劫持,要求他主动下野,辞去联盟可汗一职。阿保机很镇定,保命要紧,可汗一位你们要我就让。

阿保机假装惶恐,对七部首领说:"我占据汗位九年,其间收纳了很多汉人。退位可以,我希望能带领这些汉人定居在古汉城,我自成一部,你们看怎么样?"

七部首领心中窃喜,阿保机这货肯定脑残了,竟然这么自暴自弃。汉城远离契丹部落,和汉人一起生活,还不得慢慢退化啊。等到他上不了马,打不动仗,便可轻松将其消灭。

于是,七部首领爽快地答应了阿保机的要求。阿保机率部迁居汉城,隐忍了一段时间。

七部首领大意了,他们过于关注的是汉人问题,却忽略了阿保机为什么执意远离契丹,迁居汉城。

天苍苍,野茫茫,风吹草低见牛羊。有草原的地方就能放牧,能放牧的地方就有牛羊,但不是所有地方都能生产粮食的,更别提生活必需品食盐了。

汉城这个地方,不仅适宜生产五谷,更能大量出产食盐。

移居汉城的阿保机专心搞起了农业生产，并垄断了食盐行业。创汇多少倒不重要，关键是契丹八部民众吃盐，必须汉城供应，白水煮肉、烧烤撸串，不加点盐滋味肯定不好。

阿保机与七部首领建立起长期的贸易伙伴关系，我出盐，你们拿物品交换，公平交易，童叟无欺。

干了一段盐商之后，阿保机赚得盆满钵满。可这样下去怎么都觉得离梦想越来越远，阿保机心情低落，意志难免有些消沉。

"大王有心事？"这一切都被细心的述律平看在眼里。

"我有心一统契丹，但目前看来没有任何机会，怎不令人伤感？"

"这事容易，就看大王决心有多大了。"述律平信心满满。

"爱妻有何良策，不妨说来听听。"阿保机很好奇。

"杀掉七部可汗，强行收编各部。契丹八部本就拥护大王统治，想必不会出现多大阻力。"

"说得轻巧，人家远在天边，哪能说杀就杀呢？"

述律平微微一笑，附耳给阿保机献上妙计。

第二天，阿保机派人向各部首领发出邀请函，请他们前往汉城赴宴，并在邀请函的末尾添上一句：不来就是不给面子，以后立即终止食盐贸易，想吃盐请自便！

这可要了亲命了，没有食盐贵族还怎么享受美好生活！述律平坚信，把住食盐这一命门，七部首领不敢不来。

正如述律平所料，首领们接到通知后，一来真没料到阿保机趁机下毒手，二来万一他切断了食盐供应，日子可真没法过。

谁能把住要害，谁就是爷。众首领纷纷携带厚重礼物，马不停蹄赶到汉城。

历史上的鸿门宴一场接着一场，宴中人出于不同原因，却总会按时参加，最终难逃任人宰割的命运。

七部首领也不例外。宴会进行到最高潮，阿保机大手一挥，事先早已埋伏好的亲兵破门而入，将七部首领及身边侍从尽数斩杀，一个没留。

述律平略施小计,轻松帮助阿保机踢开碍眼的绊脚石。这只是述律平彪悍人生的一个缩影,在不久的将来,她的故事还有很多。

阿保机干掉七部首领后,立即出兵袭扰契丹各部。各部民众本来就对阿保机热烈拥护,再次当选联盟可汗毫无阻力。

不过,阿保机还是准备继续保持名义上的民主、公平、公开,联盟可汗不是我自任的,也不是我垄断的,我需要你们的选票,需要民意支持。当然,各部都可以派人参与竞选,谁的支持率高谁就当选。

看上去还挺民主,实际操作起来则根本不是那回事。阿保机废除了传统的可汗轮值制,实行等额选举,联盟可汗的候选人只有一个,那就是阿保机。而且,联盟可汗可以连选连任,如无特殊情况,可以终身连任。

你服不服?不服尽管提出来,七部首领们在前方等待着你!

形式上八部还是八部,但实际上八部已经完成了统一。阿保机多年的目标终于达成,契丹再不是一盘散沙。阿保机相信,契丹必定会超越沙陀,镔铁民族终将站在食物链的顶端俯视万物生灵。

北侵室韦、女真,西取突厥,灭奚。降服东北诸夷后,阿保机挥师南下,正式进入中原。

过 节

开平元年(907年)在五代是相当重要的一年,发生了很多影响深远的故事,朱温建立后梁、幽州易主、王建称帝……也是在这一年,阿保机亲率三十万众(此数水分很大)南下,他把第一站选在云州。

阿保机此行,不光是为了沿途侵略,抢些物资,除此以外,还有个更重要的目的:应前辈李克用邀请,前往云州讨论结盟事宜。

李克用无力阻止朱温称帝,他希望与刚刚强盛起来的契丹结盟,共同举兵讨伐后梁。

为表诚意，李克用亲自出城迎接阿保机。三十五岁的阿保机器宇轩昂，威风凛凛，眉宇之间透着一股舍我其谁的霸气。五十一岁的李克用大为惊异，认为这个晚辈颇有自己当年的风采。

英雄惜英雄。对阿保机而言，李克用是前辈，也是自己曾经的偶像。如今得见真容，果然当得起"乱世英豪"的美名。

我是沙陀首领，你是契丹首领，地位上没有高下之分。李克用性情豪爽，摆下盛宴款待阿保机，席间两人结为兄弟（年龄差了十六岁）。

在短暂的相处中，李克用心里产生了一种莫名的担忧：此子绝非池中之物，将来恐对我沙陀不利。这时有部下劝李克用趁机擒住阿保机，兼并其部众，正好补充我军实力。

李克用毕竟不是朱温，干不出这种丧心病狂之事（火烧上源驿），他果断拒绝了这一提议。十天后阿保机动身启程，临别之际，李克用拿出数万金银丝帛相赠。作为答礼，阿保机留下了骏马三千匹、牛羊万余只。

李克用认为阿保机是英雄，必然会遵守承诺出兵灭梁。然而，事情的发展却远出李克用所料——阿保机这回做了一次真小人。

刚定下盟约没几天，阿保机就单方面撕毁了盟约，宣布投降朱温。

原来早在竞选联盟可汗时，阿保机就和朱温有了交集，这比认识李克用早了好几年。当时，联盟可汗由遥辇氏转到耶律氏，别管谁当可汗，既然换了异姓掌门人，就需要中原唯一合法王朝政府册封。

阿保机急于当政，便派人向朝廷上表，请求册封自己为新一届联盟可汗。

"想当可汗吗？很简单，同意我几个条件就成！"朱温对谁当契丹可汗没兴趣，他感兴趣的是契丹部众十余万，正好拿来给自己当炮灰。

他给阿保机提出三个条件：

第一，向自己称臣，认自己当老大，有重大事项必须派人来汇报。

第二，向中央贡献战马、牛羊等军用物资，中央也会相应赏赐（少得可怜）金银。

第三，晋阳李克用是我死敌，中原之地就他最横，我准备最近灭了他，届时你必须率契丹部队出兵协助。

三个条件，你只要表示同意，我就立即册封你！

这三个苛刻到家的条件看上去一个也没法接受，称臣不乐意，战马贵重不能给，当炮灰太没存在感。

血气方刚的阿保机根本不怕朱温，别仗着中原王朝权威压我，我不吃这一套！

册封条件没谈拢，阿保机转而联系上了李克用。这下你明白阿保机为何千里迢迢跑到云州和李克用结盟了吧？

朱温不册封你，我册封你，只要你出兵帮我灭掉后梁，我掌握政权，立即册封你永做契丹之主！

李克用的诚意很足，他不要求阿保机称臣，不索取战马，还和小自己十六岁的阿保机结拜，为的就是一个目的——干掉朱温。如此看来，李克用真是相当厚道。可即便如此，结盟关系依然迅速破裂，原因在于朱温称帝后，放宽了条件限制。

还是因为丁会意外反水，打乱了朱温的全盘计划。为了尽快消灭李克用，朱温向阿保机表达了与李克用相同的条件：助我灭掉沙陀人，不但册封你为可汗，还认你作外甥，我当你舅舅，破格将契丹提升为藩属国。

兄弟或甥舅，阿保机却选择了后者。一来朱温比自己长了二十岁，认作舅舅年龄上也不吃亏。更重要的是，选择与朱温合作，契丹就从一个部落提升到藩属国的地位，这对契丹日后的发展大为有利。

阿保机抛弃了李克用，投入朱温的怀抱。虽然个人感情上更倾向于沙陀，但为了日后契丹更好地发展，阿保机只能将个人感情丢在一边了。

阿保机背信弃义的做法彻底惹怒了李克用。

想不到契丹这帮蛮夷和朱温老贼一样，朝秦暮楚，都是些无信无义的小人！

过节就此产生。李克用一生眼里揉不进沙子，冒犯的人可以原谅，背叛的人决不宽恕！

还记得李克用临死前那三支箭吗？其中第二支说的就是契丹。李克用嘱咐李存勖，一定要灭了契丹为自己出口恶气。

第二支箭代表的目标，李存勖只实现了四分之一。几乎所有人都想不到契丹会在不久的将来发展得如此强大，实力完爆沙陀。当然，这是后话。

此后这些年，契丹人也没给朱温帮得上忙，也可以说根本不想帮。阿保机一直在幽州地界与刘守光约架。随着实力的逐渐增强，阿保机不用低声下气有求于人，而是在梁、晋之间游刃有余，趁梁、晋玩命死磕从中牟利。

他的目标很明确，先取幽州，以幽州为根据地统一北方，进而横扫中原，建立契丹人自己的政权。

贞明二年（916年），就在阿保机准备新一轮的可汗选举时，手下人早就对一次次无聊的选举失去了兴趣，纷纷建议老大换种玩法："联盟可汗当着多没劲，三年一选程序多复杂，老一套的传统早该进垃圾堆了。这年头你得跟上时代潮流，推陈出新，创新体制机制，向汉人多学习。"

学习什么？称帝建国。

契丹设计师

在阿保机称帝建国的过程中，有位中原投奔来的谋士不得不提，他的名字叫韩延徽。

少数民族建立政权之初，总有出色的汉族谋臣送上精准助攻。这些人中大多数在汉族政权中混不出名堂，来到少数民族却很吃得开。道理很简单，建立新的王朝不是汉族的专利，但政治制度建设却是只有汉人才玩得转。建国很容易，维持政权运转良好却很难，设计出有民族特色的政治制度则更难。

换句话说，你们不懂的业务，我懂！你们不会的制度，我会！后赵

（石勒）的张宾、前秦（苻坚）的王猛，以及后世大金（完颜阿骨打）的杨朴、大清（皇太极）的范文程，都是此类。

韩延徽是其中的佼佼者，契丹建国几乎所有制度都是由他一手创造的。由此，我们可以称韩延徽为"契丹设计师"。

韩延徽，字藏明，幽州安次人。小韩年少时因德才出众，被刘仁恭慧眼录用，一路官至幽州观察度支使。刘守光代父自立后，由于李存勖时常前来骚扰，为了避免两线作战，刘守光想与阿保机和解，共同对付沙陀人。

出使契丹的重任就落在韩延徽的肩上。正是这次出使，彻底改变了韩延徽一生的发展轨迹。

韩大使刚来到契丹大营，阿保机就显得非常狂躁：刘氏父子近年来一直压我一头，搞得我在幽州地界总是捞不到油水，想和解哪能那么容易！

"下面所站何人？见到本可汗为何不跪?!"阿保机故意羞辱韩延徽。

"……"

"喂喂，你是不是聋了？本可汗与你说话呢！"

"……"

作为纯正的北方汉子，韩延徽脾气也很硬。他站而不语，坚决不肯向阿保机行跪拜之礼。

好小子，你有种！阿保机立即将韩延徽扣押，准备把他发往塞北放牧，亲身体验一把草原原生态。

如果韩延徽这回真去了塞外，契丹必将在未来损失惨重。关键时刻还得看述律氏，她告诫阿保机："韩延徽作为使者坚忍不屈，很有操守，是个贤人。我们正缺少汉族谋士，让他去放牧不是很可惜吗？"

述律氏说得有理，阿保机经过一番考量，决定将韩延徽强行留下来，参与军事谋划。

事实证明，韩延徽的确是个贤人。他才能出众，具备高超的军事谋略，在讨伐党项、室韦，降服各部落的战斗中，韩延徽谋划得当，深受领导好评。

若是以为韩延徽只能在军事上出谋划策的话,那就太小看这位制度设计师了。他略微思索,便轻松解决了阿保机最头疼的问题。

阿保机最头痛什么?汉人逃亡。

中原烽火不断蔓延,许多汉人在家乡活不下去,纷纷向北逃亡,来到了契丹的地盘。中原的汉人看不上契丹蛮夷,契丹也看不上骑不了马、拉不开弓的汉人。大家互相看不顺眼,彼此彼此。

契丹人把这些逃亡的汉人带回营帐,充当奴隶。这些人一来饱受折磨,二来思念故乡,他们中大部分又再次选择逃亡。横竖都是一死,与其留在这里受蛮夷压迫,他们宁愿选择死在中原。

面对这样的局面,阿保机无计可施,他向韩延徽请教对策。韩延徽告诉阿保机,契丹人与汉人各有所长,不能指望汉人去牧牛放马,而他们擅长的正是契丹人无法做到的,也是契丹发展所需要的。

阿保机正考虑着什么是自己需要的,韩延徽接着给出具体对策:树城郭,分市里,安汉人,定配偶,教垦艺,以生养。也就是说,划出一大片地域建立城市,安置汉人,让他们各择配偶,男耕女织,自生自养,契丹人不要去干涉他们。

这一对策,正是契丹重要国策"蕃汉分治(一国两制)"的雏形。

阿保机采纳了韩延徽的建议,给予逃亡的汉人宽松自由的生活空间。严防死守效果不好,放松管制后逃亡人数果真锐减。阿保机再次确信韩延徽很有水平,才堪大用。

阿保机还有诸多政策上的问题需要请教韩延徽,可没承想韩延徽突然没影了,左找右找也找不到。换句话说,韩延徽跑了!

看过《杨家将》的朋友肯定熟悉"四郎探母"这个桥段。历史上并没有杨四郎探母一事,而韩延徽却真真切切返了一回乡,探了一回母。

韩延徽久居契丹,内心并没有很强的归属感,他觉得自己本不属于这里,加之对家乡老母甚是思念,心中产生了回归中原的想法。他知道阿保机肯定不会放自己回乡,只能选择不辞而别,投奔了晋阳李存勖。

阿保机对韩延徽的出走伤心欲绝,比被心爱的恋人踹了还要难过。

毕竟是难得的人才,你怎么就这么不辞而别了呢?

不过阿保机并未伤心太久,几个月后,韩延徽又回来了。

原来韩延徽投奔晋阳后,李存勖同样对其另眼相看,把他安排在幕僚中任职。这却引起幕僚同人王缄的忌恨。韩延徽内心惶恐,怕被人黑,觉得还是在阿保机手下更吃得开,于是他先向李存勖请求东归省母,继而返回契丹。

韩延徽路过真定,老友王德明听说他又准备回契丹,急忙劝他说:"你从契丹那儿不辞而别,相当于叛逃,现在又要回去,这不是自寻死路嘛!"韩延徽自信满满地对王德明说:"你不了解我在契丹的情况,在那边我就如阿保机的手目(双手和眼睛)那般重要。如今我回去了,他高兴还来不及,哪里肯害我呢?"

韩延徽从幽州看望母亲后再次回到了契丹。

阿保机大喜过望,拍着韩延徽的后背问他最近去了哪里。韩延徽当然不敢说他投奔过李存勖,而是跳过这些环节,只说自己想念母亲,恐怕领导不愿批准假期,所以只能不辞而别。

假也休完了,领导不但没有怪罪,反而更加器重信任。这一回,韩延徽坚定了留在契丹的决心,他认为阿保机是百年不遇的明主,值得自己尽心辅佐。

贞明二年(916年)冬,阿保机在韩延徽等人建议下登基称帝,正式建国,国号契丹,改元神册,定都上京。群臣尊阿保机为大圣大明天皇帝,述律氏为地皇后,阿保机长子耶律图欲为人皇王(皇太子)。

建国之后,阿保机提拔韩延徽为中书令,出任宰相一职。韩延徽感念明主知遇之恩,全心全意为契丹服务。他着手置百官,定礼仪,创文字,明法令,推行"蕃汉分治",创造出诸多富有契丹特色的国家制度。

"契丹设计师"的称号,韩延徽实至名归。

阿保机称帝后,决定出兵拿下幽州,以此作为入主中原的前沿阵地。幽州战场,硝烟再次弥漫。晋阳宗庙里供奉的第二支箭,就此被李存勖带上战场。

幽州告急

在李存勖的规划中，彻底击溃契丹本应在灭亡朱梁后进行。为了避免两线作战，李存勖不仅违心与契丹结盟，还在阿保机称帝后拜阿保机为叔，述律后为叔母。

大丈夫能屈能伸，在这一点上，李存勖比老爹李克用强出很多。

反观阿保机，他早就对幽州垂涎三尺，只是一直找不到合适的出兵借口。

李存勖与阿保机，一个想拖，一个想打。想拖的在北方集结重兵布防，想打的在幽州周边寻找合适的目标下手，双方名义上保持着一种微妙的平衡状态。

贞明三年（917年）春，李存勖从河北回到晋阳。就在此时，北方重镇新州拉响警报，彻底打破了双方的平衡。

驻守新州的主将是李存勖之弟李存矩。这货就像当年李克用之弟李克恭一样，傲骄懒惰，不务正业，除了享乐别的一概不问，新州政务全让侍妾代为处理。

侍妾处理政事，效果可想而知。

晋军主力在魏博一带连续作战，战士和战马的消耗量都很大。李存勖让李存矩大规模招募兵勇，征集战马，以备前线之需。

俗话说，不当家不知柴米贵。纨绔子弟官二代体会不到下层百姓生活的艰辛，李存矩只知道完成老哥布置的任务，一点都不考虑新州将士和百姓的感受。

兵勇好弄，人到处都能抓到，可战马不好弄，也没法糊弄。特别在年年打、月月打、日日打的五代时期，优良的战马可是作为珍稀动物存在的。为了搞到战马，李存矩强行向下摊派，几家分摊一匹，必须按时送到。战马的估值比当今房价炒得还高。

一匹战马＝十头牛，这种不等价的交易让新州百姓愤怒不已。李存矩对此却无动于衷：百姓死活跟我有什么相干！

历史已经无数次证明，像李存矩这种人，下场都不怎么好。

好不容易凑齐五百匹战马，李存矩屁颠屁颠准备自己押送前线，顺便体验一把沙场征战是种什么感觉。

李存矩兴致高涨，迫不及待开往前线，他招募的兵勇却不愿出发（战马肯定也不愿意）：真正到了战场上，死的肯定不是你！你玩舒坦了，我们只能当炮灰了！

纵使有一百个不情愿，小兵小卒也拗不过领导。李存矩坚持要走，谁也阻止不了。一行人勉强走到祁沟关，浑水摸鱼者又出现了。昭义那次是冯霸，这回是宫彦璋。

宫彦璋不愿上前线送死，他知道士卒们也都是这么想的。既然如此，宫彦璋就有了搞事的由头。

"听说晋王与梁人交战，骑兵死伤无数。我们这些新州将士抛妻弃子给外人卖命，领导却一点不知体恤，怎么办？与其受制于人，白白丢掉小命，不如索性干掉李存矩，拥立卢文进（时任寿州刺史，与李存矩同行），退回新州据城自守，看谁能奈何！"

宫彦璋愿意领头，正好顺了众人之意。李存矩的小命也就到此为止了。

宫彦璋带领众人各执兵器，鼓噪而出，直奔中军大帐。此时天还没亮，李存矩尚在帐中呼呼大睡。这倒也好，一刀下去，你也不痛苦，我也不麻烦，大家都方便。

李存矩在梦中糊里糊涂被人宰了，众人又强迫卢文进立即掉头返回新州。卢文进无法制止（或是本就乐意），按住胸口（表示心痛）在李存矩尸体旁放声大哭："你们这些混蛋杀害李郎，我还有什么脸面再见晋王！"

没脸见正好不见，从日后的表现看，卢文进根本就不是什么好东西。

忠心表完了，卢文进擦干泪水，带领众人退回新州。新州守将杨全章听闻兵变,拒绝卢文进入城。卢文进只好转攻武州,不克,沿途又遭到雁门以北都知防御兵马使李嗣肱和卢龙节度使周德威阻击,卢文进惨败,一路向北投降了契丹。

阿保机大喜,他暗中派兵支援卢文进。有了如狼似虎的契丹兵协助,卢文进很快便攻下新州。

丢了新州重镇,相当于幽州南部屏障被破。李存勖深知其中的利害关系,立即让周德威联合镇定兵马主动出击,务必在短时间内夺回新州。

李存勖相当为难,不出兵就白白亏了一座北方重镇,出兵又会刺激契丹人敏感的神经。之所以要快,就是要赶在契丹人出兵前结束战斗,避免阿保机以此为由袭击幽州。

但李存勖还是慢了一步,就在周德威玩命攻城的同时,阿保机三十万大军早已火速南下,十日后便赶到新州。

卢文进既然投降于我,那就是我的小弟。小弟被人欺负,当大哥的岂能坐视不管?别忘了,是你先出兵的!

这就是阿保机苦苦寻找的借口。

十天的时间没能拿下新州,周德威已经输了。他带来的三万人马根本不足以与契丹兵交战。周德威自知不敌,只得下令撤退。刚离开新州没几步,气势汹汹的契丹人就追到了。

手里没兵,周德威组织不起有效的反击,为了保住幽州,他仅带数千人匆匆杀出重围,退回幽州。剩下的两万余人马尽被契丹擒杀。

周德威戎马一生,很少经历过大的败仗。这一战,算得上他军事生涯少有的惨败。

阿保机对新州没兴趣,他的眼里只有幽州。

多年来,阿保机一直拿不下这座古老的北方重镇。这得归功于刘仁恭父子。老刘人品不好,小刘素质低下,但在防御契丹入侵方面,父子俩没少花心思。

第一章我们就讲过农民军队怕少数民族骑兵的问题。那少数民族骑兵怕什么?三个方面:怕坚城,怕大炮,怕坚壁清野。

这三样后世袁崇焕在宁远城都用上了，因此强悍如努尔哈赤、皇太极者，也没能拿下宁远，袁崇焕还曾差点一炮轰死努尔哈赤（轰个半死）。若不是袁崇焕被崇祯冤杀，大明的国运没准还能多延几年。

刘氏父子那会儿没有大炮，剩下的两样可都有。幽州城高沟深，老刘又利用地形优势，费尽心思搞出一套纵深七百里的防御体系。

这套防御体系具体操作步骤很简单：契丹入寇，放他进来，坚壁清野，绝不应战，使其撤退，沿途袭扰，砍些人头，抢夺物资。

这套流程下来，契丹基本上没脾气了。试想一下，数万契丹骑兵呼啸而来，从北向南七百里连个人影也没有，随身携带的干粮吃完了，只能撤退。乘兴而来，好处一点赚不到，等到撤退时整个人都不好了。

从南向北还是七百里，来的时候觉得挺短，回的时候觉得特长。本来心情就不好，沿途时不时冒出燕军给你背后来一下，疼倒不疼，关键是难受啊！

刘氏父子靠着这套防御体系，使契丹不敢轻易入寇。毕竟组织一次南下扫荡成本很高，回报太低的话阿保机提不起兴趣。

然而等到周德威继任卢龙节度使镇守幽州，情况就不同了。周德威打了一辈子仗，胜多负少，看不上阿保机及其手下的契丹军。从来都是我用拳头揍人，哪里需要龟缩在城中，跟我说什么防守！

周德威轻易废弃了刘仁恭花多年心血构建的防御工事，七百里路程变得一马平川。周德威又在幽州扶植亲信，滥杀幽州旧将，搞得部下很有意见。

阿保机自新州乘胜追来，目标只有一个——拿下幽州。

周德威从新州溃败而归，目标也只有一个——守住幽州。

第二支箭

周德威兵力有限，出城与阿保机硬碰硬不太现实，他需要做的，只有防守。

牛皮不是吹的，火车不是推的。老周不愧河东第一名将，称得上攻守兼备。即使没有七百里防御工事，周德威依然足以在幽州城上俯视契丹。

有本事上来打我呀！契丹人一时半会儿还真上不来。

契丹人不识汉字，看不懂汉人兵法专著。像《孙子兵法》《太公韬略》这类攻城野战畅销书，他们连听都没听过，更别提研究了。契丹攻城策略只有一种方法：四面围住，给我强攻！

一般的城池问题不大，努努力，多用些人力就上去了。但幽州这种级别的重镇，城墙厚如铁壁，高如石山，纵使契丹骑兵再强，你能骑马飞进来吗？飞不进来，就得在城下老老实实向上爬墙。

城上的守军则准备各类物品（石块、弓箭、滚木、火把）热情招待。如果你有幸爬上城墙，恭喜你，接下来迎接你的将是短刀、长枪、一次高空坠落，还有阎王。

连攻数月，幽州城岿然不动，急得阿保机抓耳挠腮。

这个时候，卢文进向契丹兵热心传授攻城技法。第一招，城外挖地道（刘仁恭用过），第二招，城下堆土成山（朱友宁用过）。阿保机觉得新鲜，决心一试。

要么说汉族友人在少数民族就是混得开，在中原司空见惯的套路，放在契丹人这里就是首创。

这种攻城惯用方法哪能让周德威看得上眼。张飞吃豆芽——小菜一碟！老周见招拆招，城外挖地道，城内也挖。当然，周德威可不是在帮助契丹人，他吩咐属下在地道里塞满固体燃膏（动物脂肪等易燃物），只要契丹人一露头，就立即引燃。

可怜像蚯蚓一样在地下辛勤吃土的契丹兵，好不容易看到光亮，本以为胜利在望，谁知迎接他们的不是温暖的阳光，而是烈焰四起的火光。

挖地道被轻松化解。至于堆土成山，周德威手段更绝。只要你敢堆，开水都不用了，直接拿沸腾的铜水向下浇。效果不用想也猜得出来，契丹兵一个个鬼哭狼嚎，被烫得不要不要的。

围攻幽州，日亡数千人，阿保机依然日夜坚持。没有花样就不玩花样，我就玩命往上爬，城内区区几万守军，不信你们能守到天荒地老！

周德威防守功力很强，可也架不住契丹人不要命往上冲。为防意外，他连夜派使者从小路直奔晋阳，向李存勖求援。

幽州告急，李存勖心里很纠结。晋军大部正在魏博境内与梁军周旋，分兵驰援害怕梁军趁势反击，不分兵又怕丢了幽州。李存勖召开紧急军事会议，他想听听诸将的意见。

在会议上，只有李嗣源、李存审、阎宝三人力主救援幽州。至于兵马，不需抽调魏博之军，可以在河北自行征募。三人中，李存审和阎宝认为，契丹劳师动众，势不能久，不如等他们粮食、装备差不多耗尽，士气受挫准备撤兵之际，从背后追击，必能大破之。

李嗣源则持不同意见，他告诉李存勖："周德威乃复兴社稷之臣，幽州朝不保夕，根本等不到契丹力竭而退。万一幽州内部变乱，到时后悔就晚了！"

时不我待，必须火速出兵。李嗣源主动请缨担任先锋，李存审和阎宝则开往镇定集合人马。

李嗣源说得很对，幽州已被围二百天，城墙多处受损，局势变得岌岌可危。如果不来增援，幽州必定会被契丹攻破。

李存审和阎宝凑齐步骑兵七万，同李嗣源合兵于易州。考虑到七万人中步兵较多，在平原无法抵挡契丹骑兵冲击，李嗣源建议李存审从山路前进，悄悄向幽州靠近。即便在途中遇到契丹，依托地形优势，必然不怕契丹军。

李存审表示同意。七万大军从易州开拔，翻过大房岭，沿着山涧一路向东。

李嗣源和养子李从珂率三千骑兵充当先锋，轻装疾行，在距离幽州六十里处突遇契丹小部。契丹兵搞不清晋军有多少人马，不敢贸然交战，而是慢慢向幽州城外的大部队靠拢。

李嗣源父子一路尾随，契丹人在山上走，晋军在山涧下追，每到一个谷口，契丹人都会截住晋军干一仗，以此延缓李嗣源进军速度。由上往下冲比较占优势，李嗣源奋力迎击，确保后面的部队沿途畅通。

越过层层阻隔，终于到了山口，过了山口就是幽州地界。在这里，契丹集结万余人马挡在前面。为尽快赶到幽州，李嗣源也是拼了，他带着百余骑直接冲到契丹阵前，大喝一声："尔等背盟犯我疆域，晋王命我率百万雄兵，先解幽州之围，后直抵上京，灭了你们整个部族！"

李嗣源跃马举挝，在契丹阵中左突右冲，斩酋长一人，如入无人之境。随后李存审率大军赶到，契丹人抵挡不住，纷纷向后撤退。七万晋军顺利出山，前方不远处就是幽州城。

在山中赶路时，李存审命步兵每人砍伐一截树干，带在身边。这种行为让众人不解，本来就提倡轻装以加快速度，背上这玩意儿只会加重负担。

树干的作用在晋军出山后才得以体现。数万截树干，足以结为营寨。李存审一行连日赶路，需要稍作调整，他令部下将这些树干堆积起来，瞬间立起一座营寨。每人一截树干，为晋军赢得大战前宝贵的休整时间。

围困幽州的阿保机派契丹骑兵前来骚扰，李存审命令步军万箭齐发，箭雨蔽日，契丹人马死伤无数，不敢向前。

晋军休整完毕，幽州城就在眼前，是时候进行最后一战了！

兵力不足，计谋来补。李存审自知硬拼效果不好，他把精锐步兵隐藏在队伍后面，开战时不准妄动，先让老弱病残点燃柴草向前推进。

柴草产生的浓烟顿时直冲而上。契丹人见到烟尘蔽天，以为晋军主力全在前面，便将大军集结在中路，向晋军阵地冲杀而来。冲进阵地，契丹人突然迷失了方向（烟气太重），乱作一团。

机会到了！

李存审急命隐藏在队伍后方的精锐部队冲向契丹，步军对骑兵，在浓烟下反而能占上风。没说的，见到骑马者先砍马，再砍人，绝对错不了。

此战契丹骑兵大败，溃逃之兵不计其数。阿保机见大势已去，带着残军匆匆翻过燕山，黯然退回上京。

反观晋军，斩俘万计，收获车帐、战马、铠甲、牛羊无数。李存审等人顺利解除幽州之围，周德威深感众将仗义相救，激动得老泪纵横。

远在晋阳的李存勖听说幽州大捷，异常兴奋。击败契丹，他可以将精力更多集中在灭亡后梁上。击败契丹，也算是完成了老爹第二个遗愿。

尽管第二支箭代表的任务完成得不算彻底，李存勖对这一结果却能接受。毕竟自己的心腹大患是后梁，自己的目标是夺取整个中原。

第十五章
殊死一搏

铁枪王彦章

《残唐五代史演义传》中有这么个桥段。话说李存孝巡视河北,在寿章县遇到剪径贼(俗称抢劫犯)收过路费。贼首姓王名彦章,身长一丈,蓬头跣足,擅使一条浑铁枪,号称无敌大王,武艺超群,是为五代第二条好汉。

英雄榜上第一第二条好汉碰面,自然要切磋切磋。

熟悉《说唐传》的朋友,应该对李元霸和宇文成都印象深刻,排名只差一位,武艺的高下却是天壤之别。李存孝和王彦章比武,情况大致类似。

李存孝问道:"你这浑铁枪有多少重量?"

王彦章答道:"一百二十斤。"

李存孝笑道:"只一百二十斤,怎敢在此索要买路钱!"

王彦章大怒,挥动铁枪打将下来,李存孝伸手将铁枪紧紧攥住。王彦章奋力来夺,却如蚍蜉撼大树一般丝毫挣脱不开。李存孝连人带枪把王彦章摔出百十步远。王彦章不服，披挂上马提枪与李存孝死战。李存孝舞动浑铁槊，逼得王彦章只有招架之功，毫无还手之力。

李存孝觉得王彦章是条好汉，并未取他性命。自尊心受到严重打击的王彦章解散贼众，放声大哭道："我死里逃生。若存孝在世十年，我十年不出；除非存孝死了，我王彦章才敢出名。"

王彦章自去寿张县隐姓埋名，等李存孝一死，王彦章投奔后梁朱温，战无不胜，江湖之上再无敌手。后讨梁联军为铲除此心腹巨患，集合五龙之力（李存勖、李嗣源、石敬瑭、刘知远、郭威）逼死了王彦章。

以上都是罗贯中老人家小说里杜撰的内容，正史上李存孝与王彦章从未交过手，甚至连面都没见过。李存孝死于公元894年，这年王彦章三十一岁，正在给朱温当小跟班（开封府押衙）。直到开平二年（908年），王彦章才因骁勇善战被提拔为左龙骧军使，次年兼任左监门卫上将军，成了朱温警备部队司令员。

小说中有一点符合史实，王彦章确实很强，在后梁末年以一己之力撑起一片天。李存孝的战力按一百计算，那王彦章最低也在九十。两人的实力差距并不像小说中那么悬殊。

和李存孝类似，王彦章每战必为先锋，持铁枪突驰，迅疾如飞。史书称：王彦章骁勇绝伦，每战用二铁枪，皆重百斤，一置鞍中，一在手，所向无前，时人谓之王铁枪。（《资治通鉴·后梁纪二》）

这还不算，据说王彦章能跣足履棘行百步，也就是光着脚在荆棘丛中走一百步，脚底板毫无损伤。别不服气，你行你走走看！只听说过铁布衫，王彦章这项技能应该叫铁布脚，放在历史上也无敌。

王彦章随军出征始于刘知俊叛逃。镇国节度使康怀贞奉命救援灵州，撤军时被刘知俊堵在三水无法行动，王彦章力战助康怀贞夺路脱困，由此名声始彰。

乾化二年（912年），朱友珪晋升王彦章为检校司徒。朱友贞夺位后，又委任王彦章为濮州刺史兼马步军都指挥使，次年改任澶州刺史，加封开国伯。

魏博分家时，王彦章随刘鄩出征，受命先行进入魏州，驻扎在金波亭。魏州事变发生后，王彦章因兵力有限，无奈从金波亭撤出魏州。

这年秋天，晋军趁热打铁，夜袭澶州。由于时任澶州刺史的王彦章还在刘鄩营中效命，澶州被轻易攻陷。自李存孝被斩之后，晋军中一直没有过于骁勇之将。李存勖特别赏识王彦章，希望王铁枪能为己所用。

在澶州擒获王彦章妻子后，李存勖派使者前来诱降。王彦章想也没想立斩晋使，表明自己不会变节投敌。晋军见诱降不成，就迁怒其家人，灭了王彦章一门。自此，王彦章对晋人恨之入骨，发誓要和李存勖力拼到底。

王彦章能够迅速成名，除了自身实力过硬，还因后梁名将凋谢得太快。朱友贞着力提拔起来的军事统帅刘鄩，已被证明不堪大用。

刘鄩兵败魏博，导致后梁丢掉了整个河北。李存勖击败契丹后，将晋军大部调往兖、郓，准备先行吞并山东诸州，进一步削弱后梁。

刘鄩不能再用，朱友贞提拔左龙虎统军贺瓌为宣义节度使、北面行营招讨使。

贺瓌能不能守住山东，朱友贞心里也没底。

贞明三年（917年）十一月，天气酷寒，李存勖亲率大军踏过黄河（已结冰），攻占杨刘城。杨刘作为黄河流经山东的重要渡口，南可取兖、郓，东可取淄、青，战略位置非常突出。

此时正在洛阳南郊祭祀祖先的朱友贞听闻杨刘失守，外界又谣传晋军已扼守氾水关，即将兵进汴梁，吓得他立即丢下祭祀事宜，不敢在洛阳逗留，直接率众奔回汴梁。

兖郓之地与魏博不同，一来距离都城更近，二来与汴梁同处黄河南岸。丢了魏博六州，至少还有黄河作为天然屏障；若丢了兖郓，整个河南之地都会时刻处在危险之中。

朱温死后已数年不掌实权的敬翔实在看不下去了，他主动去找朱友贞表明自己的态度：

"国家连年战败，陛下居深宫中，事事和左右亲信商议，没有实践哪有真理？当年先帝亲率豪杰占据河北之地，尚不能实现统一。如今晋人已兵至郓州，陛下仍不在意。李存勖继位十年来，每战必亲征，身先士卒，而陛下儒雅喜文，身边都是些奸佞之徒，贺瑰之辈又哪是李存勖的对手！试问如何能够御敌？我虽然年迈，受先皇重恩，希望能到边关效力。"

其实敬翔并非真想去边关扛枪，只是想借此给朱友贞提个醒。嘴上没毛，办事不牢，你亲信的那群官二代根本靠不住。我敬翔虽然老了，却是凭的脑子吃饭，你能像你老爹那样重用我们这些老臣，局势或许还能扭转。

敬翔这番慷慨陈词引起赵岩等人强烈不满：老不死的，说谁实力不够看，谁是奸佞之徒！

赵岩等人纷纷向朱友贞进谗，诬陷敬翔倚老卖老，心里满是对陛下的怨愤。

朱友贞对此没做任何回应，老臣还是得尊重，亲信还是得重用。朱友贞既没有惩处敬翔，也没有听信赵岩的说法。

以敬翔为代表的开国老臣依然被晾在一边，不能参与军事决策。

眼下晋军兵犯郓州，朱友贞怕贺瑰寡不敌众，再派一员大将前去协助。巧的是，这员大将也名彦章，不过不是王彦章（还得沉寂一段时间），而是谢彦章。

黄河里的交锋

为防山东有失，杨刘城不能轻易放弃。朱友贞把收复失地、重整基业的希望寄托在新一代将星贺瑰和谢彦章身上。

朱友贞给两人下了不同的命令：贺瑰稳步慢进，安定山东各州，防止临阵投敌的情况发生；谢彦章挥师疾驰，夺取杨刘城，将晋军赶回黄河北岸。

谢彦章带着数万梁军杀奔杨刘，他并不急于玩命攻城，而是用上了围点打援的经典战术。

杨刘告急，远在魏州的李存勖必会渡河来救。谢彦章兵分两部：一部用来围城；另一部在黄河岸边挖开堤坝，使河水向内陆漫延好几里，人为在杨刘城与梁军营垒间形成一段黄泛区。谢彦章在黄泛区南岸扎下四座营寨，筑垒自固，专等李存勖从北岸强行渡河送死。

最好你们别来，我顺利夺下杨刘。退一步讲，你们要是有本事渡黄泛区而过，我也自有办法应付。

谢彦章自幼丧父，被名将葛从周收为养子，传授兵法。谢彦章聪明勤奋，尽得义父用兵精要。征战之余，他酷爱读书，崇尚儒学，立志成为一代儒将。

爱学习、有梦想的小朋友日后发展一般都不差。葛从周一生从不打没有把握的仗，每战前必整顿士气，演练阵法。谢彦章学得像模像样，列阵严整，力求滴水不漏。

葛从周门下，并不是只有谢彦章一名弟子。谢彦章师门还有一位师兄，正是自信心被打垮的刘鄩。想想倒挺奇妙，一个师门，两位高徒，打仗风格却有天壤之别。

朱友贞被擅长冒险的刘鄩伤透了心，而老成持重、谋而后动的谢彦章，则代表着另一种风格：踏实，不搞花样，稳扎稳打，想好再打。

当然，两种风格各有利弊。刘鄩不擅长战场之上与敌硬碰硬，谢彦章的风格也有缺陷，那就是一板一眼，不能随机应变，指挥灵活性较差。

何况规划很难尽善尽美，稳健如谢彦章者，这回也百密一疏。他忽视了两点：一是黄泛区水位的高度，二是李存勖的智商。

李存勖既擅于冒险，也能稳健求实，更擅长灵活变通，这在很大程度上决定了刘鄩也好，谢彦章也好，都不是李存勖的对手。

除此之外，李存勖时刻遵循着"实践出真知、亲力亲为"的处事原则。

当老大的，怎么领导小弟，怎么服众？大事当头你得主动站出来，顶上去。

弟兄们，给我冲！哥几个，随我上！喊出来效果明显不一样。

听说杨刘被围，李存勖立即着手安排渡河，以犒军的名义来到杨刘。由于弄不清黄泛区的水位高低，李存勖亲自划船测量水的深浅。那时倒没什么正规的工具，李存勖用随身携带的短枪往水下一撑，深度才刚淹没枪身。保守估计，这种水位高度根本不用预备船只，用双脚蹚着就过去了。

李存勖自信满满地对属下说：" 梁军想依靠水来阻挡我军前进，恰恰说明他们没有做好全力迎战的准备，我军当涉水渡河攻击之。"

没有调查就没有发言权。水位高度这一点，是谢彦章没有料到的。

随后几日，水位进一步下降，仅仅能没过膝盖。李存勖抓住有利时机，亲自带领亲军率先渡河。晋军士卒提起衣角，把枪横着背在肩上，轻松写意跨过 " 天险 "。

黄河对岸，谢彦章简直不敢相信自己的眼睛。滔滔黄泛区变成潺潺小溪沟，真是见着鬼了！谢同学大概地理知识比较匮乏，即使是黄河，从中游流经山东黄泛平原，断流都有可能，更别提小小的黄泛区水位下降了。

兵法云：半渡可击之。谢彦章不会傻乎乎看着晋军顺利渡河。他集合重兵，一边在河对岸立好阵营，一边命令弓箭手向晋军放箭。这种情况下，晋军没有任何防御手段，谁都不想冒着箭雨被射成刺猬。李存勖引军向后稍稍退却，稳定士气，伺机而动。

按照兵法固定程序，晋军撤退，是时候收割一拨战场了。谢彦章率一部分梁军跳入河中，紧紧跟在晋军后面。出于安全考虑，谢彦章并未直接向晋军发起冲击，他的原意是将李存勖赶回河对岸就完事。但有这么好的机会痛打落水狗（还真是），不利用实在可惜。

都下水了，你就让我们干看着？

打还是不打，谢彦章很犹豫。若是换成敢于冒险的刘鄩，此番必然会把握机会，无论输赢先干他一场，没准还能赢了呢！

到了谢彦章这里,就成了要是输了呢?刘鄩想赢,谢彦章怕输;刘鄩敢赌,谢彦章不敢赌。对待输赢的态度,体现出两人军事风格与性格的不同。

风格决定方向,性格决定命运。

正是谢彦章的犹豫彻底断送了好局。要么不跟,跟了就打,跟而不打,就跟出一场惨败。

李存勖不会给你任何犯错的机会。他见到梁军追而不击,料定谢彦章心有顾忌。晋军退到河中央,李存勖下令停止后退,猛然回身向梁军杀来。

正在河中闷头赶的梁军毫无心理准备,谢彦章抵挡不住,又退回河岸。这下谢彦章纠结的问题倒是解决了。

落水狗没法打,谢彦章自己却变成了丧家犬。由于岸上的梁军看到河中的战友狼狈退回,以为主将战败,阵地也不守了,随着大部队向后撤退。晋军乘胜登岸,谢彦章大败,只身逃出。梁军死伤不计其数,数里黄泛区的水都被鲜血染红。

李存勖再接再厉,一天之内连破梁军四座营寨,杨刘城的危机被顺利解除。

谢彦章惨败,与师兄刘鄩的结果并没有什么不同。冒险型选手靠不住,稳健型选手也没指望。朱友贞很郁闷,数十万梁军之中,一个能打的都没有吗?

杨刘城没夺回来。谢彦章出师不利,损失惨重,只能带着残军与贺瓌会师一处,再做下一步打算。

两个和尚没水喝

命题:一个和尚挑水喝,两个和尚抬水喝,三个和尚没水喝。

反驳:别说三个,两个和尚也不一定有水喝。你得看两个人愿不愿意合作。

贺瑰与谢彦章就不愿意合作,结果确实没水喝。

杨刘一战后,李存勖谋划搞一次大型会战,彻底消灭驻守在山东境内的梁军。为此,李存勖从各镇调兵遣将,周德威的幽州兵三万、李存审的沧景兵一万、李嗣源的邢洺兵一万、王处直的易定兵一万,以及麟、胜、云、蔚、新等州镇聚居的奚、契丹、室韦、吐谷浑各部落,也纷纷出兵协助。

贞明四年(918年)八月,李存勖在魏州举行隆重的检阅部队仪式,加上河东、魏博的十余万晋军,保守估算,这支藩镇联合军人数应在二十万上下。当然,二十万人不能全上战场,除去守城、后勤、打酱油人员,李存勖能带上战场的应该在十万左右。

李存勖准备玩一把大的。他率先出击,在郓、濮之间大肆劫掠,随后沿黄河而上,驻扎在麻家渡。贺瑰听到消息,便同谢彦章带领数万梁军屯兵于濮州北面的行台村,双方相持不战。

李存勖不想拖,这不是他的风格。他喜欢亲自带兵刺探敌情,享受那种戏耍敌军的感觉。有了谢彦章的前车之鉴,贺瑰不打算仓促与晋军硬拼,他还想观望一番,找到合适的机会再下手。

李存勖认为贺瑰没种,他好几次仅带几百亲兵前往梁营挑战(太欺负人了),几乎每次都深陷险境(必然的),但依靠李绍荣等人奋力护卫都化险为夷。

李存勖对此不以为意,他认为平定天下就要身经百战,身为主帅不上战场,整日躲在帷房里难道是养膘来了!

次次犯险,次次被救,李存勖心里毫无压力,手下人顶不住了。有一回,李存勖心情不错,准备再往梁营挑战一番,刚跨上马,就被李存审拽住了。李存审哭着对领导说:"大王当为天下珍惜自己,冲锋陷阵乃是将士的职责,也就是我李存审的职责,不是大王该做的事情。"

扫兴,晦气,李存勖自认倒霉,只能乖乖被李存审劝了回去。

但李存勖并不服气,你能堵我一次,堵不了下次。有一天,李存勖趁李存审不在，骑着马飞跑出军营，一边跑一边笑着说："那老东西只会妨碍别人玩耍！"

李存勖把打仗当成玩耍，一方面体现出自己强大的必胜信心，另一方面，这也有点太看不起梁军了。

轻敌往往要吃点苦头的！上回在魏县，李存勖就被刘鄩包围过一次，多亏李存审及时赶到。这回在濮州，李存勖再次被梁军包围。谢彦章在河堤埋伏五千精锐，李存勖带着十余骑前哨刚一过桥，就被谢彦章断了退路。

五千人马把李存勖围了几十层，李存勖并不慌乱（习惯了），在包围圈中奋力向外冲，圈外的后援部队奋力向里冲，这才冲出包围圈。但冲得出不一定跑得掉，危急关头，还是李存审火速驰援，才将李存勖安全救了回去。

任性的李存勖这时才认识到李存审对自己说的话全是出于一片忠心。

李存勖消停了，梁军这边却出事了。贺瓌和谢彦章，注定无法成为搭档。

贺瓌擅长步战，谢彦章擅长马战。两人出道时间相当，名气相当，官位相当，战绩相当。水平差不多，自然谁对谁都不怎么服气。这次配对，官阶上谢彦章要服从贺瓌的领导，北面行营招讨使相当于军队司令，北面行营排阵使最多只能算得上军长，官衔低了一级，谢彦章倒也能接受，他名义上愿意接受贺瓌领导。

而贺瓌却认为自己的水平比谢彦章高，他极其厌恶谢彦章与自己齐名，这简直是对自己人格的侮辱。

一山不容二虎，除非一公一母。贺瓌和谢彦章却没有两败俱伤，而是贺老虎先下手为强，设计除掉了谢老虎。

有一次，贺瓌和谢彦章视察前线，贺瓌指着一处高地说："这儿可以安营扎寨。"过了没多久，晋军果然在这里扎营。

真是麦芒掉进针眼里——巧了。

然而贺瓌却不这么想。这么高端的战略眼光只有我这种高智商精英才能具备，晋军为什么会知道？肯定是有人走漏了风声。

贺瓌怀疑谢彦章通敌，这情报肯定是谢彦章透漏给晋人的。贺瓌为了证实自己的怀疑，便试故意探谢彦章："主上把社稷托付给你我，眼看着贼军都打到大门口了，还能不迅速迎战吗？"谢彦章并不知道贺瓌的心思，还跟他摆事实讲道理，现在不能逞一时之勇，仓促迎战万一有失，后果将不堪设想。

这正是贺瓌想要听到的话。嘴证到手，谢彦章这小子果然靠不住，杀你一点都不冤枉！

贺瓌一边给朱友贞写信告密，一边直接和曹州刺史朱珪设计，以犒军为名，埋伏士兵杀了谢彦章，一同被杀的还有濮州刺史孟审澄、别将侯温裕。这三人都是梁军大将，不明不白被自己人杀了，对梁军而言损失惨重。

消息传到晋军这边，李存勖笑得合不拢嘴："梁军将帅自相残杀，距离灭亡不远了！"相比贺瓌，李存勖还是更畏惧谢彦章。两军在行台寨对垒期间，谢彦章率军向李存勖邀战，晋军看到梁军军容整肃，布阵严谨，纷纷料定两京太傅（谢彦章）必在阵中，于是选择避而不战。

谢彦章是位不可多得的将才，很有希望竞争后梁第三代名将魁首。谁承想碰到贺瓌这么个狠角色，连公平竞争都免了，直接把竞争对手干掉了。

事实证明，两个和尚一样没水喝，还是一个和尚比较方便。谢彦章死后，贺瓌完全放开手脚，尽情施展军事才华。只可惜，他的才华比谢彦章高不了多少，他的战绩却比在杨刘惨败的谢彦章更惨淡。

谢彦章的死，却也在客观上加速着另一位战将崛起。这才是后梁真正的战将——王彦章。

胡柳陂之战

在这个世界上，没有人可以预测未来，今天的成功不代表明天不会失败，即便是顺风顺水的"天选之人"李存勖也不例外。

谢彦章死于猜忌，贺瑰避而不战，李存勖决定走一步险棋，绕过梁军主力所在的濮州，直接率精锐偷袭汴梁。

李存勖信心满满，他确实有资本去赌一把。继位以来，战场上正面交锋也好，趁乱坐收渔利也好，李存勖的运气一向不错。可他的"宏伟计划"却遭到多数部下的质疑，周德威更是直言反对："谢彦章死了，可梁人士气未泄，草率行动风险很大，未必会有好处。"

在赌桌上连胜多把的赌徒，对于下一把怎么押注必然很有心得。李存勖虽不是赌徒，却对直觉相当执着。他急于求成，根本听不进周德威的意见。

数日后，李存勖下达最高军令：军中老弱尽数退回魏州，整合各镇联军共精兵十万，摧毁军营，立即向汴梁进发。

固守濮州的贺瑰心肠坏了，可眼睛不瞎，他对李存勖的动向了如指掌。晋军在前面走，贺瑰就跟在屁股后面追。三天后，梁军终于在胡柳陂追上了李存勖。

胡柳陂之战就此打响。

血气方刚的李存勖二话不说，准备直接掉转方向找贺瑰干仗。周德威认为不可，他告诉领导说："梁人日夜兼程，倍道而来，连营寨都来不及扎。而我军营寨坚固，守备力量充足，如今孤军深入敌境，更要慎之又慎。胡柳距离汴梁很近，梁人各念其家，心怀激愤，不用计谋恐难制服。"

周德威主张按兵不动，先由自己率一支骑兵骚扰，让梁军无法休息、扎营和进食，然后夜幕降临时趁其疲惫而攻之，必能一举而灭。

麻烦,麻烦!

李存勖不以为然,他略带讥讽地对周德威说:"之前梁军在濮州做缩头乌龟,现在敌人就在身后,机会难得,这都不打还要如何!您老人家有什么好胆怯的!"李存勖命令李存审带着辎重先行,由自己率亲军殿后,等击败贺瓌再去会合。

军人以服从命令为天职,周德威不得已,只能带上幽州兵跟随李存勖迎战贺瓌。自古道哀兵必胜,周德威隐隐感到此行凶多吉少,对其子坦言:"我不知会死在什么地方啊!"

周德威说得很对,晋军是侵略者,想闯入别人家杀人放火,梁军需要保卫家园,守护全家老小,所以说无论士气还是积极性,两军都不在一个层次。梁军可以打仗开小差,弃守任何城池,但汴梁绝不能拱手相让。

丢了汴梁,就没了国;没了国,也就没了家!贺瓌迫切想找李存勖决战,李存勖也相当配合地满足了他的愿望。

贺瓌军旗一挥,梁军迅速集结列队,前后绵延数十里。擅长指挥骑兵的谢彦章已死,顶替他位置的正是时任郑州防御使的铁枪王彦章。王彦章此战之前名气不大,战绩不够耀眼,谢彦章的死给了他很大的机会,而他也迅速把握住了机会。

胡柳陂之战,铁枪王彦章一举成名,他干掉了号称"河东第一名将"的周德威。不过,整个过程却充满着戏剧性。

李存勖打仗不要命,王彦章上阵豁得开。两大猛人首次相遇,却呈现出一边倒的局势。李存勖率领晋军中最精锐的亲兵银枪军冲入敌阵,折返十余里,所向披靡,王彦章所部无法抵挡,匆匆向濮阳方向败退。

胡柳陂之战若是就此结束,那就太没趣了。

王彦章搞不定李存勖,却也因此交上了大运。他率部向西撤退,而晋军辎重所在的阵地,正是王彦章撤退的方向。兼职看守辎重的将领,正是周德威。

那时可没有电话,更没有网络,通信相当不便。王彦章战败的消息,这部分晋军根本无从知晓。一见梁军旌旗蔽空，呼啸而来（其实是在逃命），晋军以为是冲他们来的，不但吓得丢下粮草，还玩命向幽州军构筑的阵地奔去。

大树底下好乘凉，逃跑也得有方向，不得不说和钱粮打交道的就是会算计。只是他们这一跑，可坑苦了周德威。阵地守得好好的，突然被自己人冲了进来，你还无法阻止，友军有难，你不能坐视不管。

这些辎重兵一边跑，一边喊："梁人杀来了，梁人杀来了！"幽州兵军心动摇，顿时阵脚大乱，自相踩踏，场面完全失控。

王彦章本来是在跑路，看到这等千载难逢的机遇，那绝对不能放过。他挥动铁枪，率部径直冲入晋军阵地。周德威还在尽力稳定阵型，根本没觉察到梁军杀来。混乱中周德威父子被杀，同死者还有魏博节度副使王缄。

王彦章斩杀河东头号名将，心满意足地撤离战场。

西路被破，周德威被斩，在中路指挥作战的李存勖尚不知情。梁军从四面集合而来，逐渐向中路收缩，攻势很猛。贺瓌占据胡柳陂中的一座土山，李存勖为鼓舞士气，亲自带领勇将李从珂和李建及夺下此山，算是暂时止住颓势。

日近傍晚，众将面有惧色，纷纷劝说李存勖收兵回营，明日再战。天平节度使阎宝却坚决主战，他告诉李存勖："王彦章骑兵已去，山下只有步兵，容易对付。大王深入敌境，出师不利军心必然受挫，成败在此一举。若不决力取胜，退是可退，梁军必然渡河追杀，到时河朔三镇恐非我军所有。"

决胜料敌，唯观情势，情势已得，断在不疑。

银枪大将李建及擐甲横槊，大声说道："梁贼大将已经逃跑，今击此乌合之众，摧枯拉朽耳。大王只管安坐，看末将为您破敌！"

李嗣昭、李建及率骑兵奔突而下，山下的梁军以步兵为主，经过一天的消耗，身心俱疲，再也无力抵挡晋军骑兵的冲击，死伤无数，溃不成军。

李存勖得胜归来，这才听说周德威父子战死。李存勖放声大哭："周德威命丧于此，全是我的过错啊！"

胡柳陂之战就此宣告结束。梁晋打了个五五开，各自损失数万人马，但战果却不能成为衡量胜败的全部要素。梁军表示无所谓，反正一直都输，这次成功粉碎了晋军偷袭汴梁的计划，已经算是完全可以接受的结果。

参照以往的战绩总结来看，是李存勖败了。

首先他偷袭汴梁的计划没有成功，其次他损失惨重，名将周德威战死更是让他痛失军事上的得力助手。这对河东的损失，是无法用人马辎重衡量的。

李存勖为自己的任性付出了代价，虽说不致命，但足够疼上一段时间。

柏乡之战，旧元城之战，胡柳陂之战，号称梁晋三次大规模的战役。前两次以晋军大胜告终，胡柳陂之战，在某种意义上讲，却是李存勖军事生涯中为数不多的失败。

战场上瞬息万变的形势、极富戏剧性的战略转机、出人意料的结局，更显现出历史的生动有趣。

猛人李建及

胡柳陂没占到便宜，又折了名将周德威，李存勖心情很糟糕。纵然晋军一路开进德胜渡口，将战线进一步向汴梁延伸，看上去局势有利，但李存勖清楚，晋军已是一鼓作气再而衰三而竭了。

强弩之末不能穿鲁缟，卧榻之侧还得让人再酣睡一会儿。

本来心里就不痛快，其间发生的一段小插曲，更让李存勖的心理阴影面积成倍放大。

这事和李嗣源父子有关。

胡柳陂之战前，李嗣源在后方督军，养子李从珂跟在李存勖身边，父子俩这次并未联袂出战。周德威率领的幽州兵先败，引发西路军纷纷后撤。李嗣源在后方搞不清战况，瞧这溃逃的架势，估计领导也不一定扛得住。

李嗣源不知李存勖所在何处，部下大多认为领导很可能已渡河而去，李嗣源觉得有理，也率部渡过黄河，朝相州方向撤退。

他这一撤，导致李存勖所在的中路军彻底成了孤军，对整个战局产生了不小的影响。李嗣源一行人没想到，就在他们安安稳稳后撤之时，李存勖正率领残部与梁军在土山血战。

万幸的是，李存勖最终艰难地击退梁军，顺利拔下濮阳。一路向北的李嗣源数日后才收到晋军捷报，他立即掉转方向，火速赶到濮阳面见李存勖。

好你个李嗣源，我们在南面死磕，你却往北逃，难道以为我死了吗?！招呼都不打一声便渡河而去，你究竟意欲何为！

李存勖对李嗣源的行为表示愤怒，但李从珂此战立下大功，李存勖也不好处罚李嗣源，只罚喝一大杯酒，以观后效。

李嗣源的做法确实欠考虑，虽然他并没有背叛之心，但作为全军主帅，李存勖不得不对这位义兄的用意表示怀疑。自此以后，李存勖对李嗣源渐渐疏远，疑窦丛生，这次小小的插曲严重降低了李嗣源在李存勖心中的地位。

胡柳陂战后消耗太大，晋军人困马乏，无力组织大型会战。李存勖命李存审接替周德威任蕃汉马步总管，在德胜渡口南北两侧筑建两座城池，作为下次大举进攻的跳板。另以李嗣昭暂往幽州主政，自己则返回魏州休整。

李存勖返回魏州后，仍然对李嗣源这种行为非常不满。这帮义兄都是老爹手把手带出来的，谁知道他们究竟安的什么心。与其完全信任他们，还不如着力培养自己的亲信。

李存勖不动声色，将李绍宏、孟知祥、郭崇韬提拔起来，充当自己的智囊团。这三人中，特别是郭崇韬和孟知祥，舞台戏份逐渐增多。他们精彩的人生故事，我们后面还会详细讲到。

李存勖心情不好，朱友贞也好不到哪儿去。王彦章败卒逃入汴梁，大肆在城中散布流言："胡柳陂晋人战胜，不日将至汴梁！"搞得朱友贞压力山大，一日之内好几次想出逃洛阳，这种焦虑的滋味可不好受。直到傍晚，朱友贞才获得确切情报，情绪慢慢安定了下来。

备受煎熬的朱友贞对贺瓌大为失望，严令贺瓌必须打场胜仗，否则北面招讨使的官职你小子也别干了！

贺瓌没有办法，硬着头皮攻德胜南城。德胜地处黄河南岸，为了阻止北岸的晋军渡河救援，贺瓌用竹竿（引舟的竹索）拧成绳索，将十余艘艨艟战船连接起来，给船身蒙上牛皮，又在船上做了些支架和壁垒，然后把战船横放在黄河上。十余艘艨艟战船吃水很深，在河流中纹丝不动，远远望去，船阵如城墙一样稳固。

贺瓌想要困死德胜。李存勖闻讯立即从魏州赶来相救，刚到黄河北岸，就看到贺瓌摆下的船阵。战船隔断河流，李存勖毫无办法，只能在北岸干着急。

大军无法立即渡河，李存勖先派出"游泳健将（估计是潜泳）"马破龙游过黄河，进入南城询问防御情况。南城守将氏延赏直言城中弓箭石头快要用完，再不来救，南城随时都有可能被攻破。

重赏之下必有勇夫。李存勖出于无奈，玩了一把重金求计，在军门旁堆积大量金帛，只要有计能破艨艟船阵，金帛统统都归你。

猛将李建及见众人都没主意，便主动请缨做开路先锋。他告诉李存勖："贺瓌聚众而来，把希望完全寄托在船阵上，若我军不渡，德胜必危。今日之事，我李建及愿和他们决一死战！"

智商不够，勇猛来凑。想不出办法就别想了。生死看淡，不行就干！根本没什么谋划的，也没那么复杂，直接带人马砍断竹索，冲散战船，障碍不就自动清除了？

说着容易，只要实力够强，做起来也相当简单。李建及一共用了三步。

第一步，从亲军中选出三百敢死兵充当先遣队，披上盔甲，背上利斧，乘小舟径直冲向艨艟战船，靠近时就用利斧猛砍竹索，切断船与船之间的联系。

第二步，竹索砍断后，引燃第二批装满干柴的小船，带火冲向艨艟。

第三步，自己亲率大军，乘大船冲开艨艟船阵阻碍，直抵黄河南岸。

这套流程，与赤壁之战大同小异。不同点在于，赤壁以烧船为目的，这次是以"失联"为目的。

艨艟船阵断了联系，再也固定不住，随着水流向下游漂去。水面障碍被清除，李存勖得以率众渡河。贺瑰不敢再战，遗憾地退回濮州。

此次撤退后，贺瑰再也没有归来。不是他不敢，而是他挂了。贞明五年（919年）八月，贺瑰病卒在濮州。

第三代年轻战将中（不算刘鄩），首推贺瑰与谢彦章。两人相继殒命，梁军一时竟找不出独当一面的主将。北面招讨使由贺瑰变成王瓒，又由王瓒变为戴思远，但换来换去，始终不尽人意。

朱友贞为此费尽脑汁，差一点患上了选择恐惧症。

就在此时，河中节度使、冀王朱友谦密谋作乱，出兵袭取了同州。此事关乎西部战局稳定，需要立即处理。

北方已经乱得不可开交，西方不能再乱了。

选谁做主将？捉襟见肘的朱友贞想起了一个故人。他曾因一场惨败被无情抛弃，自此以后一直沉寂至今。

既然没有太合适的人选，那就死马当活马医了。得，就是你吧！

来吧刘鄩，你被再次征用了！

东山再起

刘鄩这几年过得那叫一个憋屈。魏博失利，总得有人承担责任，作为军事统帅,刘鄩被严厉问责。谏官们干别的不行,就是擅长搞批斗,面对如洪水般铺天盖地的朝议,刘鄩最终被免去平章事一职,贬为亳州团练使。

平章事转为团练使,官阶上连降四级。别人坐着火箭往上升,刘鄩则是打开机舱往下落,括弧,没带降落伞。

如果你认为刘鄩这辈子就算交代了,那就大错特错了。刘鄩虽然没带降落伞,可他玩的却是蹦极,落下去可是能升上来的。

几乎所有人都不会料到,华而不实、难堪大用的刘鄩,在魏博被李存勖狠狠修理一顿的刘鄩,竟又奇迹般升了上来,后梁动荡的国势给了他实现自我救赎的机会。

李存勖集合各镇联军进攻山东那阵儿,镇守兖州的泰宁节度使张万进遣使请降,表示愿意无条件归顺河东。朱友贞听说此事后,任用刘鄩为兖州安抚制置使,出兵讨伐。

朱友贞此举并不是信任刘鄩,而是刘鄩所在的亳州距离兖州较近。再说,大 Boss 李存勖你打不过,张万进这种小角色你若还败,干脆弄把刀切腹算了。

结果显示,没有任何军事才能的张万进根本不是对手,刘鄩成功在晋军增援部队赶到之前拿下兖州,灭了张万进全族。朱友贞顺势把刘鄩升为泰宁节度使,恢复了他同平章事的职位。

升上来没什么所谓,朱友贞的意思是刘鄩你小子给朕守好兖州,别的事不用你掺和,想重新领兵迎战李存勖,送你两个字:没门!

刘鄩渴望着东山再起,上天还真给了他一次机会。

贞明六年(920 年),河中节度使朱友谦袭取同州,赶走了忠武节度使程全晖,以其子朱令德为忠武留后,上表请求朝廷赐发符节与斧钺。消息传来,朝野一片哗然。朱友谦自朱友贞继位后重回组织怀抱,表现还算老实,最近不知道发什么疯,非要跟朝廷过不去。

对于朱友谦的无礼要求,朱友贞开始是严词拒绝的。你说抢就抢,眼里还有没有朝廷!只是过了些时日,朱友贞担心朱友谦会趁机反水,又赶紧下令让朱友谦兼任忠武节度使。

可惜，晚了。朱友谦已转而向李存勖求来节钺，宣布再次归降河东。李存勖发出亲笔手令，任命朱令德为忠武节度使。反正忠武之地又不在我手中，谁当节度使都一样，不费吹灰之力把朱友谦重新拉回自己的阵营，想想真是一点坏处也没有。

看到了吗？朱友贞你不给我面子，自有人给！

自己挖的坑，含着泪也要跳。朱友贞不会白白让李存勖大赚一笔，他立即起用刘鄩为河东道招讨使，率领感化节度使尹皓、靖难节度使温韬、庄宅使段凝大举进攻同州。

要不是手里实在缺人，朱友贞真不敢冒险起用刘鄩。谢彦章、贺瓌相继战殁，朱友贞宁愿将名不见经传的王瓒、戴思远提拔为北面招讨使，也没有让刘鄩顶上去。

别管过程如何曲折，刘鄩还是如愿以偿，成为西方面军统帅。此时距离自己被罢免，已经过去了三年有余。这是刘鄩完成自我救赎的最后机会，他没理由不珍惜。

珍惜归珍惜，打不过还是打不过。李存勖用实际行动告诉刘鄩：别管过去多少年，你大爷永远是你大爷。

刘鄩等人围困同州，朱友谦向河东求救。一听三军统帅是刘鄩，估计李存勖觉得刘鄩军事水平太次，实力差距就像"中学生 VS 小学生"，见一次打一次，打一次赢一次，实在提不起精神。

李存勖没有亲自出马，而是让李存审、李嗣昭、李建及等人出兵援助。

正如阿Q被假洋鬼子欺负，便会转过来欺负尼姑，人性中隐藏着欺软怕硬的一面。梁军干不过晋军，可丝毫不怕河中军，来到河中后，每次打仗都会对河中军穷追不舍，赶尽杀绝。

李存审等人赶到后，想要杀一杀梁人的士气。李存审选出二百名晋军精兵混入河中军队，逼近刘鄩大营。梁军一看河中又来送人头，纷纷鼓噪着想要迎战。刘鄩觉得情况反常，亲自带上一千骑兵追击，刚一出营,就发现河中军阵内夹杂着晋军。刘鄩大惊,不敢仓促迎战,慌忙逃回大营坚守不出。

李存审按兵不动,原地休整几十天后再次逼近梁营。刘鄩率全军应战,被打得大败,军营也被攻破,只好收拾残军退守罗家寨。

拖下去不如速战速决,心理战术很重要。李存审对李嗣昭说:"困兽之斗,最危急关头野兽就会殊死一搏,不如放开一条路让他们逃走,然后追击必能取胜。"

围困战中有个黄金法则——围三缺一(不是打麻将)。只要敌人跟你没有深仇大恨,那就围住三面放开一面,让敌人心里有底(守不住还能跑)。毕竟大家出来混生活都不容易,没必要赶尽杀绝。心里一有底,守到什么程度可就不好说了,反正是不会和城池同归于尽。这在很大程度上能有效降低围困的成本和攻城的损失。

李存审派人到沙苑放马,给刘鄩放出信号:你别困守孤寨了,赶紧带着人跑路吧。刘鄩收到信号,"默契"地趁夜拔营而逃。李嗣昭带领人马一路紧追,在渭水河畔大败梁军。天真的刘鄩再次上当,带着残兵狼狈退出河中。

东山再起,换来的却是再次受辱;不单是受辱,刘鄩也因此命丧黄泉。其实在被起用之前,他的命运已经注定。

他不仅是朝廷的河东道招讨使,也是朱友谦的儿女亲家。国家利益和姻亲关系,你想舍弃哪个?

刘鄩都不想舍弃。出兵时,他在陕州逗留了一个月。在这一个月中,他给朱友谦写信,晓之以理,动之以情,劝他认清形势,改过自新。一个月过去了,朱友谦没有任何表示,刘鄩这才动身围攻同州。

就是这一个月的等待,足以致刘鄩于死地。

尹皓、段凝素来嫉妒刘鄩。他们向朱友贞密报,说刘鄩顾念私情,逗留不前,分明是有意庇护朱友谦,使其有时间等来援兵。

朱友贞当时相当疑惑,但并未采取任何措施。刘鄩能拿下河中,一切都好说,可他惨败而归,一切可都说不清了。

刘鄩自知罪责难逃，以患病为由自解兵权。现在想避祸自保，根本没有可能。朱友贞下令让刘鄩前去洛阳养病，私下里命洛阳留守张全义将他鸩杀。

　　刘鄩死了，东山再起后没能重登人生巅峰，而是直接埋入黄土。这一切，既是自己的悲剧，也是朱友贞的悲哀。

　　扭转战局，击败李存勖，夺回失去的领土……这样的话连朱友贞自己也不再相信。

第十六章
皇帝轮流做，今年到我家

河东第一管家

封建王朝大多数宦官都不是好东西。这句话说得不对，应该说出名的宦官，好的少，坏的多，善良的少，凶残的多。

参考大秦赵高，东汉十常侍，大唐李辅国（俱文珍、鱼朝恩等），明朝王振、刘瑾、魏忠贤，当然还有封建社会最后的名太监安德海、李莲英。

宦官是被历代的大 Boss 们搞脏搞臭的。那些维持皇宫卫生的清洁人员，一辈子兢兢业业，恪尽职守，非但熬不出头，还得默默忍受着后人对宦官这个职业的无情贬低。

这有些不公平。

问题一：没有宦官，皇帝能正常生活吗？嫔妃能正常生活吗？皇子皇孙能正常生活吗？

回答：不能。

问题二：没有宦官，小道消息由谁传播？皇帝耳目由谁充当？诏书懿旨由谁传达？

回答：没谁。

提问：宦官重要吗？

结论：必须重要。

出名的宦官并非都那么凶残腐败，河东就有个活生生的榜样。

"河东第一管家"张承业，集忠心、廉洁、精明、干练等正面形象于一身，不爱财，不整人，忠于领导，关心集体。

张承业自幼入唐宫，被内常侍张泰收为养子，改姓为张。乾宁二年（895年），李克用征讨邠宁节度使王行瑜，张承业因公务多次出使渭北，一来二去，就和李克用建立了密切的关系。

李晔第一次出逃，原本打算前往晋阳，就任命张承业为河东监军，负责安排宫驾事宜，后来他禁不住韩建再三邀请去了华州。虽然没能等来李晔，但张承业忙前忙后，为李克用操劳，这让李克用十分欣慰。

天复三年（903年），崔胤诛杀宦官，外放藩镇监军的宦官也不能幸免。节度使们为了避免不必要的麻烦，索性就顺着朝廷，将监军宦官斩首示众。出任河东监军的张承业却在李克用的保护下逃过一劫。李克用本就有意相救，便用一个死囚冒充张承业受死，反正也不用验明正身，没人计较是不是本人。

没过几年李晔被弑，李克用让张承业重新出任河东监军。这份深情大恩，张承业一直铭记在心。他立下重誓，此生必对李克用忠心耿耿，对政事呕心沥血。

李克用死后，张承业辅佐李存勖继位，成功粉碎了李克宁叛乱的阴谋。有了张承业全力支持，李存勖在晋军中很快扎好根基。当然，指望张承业上战场杀敌是不用想的，但他在处理后勤工作方面却有很高的造诣和天赋。

打仗拼的是硬实力，硬实力的背后需要靠雄厚的物质基础支撑。李存勖出兵作战，军府一切事务都交给张承业处理。张管家劝课农桑，积蓄钱粮军马，执法不避权贵。无论前方战事多么激烈，李存勖从来不会出现后勤保障不力的情况。

张承业跟着先皇混,资历老,人格高尚,官位又重,备受晋人尊敬,连李存勖见面都得喊声哥(七哥)。

张承业在河东吃得很开,他的侄子张瓘等也想跟着沾沾光,弄个一官半职。不过他们不敢去求张承业,而是直接去找李存勖讨官。七哥的侄子必须好好安排,李存勖想也没想就破格任用了他们。

这些官二代实在不让人省心,刚一任职就想鱼肉鱼肉百姓。还有人兼职强盗,抢了百姓的牛,还把人给杀了。这事让张承业知道后,立刻赶在李存勖赦免前将这个侄子斩首。

什么是家风?这就是家风。

和刚正不阿、执法不避亲的张管家相比,李存勖显得有人情味多了。为保证张瓘的人身安全,李存勖将他远远调往麟州做刺史。临行之前,张承业免不了又给侄子上堂严肃的政治课:

"你本草民一个,伙同他人为盗,作恶多端,本该将你斩首。幸蒙晋王厚爱,赏你官位。今后若仍执迷不悟,死期必定不远!"

这番话说得张瓘一愣一愣的,吓得大气都不敢喘。后来张瓘果然收敛很多,再也不敢为害百姓。没办法,谁让自己有个恐怖的怪老叔呢!

珍爱生命,远离老叔。

张承业不但对侄子们苛刻,对领导的不合理要求也会无情拒绝。李存勖这个人,打仗很猛,上阵砍人绝不含糊。私下里,他也很懂享受,尤其酷爱听戏。

想听戏,就得有唱戏的人。那时的戏子有个专称,叫作伶优。

李存勖过于醉心戏曲,手下养了一大帮伶优。这么多人给你卖力表演,就得按期支付薪酬。李存勖性格豪爽又浪漫,听得高兴,赏赐起来就没有限度,导致内库长期入不敷出。想听戏就得给钱,你说没钱,伶优们可不答应,老板拖欠工资,我们就不开工。别说什么手头紧,更别想打白条糊弄人。

一天两天不听戏还行,十天半个月下来可撑不住。没钱怎么办?李存勖只能找河东钱粮管家张承业通融通融，看能不能从河东钱库中支出一些。

对于这种企图挪用公款满足个人享受的行为，张承业就三个字"不可能"。想都别想，大王还是赶紧回去洗洗睡吧，不听戏是不会死人的。

不懂艺术的人啊！俗！

搞不到钱就听不成戏，听不成戏李存勖觉得真的会死人。七哥不给脸，怎么办？李存勖大开脑洞，想了一个计策。

一天，李存勖带着儿子李继岌来到钱库，在这里摆宴招待张承业。席间李继岌给张承业即兴表演了一段舞蹈，跳得怎么样不好说，既然跳了总得赏点。张承业赏了李继岌一条玉带、一匹骏马。

非常好！张承业上钩了！

李存勖借着这个由头，嬉皮笑脸指着库中的钱银对张承业说："和哥（李继岌小名）手头比较紧，这里有这么多钱，七哥只需拿出一点点赏赐就好，玉带好马就别给了。"

张承业听到这里算明白了：好家伙，难怪要在钱库摆酒，差点中计。

张承业义正词严地告诉李存勖："我赏给继岌这些东西都是花我俸禄买的，库房的钱是留着给大王供养战士的，我可不敢用公家的钱送私礼。"

费了半天劲，到头来七哥还是不给面子。李存勖喝了不少酒，酒劲一上来，开始发飙，估计说了一些比较难听的话。

张承业据理力争："设立库钱，是用来帮助大王成就霸业的。如若不然，大王自己随便取用，问我作甚！有什么大不了的，不过就是财尽民散，一无所成罢了！"

李存勖听了这话更加愤怒，转身向侍卫李绍荣索剑。张承业也顾不上主仆之礼，上前一把抓住李存勖的衣袖，哭着说道："老奴受先王顾命之托，发誓要诛灭汴贼，匡复大唐基业。如果今天因此而死，无愧于先王，请大王动手吧！"

阎宝一见这场景，想赶紧把张承业拉开，没想到直接被张承业挥拳

353

击倒（谁说宦官没力气）。见阎宝倒地不起，张承业继续骂道："阎宝小人，本是朱温党羽，受大王大恩，不思回报，净想着靠阿谀谄媚以获王之欢心。"

局面闹到双方都不肯让步。还好李存勖之母曹太夫人及时听说，立即把李存勖叫到身边痛加批评。李存勖酒醒，赶紧回去给张承业道歉。为了表达歉意，李存勖希望能与张承业痛饮一番（还是喝酒）。

没有什么是一顿酒解决不了的，如果有，那就两顿。

李存勖端起酒杯开始狂喝，一口气连干了四大杯，张承业却一口也不肯喝。李存勖颇感无奈，只好摆驾回宫。曹太夫人派人给张承业赔罪，第二天还亲自带着李存勖前往张承业家中道歉。

诚意到了这里，张承业也不好再有情绪。李存勖兼并河朔三镇，张承业被晋升为左位上将军、燕国公、开府仪同三司，但他固辞不受，仍然以大唐官职自居。

张承业希望李存勖贯彻先王遗志，兴复大唐基业。然而，李存勖心里却有另一番打算。

试探性称帝

世界上最可耻的行为，就是既想当婊子，又想立牌坊。

李存勖就是这种既想当婊子又想立牌坊的人。他想称帝，却怕因此失掉天下人之心。

李存勖称帝，并非一点说不通。论实力，他已完全控制黄河以北地区，很有打过黄河灭亡后梁的趋势。论出身，李存勖堂堂沙陀王族，国家正封的晋王。论正统，李存勖虽然不是李唐子孙，可他却姓李，毕竟姓李的坐天下可比姓朱的坐更有说服力。我姓李，你姓朱，就是比你有优势。

别管怎么论，李存勖都有资格更进一级。

资格足够,优势也有一大把,李存勖还是不敢轻易迈出这一步。他怕失去人心,特别是失掉拥护大唐复国的前朝遗老们的支持。

一直以来,李存勖都以大唐忠臣自居,走的是"讨梁兴唐"的路子。李唐这块天字号招牌用了这么多年,别看公司早已破产倒闭,影响力和号召力还很强,小伙伴还很多。你想开户单干,没准小伙伴们都不再愿意跟你玩了。

拥唐,自立,看起来两者实在不搭边。称帝建国,李存勖对此顾虑重重,不敢有丝毫马虎。

其实,李存勖想多了。他还没表示,下面就有人主动上表劝进了。龙德元年(921年),蜀主王衍(王建之子)、吴主杨溥(杨行密之子)上书晋阳,真诚希望李存勖以天下为重,登基称帝,从而否定朱梁政权的合法性。

李存勖把书信转给左右幕僚,感慨地说:"当年王重荣也劝先王称帝,先王告诫我要忠于唐室,千万不可效仿篡逆小人,代唐自立之事誓死不能为。我家世代忠孝,应时刻以兴复大唐社稷为己任。先王之言萦绕在耳,哪里敢妄谈称帝。"

李存勖顿了顿神,仿佛往日情景在眼前浮现,情到深处,不禁潸然泪下(好演技)。

想说不能说才最寂寞,想做不能做才最难过。明面上李存勖坚决拒绝称帝,私下里他却早就动了心思。不是不想,而是时机尚不成熟,不好贸然行动。况且,想要名正言顺,他还缺一样东西——传国玉玺。

传国玉玺这物件,基本上能和天命画等号,象征着皇权的合法性。得玉玺者得天下是自大秦以来历朝历代达成的共识。

要说人的运气好挡也挡不住,想什么来什么。李存勖想传国玉玺,传国玉玺还真来了。

当然,这也是李存勖下属的功劳。领导不想高升,下面的人也升不上去,升不升有时候领导说了不一定算。为了大家的高官厚禄、荣华富贵,有条件要上,没有条件创造条件也要上。

缺传国玉玺，马上找，挖地三尺也要找到！

传国玉玺在哪里？其实并不遥远，就在魏州，也不需要挖地三尺，藏主公开拿出来卖了！

当年黄巢攻破长安，混乱中传国玉玺被魏州和尚传真的师父捡到，收藏了整整四十年。师父过世后，作为遗物的玉玺就留给了传真。传真不认得传国玉玺，但觉得是块好玉，肯定能卖个好价钱，于是他准备拿到集市上卖掉，换一笔钱来改善改善寺庙的硬件设施。

传真不识货，行家识。集市上有人一眼认出这就是传说中的无价之宝传国玉玺。那时虽然没有硬性规定，国宝文物必须上交政府，传真知道真相后却相当自觉，他赶紧跑到魏州官署将玉玺上交。

甭管这玉玺是真是假，我们都当它是真的！消失四十年的传国之宝归于我晋，这说明什么？天命啊！老大，不可违啊！

君臣一心，其利断金。上下同贺，称帝有门。

李存勖得到传国玉玺很高兴，属下更高兴，要是能说服领导称帝，我们可都是开国功臣，好处大大的有！

"还有谁反对？我数三下。"

"一……"

"我举双手双脚反对！"

唯一表示反对的是张承业。

与其说张承业忠于唐室，倒不如说他忠于李克用。李克用一生始终给自己定位为"大唐救星"，遗愿是兴复大唐，再造社稷，而绝非称帝自立。李克用的遗愿就是张承业前进的方向和动力，眼看着目标即将实现，李存勖突然想毁掉这一切，张承业坚决不答应。

听说李存勖得到传国玉玺，张承业料想这小子肯定动了称帝的念头。他不顾年迈路遥，亲自从晋阳赶往魏州劝说。

张承业反对李存勖称帝，理由有三点：

其一，沙陀族世世代代忠于大唐，你老爹为朝廷立下如此大功，尚且不敢称帝，你现在还不够资格。

其二，我为你李家辛辛苦苦三十年，没有功劳也有苦劳，没有苦劳也有些疲劳吧。我为的是继承先王遗志，兴复唐室基业，扫灭朱贼，你这种心思让我很寒心。

其三，现在后梁未灭，蜀、吴等藩镇依然没有收服，称帝时机未到。试想你灭掉后梁，先为先王报仇，寻找李唐王室后人拥立为君，继而扫清寰宇，使藩镇割据合为一家，这等功业就算高祖李渊、太宗李世民在世，也不敢位居王上。到时再上演一把禅让大典，名正言顺继承大唐基业岂不更好？

任凭张承业再怎么绘制未来宏伟蓝图，就要到手的帝位谁不眼馋？藩镇还需很多时间才能彻底扫平，等到猴年马月？

张承业苦口婆心，李存勖表情是"无奈"。实在不是我想干，都是被下属逼的。我要推辞不答应，他们可就活不下去了（确实活不下去），这么多条命我不能不管呀！

李存勖把责任一股脑全推给了下属。他的意思很明白，别找我说，你要能说服众人改变主意，我绝对无条件服从。

张承业自知单凭自己一人之力，已经阻止不了李存勖。他深感内心受到极大伤害，大哭道："多年来诸侯血战，本是为恢复大唐基业。如今大王要独享胜利果实，真是骗了老奴我呀！"说罢，张承业将封地、爵位交还给李存勖，独自一人返回晋阳。

人有梦想，才有奋斗的动力。苦守多年的梦想被生生击碎，对人的精神无疑是最为残酷的打击。自此以后，张承业忧虑成疾，一病不起，也不再任事。

这一年，张承业年过七旬。没了梦想，他成了风烛残年的老人，仿佛片刻间已然老去。

张承业阻止不了李存勖称帝，李存勖却没能如愿以偿。不是他突然良心发现，而是镇定再次发生变乱，致使称帝建国的日程不得不向后推迟。

镇定再变

这是一个旅游未遂反遭兵谏的故事。

这个故事将告诉你什么叫多米诺骨牌效应,什么叫牵一发而动全身。

这是发生在成德节度使、赵王王镕身边的故事。

王氏家族世代镇守成德,最早可以追溯到唐穆宗李恒在位时期。一百多年来,成德节度使大权从未旁落。王镕十岁继位,从少年儿童一直干到中年大叔,很受当地百姓拥护。近年来王大叔傍上了李存勖,有强力外援保护,成德得以免受战乱的威胁。生存安全需求得到满足的王镕开始纵情享受人生,活得那叫一个洒脱。

王镕生于富贵之家,少年得志,雍容自逸,很有浪漫不羁的情怀。自打跟了李存勖,王镕基本不再关心政务,而是大兴府宅,扩建园沼,整天躲在豪宅大院中嬉戏享乐。

王镕有两大爱好:一是修仙,二是旅游。

年纪一大,就容易胡思乱想,越是富贵越怕失去。如何长享富贵,如何长生不死,历朝历代只有一个套路——求仙问道。

儒家在唐代不吃香,唐朝人信奉佛道。渴望修仙的王镕也不例外。他生怕佛祖感知不到自己虔诚的信仰,在专门研习佛经的同时,兼修道教,学习道家符箓,修炼仙丹,大兴斋筵向仙道祈福。佛道兼修,相当于上了一份双保险,不怕神明不显灵。

为了长生,王镕也是蛮拼的。

估计是整日研究佛道、修仙苦炼太过枯燥乏味,王镕十分注重劳逸结合。他酷爱旅游,时常外出游山玩水,感受感受大自然壮美风光。驴友王镕可不是独游,他每次出门陪同人员不下万人,好几个月才能返回。浩浩荡荡的万人旅游团往来各处景点,严重污染环境不说,供应花费也非常大。

这两大爱好一搞起来,王镕有时间处理政务才怪。领导撂挑子不干活，政事总要有人干。行军司马李蔼，宦官李弘规、石希蒙较受王镕宠信，大事小事一般由这三人拍板决定。

921年，王镕一行游览西山（太行山脉分支），兴致很高。刚从西山下来，石希蒙劝他别忙返程，顺便再去其他名胜游览一番。领导这么没心没肺地玩，下属有人看不下去了。亲信李弘规大概属于那种比较有良心的下属，他向领导进言说时局艰难，人心难测，久离镇州，万一有奸人内部生变，恐怕不好处理。

王镕觉得有理，准备就此返回。石希蒙脸面上挂不住，都是宦官你挤对谁呢！他也对王镕说："李弘规妄生非议，出言不逊威胁大王，意图对外夸示自己，以提升威望。"王镕一听这话，又不想走了，在鹊营庄连住两夜还不动身。

领导不挪窝，李弘规知道肯定是石希蒙从中作梗。他不准备继续打口水仗，而是私下授意都将苏汉衡发动兵谏，闯入军帐向王镕交底："士卒在外奔波已久，希望跟随大王回家。"李弘规趁机污蔑石希蒙内怀弑逆之心，请诛之以谢众。

王镕不同意，但起不了任何作用。大刀片子明晃晃亮在手上，领导说的话也不好使！

众人大躁而出，直接宰了石希蒙，然后回来继续软磨硬泡。王镕非常愤怒：今天你们能杀石希蒙，明天就能杀我。他不再多说，宣布就此开回镇州。

兔崽子们，回到镇州再跟你们算账！

刚到镇州，王镕立即命长子王昭祚和养子王德明率兵围住李弘规和李蔼府宅，诛其全族，又将与两人有牵连的数十家一并杀尽。发动兵谏的苏汉衡也没逃过屠杀，王镕要求彻底追查参与兵谏的相关人员，一旦查实，全家问斩。

李弘规、李蔼死后，王镕将军政大事完全交给王昭祚处理。王昭祚性格骄傲，动辄妄行杀戮，搞得全军上下人心惶惶。

李弘规原部士卒五百人，因参与诛杀石希蒙担心事发，想要潜逃，私下聚在一起商量,却不知该逃往何处。这时王镕给部队发放福利,这五百人却一点也没捞到,他们以为王镕已经查到实情,内心变得更加恐惧。

人一恐惧,很容易铤而走险,做出一些正常状态下想都不敢想的事。

这一切,被素怀异志的王德明看在眼里,他决定利用这五百人好好做番文章。

王德明,原名张文礼,最初在沧州刘守文手下做事。刘守文回幽州省亲,他趁机据城作乱,事情不成被沧州军民赶了出去,这才来到镇州投奔了王镕。

张文礼有个特点,好夸诞,也就是爱忽悠。他自吹熟读兵法,娴熟军事,王镕对此深信不疑,把他收为义子,赐名王德明,作为军队后备干部着力培养。

从沧州谋反事件看出,王德明这货属于"双目露奸邪,脑后生反骨",天生一副造反相。说他素怀异志,实在一点都不冤枉。

众人心怀恐惧,正不知如何是好,王德明故意刺激他们:"赵王命我将尔等尽数坑杀。我想尔等本来无罪,服从赵王命令我于心不忍,不服从命令又会得罪赵王,怎么办?"

五百人被王德明这席话感动得一塌糊涂,他们一致认定王德明是个老实人。听老实人的话,很少会出问题。

怎么办?不知道。

王德明撂下这话就走了,没有任何具体指教。

这天夜里,五百人聚在潭城西门喝酒谋划。大概是在酒精的作用下,有人突然灵机一动,明白了王德明的弦外之音,他向众人表示,根本不用畏罪潜逃,今晚还能让大家伙儿谋取富贵。

不用跑路了,还能取富贵,有这么好的事?这人用手一比画,杀!

酒壮怂人胆。酒精不仅能激发灵感,还能促使人铤而走险。

沉默片刻,众人就此事达成共识。事成则兴,失败无非一死。五百人从西门秘密入城,潜进王镕府邸。王镕正在烧香拜佛,温习功课,虔诚地向神明祈求长生。

长生没求到，这就要去见阎王了。

众人一并上前，乱刀将王镕杀死，砍了他的首级。军校张友顺率众来到王德明府邸，请他出任成德留后。王德明毫不推辞，改回原名张文礼，尽杀王镕亲属，只留下王昭祚之妻普宁公主（朱温之女）。

为什么留下她，张文礼自有打算。

不费吹灰之力，也不需要亲自动手，张文礼略施手段，成功干掉干爹上位，真不愧是黑吃黑的行家。张文礼给李存勖写信，告诉他成德兵变，王镕被乱兵所杀，镇州目前群龙无首，请求李存勖任命自己为成德留后。

消息传来，李存勖正在大宴宾客，席间听说王镕被杀，不由得泪流满面。李存勖私下和王镕交情颇深，他很想出兵讨伐张文礼，僚佐却认为此时正与梁兵开战，不应再树强敌。李存勖强忍怒火，答应了张文礼的请求。

一次旅游，引发了一连串连锁反应。然而，这仅仅是个开始，好戏还在后头。

唇亡齿寒

上位后的张文礼心里并不踏实，他深知李存勖没那么好糊弄。为长久计，他需要寻找同盟。张文礼经过思考，决定分三路遣使求援：一路找老邻居义武节度使王处直帮忙；一路给"契丹前哨"卢文进传信，请他说服阿保机率军南下；一路直奔汴梁，请求朱友贞看在保全普宁公主的面子上出兵相助。

契丹在北，梁军在南，王处直在中，三方若能同时出兵，势必会给李存勖造成相当大的麻烦。

敬翔敏锐地洞察到这个千载难逢的机会，劝说朱友贞赶紧答应张文礼，光复河北（黄河以北）必定指日可待。

赵岩、张汉杰向来与敬翔不对付。敬翔支持的，他们就反对；敬翔建议的，他们就驳斥。赵张二人联名上书朱友贞："老大，强敌如今就在黄河边上，我军全力防守尚且支撑不住，哪还有闲工夫去救张文礼呢？况且这厮脚踩两只船，打算借我之力以图自保，我们出兵哪有什么好处！"

身边有赵岩等小人蛊惑，相当于自带屏蔽忠言的功能，朱友贞不出意外地再次不听敬翔之言，白白浪费了扭转颓势的绝佳机遇。

晋人在塞北边境（向契丹）和黄河岸边（向汴梁）多次缴获张文礼求援信件，李存勖有意恶心张文礼，派使者把信件原封不动送回镇州，让张文礼很不好意思。

趁李存勖还没翻脸，张文礼抓紧时间剪除异己，王镕旧将多被杀戮。身边的威胁清除后，张文礼仍不放心。镇州名将符习常年跟随李存勖，手中掌握着万余兵马，张文礼请求将其召回，另派将领顶替。

只要不傻，都知道张文礼葫芦里卖的什么药。

回去就是个死。符习既不想死，又想替王镕复仇。为了保住复仇的火种，符习希望李存勖出面拒绝张文礼的要求。

李存勖则看得更远，计谋更毒。他满怀悲痛地对符习说："我与赵王同盟讨贼，情同骨肉，没想到突发祸乱致使赵王冤死，我实在心痛。你若不忘旧恩，给旧主报仇，我愿助你兵粮，亲自为你殿后。"

符习与部将三十多人跪在地上边哭边说："自变乱发生以来，我等怨愤无处诉说，想要举剑自刎，又觉得徒死无益。如今大王愿为故主报仇，我等哪敢爱惜生命，愿率所部径前破贼，以报王氏世代恩情，死而无憾！"

镇州人打镇州人，买卖就这么愉快地谈成了。

龙德元年（921年）八月，李存勖任命符习为成德留后，让天平节度使阎宝、相州刺史史建塘出兵协助。

三路援军一路也没等到，符习又率联军杀奔而来，张文礼大为恐慌。

得知符习首战轻取赵州,张文礼惊吓过度,导致腹中多年顽疾迅速恶化,顷刻间一命呜呼。张文礼死后,其子张处瑾秘不发丧,与心腹韩正时据城严守,全力抵御晋军攻势。

九月,晋军渡过滹沱河,掘开渠漕水灌镇州。在一次攻城战中,勇将史建塘不幸中箭身亡。

后梁不愿相助,契丹路途遥远,一时之间难以赶到。这两路救或不救,管或不管,就自身利益而言没多大影响。真正同镇州休戚相关、祸福与共的,是坐镇定州的义成节度使王处直。

镇定本为近邻,两镇的关系就像一个整体,缺了哪一半都是另一半难以接受的。镇州破灭,定州难以独存,唇亡齿寒、一损俱损的道理,王处直最清楚。

早在晋军出兵之前,王处直就给李存勖上书,请他赦免张文礼。李存勖说张文礼弑主,又勾结后梁契丹,大逆不道,不能赦免。王处直心中忧惧,镇州告急,不能坐视不管。李存勖不给面子,王处直秘密派人告知新州团练使王郁,让他贿赂契丹,出兵以解镇州之围。

王处直与其子王郁、王都,又将围绕继承人问题,上演一幕坑爹的剧情。

王处直早年一直生不出儿子,内心非常苦恼。宠臣李应之(妖道或是妖僧,精通巫术)偶捡小儿刘云郎,便送给王处直做养子。李应之怕王处直不收,就忽悠说这个孩子天生贵相,日后必能带来福瑞。

王处直曾患重疾,多次用药却一直不见好转。没想到李应之"略施法力",分分钟药到病除。王处直颇感惊异,便奉李应之为神人。神人都相过面了,肯定错不了。王处直将刘云郎收下,改名王都。成年后的王都奸佞狡猾,老王对养子宠爱有加,将招募的新军交给王都统领。

后来,老王有了亲生儿子王郁,却一点也不喜欢。王郁在定州混得不好,一生气跑到晋阳投靠了李克用,李克用任命他做了新州团练使。王郁离家出走后,王处直考虑到剩下的儿子年幼,便以王都为义武节度副使,准备立为接班人。

镇州被围,由于新州临近契丹,王处直这才想起被自己冷落多年的王郁。亲生的混不过收养的,还有没有天理!王郁一直忌恨王都,他告诉老爹,结交契丹可以,得先立他为继承人。王处直求援心切,答应了王郁的要求。

这一答应,彻底伤了王都的心:煮熟的鸭子就这么飞了!说好的让我继位,现在又临阵变卦,将来王郁掌了权,自己哪儿还有命!王都为求自保,伙同书吏和昭训密谋劫持王处直,提前一步抢班夺权。

此时王处直正与镇州派来的使者在城东欢饮。傍晚,王都调集数百新军在王处直府邸外埋伏,干爹一露面,立即将其擒获,随之将干爹及其妻妾囚禁在城西庭院,尽杀王氏子孙和干爹的心腹将领。王都自任义武留后,并把实情一五一十告诉李存勖。在得到李存勖的默许后,王都宣布归顺河东,主动与镇州决裂。

王都主动送温暖,客观上降低了李存勖分兵的压力和风险。十一月,李存勖亲自领兵攻打镇州,张处瑾想要请降,李存勖严词不准。张处瑾无奈,派韩正时突围,设法去定州求援。韩正时刚行至行唐,就被晋军擒获斩首。

王都得到李存勖的承认,忍不住去西院看望干爹。王处直一见王都,不由得大怒,奋拳直击其胸,大骂道:"你这逆贼,我哪里有负于你?!"骂着不解恨,王处直直接冲上前去张口想咬王都的鼻子,吓得王都赶紧用衣服挡住脸,一把推开干爹,撒腿而逃。

王都保住了脸上的零件,心里却落下阴影。没想到干爹的凶残程度简直逆天,王都此后不敢再来探望。王处直行动受限,加之内心忧愤难解,不久便抑郁而死(也有可能死于王都暗害)。

定州背信归顺河东,镇州的形势更加岌岌可危。张处瑾困守孤城,随时都有城破人亡的危险。

张文礼设想的三路援军中,最有希望争取来的两路已彻底没戏。危急关头,原本不抱太大希望的一路大军却火速赶来。

李存勖,本王前番败于你手,这次定要与你决一死战!

再战契丹

本不抱太大希望的这路,很明显是契丹。阿保机肯来相助,王郁在中间起了重要作用。

拿人钱财,替人消灾。受人好处,就得干活。老爹答应立自己为嗣,王郁也履行了承诺。阿保机原本对此积极性不高,不准备亲自出马,只同意让卢文进南下驰援。

卢文进的水平根本不够,来了也白搭。

积极性高不高,主要看调动;兴致强不强,还得看诱惑。怎么能让阿保机亲自出马,你得让他明白干这一票,绝对是笔稳赚不赔的买卖。也就是说,你得用动人的言辞勾引,让他看得见实实在在的好处。

王郁赶紧怂恿阿保机:"镇州美女如云,金帛如山,大王若能及时赶到,美女金帛都归您所有,晚了的话可都归李存勖了。"

美女我所欲也,金帛亦我所欲也,二者还能得兼,感觉生活美美哒!

一听有这么大的油水,阿保机再也压制不住体内的洪荒之力,撸起袖子准备南下干他一票。述律后却表示强烈反对:"我们有西楼羊马之富,其乐不可穷尽,何必劳师远征,乘危取利?况且李存勖用兵天下莫敌,万一失败,后悔可就来不及了!"

阿保机不听:我要的是美女金帛,跟我谈什么牛羊,没劲!

幽州惨败,阿保机迫切想要重新证明自己不比李存勖差,契丹更是远胜于沙陀。李存勖,你别得意太早,我大契丹又回来了!

十二月,阿保机不避严寒,长驱南下,攻克涿州,擒刺史李嗣弼,进而围困定州。王都向李存勖告急。李存勖了解契丹人的实力,只能暂时延缓对镇州的进攻,亲自率领五千亲兵前往定州救援。

阿保机,有我李存勖在,你休想再前进一步!

龙德二年(922年)正月,李存勖赶到新州城南。侦察兵从前方刺探敌情归来,声称契丹发倾国之兵南下,先头部队已在新乐安营扎寨,随时准备渡过沙河进攻新州。

新州与新乐,中间只隔着一条沙河。敌众我寡,力量悬殊,晋军上下大惊失色,有些士卒心理负担过重,选择开小差逃跑。对于逃兵,李存勖严令抓一个杀一个,但依然无法稳定军心。

诸将纷纷劝说李存勖暂避契丹锋芒,应先回师魏州击退梁兵,再慢慢与契丹周旋。

李存勖犹豫不决,跻身高级智囊团的郭崇韬力排众议,劝李存勖不要畏敌退缩:"契丹人被王郁诱惑,本为贪图钱货,势必不会救镇州之急。大王刚破梁兵,威震夷夏,阿保机听说大王亲自前来,肯定心沮气衰。若能破其前锋部队,后续之敌必然望风而溃。"

李嗣昭从潞州增援而来,也认为强敌在前,有进无退,不可轻退动摇人心。

对付契丹,只能靠拳头说话。谁先示弱,谁就输了。

李存勖听完两人慷慨陈词,荷尔蒙一路飙升,豪迈地说道:"帝王之兴,自有天命。契丹蛮夷小族,能奈我何!我曾率数万之众平定东部大片疆域,如今遇到这群渣渣就要躲避,还有何面目见天下人!"

主意已定,李存勖率铁骑五千先发,至新州城北。契丹万余骑见到李存勖,果然十分恐慌,不知晋军到底来了多少,纷纷掉转马头向后撤退。李存勖将部队一分为二,分头追击,一路追到沙河岸边。沙河桥狭冰薄,契丹人争着过桥,被挤下水溺死者不计其数。

李存勖渡河占领新乐。阿保机听说先头部队战败,放弃围困定州,退守望都。李存勖率部来到定州,王都亲自出城相迎,还把爱女嫁给了李存勖第五子李继岌。

在定州短暂休整后,李存勖引军逼近望都。契丹人前来挑战,李存勖亲率一千骑兵充当先锋,被五千契丹兵所围(这场景出现过无数次)。李存勖奋力突围,从午时战到申时,也没能冲出包围圈。

这种场景,不用多说大家也能猜到接下来的剧情。得知领导被围,李嗣昭立即赶来援救,经过奋力血战,才从外围撕开一条口子,把李存勖救了出来。

按理说人被救出,也就该各回各家,约期再战。李存勖偏不,老子差点命丧于此,哪能便宜了你们!他与李嗣昭合兵一处,纵马奋击,契丹人没料到李存勖突然杀回马枪,急忙后撤,连带冲散了驻扎在望都的契丹大部。

阿保机止不住混乱的颓势,无奈随大部队向北窜逃。十几万契丹军全线崩溃,晋军一路紧追,直到易州才停下来。

再次南下,再次惨败,阿保机很不甘心。他并没能和李存勖在战场真刀真枪较量一番,一身洪荒之力无处施展,想想真是好气!但输了就是输了,敌寡我众尚且抵挡不住,只能说契丹与沙陀,目前实力不在一条水平线上。

阿保机的霉运还没到头。契丹军从易州向北回返,十几天内连降大雪,雪厚数尺,士卒无粮,战马无草,冻死、饿死者尸体遍布沿途。阿保机悔恨不已,举手指天,对卢文进说:"原来苍天不愿让我到这里来,悔不听述律后金玉之言。"终阿保机一世,契丹人再无大的南下进攻。

李存勖深感契丹日后必成大患,有心趁此机会刺探契丹行军规律,只带少量人马从易州一路尾随。契丹露营之处,草木齐整,丝毫不乱。李存勖见状大为感慨:"契丹能军纪严明到这个程度,是我中原军队所不及的。"

跟到幽州地界,李存勖派二百骑兵继续跟踪,直到契丹人退出边境。这些骑兵自恃骁勇,把跟踪变成了追击,结果被阿保机全部抓获,仅有两人跑得快才逃过一劫。

在这里,我们有必要交代一下王郁的结局。要不是这货一再怂恿,这场惨败很可能会避免。阿保机一路上不断责怪王郁,把他捆着押回上京,表示以后再也不听他的馊主意了。

主意可以不听,打仗还能用得上。王郁后来跟随阿保机平定渤海诸国有功,被封为崇义军节度使。阿保机驾崩后,王郁辅佐述律后执政,晋升政事令,为契丹的发展贡献出很大的力量。

另一个战场上,朱友贞明确表示不救镇定,可并没说不捞好处。李存勖北击契丹之时,后梁北面招讨使戴思远准备趁机偷袭魏州。李存审和李嗣源早有预料,赶在戴思远之前支援到位。戴思远偷袭不成,向西渡过洹水,攻下成安,大肆劫掠后原路返回。

随后戴思远乘势包围德胜北城,在城外挖沟筑垒,截断北城与外界联系,昼夜急攻。李存审全力防守,形势十分危急。李存勖听说德胜被围,立即从幽州南下,五日内赶到魏州。戴思远听说李存勖将至,根本不敢迎击,下令烧毁营寨撤退而去。

有可能援助镇州的军队尽被赶走,镇州已是孤城一座。然而正是在这座孤城下,李存勖陷入苦战,一场损失极其惨重的苦战。

苦战戡乱

北面招讨使,相当于北面前敌总指挥,权力很大,档次很高。能坐到这个位置上的,都不是一般人。

事实上,他们的确不是一般人。

远了不说,近年来,后梁这边,刘鄩、贺瓌、王瓚、戴思远相继出任。战绩是惨淡了点,马马虎虎还说得过去。河东这边,时任北面招讨使的,乃是大将阎宝。

为什么要费些笔墨说说北面招讨使,主要是这个官职不但档次很高,而且有毒。什么毒?谁干谁倒霉。轻则名声扫地,重则丧命归西。就像是遭了诅咒一般,一来一个准。

名声扫地,后梁的诸位招讨使们已然证实。丧命归西,就由河东大将阎宝开始算起。

赶走了契丹,逼退了戴思远,南北劲敌纷纷撤出,李存勖得以重整人马围困镇州。从王镕被杀到大败契丹,两年之内发生了太多事,李存勖不准备继续拖延下去,镇州必须在短时间内攻破。

负责围攻镇州的，是天平节度使兼侍中阎宝。阎宝为了尽快完成任务，在修筑壁垒工事的基础上，决开了滹沱河放水淹城，镇州与外界联系彻底被断。城中食尽，张处瑾派五百人出城觅食。阎宝脑筋一转，想了个主意。他让开道路放其出城，准备在背后玩一把伏击。

失策！大大的失策！

镇州兵出城后，见晋军毫无阻拦，粮食也不找了，转而破坏城外的工事。

区区五百人马，我让你破坏！我看着你破坏！

阎宝真就是看着镇州兵，没有采取任何措施。可阎宝没料到，五百人过后，又从城中猛然奔出数千人。这下糟了，晋军都被打发回营，一时间难以集合。镇州兵士气很旺，很快便将城外围城工事全部破坏。城中人马奔突而出，冲入晋军营寨纵火焚烧，阎宝抵挡不住，退回赵州。

晋军一退，营中大批粮草全归了张处瑾，镇州兵连续数日搬运也没运完。有了这些粮草，足以与晋军纠缠些时日。

阎宝为自己的轻敌付出了代价。李存勖大怒，随即以李嗣昭为北面招讨使，取代阎宝。河东名将中，周德威位列第一、李嗣昭位列第二、李存审位列第三、李嗣源位列第四。周德威死后，李嗣昭成为晋军中除李存勖外不可多得的帅才。由他出任招讨使，应该是实至名归。

诅咒由此开始蔓延，阎宝被免职后，惭愧悲愤，背上毒疮发作，不久便死于军中。

阎宝不行，李嗣昭也不行，他甚至死在了阎宝前面。李嗣昭继任后，立即赶往镇州。张处瑾大开九门，还在从晋营往城中运粮食。李嗣昭不动声色潜入营垒中设伏，镇州兵毫无防备，被杀几尽，只剩下五人躲在墙垒的废墟间不敢露头。

五人而已，随便派一支小队上前就能轻松完成收割。李嗣昭没有这么做，他准备亲自动手结果他们。估计李嗣昭是想活动一下筋骨，或者用这五人练练箭法，或者仅仅为装酷耍帅。别管出于什么打算，他勒马提弓上前了。

事实证明，乱拳能打死老师傅，乱箭也能射死大将军。李嗣昭用箭射，五个人用箭还击。一轮比拼下来，五个人一个没死，李嗣昭却被乱箭射中头颅。道理很简单，你在明处，单枪匹马一个人，他们躲在暗处，还有五个人。你射一箭，他们射五箭，从概率上肯定是你更容易被射中。

李嗣昭囊中箭尽，还没射中目标。他忍痛拔下头上箭羽，张弓搭箭，一箭命中一人（这倒准了）。射箭比赛比完后，李嗣昭回营，血流不止。由于治疗不及时，箭又深入头骨，李嗣昭当晚便死于军中。

一命换一命，对李存勖来说亏大了！听闻李嗣昭死讯，李存勖心痛不已，这种死法真是太过不值。

李嗣昭、阎宝死后，北面招讨使的位子又空了出来，李存勖让振武节度使李存进继任北面招讨使。

李存进能逃过诅咒吗？不能。

龙德二年（922年）九月，趁李存进没有防备，张处瑾令其弟张处球率兵七千，突然杀到东垣渡，闯入李存进营门。为了稳住阵营，李存进狼狈地带着十余亲兵与敌军交战，所幸巡营部队及时赶到，前后夹攻，将镇州兵杀得几乎全军覆没。然而混乱中，李存进与亲兵一并战死，新任招讨使屁股还没坐热，再次惨遭不幸。

阎宝、李嗣昭、李存进，加上此前中箭而死的史建塘，晋军连损四员大将，即使拿四座镇州城来换，李存勖也不愿意。

北面招讨使空缺，李存勖再让蕃汉马步总管李存审接任。万幸，李存审在职期间没出意外。当然，这并不是李存审足够谨慎，而是镇州城终于撑不住了。

李存审兵临城下，将镇州再次围得食竭力尽。张处瑾又遣使请降，这回李存勖连理都不理：杀了我四员大将，恨不得生吞活剥了你，还谈什么投降！

张处瑾不能投降，他的部下却能。晋王要杀的是张家父子，部下们可不愿意陪着一起见阎王。

一天夜里，镇州军将李再丰秘密向李存审投降。趁着夜色掩护，李再丰从城墙上投下绳索，将晋军接入城中，搬运工作整整进行了一夜。第二天清晨，已入城的晋军闯入张处瑾府邸，擒获张氏全族及其亲信党羽。

镇州百姓痛恨张氏父子，无缘无故给镇州带来一场灾难。百姓们纷纷请命，希望就地杀掉这些贼子，让大家伙儿分块肉吃（恨谁就想把谁吃了，民风真是彪悍）。

李存勖下令将张处瑾等人斩首（吃没吃不知道），又把张文礼尸首挖出，在集市上五马分尸。王镕原侍臣保留着王镕的遗骸，李存勖隆重祭祀了王镕，并将遗骸埋葬。事后，李存勖兼任成德节度使，任命符习为天平节度使、乌震为赵州刺史、赵仁贞为深州刺史、李再丰为冀州刺史。成德四州，尽被李存勖掌控。

镇州变乱不到两年，李存勖却付出惨重的代价。四位名将相继战殁，让晋军元气大伤。舍不得孩子套不住狼，有些时候不下血本，还真成不了事。

不管怎么说，变乱已被成功戡平。两年前准备干什么，李存勖可一点没忘，而且这回再也没有任何人、任何事能阻止他了。

称　帝

如果活着是一种煎熬，就像行尸走肉，那活着还有什么意思？张承业不止一次地这样问自己。

梦想如同阳光下的泡沫，色彩斑斓却更易破碎。人这辈子辛辛苦苦，总要寻个答案，才能活得明白，活得快乐。

兢兢业业，恪尽职守，为河东默默奉献了近三十年，自己究竟得到了什么？是名字前面的一大串官衔吗？是丰衣足食、荣华富贵吗？自己好像对这些并不热衷。张承业思来想去，发现自己一直活在梦里。

在梦中，李存勖扫灭朱梁，鼎定四海，迎奉李唐子孙重建社稷，终成留名青史的大功臣。年迈的自己则跪在先主墓前，向李克用诉说着内心的喜悦。

这真是一个易碎的梦，可笑的梦，无法成真的梦。

龙德二年（922年）冬，就在李存勖戡平镇定变乱没多久，带着无限感慨，在失望和痛苦中苦苦挣扎的张承业病逝于太原，终年七十六岁。

张承业解脱了。

曹太夫人亲自前往府第为他服丧。远在魏州的李存勖听说张承业病逝，几天都吃不下饭。李存勖很伤心，毕竟七哥多年来功劳卓著，虽然有些跟不上时代潮流，但没有七哥在后方的大力协助，平定四海可能需要花费更多的时间和精力。

以人为镜，可以明得失。客观来说，张承业的死对李存勖而言是极大损失，就像魏徵之于李世民。魏徵逝世后，李世民没了约束，晚年沉迷修道，最终死于服食丹药。李存勖没了张承业时刻规劝，不久之后便逐渐迷失了自我，将隐藏在体内的艺术情怀纵情"发扬光大"，终于走上一条国破家亡的不归路。

当然，这是后话。

目前看来，张承业的死，标志着登基称帝最后的阻碍已经去除。李存勖苦苦等了那么久，终于如愿以偿。也就是说，张承业梦想的破灭，就是李存勖美梦的成真。

同光元年（923年）四月，李存勖在魏州登基称帝，国号大唐（史称后唐），改元同光，大赦天下。尊其母曹氏为皇太后，其父正妻刘氏为皇太妃。随后组建了新一届政府领导班子，名单如下：

门下侍郎：豆卢革

中书侍郎：卢程

礼部尚书：王正言

工部尚书：任圜

枢密使：郭崇韬、张居翰

宣徽使：李绍宏

翰林学士：卢质、冯道

工部侍郎兼租庸使：张宪

御史中丞：张德休

活着的人名分安排就绪，该给列祖列宗们长长脸面了。

曾祖朱邪执宜：懿祖昭烈皇帝

祖父李国昌：献祖文皇帝

皇父李克用：太祖武皇帝

李存勖传令天下，改魏州为兴唐府，定为东京，王正言兼任兴唐尹；改太原为西京，太原马步都虞候孟知祥为太原尹兼西京副留守；改镇州为真定府，定为北京，皇子李继岌为北都留守，任圜兼任真定尹、北京副留守。

后唐总领十三镇节度使，统辖五十州，五代之中疆域最大。

开平元年（907年）二十四岁继位称王，同光元年（923年）三十九岁登基称帝，李存勖用了十六年的时间。凭借着不懈的努力和敢打敢拼的意志，李存勖完全扭转了与后梁作战的颓势，超越了同时期的所有官二代，甚至超越了老爹李克用和老爹的死敌朱温。

"五代第一男主角（朱温是第一代，李存勖是第二代）"的称号，实至名归。

目前为止，李存勖的人生很圆满，很顺利，也很神奇。十六年军事生涯，南征北战，所向披靡，很少失败，每次遇险却总能化险为夷。怎么解释？只能说这属于"冥冥之中自有天意、吉人自有天相"，一般人还真没有那么好的运气。

称帝仪式搞完了。剩下的，就是彻底灭亡后梁了。

第十七章
梁灭唐兴

回光返照

回光返照有三层含义。第一层属于原义,指物理上的反射原理,日落时光线反射,昏暗的天空会有短时间的明亮。另外两层属于引申义,据说人在快断气之前神志会忽然清醒并伴有短暂的兴奋,也引申为旧事物灭亡前表面上出现的短暂繁荣。

后梁快断气了,即将走向灭亡的国运却突然出现了一丝转机。

镇州之战中,戴思远偷袭魏州不成,另一边段凝不动声色偷袭卫州成功。当然,不是段凝比戴思远出色,而是卫州守备实在太差。

卫州刺史李存儒,本名杨婆儿,俳优(唱戏、跳舞)出身,因颇有臂力,很得李存勖宠爱。"两栖艺术家(戏曲家兼舞蹈家)"李存儒除了热衷本职工作,更大的爱好在于搜刮民财。升任卫州刺史后,李存儒变本加厉,连守城的官兵也不放过。

听戏付费,花钱消灾。李存儒捞钱的手段很地道,很人性化。他承诺只要钱到位,并保证按月续费,就可免去当月守城之役,一手交钱一手撕票（免役月票），良心卖家，绝无欺诈。

士兵们觉得花点钱就能免受兵役之苦，也算划得来。再说上级领导强行摊派指标，不买也躲不过去。

买！买！买！大家一起买！

官兵们轻松了，守城的累活却没人担了。

后梁庄宅使段凝和步军都指挥使张朗听说卫州守备空虚，连夜渡过黄河准备偷袭。段凝心里不是很有底，担心夜哨察觉致使计划败露。赶到卫州城下，段凝踏实了：偌大的一座城池，城上连个鬼影也没有（都睡大头觉去了）。梁军从容爬墙而上，翌日清晨将李存儒擒获。

段凝兵不血刃拿下卫州，随后再与戴思远联手，连下淇门、共城、新乡。由此澶州以西，相州以南，再次落入梁军之手。晋军在魏博的战争储备损失了三分之一。

久违的大胜提振了梁军的作战士气。朱友贞心情格外舒畅，这样的胜利，差点等到天荒地老。

朱友贞需要收拾好心情，整理好发型，调整好心态，因为惊喜还没完。相较于攻克卫州，下面的惊喜更大，更给劲。

时隔多年，昭义之地再次宣告回归。

这得从李嗣昭战殁说起。李嗣昭共有七个儿子，分别是继俦、继韬、继达、继忠、继能、继袭、继远。李嗣昭意外战死，李存勖悲痛之余，命七子护送灵柩回晋阳安葬。

也许是太过悲痛，也许根本没有多想，李存勖疏忽了一件事：李嗣昭死后，昭义节度使之位由谁继任。

李存勖疏忽了，李嗣昭的儿子们可一直惦记着。李继能心眼多：老爹掌管昭义多年，如今为国捐躯，主上一点表示都没有，昭义节度使估计会被回收。兄弟几个谁当都行，就是不能让外人当。主上不重新任命，老爹就还是节度使。

李继能连同六个兄弟拒不受命，带着李嗣昭生前数千亲兵，想把灵柩送回潞州安葬。

昭义节度使就应该安葬在昭义的土地下，回什么晋阳！

眼皮底下都不听招呼，李存勖忍不了，让胞弟李存渥赶紧去追。年轻人脾气都很冲，估计双方有些口角争论，李继能兄弟七人愤怒不已，想直接动手把李存渥做掉。

一对七，毫无胜算，吓得李存渥赶紧跑路。李嗣昭灵柩如愿运回潞州安葬。

七兄弟中，老大李继俦时任泽州刺史，按理应当继承李嗣昭职位。但李继俦性格懦弱，行事拖沓，无法令众将信服。老二李继韬素来狡诈凶残，觊觎节度使之位已久，明着当不成，只能耍些手段。李继韬暗地里将大哥囚禁起来，授意心腹将佐劫持自己，以武力强行"逼迫"自己上位。面对将士们的"逼迫"，李继韬连连谦让，表示无法承担重任。戏演得差不多了，李继韬这才把事情的经过向李存勖报告：

主上，我本来可没想干，但将士们万众一心，非要把我推上去。我要是不干，很可能诱发兵变，其中的利害关系，您看着办。

镇州之战正在最紧要关头，李存勖不得已改昭义为安义，将李继韬任命为留后。

李继韬上位后，内心非常惶恐，终究自己得位不正，他怕李存勖变卦。幕僚魏琢和牙将申蒙认为，河东后继无人，终将被后梁吞灭（怎么可能）。

无从得知这两位仁兄如何得出这种结论。在这里，只能弱弱地问一句：你俩是后梁派来的卧底吗？

恰逢李存勖准备称帝，召监军张居翰、节度判官任圜赶往魏州。魏琢和申蒙再次向李继韬劝谏："晋王急召此二人，肯定是准备对昭义动手了。"老七李继远也劝说老哥投降后梁。李继韬拿定主意，派李继远秘密前往汴梁，献上昭义之地请为梁臣。

朱友贞大喜过望，老天爷终于开眼啦！终于让朕吃口馅饼啦！

他将昭义再改为匡义，以李继韬为节度使，封同平章事。作为交换，李继韬让两个儿子前往汴梁充当人质。

昭义旧将裴约戍守泽州，宁死不愿投降后梁。朱友贞在纸上给骁将董璋画了张饼，任命其为泽州刺史，领兵攻打泽州，打下来就是你的。裴约向魏州告急，此时李存勖正张罗称帝事宜，无暇顾及泽州。领导不管事，裴约只能据城死守，董璋一时之间难以攻下。

李继韬为保潞州，散财募兵。尧山有名热血青年应征入伍，开启了辉煌的军事生涯。这名青年曾犯下命案，被关进大牢，李继韬欣赏他的勇气和胆量，从牢中将他放出。

大难不死，必有后福。他的名字叫郭威，括弧，后周太祖。他的养子，被后世誉为"五代第一明君"。他养子的属下，结束五代割据混战，开创了中国历史上又一个统一王朝。

话分两头，重得昭义的朱友贞异常兴奋，觉得自己时来运转，接连而来的意外惊喜让他看到了复兴汴梁的希望。可惜，朱友贞并不知道，这只是灭亡前的回光返照而已。

回光返照的时间，很短。

奇袭郓州

朱友贞的高兴劲还没过，致命的灾难就降临了。

你可以玩偷袭，李存勖一样可以。

李存勖称帝之初，北面招讨使戴思远集合重兵屯扎杨村，只留下卢顺密、刘遂严、燕颙率千余人马戍守郓州。梁军上下一致认为，昭义失守，李存勖必定将作战重心向潞州转移，进攻兖、郓的强度会降低很多。

然而他们都估计错了，李存勖绝对不是按部就班的主，他敢玩，也敢冒险。何况，梁军内部还出了叛徒。

郓州将领卢顺密不知何故忽然跑到魏州向李存勖投降，将郓州内情和盘托出。守兵不满千人，主将戴思远不在城中，刘遂严和燕颙不得军心，袭取郓州，机会千载难逢。

郓州到汴梁，方圆百余公里沿途一马平川。李存勖对奇袭郓州表现出很浓的兴趣，但"智囊"郭崇韬表示反对，孤军远袭，疲于奔命，万一不利，只会白白损失数千人马。

李存勖心有不甘，他准备继续找人探讨。此刻，李存勖终于想起了被自己冷落许久的李嗣源。

多年来，威震华夏的"十三太保"相继凋零。李存孝、李存信、康君立、史敬思早死，李嗣昭、李存进近期战殁，李存璋、李存贤常年驻守云蔚，拱卫太原北大门。目前能够用得上的，只剩下李存审和李嗣源。

李存勖一直都不信任李嗣源，他宁愿将病重的李存审调往幽州替代李嗣昭防御契丹，也不愿让李嗣源前去。

可眼下环顾四周，李嗣昭战殁，李存审远在幽州，只能找李嗣源商量了。

李存勖唤来李嗣源，向他说道："梁人志在夺取昭义，东面诸镇守备松懈，若得郓州，则直捣其腹心，问题在于郓州能否夺取。"

李存勖把皮球踢给了李嗣源，李嗣源不傻，他明白领导的话外之音。名义上是商量，其实就是想让自己执行袭取郓州的任务。

自从胡柳之战中不告而退当了逃兵，李嗣源一直心怀愧疚，很想立功补过，无奈领导不给机会。这次领导好不容易想起了自己，要是拒绝，估计这辈子都没戏了。

这是李嗣源最好的机会，也是最后的机会，他没有理由拒绝。

"方今用兵日久，民生凋敝，若不出奇计取胜，大功何时能成！末将愿独当此战，必定拿下郓州以报陛下！"

李存勖大喜，派给李嗣源精兵五千从德胜出发，目标直指郓州。

雪耻之战，正名之战，李嗣源壮志凌云，豪情满怀。

一行人刚到杨刘，天色已黑，加之一路阴雨绵绵，道路泥泞难行，将士们诉苦连连，不愿继续前行。

这是你的正名之战，和我们没有半毛钱关系，干吗这么拼！

奇袭讲究的就是一个快字，最好能在夜间完成，都想休息，这仗还怎么打。

关键时刻,副将高行周巧妙地换了个角度告诫将士:"这其实是老天爷在帮我们啊!想想看,我们是在搞偷袭,天气状况越糟糕,敌人就越没有防备。"

看问题的角度不同,可能会得到不同的结论。有时候换个角度看问题,倒霉事没准可以变成绝佳的契机。

是夜,李嗣源一行神不知鬼不觉地出现在郓州城下。守城梁军毫无防备,李从珂率先登城,杀尽城上守军,大开城门放外军进入。李嗣源引兵攻入内城,刘遂严、燕颙逃奔汴梁,郓州城轻松被破。李嗣源一面安抚郓州百姓,严禁部下劫掠,一面将知州节度副使崔笃、判官赵凤押送兴唐。

李存勖闻讯大喜,不禁赞道:"总管(蕃汉兵马总管)真是奇才,灭梁大事定矣!"

郓州失守,朱友贞突遭晴天霹雳,心情下坠入谷底。这回,朱友贞真的生气了。他立即传令,将废物刘遂严、燕颙当街斩首,免去戴思远北面招讨使一职,遣使指责北面诸将段凝等消极避战,坐视郓州落入敌手。

事已至此,指责也无济于事,还是想想如何退敌比较靠谱。

如何退敌呢?派谁前去呢?朱友贞绞尽脑汁,想不出个所以然。

郓州失守,后梁已到了生死存亡的重要关头。许久不曾露面的敬翔主动觐见,考虑到朱友贞自带排斥良策技能,敬翔事先在靴中藏了一段绳索,准备冒死进言。

敬翔抱着必死的决心来到大殿之上,悲愤地对朱友贞说:"先帝争霸天下时,从不觉得我无能。我的每次谋划,先帝无不听从采纳。如今敌人的势头愈加猛烈,然而陛下总是忽略排斥我的意见,活着无用,不如死了干净!"

说着敬翔拿出早已藏好的绳索,准备自己把自己吊死。朱友贞一看敬翔要玩真的,赶紧制止:"宰相有什么想法就说,何必如此呢!"

既然让自己说话，敬翔也不绕弯子："形势紧急，不用王彦章为大将，不可救也！"

不得不说，敬翔还是当年的敬翔，眼光够准，思路够清晰，计谋够老辣。事实证明，敬翔通过举荐王彦章，再一次力挽狂澜，延缓了后梁灭亡的脚步。试想朱友贞若像老爹那样对其言听计从，估计也不会混得这么惨。

非王彦章不可救也！王彦章，王铁枪！

敬翔成功破解了一回BUG，朱友贞终于采纳了他的举荐，随即提拔王彦章为北面招讨使、段凝为招讨副使。不是信任，而是实在没有别的人选，干脆死马当活马医。王彦章，就是你了。

王铁枪已被压抑得太久。近年来，北面招讨使如走马灯一般换来换去，可从来没有落在王彦章身上。刘鄩、贺瓌、戴思远，仅鼠辈耳！一直默默给这些人打下手，做嫁衣，这种感觉实在不爽。

名剑在剑鞘中发挥不出作用，猛虎在铁笼中吃不了人，只有名剑出鞘，猛虎出笼，才能让敌人在强大的力量面前颤抖！

独当一面的机会，终于等到了！

名将之花，终将绚丽绽放！

最后的名将

"方今局势危如累卵，试问何日才能破敌，扬我梁军军威？"

"只需三日！"

朱友贞有些幻听：小王，你是在逗我吗？朕可是问你正事呢，没心情开玩笑！

王彦章说的就是正事，很认真，绝无夸口的成分。

朱友贞的亲信朝臣们纷纷忍俊不禁，三日，三十六个时辰，打赢一场打仗？脑袋被驴踢昏了吧！他们完全有理由表示质疑：整合军队不用时间？开赴前线不用时间？战前部署不用时间？万一晋军躲在城中不陪你玩，别说三日，三十日也不见得有成效。

王彦章对于朝臣们的讥笑不屑一顾。你没听错，三日就是三日，多一刻都不用。

时间从王彦章跨马离开汴梁那刻开始算起。

实际上，从汴梁到滑州，王彦章一共花了两日。也就是说，只剩下了一天的时间。

朱友贞没底，李存勖听说王彦章继任北面招讨使，心里也有点虚。他很清楚王铁枪与前几任招讨使不同，刘鄩、贺瓌、戴思远等人行军布阵、谋划用兵各具特点，但在一个方面多多少少都有欠缺。

冲锋靠的是什么？勇气。杀敌靠的是什么？武力。这两样，恰是刘鄩等人有些欠缺的。

即使谋略再得当，总归还得真刀真枪上战场，这才是打仗最原始的状态。谁的拳头硬，谁的战斗力强，谁就有可能取得胜利。王彦章，既有出色的谋略，更有超强的武力。在这一点上，王彦章甩了刘鄩等人不止几条街。

面对王彦章这等高水平对手，李存勖不敢有丝毫大意。他率亲军驻扎在澶州，命蕃汉马步都虞候朱守殷驻守德胜，告诫他说："王铁枪勇猛果决，今乘激愤之气，必来相扰，一定谨慎守备，万万不可松懈。"

领导特意嘱咐，朱守殷不敢怠慢。梁军一到滑州，朱守殷立即派卧底混入城中，刺探情报。

王彦章大摆宴席款待众将，故意对外放出风声。卧底很容易便获得情报，向朱守殷传信，看这狂欢的架势，王彦章三五天内是不准备动手的。朱守殷得到情报，心里踏实了。

然而，情报有假。他们不知道王彦章离开汴梁时是有过承诺的。还有一天，只剩一天，就在今天动手。

王彦章不但骗过了朱守殷，甚至大多数将士也被蒙在鼓里。主帅一到站就开整，从白天喝到傍晚，还没有任何散场的意思，估计一时半会儿是结束不了了。

很多人只能看到表面，其实王彦章私底下做了很多事。宴会开始前，他暗中派人到杨村弄来船只，晚间另命六百名士卒带上大斧登船顺流而下，先行一步赶往德胜。船上事先载着冶铁的工匠以及吹火用的皮囊和炭。至于为什么这样准备，马上你就明白了。

宴会还在继续，喝着喝着王彦章突然离席，假装进帐更衣。实际上他从营后偷偷溜出，亲率数千精兵沿着黄河南岸直奔德胜。

王彦章大军赶到德胜之时，先期抵达的工匠队已用火将城门的铁索烧断，巨斧队随即将城池外的浮桥砍断。王彦章迅速向德胜南城发起猛攻，失去屏障的南城很快被梁军破门而入。

尚在德胜北城的朱守殷顿时蒙圈了，王彦章不是正在滑州举行 Party 吗？他是从天上下来的吗？仓促之间朱守殷毫无准备，匆忙渡过黄河救援南城，然而已经太迟了。

王彦章再接再厉，相继攻克潘张、麻家口、景店诸寨，梁军士气大振，全军上下一片欢呼。

这时算一下时间，正好三日，不差半分。王彦章完美兑现了承诺。

德胜南城被破，相当于损失了黄河南岸重要的军事据点，对后梁都城汴梁的威胁大大降低。李存勖急忙派心腹宦官焦彦宾赶往杨刘（另一重要据点），协助李周谨慎驻守。

南城丢了，守住北城意义不大。李存勖命朱守殷放弃德胜北城，拆毁房屋，载兵械浮河东下，增强杨刘的防守力量。

想轻易脱身，没那么容易！王彦章也拆毁南城房屋，同样沿河而下，与后唐军各行一岸。每当碰到河流弯曲处，两军就会相遇。

生死看淡，不服就干！一时间箭如雨下，整船整船相继覆没。从德胜到杨刘，一日之内交战百余次，士卒伤亡均过半数，两军互有胜负。

王彦章杀得兴起，从周边集结十万人马围攻杨刘。史书记载：王彦章、段凝以十万之众攻杨刘，百道俱进，昼夜不息，连巨舰九艘，横亘河津以绝援兵。城垂陷者数四，赖李周悉力拒之，与士卒同甘苦，彦章

不能克，退屯城南，为连营以守之。(《资治通鉴·后唐纪一》)

李周火速向李存勖告急，请求援军以每日百里的速度开进。李存勖却似乎并不着急，每日只行六十里，行军途中还不时打猎消遣（李周都快急吐血了）。

慢慢悠悠晃到杨刘，李存勖傻眼了。只见梁军营垒林立，层层阻隔，很难轻易攻破。王彦章占据着重要渡口，阻断了郓州与河北方面的联系。李存勖这才意识到问题很严重，找来郭崇韬商量对策。

郭崇韬认为，王彦章据守河津意图在进攻郓州，若不引军向南分散敌人兵力，郓州孤城必定不保。郭崇韬主动请命前往博州修建城垒，城垒一成，既能援助郓州，又可牵制梁军兵力。

计策很好，只有一点顾虑：修城需要时间，王彦章得到情报必会出兵干扰。为了集中一切力量专注施工，郭崇韬建议李存勖招募敢死士卒，每日出营挑战，只要牵制王彦章十余天，城垒必能顺利筑成。

此时恰巧段凝部将康延孝秘密投降李嗣源（又是一个叛徒），李嗣源派人请示领导，建议在马家口筑垒，打通通向郓州的道路。

李存勖没有异议，派遣郭崇韬带领万余唐兵趁夜出发，迅速赶赴博州马家口，昼夜不停在那里赶工程。可惜当时没有条幅这种物件，不然郭崇韬肯定会拉起条幅，在上面写上："大干苦干十几天，力保工程按时交。"

牵制王彦章的任务自然由李存勖担当。唐军尽量做到悄无声息，但消息还是在六天后传到王彦章耳中。博州附近的梁军不瞎不聋，一万多工人没日没夜叮叮当当，不能看到也听到了。

工程热火朝天正赶着，王彦章闻讯自任拆迁队长，带人赶到马家口，准备强行暴力拆迁。此时，施工才搞了一半，城垒还很低矮，修墙用的沙土质量又次（豆腐渣），工程前景岌岌可危。

万幸的是，郭崇韬慰劳施工人员，身先士卒，以实际行动抗拆。李存勖也亲率大军及时赶到，奋力守护身后的劳动成果。王彦章见势，李存勖是在玩命呢！算了算了，这城不拆了。王彦章解围而去，退保邹家口,唐军与郓州的联系随即打通。

李存勖尾随而至,王彦章主动放弃邹家口,重新围困杨刘城。后因唐军大举袭来,王彦章为保有生力量,从杨刘撤出退守杨村。

王彦章以实际行动盘活了暮气沉沉、坐以待毙的梁军,激励了将士们浴血奋战的热情。他们纷纷表示,跟着王铁枪,尚有一战之力!

可惜,脑残的朱友贞留给王彦章独当一面的时间实在太短了。

脑残真可怕

脑残是种病,可却没药医。

朱友贞脑残不是一天两天了。关键时刻,他总能成功避开正确选项,做出大错特错的愚蠢决策。就像每次期末考试,全选 A 也能蒙对几题,得个几分,而朱友贞同学考试下来,成绩单上赫然写着——0 分!

换言之,他一题也没蒙对。

起用王彦章,是敬翔以死举荐的,跟朱友贞关系不大。王彦章刚搞出些起色,等待他的就是被朱友贞撤换的消息。

造成这种结果,王彦章也有责任。

有句话说得好:奉承谁都别奉承君子,得罪谁也别得罪小人。王彦章已经证明了自己出色的军事统帅才能,然而在政治领域,却是七窍通了六窍——一窍不通。

朝堂上,有些话能说,有些话不能说;有些人能得罪,有些人不能得罪。王彦章说了一些不该说的话,得罪了几个不能得罪的人,直接造成后梁不可挽回的败局。

王彦章得罪了谁?赵岩、张汉杰。

赵岩、张汉杰是什么人?百分之百的小人。

王彦章痛恨赵岩、张汉杰祸国乱政,刚升任北面招讨使就对亲信扬言,待退敌功成回京后必尽诛奸臣以谢天下!

谁是奸臣？你跟谁过不去呢？

赵岩与张汉杰得到消息，很是惊恐。两人私下聚在一起商议对策，表示宁愿死于沙陀人之手，也不能被王彦章所杀。

王彦章远在北方退敌，赵岩近在朝堂侍奉，朱友贞又是个偏听偏信的主，这场没有硝烟的战争丝毫没有悬念。况且，梁军中也有不服王彦章随时准备取而代之的副手。

不想当正手的副手不是好副手。北面招讨副使段凝素来嫉妒王彦章的功劳，私下里便与赵岩勾结起来。赵岩在朝廷上向朱友贞进谗："王彦章难当大任，让段凝来！"段凝在军营里对军事决议百般阻挠，经常偷偷搜集王彦章的过失上报中央。

每当捷报传来，赵岩就谎称是段凝所立；梁军一旦失利，黑锅自然全让王彦章背。

功劳分不到，还经常被打小报告，王彦章仅凭一己之力，实在招架不住一次又一次的恶意诋毁和政治黑幕。

朱友贞脑残之症已到晚期，居然担心王彦章成功退敌后不好控制，下令把他召回汴梁，随即派往泽州协助董璋攻城。泽州顺利拿下，朱友贞命王彦章屯兵兖、郓之间，伺机谋取郓州。可笑的是，为了监视王彦章，朱友贞派张汉杰出任监军。互为仇敌，整天低头不见抬头见，场面一定相当尴尬。

王彦章卸任，北面招讨使由谁担当？答案就是段凝。

段凝，实力不行，资历不行，气质不行，水平不行，整体总结起来就两样不行——这也不行，那也不行。但领导说你行，你就行，不服不行！

先前出任招讨副使，敬翔、李振就多次请求罢免段凝，朱友贞反驳："段凝无过。"无过又如何，这当口儿可不是开批斗大会，谁底子干净谁光荣。同样身为宰相的李振难得硬气一回，他用略带嘲讽的语气说道："等到他有过，国家社稷就玩完了！"朱友贞不听。

赶走王彦章，段凝用厚礼贿赂赵岩、张汉杰。二人得到好处，力保段凝出任了北面招讨使。王彦章无故被免,军中将领颇感愤怒,士卒也表示不服。挂名养老的天下兵马副元帅张全义上书反对:"我虽衰朽,犹能替陛下守御北方。段凝晚辈,功名不能服人,众将士议论纷纷,恐怕会给国家带来深深的隐患。"

朱友贞不听,丝毫不为所动。朱友贞为何一意孤行,偏听偏信呢?一句话,得位不正,疑心太重。他坚定地认为赵岩、张汉杰是自己人,自己人以外全都不能信任。

意志坚定的朱友贞,正在败亡的泥泞中愈陷愈深。

脑残真可怕!

朱友贞脑残,李存勖却很明智,只是他的境况也好不到哪儿去。杨刘解围后,李存勖屯兵朝城,面临着三大压力。

压力一:段凝五万大军兵至临河县南,在澶州西面、相州南面,日日寇掠,准备数道并进,大举北伐。

压力二:德胜失利,钱粮损失数百万计。租庸副使孔谦横征暴敛,河北百姓不堪重负,纷纷四下流亡,由此导致田地荒芜,赋税大幅度缩水,军中粮草已不足半年之用。

压力三:泽、潞一时难以夺回,卢文进、王郁屡次引契丹人劫掠瀛州、涿州之间,江湖传言又有大举南侵的打算。

三大压力宛如三座大山,压得李存勖心里发慌,他召集下属商量对策。宣徽使李绍宏等人率先给出建议:郓州四面都是梁境,孤城守着没有任何作用,不如以郓州为筹码,从后梁换回卫州及黎阳。两家就此约和,以黄河为界,休兵养民,等军力稍稍恢复,再计划下一步的行动。

"如此一来,我就没有葬身之地了!"

很明显,李存勖不满意,这样实在太亏了!会议刚结束,李存勖留下郭崇韬,问他有没有什么想法。

郭崇韬略一定神,说出了这辈子最著名的,也是对历史进程最有影响的一段话:

"陛下栉风沐雨,衣不解甲,辛辛苦苦十五年,为的是报国恨家仇。

今大位已定，河北士族日日期盼太平盛世。方克郓州，却不守而弃，安能尽得中原之地！我担心将士丧失斗志，将来粮尽众散，虽划河为界，试问谁还愿为陛下驻守阵地呢？"

李存勖投去无比赞许的目光，重重点了点头，等待着接下来的金玉良言。

郭崇韬继续说道："成败之机就在当下！梁贼把精兵全部交给段凝，决河自保，认为我军无法渡河。王彦章侵逼郓州，一直按兵不动，是寄希望于郓州内乱从中谋利。段凝本非将才，不能临机决策，没什么可担心的。后梁降者都说汴梁空虚，陛下若留下部分兵力固守魏州、杨刘，亲自率精兵与郓州会合，长驱入汴。汴梁空虚，必望风自溃。无论朱友贞投降或者被杀，余下诸将皆会不战而降。"

话到这里，郭崇韬提醒李存勖："如若不然，今秋五谷不丰收，军粮将尽，大功何时才能告成！帝王应运，必有天命，愿陛下勿疑！"

"卿言正合朕意。丈夫得则为王，失则为虏。我意已决！"李存勖下定决心，一鼓作气扫灭后梁。

朱温有敬翔，李存勖有郭崇韬，何愁天下不定！

脑残的朱友贞 VS 英明的李存勖。灭梁之战，一触即发。

名将陨落

同光元年（923 年）九月，王彦章引兵渡过汶水，郓州之战打响。他的对手是孤守郓州半年有余的李嗣源。

王彦章，后梁最后的名将。李嗣源，后唐最大牌的名将。孰胜孰败，直接关系到这场战争下一步的走势。王彦章败，汴梁危矣；李嗣源败，仅仅丢掉一座城池，让出灭梁主动权。从这个角度来看，王彦章压力巨大，不容有失。

李嗣源率先出手，派遣李从珂领骑兵迎战，并在递坊镇击败梁军先头部队。王彦章退守中都。

十月,李存勖送魏国夫人刘氏(爱妾)、皇子李继岌回到魏州,临别赠言:事之成败,在此一决,若其不济,当聚吾家于魏宫而焚之!(《资治通鉴·后唐纪一》)

事若不成,举族自焚。李存勖很拼,爱拼才会赢。当然就算失败了,李继岌也不会傻到真这么干。

送别亲人,李存勖自引大军从杨刘渡河,赶赴郓州。两军会师,实力顿时大增。李存勖命李嗣源为先锋,连夜渡过汶水,围攻中都。面对从天而降的唐兵,中都守军毫无防备,纷纷弃城而逃。王彦章约束不住,只能带着数十骑向外突围。

"王铁枪,你的死期到了!"

龙武大将军李绍奇单骑追击梁军,混乱之中,李绍奇听出了王彦章的声音,挥舞长矛赶上前去。王彦章没有防备,被李绍奇一矛刺成重伤,落马受擒。同时被俘的还有监军张汉杰、曹州刺史李知节、副将刘廷隐等二百多人。

王彦章性格高傲,看不起李存勖,曾嘲笑他斗鸡小儿,根本不足畏惧。如今被押到唐营,李存勖反问道:"你常说我是斗鸡小儿,现在是否心服口服?"没等王彦章回答,又问道:"你身为名将,为何不守兖州?中都毫无防御工事,如何能守得住?"

王彦章冷冷对道:"汴梁天命已去,没什么好说的。"

李存勖深爱王彦章的军事才能,亲自赐药帮助王彦章疗伤,并多次派人劝降。但王彦章根本没有一丝投降的意思:"我本乡间匹夫,受汴梁厚恩,被封为上将,戎马十余年。如今兵败被擒,死得其所。即使你们爱惜我才,不忍加害,我有何面目见天下之人?背梁降唐,卖主求荣之事,我做不出来!"

李存勖还是不死心,又派李嗣源前去劝降。王彦章更看不起李嗣源,卧在床上连身子都不动一下,直呼其小名:"汝非邈佶烈乎?"态度十分轻蔑。

李嗣源碰了一鼻子灰,悻悻而归。

最后的名将被擒,梁军基本丧失了抵抗实力。擒获王彦章,后唐众将前来道贺。李存勖举起酒杯对李嗣源说:"今日成就,你和郭崇韬居于首功。要是听从李绍宏之言,那可误了大事。"

至于下一步该怎么走,李存勖向诸将发问:"以前我顾虑的唯有王彦章,今已被擒,这是天要灭亡梁国。考虑到段凝目前仍在黄河边上,我军是进是退,朝哪个方向进兵才好呢?"

众将大都认为坊间传言汴梁无备,真假实在难辨。东面诸镇的兵力都集中在段凝手中,守城力量必然空虚,以陛下龙威先向东攻取诸镇,扩大战果,继而伺机而动,如此可保万无一失。

康延孝和李嗣源却建议李存勖偷袭汴梁,李嗣源更是鲜明地指出:"所谓兵贵神速。王彦章被擒,段凝一定还不知道,纵使有人跑去通知,是信是疑,最低也得三日以上才能判定。假设段凝洞察我军动向,一定赶来援救。如果我军一路向东攻伐诸镇,需要从白马以南渡过黄河,几万军队仓促之间船只难以筹备。郓州距离汴梁很近,百里之内一马平川,星夜兼程两个昼夜必可赶到。如此一来,就能在段凝确定真相之前攻下汴梁,擒拿朱友贞。"

李嗣源主动请命,担纲先锋。李存勖表示认可,命令下达后,诸路军队都很踊跃,希望尽快出发。

李嗣源倍道驱驰,目标直指汴梁。李存勖则率大军从中都开进,顺便带上王彦章一同前往。行军途中,李存勖派中使询问王彦章此战能否成功。可以看出,李存勖还在做最后的争取。如果王彦章心向唐军,自然会表示此战必胜,这样一来,就能顺水推舟再行劝降。

可惜王彦章早已将生死置之度外,他告诉来使:"段凝手中掌握着六万精兵,虽然主将没有才能,但必不会马上投降,估计很难击败他们。"

王彦章一席话表明了自己的态度:我是不会投降的,你们死了这条心吧!

李存勖收到讯息,王彦章不可能为己所用。既然如此,那也不必留着了。李存勖遣使下发最终的判决书，王彦章面无表情，从容赴死。

无力挽救危局，扶大厦之将倾。他的心其实早就死了。毕竟自己努力过，争取过，对得起主上知遇之恩，对得起自己一片丹心。

为国事而死，死而无憾！王彦章，无愧名将之称。

王彦章是幸运的，他不必承受国破家亡之恨，不必以失败者的姿态向胜利者俯首称臣。

但这些角色，注定要有人扮演。朝代更迭、历史周期律一再印证：有兴必有衰，有生必有亡。后梁灭亡，正当此时！

梁灭唐兴

王彦章被俘，唐军长驱将至，段凝尚不知情，消息却提前传到了汴梁。

朱友贞闻讯大哭："国运将终！"事到临头，哭是没有用的。朱友贞召集朝臣商议对策。众人面面相觑，一点也回答不上来。

这时候朱友贞终于想到了敬翔（早干吗去了），他满怀愧疚地对敬翔说："朕平常总是忽视你的忠言，以至于落到这步田地。事到如今，你也不要埋怨朕了，赶紧想想对策吧！"

可惜，敬翔也无力回天。

"臣受先帝厚恩近三十年，名为宰相，实则朱家老奴，侍奉陛下如同儿子一般，前后多次谏言，没有一次不是想为朱家尽忠。陛下任用段凝，臣极言不可，小人朋比结党，以至于今。臣想请陛下弃城避难，陛下肯定不愿意；想请陛下出奇兵与唐军决一死战，陛下也下不了决心。当今之势，纵使张良、陈平复生，又能为陛下想出什么好办法呢？臣愿先行赴死，不忍见国家之亡！"

敬翔之言，饱含无奈与哀怨。

朱友贞无言以对，只能和敬翔面对面痛哭。

敬翔指望不上，朱友贞派张汉伦火速出城火速去请段凝。没想到张汉伦刚到滑州，坠马伤足，又被黄河大水挡住，无法前行。此时汴梁城中尚有数千控鹤军，朱珪请战，愿与李嗣源殊死一搏。朱友贞不听，命开封尹王瓒驱使百姓入城防守。

这情形，怎么看怎么像当年邓艾偷袭成都，灭亡蜀国。李嗣源像邓艾，朱友贞自然就扮演刘禅的角色。他演得很好，可惜结局却差得很远。

朱友贞登上建国楼，当面挑选亲信，给予他们丰厚的赏赐，让这些人换上百姓的衣服，每人一份秘制蜡丸（内藏求援信）。任务只有一个：赶赴段凝大营，催促他火速回救国都。

什么叫白眼狼？受人恩惠不思报答。朱友贞的亲信刚一出城，马上消失得无影无踪。找什么段凝，我们还想保命呢！就不陪您老人家玩了！

此计不成，臣下们又纷纷前来献计。有的建议放弃汴梁出奔洛阳，在那里集合大军抵抗李存勖进犯。李存勖孤军深入，即使让他得到汴梁，他也不敢久留于此。有的建议朱友贞直接去投奔段凝。控鹤都指挥使皇甫麟认为，段凝本非将才，又被唐军吓破了胆，哪里还愿意为陛下尽忠。危难之际，指望他扭转乾坤，反败为胜，六个字：不靠谱！不可能！

赵岩也反对朱友贞投奔段凝。宰相郑珏主动请命带上传国玉玺向李存勖诈降，争取拖延时间。朱友贞心里没底，就问郑珏："朕不是吝惜玉玺，只是按照你的计策，唐军就会退兵吗？"郑珏想了想，无奈地说："估计不会吧。"

真有意思的对话，在说相声吗？左右侍从都缩着脖子暗自偷笑（看热闹不嫌事大）。

这计不成，那计不成，朱友贞无可奈何躲在宫里痛哭，哭着哭着就发现传国玉玺不见了！不用想，肯定是被人偷去迎接唐军了。

这其中有个问题，当年李存勖也得了枚传国玉玺，这两枚哪个是真的？综合推测，李存勖那枚，冒牌货的可能性大一些。

前方传来消息，唐军已破曹州，片刻之间可达汴梁。

危急关头，国运将终。赵岩并不想陪着朱友贞一起玩儿完，他偷偷把家产收拾妥当，跑到许州投靠了温韬。

朱友贞在建国楼上感叹大好河山毁于己手。汴梁城破，必定难逃一死，与其死于敌手，不如提前结束生命，也能少受些屈辱。他转身对亲信皇甫麟说："李氏与我朱家世代为仇，肯定容不下我，所以我没有投降的可能。作为汴梁一国之君，不能死在晋唐人手中。我没动过刀枪，不能自裁，只能麻烦你动手了。"

皇甫麟哭着说道："我能为陛下挥剑斩杀敌军，要我弑君，臣下做不到啊！"朱友贞反问："难道你想出卖我吗？"皇甫麟想要自尽，朱友贞急忙拉住他，说愿意和他一起死。事到如今，皇甫麟只好亲手杀了朱友贞，自己随后兑现承诺抹了脖子。死于忠臣之手，也能算是一种安慰。

第二天，李嗣源先头部队抵达汴梁城下，汴梁尹王瓒开城投降。随后李存勖率大军赶来，接收后梁都城，宣布后梁灭亡。

至此，后梁被后唐所灭。五代中第一个朝代后梁，由朱温创立，历经二世而灭，享国十六年。

后梁之所以会灭是多种因素共同作用的结果。如果一定要有个总结，我们从之前康延孝与李存勖的对话中可见一斑。

康延孝自郓州奔往朝城，李存勖赏赐锦袍玉带，向他询问汴梁之事。康延孝长篇大论，说了如下一段话，由于这段话意义重大，现直接引用如下：

"梁朝地不为狭，兵不为少；然迹其行事，终必败亡。何则？主既暗懦，赵、张兄弟擅权，内结宫掖，外纳货赂，官之高下唯视赂之多少，不择才德，不校勋劳。段凝智勇俱无，一旦居王彦章、霍彦威之右，自将兵以来，专率敛行伍以奉权贵。梁主每出一军，不能专任将帅，常以近臣监之，进止可否动为所制。近又闻欲数道出兵，令董璋引陕虢、泽潞之兵自石会关趣太原，霍彦威以汝、洛之兵自相卫、邢洺寇镇定，王彦章、张汉杰以禁军攻郓州，段凝、杜晏球以大军当陛下，决以十月大举。臣窃观梁兵聚则不少，分则不多。愿陛下养勇蓄力以待其分兵，帅精骑五千自郓州直抵汴梁，擒其伪主，旬月之间，天下定矣。"（《旧五代

史·庄宗纪三》)

康延孝的话，共有三层含义：其一，梁主暗弱，宠信奸佞；其二，不听忠言，委任段凝；其三，欲成大功，偷袭汴梁。

以此三项，作为后梁灭亡之因，着实比较恰当。

后梁之灭，朱友贞要负最大责任。我们再来看一看司马光对朱友贞的评价：梁主为人温恭约，无荒淫之失；但宠信赵、张，使擅威福，疏弃敬、李旧臣，不用其言，以至于亡。（朱友贞本性善良恭俭，没有荒淫的恶行，只因宠信奸佞，疏弃忠良，才落得亡国灭家的下场。）

总之一句话，朱友贞生性懦弱，天赋有限，不是做皇帝的料。事到临头，逃也不想逃，打又没种打，那就只能去死了。

山河故人

送别朱友贞，最后再来看看后梁的故人。

首先是谋国者敬翔。

敬翔和李振作为朱温时代备受器重的老臣，后梁宣布灭亡，两人却有着不一样的想法。李存勖入城时，百官纷纷跪在马前迎谒请罪。李存勖为尽快收服人心，宣布后梁臣子只要投降，就不计前嫌，依然可以在新朝为官。

有了新领导的包票，李振意志瞬间动摇，他找来敬翔问道："如果新皇下诏赦免我等，可以去朝拜新君吗？"

意思就是，我们可以投降吗？

敬翔对此表示强烈反对，他告诉李振："我二人受先王大恩，做了当朝宰相。君主昏庸不能进谏，国家灭亡不能救援，就算投降，新君问起亡国之事，我等该用什么话回答呢？"

言外之意，我二人有负国恩，还有什么脸面留在人世？只能以死报国，从先主于地下。

李振没有同意，也没有拒绝。他考虑了一夜，第二天天还没亮就做出了自己的打算。

"崇政殿李太保（李振）入朝参拜！"

李振投降了。

敬翔连连叹道："李振真是枉称大丈夫！朱氏与新君世为仇敌，如今国破家亡，纵然新君赦免，又有何面目再入建国门啊！"

其实也可以理解，李振这货当年唆使老朱搞出"白马之祸"，靠的是阿谀奉承上位，和敬翔走的不是一个路子。

怀着无比的惆怅和无奈，敬翔随即自缢而死。几十年为后梁出谋划策，本来他能做得更好，以高超的治理水平和智谋协助领导定鼎天下，可惜遇到的是朱友贞这种接班人。

大志难酬，壮业难成，对敬翔来说是个悲剧。但后梁朝堂社稷被灭之际，只有敬翔一人从容赴死，却是一个朝代的悲哀！

李振投降了，他的结局却再次验证敬翔的预言实在很准。

说完敬翔，其次是天下兵马副元帅张全义。

后梁建立前，天下兵马大元帅是朱温，副元帅是张全义，这足见朱温对张全义的信任和器重。朱温称帝后，晋封张全义魏王，兼任河阳节度使。后梁朝中，杨师厚负责军事，敬翔负责政务，张全义负责后勤，三驾马车同时并进，确保国力蒸蒸日上。

在朱温身边那些年，张全义活得并不容易，甚至有些憋屈。乾化二年（912年），朱温兵败，返回洛阳。年迈的朱温越老越色，在洛阳逗留不到半个月，就把张全义妻女全给糟蹋一遍。

张全义的儿子实在难以忍受，想亲手宰了这个色魔。张全义严词制止，他告诉儿子："当年你爹被李罕之围困河阳，天天啃木屑度日，死在旦夕，不是朱温派兵相助，哪还能有今日？此恩不可忘啊！"

妻女之辱可以忍，如此卑躬屈膝，张全义为的是保全身家性命和荣华富贵。据此推断，后梁灭亡时，想让他学习敬翔为国自缢，那是不可能的。

李存勖刚开进汴梁，张全义就不辞劳苦，亲自从洛阳赶到汴梁觐见。李存勖大喜之余，命皇子李继岌、皇弟李存纪等人尊张全义为兄（辈分太乱）。

张全义虽屈膝求荣，但也以实际行动为老领导朱温尽了最后一份忠心。当时，李存勖想把入土多年的老朱挖出来焚尸。张全义主动说情："朱温虽为国贼，毕竟死者为大，仁慈之君不应再开棺焚尸，侮辱亡灵，诛灭其族已经足够。"

李存勖答应了他的请求，仅仅把朱温陵寝铲平，把周围树木一并砍倒。墓是没了，尸骨却最终得以保全。九泉之下的朱温应该对张全义表示感谢。

张全义的故事还未就此结束，他在后唐还得折腾些时日。

接下来要说的，是朱友贞生前那些亲信们。

赵岩逃到许州，温昭图假意欢迎，趁机砍了赵岩的脑袋，来到汴梁给李存勖当了见面礼。

北面招讨使段凝听说汴梁告急，命排阵使杜晏球为前锋，匆忙从滑州渡河驰援。赶到封丘时，遭遇李从珂大军阻挡，杜晏球先降。段凝自知大势已去，放弃抵抗，率五万部众宣布投降。

段凝入朝，李存勖非常优待，赐名李绍钦，毕竟新人新气象。段凝这货本来人品就差，如今顺利讨得新主子欢心，出入宫廷，洋洋自得，毫无羞耻之心，好像卖国投降反而成了光荣的事。后梁降臣看到段凝这么不要脸，恨不得将他破面挖心。

小人得志的段凝、杜晏球还给李存勖建议，赵岩、张希逸、张汉杰、张汉伦等人作威作福，残害众生，不可不杀。李存勖下诏：敬翔、李振等倾覆唐室，契丹撒刺阿拨叛兄弃母，忘恩负义，应当与赵岩等一并诛灭全族，其余文武一概不咎。

朝臣过后，后梁各藩镇节度使也纷纷入朝请罪。宋州节度使袁象先、陕州留后霍彦威相继前来，李存勖下诏宽慰。袁象先别的本事不大，搜刮钱财倒很是在行。投降之初，袁象先把驻守宋州十几年来搜刮的十万珍宝财货,遍赂刘夫人(李存勖宠姬)及权贵、宗亲、伶宦。十几天后,这些贿赂收到了效果,朝中上下对"大款、会来事"的袁象先一片称誉,李存勖也不禁对其另眼相看。

有钱人袁象先告诉我们:钱要花在刀刃上!关键时刻能顶大用!

李存勖放宽了要求:后梁节度使、观察使、防御使、团练使、刺史及诸将校官职一律不更改,江湖恩怨从此一笔勾销。

大腕中腕、大咖中咖们归属已定,剩下的一些小鱼小虾也纷纷迎来自己的命运。

中书侍郎郑钰为莱州司户、萧顷为登州司户,翰林学士刘岳为均州司马、任赞为房州司马、姚凯为复州司马、封翘为唐州司马、李怿为怀州司马、窦梦徵为沂州司马,崇政学士刘光素为密州司户、陆崇为安州司户,御史中丞王权为随州司户。

在这里,我们应该用何种方式结尾呢?

为了能体现出些许悲凉的气氛,我们最后列一列后梁故人的改名名单:

朱友谦——李继麟

段　凝——李绍钦

杜晏球——李绍虔

温　韬——李绍冲

袁象先——李绍安

霍彦威——李绍真

旧名已改,故人也不再是故人,他们成了新政权的新人。这正应了那句"沉舟侧畔千帆过,病树前头万木春"。

时代在发展,朝代在更迭。现在,是李存勖和他后唐政权的时代!

后梁的历史就此完结,精彩的五代故事仍将继续往下翻篇……

(第一部完)